## Birman Flint
# A Maldição do Czar

### Sergio P Rossoni

Copyright ©2020 Sergio P. Rossoni
Todos os direitos dessa edição reservados à AVEC Editora.

Nenhuma parte desta publicação poderá ser reproduzida, seja por meios mecânicos, eletrônicos ou em cópia reprográfica, sem a autorização prévia da editora.

**Editor:** Artur Vecchi
**Projeto gráfico e diagramação:** Vitor Coelho
**Ilustrações de capa e miolo:** Karl Felippe
**Design de capa:** Vitor Coelho
**Revisão:** Gabriela Coiradas
**Assistente editorial do autor:** Heidi Strecker

Dados Internacionais de catalogação na Publicação (CIP)
(Câmara Brasileira do Livro, SP, Brasil)

   R 838
      Rossoni, Sergio P.
      Birman Flint : a maldição do czar /
      Sergio P. Rossoni. – Porto Alegre : Avec, 2020.

      ISBN 978-65-86099-53-9
        1. Ficção brasileira
        I. Título
   CDD 869.93

Índice para catálogo sistemático:
1.Ficção : Literatura brasileira 869.93

Ficha catalográfica elaborada por Ana Lucia Merege – 4667/CRB7

1ª edição, 2020
Impresso no Brasil/ Printed in Brazil

Caixa Postal 7501
CEP 90430-970 – Porto Alegre – RS
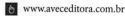 contato@aveceditora.com.br
 www.aveceditora.com.br
@aveceditora

# Agradecimentos

Gostaria de agradecer à Heide, minha assistente editorial, pela dedicação e amizade ao longo destes anos se aventurando ao meu lado pelo mundo de Birman Flint. Sua amizade foi um dos grandes presentes que eu ganhei ao escrever este livro. À Marisa Moura, minha agente, por colocar tanta gente importante no meu caminho. Ao Antoune Nakkhle, da Parceria 6, pela amizade e dicas brilhantes. Ao querido Artur Vecchi, um verdadeiro herói e empreendedor literário, gente da melhor qualidade, cuja empolgação em relação ao fantástico brasileiro serve de combustível para nós, escritores. A toda galera da Avec Editora. Um agradecimento especial ao Karl, um verdadeiro mago que, armado da sua lapiseira mágica, soube dar vida e retratar de forma tão magnífica o mundo de Birman Flint. À minha querida mãe pela amizade e parceria e, finalmente, à Adelita, minha esposa, a verdadeira fonte de alegria que, ao lado dos nossos filhos felinos (Milu, Tintim, Maltesa, Pipi e Nina), faz da minha vida a melhor e maior aventura de todos os tempos.

SERGIO

# Prefácio

Convivo com este belo livro há algum tempo. Foram muitas horas de muitas semanas, obcecada com os feitos de Birman Flint. O livro é um espanto. O herói deste romance é um gato de origem françoriana, sensível e astuto, que embarca para as gélidas paisagens da Rudânia em busca da solução para um crime e um mistério, mas encontra lá mais enigmas que o levam a um lugar ainda mais fantástico: a Vortúria. Dizer mais seria dar spoiler e isso não é do meu feitio.

Posso dizer que me lembro com nitidez dos seres que habitam esses mundos: o abutre Logus, o conde Maquiavel Ratatusk, a figura inusitada do galo detetive Ponterroaux, o comissário-chefe Rudovich Esquilovisky. Também me recordo do impagável Paparov, de Karpof Mundongovich, de Bazzou, do distraído professor e antropólogo Fabergerisky, e do enorme capitão da guarda Sibelius Tigrolinsky. Meu personagem predileto, no entanto, é o sóbrio e sofrido czar Gatus Ronromanovich, sempre ao lado de sua czarina e da pequena czarevna Lari.

A habilidade e o talento de Sergio Rossoni são espantosos, na forma como cifra e decifra a mente de suas personagens. A imaginação do escritor e seu fino faro para os detalhes significativos, as ironias implícitas e as analogias entre o mundo que ele inventa e o mundo que conhecemos envolvem o leitor de forma continuada, página a página, capítulo a capítulo. Rossoni é psicanalista na vida real, vale dizer. Crueldades inconcebíveis e diálogos grotescos convivem com momentos de ternura, penetração psicológica e muito humor.

Tive o privilégio de percorrer o livro em primeira mão, lendo em voz alta cada parágrafo, na condição de interlocutora de Sergio. Juntos analisávamos o texto, as cenas, as descrições, as sequências narrativas, os detalhes técnicos. Sergio mudava, cortava, aperfeiçoava seu escrito com zelo e interesse. Mordidos pela curiosidade, seguíamos as trilhas sombrias do narrador, pontilhadas por momentos de brandura, horror e diversão. Guiados pelo gato decifrador, fomos impelidos a uma viagem no tempo e no espaço, com deslocamentos vertiginosos.

As descrições contidas nesse A Maldição do Czar são um encanto à parte. Becos sujos e abandonados e esgotos sórdidos convivem com palácios, abadias e paisagens brancas deslumbrantes. Tudo minuciosamente registrado pelo olhar do também artista visual Rossoni, que dirige a cena e comanda a ação com maestria inigualável, seja a bordo de um dirigível, de uma embarcação desgovernada ou de uma plataforma que leva ao centro do mundo, todos tornados verossímeis.

Sergio e eu fomos apresentados por uma amiga comum, a agente literária Marisa Moura, que também se encantou com a obra. Uma primeira versão do livro havia sido publicada em 2015, pela Chiado Editora, com o título de Birman Flint e o mistério da pérola negra, contendo a primeira parte da obra. Nesta edição, revista minuciosamente, o leitor tem a história completa, saída inteira da imaginação de Rossoni.

Foram momentos intensos e felizes — posso garantir — que você, leitor, vai viver também, apreensivo e maravilhado. E, ao final da leitura, talvez fique como eu, saudosa das "noites de chuva enfurnado com Birman Flint e os velhos papéis dos Ronromanovich".

HEIDI STRECKER

# Prefácio

## COMO É GOSTOSO LER!

Fui menino leitor. Lembro-me de me deitar e devorar livros antes do sono me pegar. Nem sempre, contudo, ele vinha. Se o texto fosse interessante, houvesse mistério, a trama elaborada de um jeito especial onde a cada parágrafo lido houvesse "desespero" de se saber o próximo passo do herói, amanhecia o dia lendo. Difícil depois acompanhar o raciocínio da professora na escola, principalmente na aula de matemática. Lembro-me de manhãs longas, arrastadas, as letras da lousa dançando para lá e para cá, os olhos pesando toneladas.

Não houve jeito, cresci. Ficou, porém, o gosto por histórias bem contadas, capazes de fazer perdermos a vontade de relaxar sobre o travesseiro. Todavia, não sei se foi o tempo perdido, talvez o excesso de cabelos brancos ajude, mas raramente, depois de velho, voltei a passar a madrugada abraçado com alguma obra.

Recentemente um sopro de juventude fez-me boa visita. Veio na forma de Birman Flint. Comecei a leitura depois do jantar, acomodado em minha poltrona favorita da sala. Logo estava preso por bichos falantes muito parecidos com os humanos. Birman Flint, o jovem gato repórter do Diário Felino, o detetive Gallileu Ponterroaux, Bazzou, Karpof Mundongovich e o Conselho Imperial do Czar Gatus Ronromanovich. Conspirações, intrigas, assassinatos, seitas, um misterioso artefato conhecido como Ra´s ah Amnui.

Não vi o tempo passar. Coloquei o pijama, escovei os dentes, migrei para a cama. Comodamente estirado, continuei mergulhado no enigma apresentado. Uma joia, um objeto de rara beleza ocultando em si um passado sombrio, lançando nosso herói em uma corrida contra o tempo para salvar a dinastia Ronromanovich de um desastre iminente.

Logo o mesmo sabiá inoportuno de sempre começou a cantar, o vizinho abriu o portão e saiu com o carro, a luz invadiu a janela, amanheceu. Felizmente já não haveria necessidade de ir ao colégio. Ficou apenas a alegria de ter voltado a ler um texto capaz de me agarrar por inteiro. Como não acontecia há séculos. Levantei-me feliz depois deste reencontro. Como é gostoso ler!

RICARDO FILHO

# Nota do Autor

Embora o mundo de Birman Flint seja completamente fictício, alguns personagens e lugares foram inspirados na vida real, como, por exemplo, o czar Gatus Ronromanovich, cuja fonte de inspiração foi a casa Romanov — segunda e última dinastia imperial que governou Moscóvia e o Império Russo por oito gerações, entre 1613 e 1762. Deste período até 1917, uma ramificação da casa de Oldenburgo assumiria o governo da antiga Rússia, tendo o sobrenome Romanov ainda utilizado por seus descendentes.

Nicolau II foi o último czar, assassinado junto com a esposa e filhos em 1918, após a revolução de 1917 liderada pelos bolcheviques.

A personagem de Gosferatus foi inspirada em Grigori Rasputin, que, por volta de 1905, devido à sua já conhecida reputação de místico, foi introduzido no círculo restrito da Corte Imperial Russa. Rasputin salvou a vida de Alexei Romanov, o filho hemofílico do czar, caindo nas graças da czarina Feodorovna. Assim, passou a influenciar a corte, colocando homens como ele no topo da hierarquia da poderosa Igreja Ortodoxa Russa.

O país onde toda a aventura de Flint acontece (Rudânia) é uma menção à Rússia, casa dos czares, sendo a cidade de Moscóvia, real, conhecida também como Principado de Moscovo ou Moscou.

A planície Siberium é uma referência à Sibéria, vasta região da Rússia e do norte do Cazaquistão, localizada no norte da Ásia. Estende-se dos Urais ao Oceano Pacífico e, para o sul, desde o Oceano Ártico aos montes do centro-norte do Cazaquistão e até a fronteira com a Mongólia.

O Gulag mencionado no livro eram campos de trabalho forçado destinados a prisioneiros políticos e qualquer cidadão que se opusesse ao regime da União Soviética.

A guerra russo-japonesa aconteceu, de fato, em 1904 e 1905. Foi um conflito entre os Impérios Russo e Japonês, pelos territórios da Coréia e da Manchúria.

As coordenadas usadas no livro indicando o misterioso Vale da Meia-lua nos levariam, na verdade, próximo a Vorkuta, uma cidade mineradora localizada no Círculo Polar Ártico.

A escrita cuneiforme foi desenvolvida pelos sumérios, sendo a designação geral dada a certos tipos de escrita feitos com auxílio de objetos em formato de cunha. É, junto aos hieróglifos egípcios, um dos tipos de escrita mais antigo, criado por volta de 3500 a.c. Todas as armas descritas no livro são verdadeiras.

Nossos bravos leões brancos também são uma realidade, devido a uma rara mutação de cor do leão sul-africano — uma particularidade genética chamada leucismo. Xristus Harkien, o leão guerreiro de jubas negras, é uma criação minha, embora exista algum relato sobre uma espécie com estas características encontrada no zoológico de Adis Abeba, capital etíope, descoberta e estudada por pesquisadores da Universidade de York e o Instituto Max Planck para a Antropologia Evolutiva, na Alemanha.

A descrição dos dirigíveis Rapina bem como do Svarog, encouraçado aéreo rudanês, foram baseadas na criação real de Ferdinand Von Zepellin, conhecidos então como "charutos prateados", usados durante a Primeira Guerra Mundial pelo exército alemão do kaiser. Realizaram 51 operações aéreas contra a Inglaterra e causaram a morte de 58 soldados e 500 civis. Após a guerra, os Zepellin, como eram conhecidos, foram utilizados para travessias transatlânticas com passageiros durante a década de 1930.

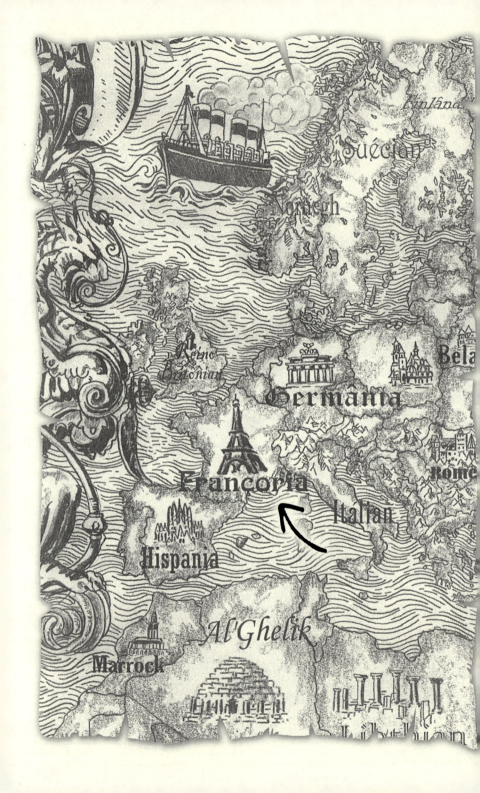

# FRANÇÓRIA, SIAMESA
## 1920

A chuva intensa batendo contra a muralha de pedra e a ventania feroz, agitando os cascos das embarcações, tocavam uma sinfonia macabra no porto de Siamesa. Ondas imensas tentavam arrastar cargueiros, barcos de pesca e pilhas de contêineres que tombavam, espalhando-se pelo cais, para um mundo submerso, sombrio e misterioso.

"Será uma longa noite", pensou Karpof Mundongovich a bordo de uma antiga embarcação ching'anesa ancorada de forma discreta num pequeno estaleiro em meio à escuridão. Finalmente, uma luz vermelha brilhou no mar, piscou duas vezes e tornou a desaparecer. Assim que percebeu o sinal, o pequeno camundongo vestiu seu pesado sobretudo de lã, enterrou sua *ushanka* de pelos na cabeça e dirigiu-se rapidamente ao capitão da embarcação que se aproximava. Murmurou algumas frases num dialeto pouco conhecido e entregou-lhe uma bolsa repleta de moedas de ouro. O capitão, um urso maltrapilho de feições orientais, agarrou a sacola, conferiu o conteúdo, arreganhou os dentes sujos numa espécie de gargalhada de agradecimento, deu meia-volta e desapareceu no mar. O camundongo apertou o passo, lutando contra uma forte rajada de vento que parecia lhe congelar as patas, até alcançar uma viela sombria que mais parecia uma extensão do próprio cais.

Adaptou-se à escuridão após alguns segundos, sentindo o ar quente da própria respiração tocar-lhe os bigodes. Suas patas tremiam, como se não tivesse mais o controle do próprio corpo. Olhou em volta. O lixo espalhava-se por toda a extensão do beco sujo e gatunos bêbados e cambaleantes, percebendo sua presença, batiam em retirada pelos telhados das casas.

Impedido de avançar, paralisado, o pequeno camundongo sentiu uma forma espectral se aproximar: dois olhos vermelhos, sangrentos pareciam cintilar na escuridão. O vulto trazia uma capa negra sobre os ombros e seu sorriso mórbido revelava dentes afiados, prontos para dilacerar alguma presa. Um som seco da bengala de madeira contra o chão de pedra pontuava suas passadas lentas e discretas.

Aos poucos, a imagem do conde Kalius Maquiavel Ratatusk se formou. O rato de pelos pretos aproximou-se vagarosamente de Karpof, examinando-o com um sorriso congelado na face, e abraçou-o de modo fraternal.

O camundongo sentiu as garras de Maquiavel percorrerem sua espinha, afastando-se em seguida:

— Espero que tenha feito uma boa viagem, pequeno roedor! — disse o rato, ajeitando a cartola entre as orelhas.

Karpof desviou o olhar.

— Tudo correu bem... senhor conde — balbuciou, recobrando algum ânimo. — Agora devo apressar-me... Preciso retornar a Moscóvia o quanto antes; não podemos correr o risco de que alguém note minha ausência.

— Entendo perfeitamente, mas devo tranquilizá-lo, meu bravo camundongo, informando-o de que certas medidas de segurança foram tomadas, garantindo seu retorno — concluiu num gesto teatral de autorreverência. — Eu mesmo cuidei para que tudo saísse conforme combinamos. Nenhum animal estúpido chegará a notar sua ausência.

Ratatusk passou uma das patas sobre o ombro de Mundongovich, como se o convidasse a acompanhá-lo em um passeio noturno. Sentiu seu corpo trêmulo por debaixo do grosso casaco, sem esconder a satisfação que seu medo lhe despertava.

Desde sempre, Karpof Mundongovich sentia-se pouco à vontade diante do intrépido conde, evitando ao máximo encontrá-lo. Preferia que outros agentes tratassem com ele. Reportar-se a Maquiavel Ratatusk nunca lhe pareceu uma tarefa agradável, mais pela falta de confiança que sentia em relação ao roedor do que pelo pavor propriamente dito que este lhe despertava. Que o rato negro nunca fora devotado à sua causa, isso sempre lhe pareceu explícito. Entretanto, jamais conseguiriam dar andamento àquela complexa operação sem o seu apoio e, principalmente, sem o apoio daqueles que o seguiam. E isso era fato, assim como era fato que não podia evitar tal encontro, já que as coisas estavam caminhando rápido demais e seus aliados em Kostaniak pareciam ansiosos por notícias suas. No final das contas, conviver com o roedor asqueroso era parte do sacrifício necessário para levar adiante sua missão.

— Recebi notícias da Rudânia. Nosso amigo em Cabromonte está bastante satisfeito em relação aos acontecimentos recentes — disse Ratatusk.

— Acabei de retornar de Kostaniak, conforme as suas ordens... Na fronteira entre a Rudânia e Quistônia, mais da metade das casas comerciais já aderiu ao plano. As facções aguardam seu contato, confirmando sua adesão à nossa causa, fornecendo os mantimentos e animais de que necessitamos.

"Nossa causa" soou bastante estranho para Ratatusk, que o observou em silêncio, pensando no quanto seus interesses eram bastante distintos. "Aliança" seria o termo mais apropriado, imaginou o rato, considerando aquele jogo de interesses e sorrindo satisfeito.

— Excelente, meu jovem camundongo. — O conde deu dois tapinhas nas costas de Mundongovich. — Eu cuidarei para que tal aliança se concretize o quanto antes. Enviarei um de meus mensageiros ainda esta noite para Kostaniak. É fundamental que tenhamos a adesão de todas as famílias antes de avançarmos em direção ao nosso alvo — concluiu, puxando-o para perto de si enquanto caminhava. — Se tudo correr bem, seguiremos para Moscóvia ainda pela manhã.

O comentário pegou Mundongovich de surpresa. Não fazia parte de seus planos permanecer mais tempo na companhia do conde, que notou seu olhar cheio de indignação:

— Quero garantir que nossa presa esteja devidamente vigiada... Somos predadores, meu jovem Karpof. Predadores observando a presa indefesa e, tão logo tenhamos a adesão de nossos aliados,

A MALDIÇÃO DO CZAR

avançaremos sem piedade alguma... Porém, algo me preocupa. Fui informado de que você andou atraindo a atenção de um certo... esquilo comissário.

O camundongo buscou palavras que pareciam não vir facilmente:

— Fui surpreendido pelo comissário Esquilovisky enquanto realizava algumas investigações em Gremlich. Tive de inventar uma ou outra desculpa para justificar minha presença em locais... com certas restrições.

— Locais restritos... Ah! A tal pérola! Suas superstições podem comprometer toda a operação!

Karpof desviou o olhar, murmurando sua justificativa:

— Estou próximo de completar meu trabalho... Muito em breve poderemos contar com aquilo de que necessitamos para... o senhor sabe.

— Imagino que sim, meu bravo camundongo.

— Posso garantir que nada poderá nos atrapalhar. Tenho certeza de que minhas desculpas foram bastante convincentes — concluiu Mundongovich.

Maquiavel Ratatusk sorriu. Gostava da confiança que Karpof parecia ter.

— Não tenho a menor dúvida disso, meu pequeno roedor. Caso contrário, poderíamos eliminar o pobre comissário, cortando o mal pela raiz... Muito embora isso pudesse atrair ainda mais a atenção daqueles estúpidos esquilos.

— Não creio que haja necessidade — afirmou Karpof, sentindo uma gota de suor escorrer próximo aos longos bigodes. — O comissário não nos trará problema algum...

— Tenho certeza disso — concordou Maquiavel Ratatusk, tocando-lhe o ombro com suavidade. — Afinal de contas, duvido que alguém suspeite de sua reputação: Karpof Mundongovich, um agente imperial a serviço de Sua Majestade, o czar! Devoto fiel e cumpridor de suas obrigações! — Calou-se repentinamente. — Há quanto tempo está em Gremlich, meu jovem?

— Dez... doze anos, talvez...

— Doze anos de pura devoção — acrescentou Ratatusk, prosseguindo em sua caminhada lenta e pesarosa. — Uma verdadeira devoção àquele que surge feito um predador... — Sorriu, aproximando-se do camundongo. — Um soldado fiel... acima de qualquer suspeita, devo acrescentar, ainda que certos rumores digam o contrário.

— Ru-rumores? Que rumores?

— Parece que nosso amigo não compartilha da sua confiança, temendo que suas desculpas... não tenham sido tão convincentes assim, o que obviamente poderia mesmo transformar-se num problema para todos nós. Contudo, devo dizer-lhe que tomei certas precauções para que nada disso seja de fato um... infortúnio.

O clarão de um relâmpago iluminou a face de Ratatusk, que sorria de forma perversa. No mesmo instante, de dentro de sua falsa bengala, surgiu uma adaga que o rato negro empunhou rapidamente. A lâmina de aço brilhou na frente do pequeno camundongo.

— Conforme dizia ainda há pouco... — continuou o conde, em posição de ataque, como se aguardasse qualquer reação por parte de sua presa para então se mover num bote rápido e certeiro. — Eliminar o esquilo poderia atrair a atenção de nossos inimigos. No entanto, como costumo dizer, é melhor eliminar a raiz em vez de cortar somente um galho indesejado.

Um novo clarão iluminou o céu, seguido pelo estrondo de um trovão em meio à tempestade.

Karpof sentiu o choque frio e rápido. Ratatusk desferiu o golpe fatal manuseando o sabre com grande destreza e elegância. Retomou a posição inicial como se jamais tivesse movido um músculo sequer, com o sorriso congelado, assistindo à agonia de sua presa.

— Fez um excelente trabalho, Mundongovich, mas, infelizmente, transformou-se num risco... para todos nós.

✳✳✳

Aos poucos, as palavras de Maquiavel Ratatusk tornavam-se mais e mais distantes, até que se tornaram sussurros quase inaudíveis. Aos poucos, Karpof Mundongovich sentia suas forças desaparecerem e suas patas renderem-se ao peso do próprio corpo. Depois de alguns segundos, tombou ao lado de uma pilha de caixotes. Um filete de sangue brotou, manchando seu casaco e formando uma pequena poça no chão ao seu redor.

De cima de um telhado surgiu uma sombra gigantesca feito um demônio com asas enormes e negras, e pousou ao lado de Ratatusk.

O abutre aproximou-se do corpo de Mundongovich, tocou-lhe com uma das garras e voltou-se para o rato:

— O que deseja fazer com ele, mestre?

— Deixe-o aí onde está. Os gatunos deste maldito beco se incumbirão de dar um fim ao infeliz.

A ave de rapina aproximou-se de seu senhor, acomodou-o entre as asas e ganhou altura, desaparecendo em meio à escuridão. Um novo estrondo de trovões encobriu a gargalhada sinistra de Ratatusk, que se perdia ao longe.

✳✳✳

Mundongovich sempre soube que um bom agente secreto poderia ser confundido com os melhores atores do Teatro Imperial da Rudânia no que tange à arte da interpretação. De fato, ambos guardavam alguma semelhança, obrigados a viverem papéis múltiplos e distintos. No seu caso, tal habilidade poderia salvar-lhe a vida — ou, pelo menos, estendê-la um pouco mais. Karpof Mundongovich tinha sido bom ao enganar seus algozes, ainda que tivesse consciência de que não enganaria o próprio destino, que parecia ter-lhe reservado um final inesperado.

O golpe de Ratatusk o atingira de forma fatal, embora a morte parecesse beneficiá-lo com mais alguns instantes antes de anunciar--se de fato. Abriu os olhos, certificou-se de que estava só e reuniu forças para deixar aquele lugar sombrio antes que predadores de toda espécie viessem em busca de carne fresca, conforme imaginara seu assassino, deixando para os gatunos a tarefa de apagar para sempre qualquer vestígio seu.

Arrastou-se em direção às docas. As patas trêmulas esforçavam--se para mover seu corpo, ainda mais pesado devido aos pelos e ao casaco encharcados pelas águas da chuva e do mar, que se alastravam formando um amplo tapete de espuma.

O corpo quase não respondia aos seus comandos e a visão começava a ficar turva. "Um lugar seguro para morrer", pensou Karpof aflito, correndo contra os segundos que lhe restavam, ao encontrar abrigo contra possíveis predadores perto de uma empilhadeira no cais. Um lugar onde poderia deixar seu rastro para ser encontrado na manhã seguinte por algum marujo ou estivador. A respiração fraca ainda fazia vapores surgirem de suas narinas quando se abrigou contra a chuva e o vento entre os pequenos contêineres, apoiando seu corpo fraco na parede de metal de uma das caixas.

Revirou o interior do casaco em busca de algo específico. Algo muito bem escondido no forro de lã, uma espécie de bolso secreto, onde até mesmo exímios farejadores como Maquiavel Ratatusk e sua ave de rapina seriam incapazes de encontrar o pequeno livreto.

Olhou a capa manchada com gotas vermelhas, revirou algumas páginas sentindo uma estranha sensação, como se desse adeus àquilo que nos últimos tempos tinha sido seu maior companheiro, onde tinha deixado sua última marca.

Uma estranha satisfação tomou conta de sua alma. Pensou em seu mestre, depois em Maquiavel Ratatusk. O czar foi a última imagem que lhe veio à mente, e começava a se apagar.

Mais uma vez sorriu, com a certeza de que teria sua vingança, completando enfim aquilo que parecia ser sua última missão.

Galileu Ponterroaux abstraía o ruído da turba de animais à sua volta concentrando-se apenas no zumbido melancólico do vento frio que congelava suas asas. Observava a suave coreografia das gaivotas sobre as ondas acinzentadas do mar ao som de uma triste sonata imaginária que emprestava ao lugar, naquela manhã fria e silenciosa, um ar ainda mais sombrio.

O galo detetive, soltando longas baforadas de seu cachimbo, caminhou lentamente para o local onde a vítima tinha sido encontrada. Atravessou uma barreira de cavalos policiais, que se esforçavam para manter os curiosos afastados da cena do crime, e distinguiu então as palavras do velho marujo — cujos sinais de uma bebedeira recente ainda eram nítidos — que tinha encontrado o corpo e acabava de prestar seu depoimento ao policial da perícia, um coelho de meia-idade.

— Uma espada? — murmurou Galileu, aproximando-se do cadáver e fitando uma estranha mancha de sangue no lado esquerdo de seu abdome.

— Um sabre, mais precisamente — confirmou o perito, arriscando um palpite ao examinar a ferida cujo sangue formara uma pequena bolha seca. — Uma lâmina fina o suficiente para deixar um ferimento discreto, porém mortal, desferido na certa por um exímio esgrimista.

— Por que diz isso, meu caro? — perguntou o detetive.

— O assassino parece conhecer muito bem a anatomia de um camundongo, desferindo-lhe um golpe com bastante precisão para atingir um de seus órgãos vitais.

— Um esgrimista... — murmurou o galo —, em outras palavras, alguém que parecia saber exatamente o que e como fazer.

O policial da perícia fez um sinal de positivo com a pata enquanto sacudia as longas orelhas, examinando de perto a ferida.

— E quanto a isso? — cacarejou Galileu, referindo-se à mancha de sangue no chão. — Tem alguma ideia sobre seu significado? — O perito acenou-lhe negativamente, intrigado. — Parece que a vítima tentou nos deixar algo... bem aqui — completou o detetive em meio a baforadas, sem desviar o olhar da mancha escura.

A seguir, afastou-se em busca de uma lufada de ar fresco e tirou do bolso do colete seu velho relógio preso por uma fina corrente dourada, um *Bismark Antique* de origem germânica, e verificou o mostrador com impaciência, como se aguardasse alguém. Voltou-se novamente para o coelho que finalizava a perícia.

— Disse que a vítima não apresenta outros ferimentos além deste? — questionou, notando uma movimentação policial num beco sujo mais adiante. — Nenhum sinal de briga, marcas de garras... nada?

— Nada, detetive — respondeu o coelho, mexendo nos óculos redondos e coçando os olhos visivelmente cansados. — Nossos farejadores encontraram seu rastro vindo daquela direção. A presença de sangue no local indica que a vítima sofreu o ataque bem ali... — Indicou o aglomerado de cães policiais que ainda rondavam o lugar parecendo raspar seus focinhos no chão em busca de mais alguma prova. — Infelizmente, a tempestade da noite passada não deixou muitas pistas.

— Disse que o assassino teria desferido um golpe fatal... — interveio Ponterroaux num tom mais de pergunta do que de afirmação. — No entanto, a vítima ainda conseguiu reunir forças para buscar ajuda, encontrando abrigo no meio destes contêineres.

— Embora fatal, sua morte não foi instantânea — explicou-lhe o perito. — Dependendo do órgão atingido, é possível que tenha tido alguns minutos antes de perder a consciência definitivamente. Além do mais, pelo que pude verificar, parece-me que a vítima tinha uma condição física acima da média. Saberemos um pouco mais após um exame detalhado — finalizou o pequeno e cansado coelho.

— Interessante... — murmurou Galileu. — Imagino que um camundongo mortalmente ferido, ainda que dotado de uma condição física privilegiada, encontre alguma dificuldade para escapar de seu algoz em meio à tempestade. — Voltou-se para o perito, que o escutava atento. — Contudo, não vejo aqui indício algum de que o assassino o tenha perseguido... caso contrário, a vítima não teria chance alguma de nos deixar tais pistas. — Deixou o cachimbo escorregar pelo bico depois de um longo trago. — Parece que estamos lidando com um assassino bastante confiante em suas capacidades como esgrimista, acreditando ter proporcionado à sua vítima uma morte instantânea. Ao mesmo tempo, alguém descuidado o suficiente a ponto de subestimar sua presa.

Na frente da aglomeração de animais de todo tipo — curiosos que não paravam de se aproximar, contidos por enormes cavalos policiais —, uma figura esguia se destacava. Ponterroaux reconheceu de imediato sua voz em meio ao burburinho, agitando as asas numa demonstração clara de felicidade ao encontrá-lo ali. Retirando do bolso o velho relógio, olhou as horas num gesto mecânico e cacarejou alto o suficiente para atrair a atenção do cavalo policial, fazendo-lhe sinal para que liberasse a passagem do elegante gato.

— Birman Flint! Já estava mesmo na hora, meu jovem! — disse Galileu, voltando-se para o felino que o observava com um olhar sombrio, introspectivo, envolto num grosso casaco abotoado numa das laterais até o pescoço, protegendo-se do vento frio que parecia cortar seus pelos longos.

Flint cumprimentou o amigo com um miado baixo e gentil, afagando-lhe as penas das asas com um toque de cabeça. Virou-se então para o corpo da vítima estendido no chão e fitou-o com seus olhos amendoados, semicerrados, de um tom marrom.

Ponterroaux observou o pequeno crachá preso ao bolso do casaco de Flint, o qual mostrava sua fotografia com os dizeres "Repórter Investigativo — Diário do Felino" logo abaixo do nome.

Flint era um gato magro e esguio demais para sua idade. Pouco se sabia sobre ele. Consta que era filho de uma antiga e exuberante cantora de ópera que havia selado seu destino ao passar por Siamesa e conhecer Theodor Flint, um elegante e sedutor gato, considerado um excêntrico aventureiro. Theodor, por sua vez, parecia ter deixado como única herança para seu filho a vocação para farejar uma boa encrenca, o que, no seu caso, havia-lhe servido profissionalmente.

Seus pelos longos e os olhos amendoados eram herança materna, assim como o ar introspectivo e sério, embora seus gostos artísticos fossem muito diferentes dos de sua mãe. O gato chegou a afirmar, algumas vezes, sua falta absoluta de paciência com as grandes encenações artísticas e com o teatro de forma geral. Preferia assistir aos bons quartetos de improvisadores formados por gatunos da região baixa, bairro tradicional em Siamesa, onde músicos e artistas de rua se apresentavam quase que diariamente nas esquinas. Gostava de frequentar os antigos cafés françorianos, que por alguns trocados ofereciam as melhores iguarias, acompanhadas por uma boa taça de vinho, capaz de lhe aquecer a alma nos dias de inverno.

— Achei mesmo que não perderia uma história como esta — sorriu-lhe Ponterroaux, já imaginando qual seria a fonte que, de alguma forma, mantinha o jovem repórter sempre informado, colocando-o diretamente em seu rastro.

— Correr atrás de uma boa história é a minha profissão, detetive — respondeu Flint sorrindo para o galo, assumindo um olhar mais sério ao fitar a vítima de perto. — Já o identificaram?

Galileu ajeitou seu cachimbo enquanto dava voltas em torno do roedor assassinado, deixando uma trilha de fumaça ao seu redor:

— Recebemos hoje cedo a confirmação de que se trata de um camundongo chamado Karpof Mundongovich, agente imperial da Rudânia.

— Um agente rudanês? — miou Flint surpreso. — Assassinado misteriosamente aqui, em Siamesa?

— E tem mais… A embaixada da Rudânia informou que seu país desconhece o motivo de sua visita a Siamesa, descartando, assim, tratar-se de uma missão oficial, ou mesmo alguma missão… secreta — acrescentou enquanto limpava o jaleco, tirando dali pequenos grãos do fumo usado em seu cachimbo. Ao ver o olhar incrédulo do gato, prosseguiu: — O alto comando da Rudânia nos garantiu que o nome de Karpof Mundongovich não consta de qualquer missão oficial. Houve grande alvoroço entre seus líderes quando souberam de sua presença aqui... Resumindo, sua presença em Siamesa parece ser um mistério até mesmo para o czar Ronromanovich.

O gato repórter respirou fundo e começou a fazer anotações no pequeno caderno que trazia sempre consigo antes de continuar:

— E quanto ao assassino, alguma pista?

— Infelizmente, a chuva de ontem à noite não deixou nenhum rastro para nossos farejadores. — Apontou para o grupo de policiais vasculhando cada canto da sinistra viela em que Mundongovich fora atingido. — Contudo, acredito que a vítima tenha nos deixado uma pista... — afirmou com uma expressão de escárnio. — Algo bastante perturbador, devo acrescentar.

Ponterroaux fez sinal para que se aproximasse, levando-o até bem perto do corpo do roedor. O repórter prendeu a respiração diante da cena, notando a mancha no casaco do agente no exato local em que o assassino havia-lhe desferido o golpe. Soltou um miado ao deparar-se com seu olhar petrificado, sem vida, fixo naquele pequeno objeto cujo brilho refletia em seus olhos, enquanto palavras pareciam prestes a escapulir de sua boca, revelando sua última visão. Um dos dedos da pata dianteira, ainda embebido em sangue, apontava para uma medalha no chão, ao lado do corpo, presa à fina corrente que arrancara do próprio pescoço, quem sabe num último gesto. Havia ao redor dela um círculo — não um círculo qualquer, mas um desenhado com o próprio sangue. Suas linhas assumiram, diante do felino, uma forma assustadora, quase demoníaca.

— Uma cobra... — disse o gato, espantado, ao examinar a figura de perto: um réptil encontrando a própria cauda, fechando-se em torno do objeto dourado.

— A vítima a desenhou antes de morrer — disse Galileu, perturbado diante da cena. — O sangue ainda parece fresco, assim como as marcas deixadas em seu pescoço ao arrancar abruptamente a corrente dourada.

Birman Flint afastou-se, observando a medalha que trazia uma figura esculpida no próprio metal, com pequenos diamantes incrustados nas laterais, lembrando um pequeno ovo achatado, notando ainda um minúsculo rubi bem no centro.

— Esta figura...? — balbuciou o gato com os olhos semicerrados diante do objeto.

— Quem sabe um brasão ou algo parecido — respondeu Galileu à pergunta incompleta, parecendo ter examinado tal objeto inúmeras vezes desde que chegara ao local ainda durante a fria madrugada.

— Imagino que nossos amigos rudaneses possam nos informar tão logo cheguem a Siamesa.

— Amigos rudaneses? — perguntou Flint

— Neste momento, o embaixador da Rudânia, Splendorf Gatalho, acompanhado pelo comissário-chefe dos esquilos secretos da Guarda Imperial do czar, está a caminho de Siamesa para acompanhar nossas investigações — respondeu, puxando o jovem gato para perto. — Espero que possam esclarecer algo em relação à misteriosa mensagem deixada pela vítima, assim como algumas das estranhas anotações encontradas neste pequeno livro.

— Anotações? — questionou Flint, sem desviar o olhar do livreto cuja capa de couro envelhecido mal conseguia conter algumas folhas que insistiam em saltar das costuras.

— Parece que ele usou seus últimos instantes de vida para torná-las evidentes — afirmou convicto Galileu Ponterroaux, folheando o livro e deixando à mostra algumas páginas com vestígios de sangue ainda fresco deixados pelo camundongo.

Flint observou estranhas figuras grifadas com traços vermelhos, trêmulos, feitos às pressas pelo desesperado Karpof. Apanhou o livreto, sentindo o odor forte da vítima, e distinguiu formas circulares que surgiam por toda parte, seguidas por anotações que pareciam não fazer sentido algum, contendo em seu interior estranhos desenhos — que bem poderiam ser letras de um alfabeto desconhecido — lembrando minúsculos borrões de tinta que se desmanchavam em meio ao sangue ali derramado.

— Veja — disse Ponterroaux, apontando para uma folha específica que trazia marcas de sangue e ranhuras nas laterais e nas pontas, evidenciando que o roedor teria tentado arrancá-la recentemente —, ele parecia às voltas com estas gravuras de um modo obsessivo. As figuras se repetem inúmeras vezes, como se buscasse ele mesmo compreender seu significado.

A MALDIÇÃO DO CZAR

— Uma escrita antiga ou, quem sabe, um tipo de código? — arriscou Flint examinando a forma que, daquele ângulo, lembrava-lhe uma espécie de mandala.

— Não faço a menor ideia, meu amigo — respondeu o detetive, sem esconder certa frustração. — Contudo, creio que as anotações no verso da página tenham sido o alvo de seu real interesse — falou por fim, virando a folha com certo cuidado para que esta não se desprendesse de vez, mostrando-lhe finalmente algo relevante.

As anotações estavam cercadas por um círculo vermelho que lembrava o desenho da cobra em torno da pequena medalha. As letras pareciam desbotadas, o que indicava terem sido feitas já havia algum tempo. Flint leu em silêncio:

*Código Uruk – Diário de Feodór Ronromanovich –*

*Ra's ah Amnui é a chave para o cofre real*

*Pérola Negra – Primeira fase concluída –*

*Procurar Patovinsky – Rua Doitsky, 334*

*Fiéis a postos aguardando sinal do mestre supremo – Informar aliança – Iniciar fase dois*

Alguns minutos se passaram antes de o repórter voltar-se para Galileu com um olhar de interrogação:

— Ra´s ah Amnui... Alguma ideia do que isso significa, detetive?

Um ruído baixo acompanhou um gesto negativo do galo, que balançou sua bela crista como se fosse um badalo:

— Nosso roedor parecia envolvido com algo um tanto enigmático... Algo ligado ao antigo czar Feodór Ronromanovich.

— Sua morte... estaria ligada à família imperial?

— Talvez. *É possível que a vítima estivesse mesmo trabalhando em uma operação cujo andamento parecia desenvolver-se de forma próspera... "Pérola negra"...* — murmurou Ponterroaux, pensativo. — Um codinome, talvez. — O detetive encarou a multidão de guardas que se aglomerava próxima à viela. — Quem sabe nossa resposta não esteja no tal diário mencionado aqui.

— Talvez tenhamos uma pista que nos leve ao autor e ao porquê deste brutal assassinato. — Flint parou, buscando as palavras. — Quem sabe um escândalo envolvendo a antiga monarquia da Rudânia...

— Quem sabe... De qualquer forma, algo bastante relevante, capaz de levá-lo a um destino como este — concluiu Galileu, sorrindo de leve. — Uma informação guardada a sete chaves... ou melhor, uma única... — disse num tom de piada, referindo-se ao estranho nome descrito pela vítima como "a chave para o cofre real". Flint devolveu-lhe o sorriso, um tanto sem graça, e o detetive prosseguiu: — Ao menos temos aqui um suspeito. —Indicou o nome que aparecia na página manchada com o sangue da vítima.

— Patovinsky — leu Flint. — Um conspirador? Um agente infiltrado? Por que alguém quereria ver nosso amigo aqui morto? Quem sabe o comissário imperial possa nos dizer algo...

Galileu foi interrompido pela chegada do veículo da perícia, que rapidamente envolveu o cadáver num saco plástico e providenciou sua remoção. Flint notou quando um dos policiais aproximou-se de Ponterroaux e entregou-lhe, dentro de um invólucro transparente, a pequena medalha dourada deixada pelo próprio Karpof na cena do crime.

— Como vê, meu caro amigo — brincou Galileu, cansado —, tem aqui uma excelente história.

— Sem dúvida alguma, detetive. Gostaria de acompanhá-lo nesta investigação — disse Flint, quase num tom de súplica.

— Não imaginaria algo diferente, meu jovem gato — respondeu-lhe Ponterroaux, com uma piscadela. — Afinal de contas, eu não teria pedido que o avisassem se não o quisesse por perto.

— Neste caso — arriscou Flint, devolvendo-lhe a pisadela —, *não se importaria em me deixar examinar as anotações de Karpof por mais algum tempo, não é mesmo?*

Galileu deu um trago no cachimbo, pensativo, preocupado com os demais à sua volta, e se aproximou, entregando-lhe o livreto com um gesto bastante discreto. O monóculo encaixado no bico refletiu a imagem do gato.

— Até amanhã... no Comissariado Central *às* 9h em ponto — disse o galo, colocando o chapéu-coco na cabeça e seguindo a comitiva que conduzia o cadáver de Karpof Mundongovich. — Nossos visitantes estarão ansiosos por algo que esclareça este triste acontecimento.

— Estarei lá — respondeu Flint com um aceno e voltou-se mais uma vez para a cena do crime. A mancha de sangue no chão ainda atraiu seu olhar por mais alguns segundos.

Caminhou então em direção ao mar, deixando que a brisa da manhã tocasse seus pelos e limpasse sua alma daquela aura assustadora a envolvê-lo. Abotoou seu velho casaco de lã até o pescoço, fugindo do vento frio, e misturou-se aos operários e marujos que circulavam pelas enormes embarcações atracadas no porto.

# CENTRAL DE POLÍCIA DE SIAMESA

Um enorme relógio de aço escuro e prata pendia por duas grossas correntes de uma das colunas do prédio da Central de Polícia. Seus ponteiros giravam em torno de doze figuras de ouro maciço, que substituíam os algarismos convencionais, sobre um fundo que reproduzia o globo terrestre com os quatro pontos cardeais numa delicada marca-d'água. No centro havia a assinatura discreta de seu artista-construtor, Lobus Dezzoto, um exímio artesão do século XVIII que havia criado o engenhoso mecanismo a pedido do grão-duque da Germânia, com o objetivo de presentear certa baronesa ligada à corte real do kaiser. Perdido e posteriormente resgatado e levado a leilão, o objeto tinha sido finalmente doado por um excêntrico magnata e colecionador por ocasião da inauguração da magnífica sede policial no início do século.

Birman Flint apertou o passo no corredor da Central de Polícia ao perceber que estava quinze minutos atrasado. Imaginou a irritação de seu amigo detetive, que tinha grande apreço pela pontualidade. Correu em direção à sala do comissariado no final do corredor, notando dois tigres que montavam guarda do lado de fora do escritório. Um letreiro na porta indicava "Detetive G. Ponterroaux".

O próprio Galileu Ponterroaux conversava distraído com os ilustres visitantes, narrando o resultado dos exames que a perícia havia realizado na vítima:

— A morte de Karpof foi mesmo resultado de um golpe fatal desferido por um sabre ou algo semelhante, que o atingiu na região abdominal, rompendo-lhe uma artéria. Infelizmente, os exames não encontraram no corpo nenhum sinal de luta, arranhões ou mesmo pedaços de garras, pelos ou penas. É como se ele tivesse sido atacado por um fantasma.

O fato pareceu perturbar o comissário rudanês, que escutava o galo com a máxima atenção. Flint aguardou até Galileu virar para ele depois de examinar o relógio de bolso. Fez um sinal para que se aproximasse:

— Ah, meu amigo, queira entrar. Estávamos aguardando-o ansiosamente enquanto comunicávamos aos nossos nobres visitantes os resultados dos exames.

O gato notou os olhares em sua direção. Entre as figuras presentes, distinguiu um esquilo, acomodado num sofá macio diante do detetive, que trajava um enorme casaco de lã preto com um passante na cintura e segurava com um franzir de testa um pequeno monóculo muito semelhante ao de Galileu. Conforme o repórter havia pesquisado, o esquilo era Rudovich Esquilovisky, que iniciara sua carreira como aluno oficial de polícia e alcançara o título de tenente quando se juntou ao exército imperial, assumindo o posto de comandante da esquadra de roedores. Foi recrutado para as forças especiais do czar em 1903 e logo tornou-se comissário da polícia do czar, passando a comissário principal e chefe geral da Polícia Secreta Imperial.

Ao seu lado acomodava-se um elegante felino que já ultrapassara a meia-idade trajando um terno de linho escuro onde se destacava o brasão da Casa Ronromanovich estampado no bolso direito. Era o embaixador do czar, cujas vestes, confeccionadas por um experiente alfaiate, tentavam preservar cuidadosamente sua forma esguia. Seus pelos — uma mescla de tons escuros e brancos devido à idade, com bigodes aparados e claros que tombavam para os lados — exalavam um agradável perfume. Graduado em Geografia Política, Splendorf Gatalho Protchenko iniciou a carreira lecionando na Universidade de Siberium. Foi nomeado cônsul geral, atuando junto ao Ministério Imperial para desenvolver um importante trabalho durante a expansão territorial da Rudânia. Em 1910, partiu para Germânia já na qualidade de embaixador do czar, retornando a Moscóvia como embaixador residente.

Esquilo e gato levantaram-se, recebendo Flint com uma sutil reverência. O detetive Galileu Ponterroaux assumiu as apresentações:

— Senhor embaixador, comissário, permitam-me apresentar-lhes nosso jovem amigo Birman Flint, repórter do *Diário do Felino*. Um colaborador, por assim dizer, neste inusitado caso.

Splendorf Gatalho dirigiu-lhe um olhar discreto, examinando-o atentamente com seus olhos amarelados e orelhas pontudas, que lembravam os antigos gatos selvagens das montanhas geladas do deserto de Siberium.

"Talvez ele descenda mesmo desses bravos felinos", pensou Flint, ronronando cordialmente em sua direção, atraído por fim pelo olhar simpático e menos formal do pequeno comissário Esquilovisky, que deu um passo em sua direção, abraçando-o como de costume em seu país.

— É um grande prazer, senhor Flint — disse o esquilo, que parecia uma bola de pelos em meio ao grosso casaco e à robusta *ushanka* que lhe escondia as orelhas.

Encerradas as formalidades, Galileu entrou no assunto:

— Nosso intrépido repórter está colaborando com a análise de algumas pistas que a vítim... quero dizer... que o senhor Mundongovich nos deixou como evidência. Imagino que seu atraso se deva à exaustiva noite debruçado sobre suas anotações.

— Anotações? — resmungou o velho embaixador.

— Evidências encontradas junto ao seu corpo... — respondeu Ponterroaux após oferecer um pouco de seu melhor fumo para o comissário Esquilovisky. — Supomos tratar-se de uma mensagem... ou algo parecido.

Comissário e embaixador trocaram olhares. Galileu Ponterroaux abriu uma das gavetas de sua escrivaninha e apanhou um envelope marrom:

— Suspeitamos que Karpof Mundongovich estivesse envolvido numa espécie de... conspiração.

— Conspiração? — rosnou Gatalho.

— Evidentemente, trata-se apenas de uma suposição preliminar.

— Uma conspiração contra quem? — insistiu o embaixador.

— Algo ligado direta ou indiretamente a Feodór Ronromanovich.

— O antigo czar? — questionou o comissário Esquilovisky.

— Mundongovich mencionou um suposto diário que teria pertencido a Feodór Ronromanovich — concluiu Galileu.

Os dois rudaneses permaneceram em silêncio durante alguns segundos. Esquilovisky levantou-se do sofá e passou a dar voltas em torno da pequena mesa:

— Uma mensagem, o senhor disse...

— Exato, comissário — respondeu Galileu, finalmente retirando do envelope algumas fotografias feitas pela perícia no local do crime. Aproximou-se dos visitantes: — Isto foi feito por Mundongovich... com seu próprio sangue.

O embaixador Gatalho soltou um miado alto ao observar as imagens. Esquilovisky se debruçou sobre uma delas:

— Parece uma... uma...

— Uma cobra — completou Birman Flint.

— Mundongovich arrancou a medalha do próprio pescoço, conforme nossa perícia constatou, deixando-a bem ali antes de... desfalecer de vez — esclareceu o galo. — Percebo que fazem alguma ideia do que ela representa.

Splendorf Gatalho soltou o ar dos pulmões como se estivesse se libertando de um peso e dirigiu um olhar direto para o galo à sua frente:

— Receio que sim, detetive. Eu mesmo possuo uma idêntica. — Dizendo isso, retirou uma pequena corrente que trazia em torno do pescoço, debaixo da elegante gravata, e balançou-a feito um pêndulo enquanto a trazia à luz. Galileu não conteve um cacarejar alto.

— Todos os animais ligados à segurança e à política em nosso país recebem uma medalha de ouro idêntica a esta — explicou Esquilovisky.

— A medalha imperial — completou o embaixador. — Um objeto que simboliza toda a honra e dedicação ao nosso czar. Nós da Rudânia somos um povo devotado à nossa bandeira. Carregar o brasão imperial é sinônimo de orgulho para todos nós.

A MALDIÇÃO DO CZAR 33

— Brasão imperial? — perguntou Flint, aproximando-se do objeto preso às patas do velho felino. — Por acaso está se referindo ao desenho gravado na medalha, senhor embaixador?

— Gatalho — sorriu —, apenas Gatalho, meu jovem. Sim, o símbolo da Casa Ronromanovich. — Apontou então para a figura idêntica bordada em seu casaco.

Flint observou a figura e comparou-a com a pequena medalha encontrada na cena do crime. "O brasão imperial... a Casa Ronromanovich". Trocou um olhar com Galileu Ponterroaux. "O diário do antigo czar."

— Parece que nosso agente estava mesmo às voltas com algo diretamente ligado à Casa Imperial — comentou o detetive.

— E quanto a essas anotações? — perguntou Esquilovisky.

— Talvez nosso amigo gato possa nos dizer algo sobre isso — disse Ponterroaux.

Birman Flint acomodou-se numa cadeira não tão macia e passou a mostrar aos visitantes o estranho livreto de Mundongovich. As manchas de sangue haviam se transformado em borrões amarronzados que se espalhavam pela lateral do livro. Percorreu as páginas até se deparar com uma folha que parecia insistir em manter-se presa à encadernação. Fitou os excêntricos visitantes com um olhar astuto e afirmou, sem tirar os olhos da imagem à sua frente:

— Acreditamos que Mundongovich, pouco antes de morrer, tentou destacar a página, buscando deixá-la em evidência. Reconhecem esta imagem?

Os dois sacudiram as orelhas ao mesmo tempo em sinal negativo.

— Observem estes desenhos... — Apontou Flint para as marcas no centro do círculo. — A princípio, estas estranhas figuras simbólicas podem muito bem representar caracteres de algum alfabeto antigo, quem sabe um dialeto ou mesmo uma espécie de... código.

— Um código? — miou o embaixador, sem concordar muito com a colocação do repórter.

— Ouçam... — disse pacientemente Flint enquanto virava com certo cuidado a folha que a vítima quis evidenciar. — Encontramos no verso estas anotações deixadas por Mundongovich.

O jovem gato leu em voz alta as inscrições e então o silêncio mergulhou a sala numa aura misteriosa, só quebrada pela intervenção de Galileu Ponterroaux:

— Uruk...

Esquilo e embaixador trocaram olhares confusos.

— Posso garantir-lhes que tal código me é completamente desconhecido — afirmou o comissário. Splendorf Gatalho balançou os bigodes, concordando com o amigo. — Em contrapartida, criptografar mensagens é uma prática bastante comum em nossa agência de segurança. — O esquilo fez uma pausa enquanto bebia um pouco do chá servido por Galileu. — Principalmente por agentes em campanha.

— Algo que, de acordo com as informações do seu governo, não era o caso de Mundongovich — interveio o galo.

— Exato, detetive. O nome de Mundongovich não consta em nenhuma missão governamental ou mesmo diplomática. Da mesma forma, este "uruk" não é algo utilizado por nossa polícia imperial. Desconheço qualquer tipo de código cuja terminologia se enquadre neste estranho nome.

Flint virou a página de volta e os estranhos desenhos surgiram mais uma vez diante dos confusos rudaneses:

— Karpof parecia obcecado com estas formas. Os mesmos desenhos aparecem diversas vezes em suas anotações. Não obedecem a qualquer padrão, como podem ver. — Mostrou-lhes algumas páginas onde o camundongo parecia tê-los reproduzido, ora separados, ora agrupados no centro do círculo.

— Faz alguma ideia sobre o que significam? — perguntou Splendorf Gatalho, dirigindo-se ao gato repórter, examinando de perto as estranhas formas.

— Suspeito de que possa haver alguma relação com este suposto código. Uma mensagem criptografada, quem sabe. Estes desenhos talvez representem algum tipo de escrita, ou algo semelhante...

— Uma mensagem... — repetiu Galileu Ponterroaux. — Suspeitamos que Mundongovich buscava algo diretamente ligado ao passado da família imperial. Isso explicaria seu interesse pelo suposto diário de Feodór Ronromanovich. Quem sabe um segredo antigo capaz de comprometer seu governo atual.

A MALDIÇÃO DO CZAR

Rudovich Esquilovisky escutava em silêncio enquanto examinava as evidências. Finalmente deixou o ar escapar dos pulmões e virou-se para o jovem felino:

— Devo-lhes dizer que tal suspeita não é de todo improvável.

"Aí está", pensou Ponterroaux, "agora os rudaneses vão dividir o segredo que desde o início parecem guardar". Serviu-lhes um pouco mais de chá, ansioso por escutar o que o comissário tinha a dizer.

Esquilovisky levantou-se:

— Confesso que, embora este misterioso assassinato nos tenha surpreendido, tudo isso apenas confirma o estranho comportamento de Karpof Mundongovich nos últimos tempos. Karpof era um agente bastante inteligente e incrivelmente dedicado. Formado pela Universidade de Moscóvia em Política Econômica, foi recrutado pela polícia imperial devido aos seus conhecimentos burocráticos, servindo-nos muitas vezes em missões de caráter único e exclusivamente diplomático. Seus conhecimentos o tornaram responsável por negociações estratégicas e políticas com outros governos, dando suporte a nossos ministros e embaixadores. Como agente de campo, cabia-lhe inspecionar secretamente algumas das intenções de nossos colaboradores, examinando de perto seus reais interesses em obter um acordo governamental com nosso país. Contudo, nesses últimos tempos, algo em seu comportamento chamou a atenção de alguns integrantes de nossas forças imperiais incumbidos da segurança de Gremlich.

— Problemas com a segurança? Mas Gremlich é uma fortaleza, comissário! — comentou Ponterroaux

— Sim, ela abrange não apenas o Palácio Imperial, onde reside a família do czar Gatus Ronromanovich, mas todo o sistema governamental da Rudânia: os Ministérios, o Complexo das Embaixadas, o Congresso Imperial, a Casa do Tesouro Real, como é chamado o banco interno da Rudânia, que abriga o tesouro dos Ronromanovich, além do belíssimo Museu da Armada Imperial e a abadia onde repousam os restos mortais dos antigos czares.

Galileu Ponterroaux tragava seu cachimbo ansiosamente, sentindo que o esquilo se aproximava do ponto central de toda a conversa:

— No Congresso Imperial, o departamento onde são mantidos os arquivos governamentais se divide em três grandes níveis. O primeiro, destinado ao público em geral, constitui aquilo que consideramos tratar-se de uma das maiores bibliotecas em todo o continente animal, inaugurada no início do século passado por Gaturnino Ronromanovich, fundador da dinastia Ronromanovich e primeiro czar da Rudânia. — Fez uma breve pausa, sorvendo a bebida quente antes de prosseguir. — O segundo nível destina-se a documentos governamentais cujo acesso é restrito; apenas animais ligados ao governo ou em missões específicas circulam nessa ala, verificando certos tratados, atualizando nossos registros políticos e históricos, servindo-se de uma ampla bibliografia na formação de leis e tratados políticos criados por nossos ministros.

— Sendo Mundongovich um agente do governo — interveio Ponterroaux, fitando o esquilo —, imagino que ele seria um desses animais a ter acesso a tais documentos.

— Certamente... — concordou o comissário — uma vez acompanhado pelas devidas autorizações. Contudo — prosseguiu —, é no terceiro nível que se encontra o acervo particular do czar. — Voltou-se para Flint, que o observava igualmente curioso. — Documentos históricos e objetos ligados à dinastia Ronromanovich, cujo acesso é possível apenas com uma autorização emitida pelo próprio czar. Nos últimos tempos, Mundongovich parecia apresentar um comportamento bastante suspeito...

— Suspeito? — perguntou Galileu.

— Ele foi observado discretamente por alguns de nossos agentes esquilos diversas vezes circulando pelos níveis de segurança máxima sem as devidas autorizações, algo bastante incomum para um agente como ele — completou o comissário. — Quando abordado, serviu-se como desculpa da urgência que o caso que lhe fora atribuído exigia, informando que as devidas autorizações seriam enviadas à central de segurança tão logo fossem confirmadas e emitidas.

— E foram?

— Ah, sim... as autorizações. Mundongovich as enviou de fato, embora não deixasse claro o caso a tomar-lhe de tanta urgência, a ponto de partir abruptamente de Gremlich. Um comportamento bastante inusitado, que me chamou a atenção... Passei a monitorar suas pegadas. Pouco tempo depois concluí que Mundongovich não parecia envolvido em nenhum tipo de missão que justificasse suas consultas a documentos considerados como prioridade dois. Comecei a suspeitar da autenticidade das tais autorizações. Como disse, infelizmente, Karpof deixou Gremlich antes mesmo que pudesse questioná-lo quanto a isso.

— O que exatamente Mundongovich examinava nesses arquivos, comissário? — questionou Birman Flint.

— Alguns tratados políticos do início do século, creio eu.

— Quem sabe algo importante o bastante para que o antigo czar viesse a registrá-lo posteriormente em seu diário?

— Ou talvez algo capaz de comprometer o governo da Rudânia, conforme nosso amigo felpudo suspeita? — sugeriu Galileu Ponterroaux.

— É possível, detetive — resmungou o esquilo, deixando que o silêncio se prolongasse na sala.

Splendorf Gatalho emitiu um miado baixo, aproximando-se das anotações de Mundongovich. Sorveu todo o chá e depositou a xícara ao lado do livreto sobre a pequena mesa de sequoia. Abriu o livreto mais uma vez. "Interessante". Observou a animada discussão entre o esquilo e o galo, interrompendo-os em seguida:

— Senhores, por favor... Embora não esteja tão certo quanto às suspeitas levantadas por nosso brilhante repórter, devo dizer-lhes que o diário do antigo czar não é a única coisa relacionada à dinastia Ronromanovich mencionada nestas anotações.

— O que quer dizer, embaixador? — perguntou Flint.

— Pérola negra, a famosa joia que pertenceu ao fundador da dinastia Ronromanovich, Gaturnino Ronromanovich, mantida em segurança pelo atual czar junto aos demais objetos que lhe pertenceram.

— Uma joia... — sussurrou Galileu pensativo.

— Uma belíssima pérola cujo brilho e tamanho transcendem as demais de sua espécie. Gaturnino a teria recebido de um velho nômade xamã ainda em sua juventude, quando percorria as terras desérticas em Siberium. Deveria trazê-la sempre consigo para se manter protegido contra forças das trevas. — Nesse instante, o gato deixou uma breve risada escapar. — Uma espécie de amuleto da sorte ou algo parecido. Daí o surgimento de histórias fantásticas envolvendo nosso antigo monarca.

Flint o encarou curioso:

— O senhor disse... histórias?

— Lendas e histórias construídas por um povo rico em superstições.

— Algumas delas — sorriu o embaixador, parecendo mesmo se divertir com tudo aquilo — descrevem um Gaturnino Ronromanovich abrindo caminho entre seus inimigos, brandindo sua cimitarra feito um deus felino, enquanto seu talismã o protegia contra seres sobrenaturais, tornando-o invencível. — Soltou o ar dos pulmões em meio à risada. — Pantomimas, senhor Flint. Nada mais que pantomimas.

O repórter respirou fundo, trocando um olhar surpreso com o detetive.

— Parece que os Ronromanovich sempre tiveram algum interesse por assuntos... estranhos — argumentou Rudovich Esquilovisky, atraindo a atenção do gato.

— Gaturnino Ronromanovich foi um profundo estudioso do ocultismo, entre outros assuntos voltados ao sobrenatural. Seu interesse por objetos religiosos e místicos era sua grande paixão, vindo a desenvolver todo um tratado sobre alguns fenômenos observados em ritos religiosos pertencentes a culturas antigas — continuou Splendorf Gatalho.

Galileu caminhava entre os convidados, gesticulando com as asas, impressionado:

— Neste caso... é possível que a morte de Mundongovich esteja diretamente ligada a uma operação cujo objetivo seria...

— Roubar a joia em questão? — atalhou o embaixador. — Não creio. Dos objetos pertencentes a Gaturnino Ronromanovich, creio ser sua pérola negra o menos valioso. Ainda que rara e de uma beleza única, estamos falando aqui de uma simples pérola. A adaga curva de Gaturnino, com uma esmeralda incrustada no cabo, deve valer pelo menos cem vezes mais. Isso sem levar em consideração seus outros pertences. Seu elmo dourado, com o brasão imperial adornado por diamantes rosados...

— A menos que seu interesse tenha sido outro... — miou Birman Flint.

— Interesses semelhantes aos que acabou de descrever em relação ao antigo czar — concordou Galileu, balançando a crista.

Splendorf Gatalho deu um sorriso forçado.

— Esta é a diferença entre um fato e aquilo que ele representa, meus caros. A pérola, enquanto objeto, nada mais é do que uma simples pérola negra. Em contrapartida, um objeto místico e religioso, ainda que sem valor, pode alcançar proporções... enormes — sorriu mais uma vez. — A mente animal é um mistério, encerrando surpresas inimagináveis.

Rudovich Esquilovisky esclareceu:

— Os objetos de Gaturnino são mantidos em exposição no Museu Imperial, vigiados vinte e quatro horas por dia por tigres da Guarda Imperial. Mesmo que seu objetivo fosse roubar a pérola, ele conhecia bem o lugar para saber que seria quase impossível burlar a segurança local.

— A menos que fosse auxiliado... por alguém — acrescentou Ponterroaux e apontou mais uma vez para as anotações no livreto: "*Ra's ah Amnui* – A chave para o cofre real"

— Alguma ideia do que isso possa significar? — perguntou Flint, notando o olhar vidrado do embaixador, como se a qualquer instante um *insight* viesse lhe fornecer o necessário para interpretar as estranhas mensagens deixadas por Karpof.

— Não creio, meu jovem... — miou confuso, enquanto sacudia as longas orelhas. —Miaurec, talvez — respondeu, referindo-se a um dialeto usado por algumas raças antigas.

— Parece que nosso agente assassinado nos deixou um grande enigma a ser decifrado — disse Ponterroaux, fitando os visitantes. — Estranhas inscrições, uma mensagem codificada, quem sabe...

— Indícios de que seu assassinato — interrompeu Birman Flint — possui algum tipo de conexão com os Ronromanovich.

Rudovich Esquilovisky respirou fundo e observou mais uma vez a imagem feita por Mundongovich, repassando mentalmente todas aquelas informações:

— Paparov...

— O que disse, comissário? — perguntou o detetive.

— Se existe alguém que pode nos ajudar a entender o significado destas *coisas*... —Pareceu enojado ao apontar para a imagem na fotografia. — ...este alguém é o velho Rufus Paparov.

— E quem é ele?

— Um velho amigo... — sorriu. — Um ex-membro das Forças Aéreas Imperiais e profundo conhecedor da história animal; parece compartilhar com o velho czar de sua paixão por assuntos ligados ao ocultismo, antigas seitas pagãs e fatos sobrenaturais. Tenho a certeza de que o acharão bastante excêntrico ao conhecê-lo, tão logo cheguem a Moscóvia. Levando-se em consideração o interesse dos senhores em juntar-se a nós, dando assim prosseguimento às investigações.

— Evidente que sim, comissário — respondeu Galileu Ponterroaux. — A Polícia de Siamesa terá enorme prazer em auxiliar seu governo durante as investigações. E quanto a você, meu jovem? — dirigiu-se para Flint. — Como todo bom repórter, imagino que esteja ansioso por nos acompanhar.

— Não perderia isso por nada — respondeu o gato com um cumprimento discreto.

— Excelente — comentou o velho embaixador num tom bastante formal. — Colocaremos todos os nossos serviços à disposição dos senhores. Um veículo da embaixada os apanhará no início da noite, se assim desejarem. — Lançou um olhar de questionamento em direção ao detetive, que respondeu com um aceno de cabeça, voltando-se então para o repórter.

— Eu os encontrarei em Moscóvia — disse Flint e, notando sua surpresa, explicou: — Preciso tomar algumas providências junto ao *Diário do Felino,* mas devo partir em um ou dois dias.

— Entendo... — Splendorf Gatalho pareceu um tanto decepcionado. — Aguardaremos ansiosos sua chegada — disse, num tom menos formal. Aproximou-se como se lhe confiasse um segredo: — Na expectativa de que descubra algo mais em meio a essas estranhas... anotações. — Então tocou com a pata sutilmente o bolso em que Flint havia guardado, junto a algumas fotografias, o livreto de Karpof.

✷✷✷

Birman Flint caminhou por algum tempo em silêncio, em direção à belíssima avenida do Labrador, com seus charmosos restaurantes e cafés, até que sentiu uma rajada de vento amortecer-lhe os pelos e um arrepio gélido subir pela espinha. Um zumbido soou em seus ouvidos, mas teve a impressão de ouvir uma gargalhada distante, como se o próprio Karpof Mundongovich se divertisse observando seu jogo sinistro, com predadores e presas prestes a se cruzarem num futuro próximo e incerto.

Parou um instante antes de descer as escadas de pedra da velha estação ferroviária e olhou à sua volta. Respirou fundo, afastando a sensação, e dirigiu-se rapidamente à plataforma de embarque.

# Aeroporto Internacional de Siamesa

Correndo para não perder de vista Birman Flint, Bazzou ajeitou o cachecol em torno do pescoço. O camundongo estava irritado. Não gostava do tumulto do aeroporto e detestava o estado de euforia em que mamíferos, répteis e aves de toda espécie pareciam ficar antes de embarcar nos colossais dirigíveis que zarpavam rumo aos mais distintos pontos do mundo.

O Aeroporto Internacional de Roissy, localizado vinte quilômetros a nordeste de Siamesa, ocupava uma área de 3.200 hectares. Foi construído em meados de 1902, sobre uma grande área rural em litígio, negociada pelo governo françoriano com os antigos proprietários da terra.

O primeiro terminal construído ali era um magnífico edifício em forma de polvo. No andar térreo, um núcleo circular continha os hangares e as docas de atracamento destinados a dirigíveis de grande porte, para voos internacionais. Boutiques e restaurantes se localizam no segundo andar, dotado de janelões com belíssimos vitrais, de onde se podia observar as imensas aeronaves, parecendo baleias flutuando suavemente em meio a um oceano de estrelas. No último piso ficavam as salas de embarque. Um segundo terminal destinava-se a voos domésticos e o terceiro, mais recente, a voos de carga, onde contêineres disputavam espaço com verdadeiros titãs aéreos — balões em formato de charuto, com gôndolas altíssimas e imensas hélices giratórias nas laterais do casco, capazes de impulsioná-los a uma velocidade de 160 quilômetros por hora.

O burburinho do saguão fez Bazzou voltar aos seus tempos de juventude. Lembrou-se das agitadas feiras nos dias quentes de seu *pueblo* natal na Hispânia. Sentiu nostalgia do xerez das bodegas locais e dos queijos frescos de toda espécie, de quando o som de guitarras embalava lindas dançarinas de sapateado, atraindo a atenção dos turistas. Soltou um suspiro saudoso, pensando naqueles que havia deixado ao partir para Françória. Seu desejo de conhecer o mundo o fez tentar a sorte em Siamesa. Felizmente, seus dias como desempregado não duraram muito. Birman Flint, recém contratado em um jornal local pouco conhecido, arrumou-lhe trabalho como mensageiro interno, algo que fazia muito bem devido à sua grande agilidade. Daí para frente, assistir o jovem e magrelo gato tornar-se um grande repórter foi um pulo. Bazzou, com o tempo, tornou-se seu auxiliar direto, e a parceria fez florescer uma grande amizade. Juntos, repórter e assistente conheceram boa parte do mundo. Mas acompanhar Flint em suas reportagens e investigações nem sempre tinha sido tarefa fácil ou tranquila. E aquela certamente seria mais uma dessas ocasiões, concluiu Bazzou, observando o gato mexer em seus bigodes, como sempre fazia nos momentos de introspecção.

Flint trazia o semblante abatido. Por certo carecia de uma boa sopa de legumes cozidos, como somente Bazzou sabia preparar, para aquecer suas entranhas naquela noite de inverno. Seu olhar perdia-se lá fora, longe das estupendas obras da engenharia aeronáutica que flutuavam à sua frente e atraíam a atenção dos inúmeros animais ao seu redor, esperando a hora de finalmente embarcar na plataforma 2A. A bandeira da Rudânia tremulava num dos mastros principais próximo à plataforma externa, em torno da enorme gôndola de passageiros.

As palavras de Papoulos Victorius, famoso historiador e curador do Museu da Universidade de Siamesa, ainda borbulhavam em sua cabeça. Havia visitado o elegante professor tão logo deixara a Central de Polícia no dia anterior, buscando informações sobre a joia que pertencera ao czar Gaturnino Ronromanovich. Não escondeu sua frustração quando Victorius confirmou as informações de Splendorf Gatalho sobre a pérola negra — uma joia cujo valor financeiro parecia-lhe insignificante —, embora o bom acadêmico, diante das objeções apresentadas por Flint, não discordasse da ideia de que a relíquia pudesse atrair algum colecionador interessado em obter um objeto que pertencera ao antigo czar. Porém, o mais intrigante era que a tal mensagem deixada na cena do crime — a cobra desenhada com o próprio sangue em torno de sua medalha imperial — tinha sido observada com certo escárnio pelo professor, que deixou que expressões como "diabólico" ou mesmo "satânico" se perdessem no vazio das próprias palavras.

A voz grave de um falante mecânico anunciando a partida da aeronave rudanesa despertou Flint de seus pensamentos. O gato repórter e Bazzou apressaram-se, entre empurrões e patadas de afoitos passageiros — que incluíam um grupo de gorilas de Afririum —, até a gôndola da aeronave. A tripulação em terra começou a liberar os cabos de ancoragem que despencavam do nariz do balão em forma de cone. Os falcões que sobrevoavam ao redor da aeronave em meio a manobras complexas atraíram a atenção de Flint e Bazzou — lembravam uma cena extraída de algum combate aéreo, mas apenas realizavam as últimas inspeções antes da partida rumo a Moscóvia.

O interior da aeronave era dividido em dois setores. O primeiro era destinado a animais e aves de pequeno e médio porte, acomodados em macias poltronas reclináveis separadas por uma pequena mesinha central, onde eram servidas as refeições. O segundo, destinado a animais e aves de grande porte e répteis, era separado do primeiro por um arco de metal que lembrava um enorme esqueleto no interior daquele corpo mecânico. Possuía poltronas semelhantes às anteriores, mas bem maiores, separadas por uma belíssima tapeçaria que se estendia ao longo do corredor da aeronave.

Uma escada helicoidal conduzia os passageiros para um restaurante localizado no piso superior, cercado por uma plataforma externa, onde animais se aglomeravam enquanto disputavam o melhor lugar para despedirem-se daqueles que haviam ficado em terra firme.

A aeronave começava a ganhar altura quando um latido seco ecoou através do pequeno falante externo, orientando os animais para que retornassem ao interior da aeronave. Birman Flint observou o elegante dálmata terminar de fazer seu anúncio do interior do restaurante, deixando de lado o pequeno comunicador, e assumir uma postura bastante formal em seu refinado terno azul-marinho com abotoaduras que lembravam duas pequenas asas douradas, certificando-se de que tudo estava sob controle. Uma tropa de garçons em belos uniformes iniciou o serviço de bordo, oferecendo aos passageiros um jantar típico rudanês.

Bazzou serviu-se do antepasto, uma espécie de creme de azeitonas por cima de *blinis*, pequenas panquecas feitas com farinha de trigo. Percebeu o olhar distante de Flint, completamente perdido em meio às bolhas de espumante que subiam pela taça de cristal, como se buscasse entre elas alguma resposta para as estranhas figuras deixadas por Mundongovich, as quais não lhe saíam da cabeça.

O aroma magnífico do salmão grelhado coberto com creme de queijo derretido e ervilhas refogadas despertou o gato repórter de seus devaneios, desviando seu olfato para a bandeja de prata à sua frente. Bazzou completou a taça de Flint com um pouco mais de espumante murmurando algo como "procure se distrair", o que naquele instante pareceu-lhe de fato um bom conselho. Gato e camundongo fizeram um brinde rápido, distraídos demais para notarem, na outra ponta do salão, uma presença inoportuna.

Uma figura assustadora os observava havia um bom tempo. Um lobo negro de olhos amarelados apagou o cigarro no cinzeiro sobre a mesa e retirou-se sem chamar a atenção dos passageiros que conversavam à sua volta. O lobo retornou à sua poltrona, cobriu os olhos com um chapéu de feltro e acomodou-se confortavelmente. Um fio de saliva escorreu-lhe entre os dentes afiados. Explodiu numa risada carregada de sarcasmo, sentindo aquela mesma sensação de prazer que sempre sentia diante de uma tarefa fácil demais.

# RUDÂNIA
## VALE DAS ALMAS
### PROXIMIDADES DE MOSCÓVIA

A erma região do Vale das Almas parecia perdida no tempo. Segundo a lenda, onde antes havia florestas e regatos, agora habitava um medonho e gigantesco demônio alado, cujo nome era Skulgar. Em noites de lua cheia, o monstro surgia do inferno animal e capturava almas perdidas, a fim de levá-las para seu reino macabro, transformando-as em escravos dos imensos dragões de Mogul. Diziam os mais céticos que tudo não passava de fábulas e mitos que alimentavam a imaginação de anciãos dos povoados próximos e de turistas destemidos que se arriscavam a visitar a inóspita região.

Vez ou outra, um pio de coruja quebrava o silêncio tumular do lugar ou a sombra de um espectro atravessava os galhos retorcidos de árvores centenárias que inexplicavelmente se mantinham de pé. No alto da colina, uma construção abandonada havia mais de um século conservava resquícios de sua arquitetura original. Tijolos à mostra, como ossos expostos de um esqueleto, mal suportavam batentes apodrecidos de portas e janelas que já não mais existiam. Antigos lustres de cristal, transformados em pedaços de metal enferrujado e retorcido, assumiram a forma de perigosas armadilhas para visitantes indesejados.

Nenhuma informação restou sobre os antigos proprietários do casarão. Instalados em Cabromonte num período incerto e donos de considerável fortuna, teriam fugido de alguma guerra civil em território remoto e presenciado estranhos crimes e misteriosos assassinatos. Só restaram os escombros como testemunho de sua existência.

Alguns viajantes reportaram a presença de teias de aranha caindo do teto e restos de mobília carcomida pelo tempo no que foi um dia o salão principal. Num dos cantos desse aposento existia um velho alçapão, através do qual se chegava ao túnel que conectava a casa a um complexo de cavernas e galerias subterrâneas que se aprofundavam cada vez mais.

Na mesma noite em que Flint sobrevoava o céu de Moscóvia, aguardando a aterrissagem do dirigível, alguém que se aventurasse por essas galerias poderia ouvir um abafado rufar de tambores.

Lamparinas em forma de dragão espalhavam-se por longos corredores, iluminando o trajeto que desembocava em dezenas de câmeras laterais, de onde se avistava um majestoso salão subterrâneo.

Uma turba de animais vestidos com mantos roxos e cobertos com capuzes negros permanecia aglomerada diante de um altar de pedra. Um estranho cântico, uma espécie de mantra que reverberava por entre as diversas galerias, parecia absorvê-los por completo.

No altar, um sinistro ser gesticulava as patas em torno de um caldeirão de bronze repousando sobre o fogo, cujas chamas azuladas pareciam responder aos seus gestos. O misterioso animal trajava uma belíssima túnica negra de seda, enfeitada com um bordado que lembrava uma serpente tomando-lhe todo corpo num abraço mortal. Uma máscara sacerdotal cobria-lhe a face, muito embora seus olhos se tornassem visíveis vez ou outra, cintilando em meio à escuridão feito duas bolas incandescentes.

Labaredas eram arremessadas em direção ao teto rochoso coberto por estalactites, dando a impressão de que o caldeirão no centro do altar transformava-se num pequeno vulcão cuspindo toda a sua fúria. A plateia urrava em uníssono:

— Drakul Mathut, Drakul Mathut!

O sacerdote dirigia miados agudos a uma espécie de divindade, representada ali por uma imensa estátua de um lobo guerreiro, esculpida na própria rocha atrás do altar.

Obedecendo a um sinal seu, um grande tigre aproximou-se trazendo em sua bocarra um corvo, cujas asas permaneciam amarradas por uma corda fina, porém extremamente resistente, que lhe impedia os movimentos. Seu gralhar de desespero era sufocado pelos urros do bando, que acompanhava o espetáculo de forma eufórica. Ervas alucinógenas haviam sido ministradas à ave, tornando seu sacrifício rápido, quase indolor. Após lançar o corvo na caldeira de bronze, o macabro sacerdote ergueu as patas num gesto de pura devoção. Os tambores calaram-se subitamente.

— Eis aqui nossa oferenda, Drakul Mathut! — sibilou a fera por detrás da máscara demoníaco voltando-se para a imagem de pedra logo atrás. — Para que teu espírito muito em breve possa retornar das trevas, fortalecido com o sangue dos teus inimigos!

Depois de alguns segundos em silêncio, o gato encarou a plateia como um artista contemplando a própria obra:

— Grande dragão de Mogul, rei das trevas e líder do grande exército alado! Rogo-te para que nos guie em nossa jornada divina, fazendo-me cumprir aquilo que me foi destinado!

Enquanto falava, seu reflexo no paredão de pedra parecia mover-se de forma independente, acompanhando o movimento das chamas que iluminavam o grande deus. O sacerdote ergueu as patas de forma teatral antes de concluir seu sermão:

— Deixe-me erguer mais uma vez o Olho do Dragão, despertando seus poderes, conduzindo-nos a uma nova era animal! Uma era repleta de glórias, onde somente os fortes e puros sobreviverão para curvarem-se diante do rei ressuscitado, destinado a erguer mais uma vez seu império, comandando seus guerreiros e espalhando o poder da cobra negra pelos quatro cantos do mundo.

Um urro ensurdecedor eclodiu na multidão à sua frente. O felino sorriu ao observar seu rebanho — um exército pronto a sacrificar a própria vida. Estufou o peito e miou alto antes que a turba se acalmasse. Uma onda de urros, gritos e aplausos explodiu.

— Durante anos — disse, num tom mais sóbrio — permanecemos mortos para o mundo, escondidos, rastejando feito Morbidus, a cobra sagrada, por entre as sombras, observando em silêncio a presa, espalhando assim nossas garras como se fossem raízes que proliferam em segredo, ocultas debaixo da terra, aguardando o momento exato para mais uma vez erguermos nosso estandarte, obrigando o mundo a se curvar diante do poder único. — Encarou seus súditos, notando os olhares atônitos embaixo de cada capuz, cheios de um sentimento que parecia variar entre o medo e a mais pura admiração. — Finalmente, a profecia descrita nas antigas escrituras de Salefth está prestes a se realizar, e muito em breve marcharemos rumo à vitória definitiva sob o comando do deus lobo, assumindo então aquilo que nos pertence por direito e esmagando definitivamente nossos inimigos. O mundo nos pertence, e logo o sangue de nossos inimigos dará vida a Drakul Mathut. Morte à dinastia Ronromanovich!

— Morte à dinastia Ronromanovich! — repetiu a turba enfurecida.

O rufar dos tambores retornou como uma sequência de trovões, espalhando-se pelas profundezas da Terra. O gato gritava numa espécie de transe, gesticulando suas patas como se incitasse o fogo que ainda aquecia o imenso caldeirão.

— Finalmente — gritou em meio à multidão enlouquecida —, *Ra's ah Amnui* nos guiará até nosso destino, e assim o mundo se ajoelhará mais uma vez diante do exército de Drakul! É chegado o dia tão esperado... o momento sagrado... o momento divino!

Com um único movimento, fez um jato de fogo subir do interior do caldeirão e atingir a estalactite mais alta. A plateia ficou em silêncio absoluto. O sacerdote voltou-se para os animais à sua frente, assustados com a inexplicável demonstração de poder, e acolheu-os com um olhar paterno. Um sorriso diabólico surgiu em meio aos longos bigodes por trás da máscara cerimonial.

— A era das trevas apenas começou — murmurou, desaparecendo como um espectro na escuridão que se abateu sobre o altar.

Sentinelas vestindo longas túnicas vermelhas passaram a conduzir os fiéis em direção às diversas câmaras, onde grupos de enormes tigres de Siberium os aguardavam, distribuindo ordens e tarefas.

— O espetáculo finalmente terminou... — murmurou aliviado um visitante que aguardava o sacerdote numa das antecâmaras atrás do altar. Dali, tivera uma visão privilegiada de todo o ritual.

Sem se perturbar, o animal misterioso retirou lentamente a máscara sacerdotal, sentiu o ar penetrar com mais facilidade em seus pulmões e jogou para trás o capuz que lhe cobria a face. Alcançou um recipiente de barro numa mesinha lateral, aproximou-o do focinho e verteu de uma vez todo o líquido que havia em seu interior. Olhou então para o visitante que o aguardava na sombra. Observou-o por um instante e soltou um miado de surpresa ao fitar aquele olhar penetrante que parecia cintilar em meio à penumbra. Por fim, o sacerdote sorriu satisfeito, recebendo-o com uma breve saudação:

— Meu notável conde Ratatusk, aproxime-se — disse o gato, estendendo-lhe a pata num gesto amistoso.

O rato negro adiantou-se lentamente, trazendo à luz seu semblante frio, cujos traços finos revelavam a vaidade digna de um nobre. Estalidos de bengala pontuavam seus passos.

Ratatusk observou o sacerdote abandonar seu personagem divino, tirando um a um os adereços utilizados no espetáculo que acabara de oferecer e assumir aos poucos uma forma mais... aceitável.

O animal misterioso só então notou que, ao lado de Ratatusk, uma figura movia-se devagar, como um guardião zelando por seu senhor, e reconheceu a ave de rapina que parecia encará-lo com alguma desconfiança. Acenou com a cabeça e a ave correspondeu.

— Vejo que ainda não se convenceu dos poderes de Drakul Mathut. No entanto, a paciência é uma grande virtude. Tenho a certeza de que muito em breve o terei como meu mais bravo seguidor, assim como Logus, seu fiel abutre.

— Se nossa aliança dependesse de minhas crenças em seus deuses, garanto-lhe que toda a operação cairia por terra.

Ao ouvir isso, o felino soltou uma gargalhada alta, que chamou a atenção dos dois tigres que montavam guarda na entrada da câmara:

— Tem razão, nobre conde, tem razão. Afinal de contas, é na soma de guerreiros distintos que um exército se torna invencível... Imagino que já saiba sobre Mundongovich e de como parece tê-lo... subestimado.

— O maldito parecia morto quando o deixamos abandonado naquele lugar.

— Sem dúvida, meu caro conde, o camundongo representava bastante bem, enganando até mesmo nosso fiel abutre... Afinal de contas, Karpof era um agente treinado, e como disse, parecia ocultar certas virtudes que desconhecíamos... Agiu certo, conforme minhas instruções, mas, infelizmente, ainda que o tenha atingido com maestria e destreza, o pobre não teve a morte rápida que imaginávamos.

Maquiavel Ratatusk tentou esconder sua frustração:

— O infeliz adiou sua partida...

— A carcaça de Mundongovich tampouco desapareceu no bucho dos malditos gatunos fedorentos que vivem na imundície daquele lugar, conforme você havia previsto. Mundongovich adiou sua partida, buscando em seguida um abrigo... um lugar onde pudesse morrer em paz. Um lugar onde certamente seria encontrado... por alguém.

— Soube que o infeliz conseguiu deixar pistas sobre seu envolvimento em nossa operação.

— Sim, Mundongovich escondia algumas anotações... Anotações que podem atrair certos olhares para nós.

— O tal comissário?

— Infelizmente, neste momento Rudovich Esquilovisky não é a nossa única preocupação. A ação de Karpof parece ter atraído outros interessados.

— Ah, o tal detetive... Posso garantir de que ele não será um problema.

— Parece bem informado, nobre conde, mas devo lembrá-lo de que Karpof também o era... Não é o tal detetive que me preocupa, mas, sim, aquele estranho repórter. Fui informado de que ele é bastante astuto... e inteligente o suficiente para decifrar alguns dos sinais deixados por Mundongovich.

— Podemos reaver suas anotações.

— Já tenho alguém cuidando disso. Devemos acelerar nossos planos antes que as pistas deixadas por Karpof o levem até o... — Fez uma pausa e abaixou o tom de voz: — objeto...

Uma estranha aura envolveu o sacerdote felino e seu olhar se tornou fixo. Com a respiração acelerada, seu corpo parecia tomado por uma força sobrenatural. Maquiavel Ratatusk notou seu olhar diferente, como se repentinamente aquele estranho ser que havia observado durante o ritual macabro se apoderasse mais uma vez de sua alma, liberando toda sua perversidade.

— Partirei para Kostaniak imediatamente — anunciou Ratatusk, brandindo sua bengala e sentindo a vibração do sabre em seu interior. — Alguns de nossos amigos ainda parecem incertos quanto à nossa aliança. Tenho a certeza de que minha presença os ajudará a tomar a decisão certa.

A informação de que as facções criminosas em Kostaniak aguardavam a presença do conde para prosseguirem em suas negociações não pareceu preocupar o animal misterioso, que já dava como certo o resultado. Afinal de contas, tudo era apenas uma questão de ajuste e ninguém era melhor do que Maquiavel Ratatusk na arte da sedução.

— Excelente, nobre amigo — resmungou o sacerdote, dando as costas ao vulto que se preparava para partir. — Aguarde meu sinal para retornar definitivamente a Moscóvia. Até lá, cuidarei para que a missão de Mundongovich seja cumprida.

O feiticeiro olhou para o vulto de Ratatusk, que se afastava como um espectro, acompanhado pelo abutre. Fitou a escuridão à sua frente e murmurou para si mesmo:

— A chave... *Ra's ah Amnui...*

Quase no mesmo instante, um pensamento lhe veio à mente, arrancando-lhe um leve sorriso: "Seria o gato capaz de interpretar aquelas anotações?"

— A cobra negra acaba de despertar... — sussurrou por fim, cerrando os olhos e mergulhando na escuridão do seu próprio ser.

# RUDÂNIA - MOSCÓVIA

Como imensos besouros mecânicos, os limpadores de neve abriam caminho nos hangares do Aeroporto Internacional Domochenko, a 20 quilômetros de Moscóvia. Rinocerontes de dois chifres manipulavam as máquinas com extrema habilidade, removendo blocos de gelo das pistas de pouso.

O dirigível que trazia Flint e Bazzou pairou a 30 metros do solo, lançou os cabos de ancoragem e um túnel de alumínio e barras de aço logo foi conectado à saída da aeronave. Flint e Bazzou estavam entre os primeiros a desembarcar no grande salão oval do luxuoso aeroporto que ostentava no alto um mastro com uma bandeira de tecido, tremulando suavemente.

— O brasão imperial. — Apontou Flint ao reconhecer a imagem de um felino empunhando duas cimitarras cruzadas sobre o peito.

— Um guerreiro que num passado remoto ergueu a Rudânia das cinzas, transformando-a num dos maiores impérios de todo o reino animal — explicou a um disperso Bazzou, que tentava equilibrar nos braços as duas pequenas malas de viagem.

Gato e camundongo seguiram por uma das extensas filas que se formaram em direção aos postos alfandegários. Finalmente, após a inspeção, adentraram o território rudanês e seguiram em direção à plataforma ferroviária, onde embarcaram para a estação central de Moscóvia.

Uma densa névoa envolvia a cidade. Flint e Bazzou apertaram o passo em direção a uma das alamedas próximas à estação, onde uma pequena multidão se aglomerava em torno de um luminoso precário que indicava apenas "Táxi".

O gato repórter lembrou-se imediatamente de Galileu, arrependido por não o ter informado em detalhes sobre sua chegada. Com certeza, o detetive teria providenciado, com o apoio do próprio comissário rudanês, um carro para conduzi-los ao *Grão Duque Kerencho*, o hotel onde haviam feito reserva, a leste do centro de Moscóvia.

O lobo negro sentiu a mandíbula bater, num cacoete quase incontrolável, como se já começasse a destroçar a presa que seguia mais adiante. Seus olhos estavam fixos em Birman Flint. Estudava cada gesto seu, imaginando quanto tempo seria capaz de resistir até a mordida fatal. Dois minutos, talvez três... Lembrou-se do último gato que havia estrangulado, cravando os dentes em torno de seu frágil pescoço... Sorriu com a lembrança do pobre infeliz agonizando.

Lembrou-se do camundongo que acompanhava o felino. Por um momento havia esquecido dele por completo. A imagem de Mundongovich veio-lhe à mente, pensando no quanto roedores eram mesmo traiçoeiros, difíceis de capturar numa primeira investida. Olhou para o bosque em torno da alameda. Seria um abrigo perfeito, caso o gato escapasse ao ataque. Semicerrou os olhos observando Flint. Podia sentir o seu cheiro, mesmo daquela distância.

Três ou quatro segundos seriam suficientes para eliminá-lo. Pensou na sua última investida — um rato enorme, do tamanho de Ratatusk. Cortou o ar num salto acrobático, atingido mortalmente por suas garras, e se estatelou no chão em meio à uma poça de sangue. A lembrança lhe encheu de confiança. A rua parecia deserta. A pouca visibilidade lhe seria útil quando arrastasse gato e rato para um daqueles arbustos, para deixá-los apodrecer. Tudo seria rápido e limpo, como de costume. Ajeitou a gravata-borboleta numa espécie de ritual antes de executar aquilo que de melhor sabia fazer.

O luminoso adiante parecia cada vez mais nítido com suas letras amarelas destacando-se contra o fundo vermelho, e então Birman

Flint sentiu um arrepio subir-lhe a espinha. O instinto deixou seus pelos eriçados e suas orelhas abaixaram, como se preparasse o corpo para receber uma investida.

— Bazzou, cuidado! — gritou Birman Flint, pressentindo o vulto que surgiu em seu encalço.

A sombra saltou em sua direção. O gato pulou para o lado ao mesmo tempo em que chutava o ar e acertou o pescoço do lobo com as patas traseiras, arrancando-lhe um uivo agudo. O lobo sentiu o sangue umedecendo seus pelos ao examinar rapidamente as marcas das garras afiadas na carne, lembrando um tridente.

Birman ficou frente a frente com o lobo, fitando pela primeira vez seu semblante assustador, aguardando um movimento seu. Sabia que não poderia dar-lhe as costas e tentar escapar, então permaneceu parado e emitindo um rosnado furioso, observando-o com suas orelhas para trás num ataque declarado, a respiração transformando-se em vapor ao sair-lhe das narinas.

Kronos, o lobo, lançou-lhe um sorriso provocador, admirado com sua destreza. O jovem gato fora rápido o suficiente para escapar de seu bote, pressentindo-o antes mesmo que pudesse ser farejado. Um inimigo esperto e corajoso, pensou, do tipo que tornava sua tarefa ainda mais prazerosa.

Birman Flint posicionou-se de costas para o inimigo sem perdê-lo do alcance de sua visão, fitando-o sobre o ombro. Fez sinal para que Bazzou corresse e se preparou para desferir um novo chute caso o inimigo avançasse. Com os músculos retesados, sentiu que poderia até quebrar a mandíbula do lobo.

A fera, prevendo o golpe, afastou-se das patas traseiras do gato, tentando uma aproximação lateral. Flint, em vez de chutar o ar, usou a força para lançar-se em sua direção, mergulhando entre suas patas, deixando um rastro de sangue e dor na barriga desprotegida do adversário. Kronos cambaleou, demonstrando pela primeira vez alguma vulnerabilidade, o que Flint aproveitou para desferir uma série de chutes na região do estômago, fazendo-o tombar no chão. Suas garras tocaram a face negra enquanto saltava sobre o monte de pelos e músculos, correndo em direção a uma velha árvore cujos galhos retorcidos lembravam patas de um ser assustador. Pretendia buscar abrigo nas alturas junto a Bazzou, mas sentiu um choque seco atingir-lhe uma das costelas, lançando-o longe.

O felino rolou no chão úmido, zonzo com o baque. A fera veio em sua direção ainda mais furiosa, com o sangue que escorria do corte aberto sobre um dos olhos atrapalhando sua visão. Esperou que o lobo se aproximasse para aplicar-lhe um novo golpe com as patas traseiras, mas era tarde demais. O inimigo avançou sobre ele, imobilizando-o com o peso do corpo. Rasgou o ar com a mandíbula, aproximando os dentes afiados do pescoço desprotegido.

Desesperado, Bazzou deixou o abrigo em auxílio do amigo e saltou na direção da fera desferindo socos e pontapés, mas logo foi atingido por um chute certeiro que o lançou para longe, deixando-o completamente aturdido.

Gato e lobo engalfinharam-se em meio aos arbustos. Flint fincou as unhas no focinho do inimigo e sentiu seu hálito azedo. Chutou-o violentamente na barriga, na tentativa de movê-lo para o lado e aliviar o peso sobre seu corpo, mas a fera o havia imobilizado outra vez, deitando-o de barriga no chão. Arreganhava os dentes, numa demonstração de prazer, ao senti-lo debater-se em desespero.

Gotas de sangue e de saliva pingavam no chão quando finalmente o lobo abocanhou Flint pelo pescoço e começou a enterrar nele seus dentes, sufocando-o.

Mais uma mordida e seria o fim.

✽✽✽

"Fácil demais", pensou Kronos, segundos antes de um tiro o lançar violentamente para o lado feito um coice. Sentiu uma dor lancinante. O sangue começou a jorrar de uma ferida ainda quente em seu ombro, cheirando a pólvora.

— Dê um passo a mais e juro que vou arrancar sua cauda com uma única bala! — ordenou uma voz do outro lado da rua.

O lobo arreganhou os dentes e notou um velho calhambeque, um Ford Félix 1898, parado junto ao meio-fio com as portas escancaradas. Um vulto empunhando uma arma desapareceu na neblina. O tiro tinha sido de raspão. Kronos entendeu aviso. Um novo disparo o surpreendeu, desta vez atingindo um ponto entre suas patas dianteiras.

— Ei, você aí! — disse o vulto, dirigindo-se a Flint, que se erguia com alguma dificuldade. — Pode caminhar?

— Acho que sim...

— Ótimo — respondeu, sem desviar os olhos do lobo. — Entrem no carro, vocês dois!

O dono do veículo era um gato trajando uma jaqueta de aviador e um chapéu de aba curta e plataforma grande. O felino aguardou até que Flint e Bazzou estivessem acomodados no interior do seu Ford Félix e tomou o assento do motorista sem tirar a mira da fera no outro lado da rua. Partiu antes que algum puro-sangue da polícia rudanesa viesse averiguar a origem dos disparos.

— Ainda não acabamos nossa conversa! — uivou o lobo após lamber a ferida no ombro, observando o velho veículo se afastar.

— Se depender de mim, acho que sim! — devolveu o motorista, acelerando o carro rumo à via expressa e deixando para trás um rastro de fumaça.

Flint, Bazzou e o gato aviador seguiram por uma estrada vicinal que ligava o centro de Moscóvia à zona rural de Zvengorov, passando pela antiga área industrial localizada mais ao sul da cidade, onde antigas fábricas e galpões disputam espaço com hotéis de baixa categoria, vilas operárias e cortiços.

— Beba um pouco disso, meu jovem! — disse o motorista, oferecendo a Flint uma pequena garrafa prateada. — Vai ajudar com o ferimento. Uma mistura de rum, amoras e ervas do mato. Uma receita de família.

— Quem é você? — perguntou o repórter, confuso, observando o felino que parecia sorrir-lhe pelo retrovisor. — E quanto ao lobo...?

— Uma pergunta de cada vez, amigo. — O gato acendeu um charuto enquanto desviava dos obstáculos na estrada. Seguiu por uma trilha estreita cheia de curvas e barrancos, desembocando finalmente numa estrada larga, onde a terra batida oferecia alguma estabilidade ao veículo.

Flint viu pela janela uma vasta plantação se expandindo à direita, contrapondo-se às silhuetas das torres abobadadas que começavam a despontar mais uma vez à sua frente.

— Kronos — respondeu o gato ao volante, mais relaxado, notando os olhares confusos dos dois passageiros.

— O lobo que tentou nos emboscar? — perguntou Bazzou

— Um assassino profissional a serviço da máfia rudanesa. Um matador de aluguel.

O carro deu um solavanco; ergueu as quatro rodas do chão ao passar por uma lombada. O motorista tomou um desvio para uma estrada de asfalto, onde uma placa mostrava a que distância estavam do centro de Moscóvia.

— Graças ao deus leão, um de meus gatunos rastreou vocês dois e os seguiu desde o instante em que chegaram à Rudânia. Eu deveria tê-los encontrado no aeroporto assim que desembarcaram, não fosse esta lata velha resolver dar uma de sentimental... — sorriu, batendo suavemente no painel de controle do veículo. — Sabe como são esses calhambeques, trabalham quando bem entendem. — Flint e Bazzou riram junto com o gato. — Infelizmente, quando cheguei ao local vocês já tinham partido para Moscóvia no expresso, sem notarem a presença do lobo que os acompanhava de perto. Não foi fácil, mas, graças à minha rede de informantes, cheguei a tempo de evitar uma catástrofe.

— Mas por que o lobo... — Flint parou de repente e colocou a pata em cima do bolso que trazia a caderneta de Mundongovich. — É isso? O lobo estava atrás disto?

— Algo importante o suficiente para atrair um assassino feito Kronos... Esquilovisky tinha razão.

— Conhece Rudovich Esquilovisky?

— Hum... Posso dizer que estou prestando um grande favor a um velho amigo.

— Afinal de contas, quem é você? — explodiu Bazzou, debruçando-se sobre o banco de couro rasgado à sua frente.

— Perdoem meus modos, caros amigos... Meu nome é Rufus Pantoriovich Paparov, ex-capitão da Força Aérea Imperial a serviço de Sua Majestade, o czar — soltou, estufando o peito —, mas podem me chamar de Rufus.

— Rufus Paparov...

— Espero que meus conhecimentos sirvam para alguma coisa.

Paparov deixou para trás a estrada principal e fez o contorno por debaixo do viaduto. Seguiu em direção às ruas ainda escuras mais adiante, de onde um complexo de chaminés e indústrias construídas com tijolos aparentes despontavam no horizonte, contrapondo-se à beleza das catedrais e torres do centro da cidade. Fez uma pausa, apagou o charuto no cinzeiro do carro e olhou para Flint pelo retrovisor:

— Rudovich me contou sobre as pistas que encontraram na cena do crime e pediu que eu o ajudasse a encontrar algumas respostas, jovem gato, tão logo chegasse a Moscóvia. —De repente, Paparov começou a sacudir as orelhas e bater as patas freneticamente contra o volante. Soltou uma risada gostosa. — O velho esquilo de sempre... Parece ter adivinhado quando me pediu para que cuidasse dos senhores assim que chegassem a Moscóvia. Um assassino profissional... Pelo jeito, carrega algo importante aí no bolso, meu jovem.

— Ainda bem que sua rede de gatunos o mantém informado, senhor Paparov — comentou Bazzou. — Caso contrário, a esta hora não passaríamos de carcaças velhas enchendo o bucho daquele maldito lobo.

Paparov abriu um sorriso para o camundongo:

— É o que costumo dizer, confie sempre no destino. Neste caso, refiro-me aos meus informantes espalhados por cada canto desta cidade maldita.

Flint sorriu, divertindo-se com seu jeito bonachão:

— Pode nos dizer para onde estamos indo?

— Para minha casa. Por ora, estarão seguros lá. Duvido que até mesmo um assassino feito Kronos tente algo contra vocês em meu território. — Franziu as sobrancelhas e seu olhar descontraído deu lugar a uma expressão fria, como se enviasse um recado para o inimigo ausente.

Passaram pela velha alameda Potrievich e observaram, diante das velhas fábricas de *ushanka* e dos pequenos mercados populares, as filas enormes de animais de todos os portes e idades — machos e fêmeas — que aguardavam pela refeição distribuída gratuitamente. Paparov acelerou seu velho Ford Félix, deixando para trás um rastro de poeira que se misturou à neve:

— Amigos, sejam bem-vindos a Moscóvia!

Rufus Paparov residia em um confortável e bonito sobrado antigo em estilo enxaimel de tijolos e vigas aparentes de madeira construído por seu avô, um engenheiro germânico que se instalou na Rudânia na época da construção da grande ferrovia Transrudaniana. Um cheiro de lavanda impregnava agradavelmente o interior da casa. Móveis de madeira maciça e um grande sofá com duas poltronas de estofado já puído rodeavam uma lareira de pedra, cuja cornija de madeira rústica trazia retratos de um Rufus ainda filhote ao lado do pai e da mãe. Espessas cortinas de veludo, tapetes de desenhos desbotados pelo tempo e almofadas bordadas com paisagens germânicas acolheram os visitantes, que se acomodaram assim que Paparov lhes serviu um delicioso licor de ameixa, especialidade da casa.

Uma cristaleira antiga mostrava em seu interior suvenires diversos trazidos de partes distintas do mundo todo, das diversas campanhas de Rufus na Força Aérea. Ao lado da sala de jantar, via-se uma saleta que dava para o jardim, transformada numa espécie de biblioteca.

Paparov acendeu a lareira na sala de estar, depois desapareceu no interior da casa por alguns minutos e voltou com uma fumegante sopa de alho-poró e batatas:

— Receita de minha querida avó, Varnia Maruska! Vai refazê-los da acidentada recepção em Moscóvia.

Depois do jantar, Bazzou, vencido pelo cansaço da viagem e principalmente pelo estresse da chegada, não resistiu mais que alguns minutos até que suas pálpebras se fecharam e ele mergulhou num sono profundo. Paparov sentou-se na poltrona a seu lado e estendeu uma grossa manta de lã sobre o camundongo. Tirou do bolso uma bandagem e colocou sobre a ferida de Birman Flint, que reagiu com um miado alto.

— É um unguento de ervas medicinais que aprendi com um velho xamã. Amanhã estará totalmente curado da mordida do lobo — disse, acendendo um dos seus charutos

Sentindo-se refeito, o gato repórter levantou-se e observou algumas fotografias dispostas em porta-retratos espalhados em meio à pilha de livros na estante da biblioteca. Em uma delas, destacada com uma moldura dourada, observou uma figura imponente que aparecia entre Paparov e o comissário Esquilovisky. Era um felino com postura altiva, que parecia ser o próprio czar, entregando-lhe uma medalha ou algo assim.

— Rudovich já está a par dos últimos acontecimentos — disse Paparov, referindo-se ao ataque que haviam sofrido. — Até nossa partida para Gremlich, permanecerão aqui em casa. Neste momento, posso garantir-lhe, meu jovem, não existe lugar mais seguro do que este.

— Imagino que o comissário tenha lhe contado sobre a morte de Mundongovich — começou Birman Flint, ansioso para mostrar as imagens que tinha trazido de Françória.

— Esquilovisky contou-me sobre o agente assassinado e seu possível envolvimento numa espécie de... conspiração. Algo envolvendo a família imperial.

— Gostaria que desse uma olhada nisso — disse Flint, tirando do bolso a caderneta e abrindo-a com cuidado sobre a mesa de jantar.

Paparov encaixou os óculos de aro sobre o focinho e olhou os estranhos desenhos: círculos dentro de círculos, espirais e linhas onduladas cruzadas por traços paralelos dando origem a seis formas distintas no interior do círculo maior. Seis espécies de sinais obedecendo a uma mesma sequência, uma mesma disposição.

Flint explicou como as mesmas figuras surgiam nas páginas seguintes, separadas do contexto inicial, como se Mundongovich as estudasse, tentando decifrá-las uma a uma.

Paparov observou seus contornos e teve a impressão de que suas formas abstratas se conectavam, mas preferiu não arriscar nenhum palpite:

— Seja lá o que isso significa, é tão importante que ele arriscou a própria vida.

— Talvez a resposta esteja nas anotações de Feodór Ronromanovich — ponderou Flint, apontando as notações que Karpof tinha feito no verso da folha. — As marcas de suas garras indicam o esforço que fez para destacá-la.

— O diário do velho czar...

— Mundongovich menciona algo sobre um suposto código... Quem sabe algo utilizado pelos czares?

— Uruk... — miou Paparov pensativo, alisando os bigodes. — Antigas dinastias costumavam utilizar alguns códigos secretos... Não apenas em campanhas militares, mas também para tratarem de certos assuntos ligados às políticas locais. Código secreto... Desconheço por completo a existência de um código com esse nome utilizado pelos Ronromanovich. De qualquer forma, se quisermos descobrir o que estes símbolos escondem, é preciso encontrar a chave para decifrá-los.

— Exato, uma chave...

— *Ra's ah Amnui.* Quem sabe uma fórmula, ou mesmo um objeto usado para decodificar estas misteriosas mensagens hieroglíficas... A chave para o cofre real.

— O que nos leva mais uma vez ao diário de Feodór.

— Um segredo conhecido pelo velho czar? — Paparov começava a achar tudo aquilo bastante perigoso, mas também muito interessante.

— E o diário de Feodór não é sua única menção aos Ronromanovich, como pode ver — acrescentou Flint, mostrando as anotações na linha de baixo.

— A pérola negra... a joia de Gaturnino Ronromanovich?

Paparov conhecia a história da pérola negra. Sua expressão lembrou a Flint a mesma expressão feita pelo velho embaixador Gatalho na ocasião do encontro que tiveram em Siamesa. A pérola não possuía grande valor financeiro, o que não invalidava a hipótese de Karpof estar envolvido com algum criminoso cujo objetivo seria o de vendê-la no mercado clandestino ou algo parecido, creditando a ela um certo valor histórico. Uma ideia que, no fundo, não convencia a nenhum dos dois gatos.

— Seja lá o que tudo isso significa — continuou Flint —, temos aqui um ponto de partida para investigarmos.

— "Procurar Patovinsky – Rua Doitsky, 334" — leu Rufus pausadamente.

— Alguém tem de nos explicar o que exatamente Mundongovich procurava.

— Uma coisa ainda não está clara — miou Paparov aproximando-se da lareira e lançando mais alguns gravetos enquanto remexia as brasas com a haste de metal, fazendo ali um novo arranjo. — Ainda que existam certas citações em relação aos antigos czares, o que o faz pensar numa conspiração contra nosso governante atual?

— Veja estas fotografias. Quando o detetive Ponterroaux chegou ao local onde corpo foi encontrado, se deparou com isto. Karpof desenhou com seu próprio sangue uma figura, uma cobra em torno da medalha imperial.

— Um predador em torno de sua presa...

Paparov começou a balançar a cauda, visivelmente agitado. Depois de alguns segundos, saltou em direção à estante e começou a vasculhar a pilha de livros amontoados em suas prateleiras, arrancando de lá um volume antigo com uma capa negra de couro bastante gasta.

Jogou o livro de mais de mil páginas na mesa e começou a folhear suas páginas, virando-as da esquerda para a direita e da direita para a esquerda, retornando ao índice inicial escrito com uma fonte minúscula em itálico. Repetiu o mesmo procedimento por mais algum tempo até que um miado seco anunciou que havia encontrado aquilo que buscava.

Acenou para Flint com um gesto rápido. O repórter pôde ler no canto superior direito da página o título *Seitas e Cultos Pagãos*, enquanto o nome de seu autor — Mordus Montissour, um ilustre historiador, membro acadêmico da Universidade de Afririum e especialista em antigos cultos religiosos — aparecia na página oposta, obedecendo à mesma disposição.

— Observe bem aqui... — miou Paparov, mostrando-lhe a ilustração reproduzida a partir de uma pintura a óleo exposta num dos museus de Cairun, Egypth Maurec.

Era a figura de um enorme lobo negro que lembrava seu agressor, muito embora seu tamanho e fisionomia assustadora fossem resultado de uma visão artística. Uma armadura vermelha tomava-lhe todo corpo, com ombreiras de onde saíam enormes setas que lembravam lanças afiadas, protegendo-lhes as patas musculosas envoltas por uma trama metálica. Ele pairava sobre uma rocha observando o mar sangrento ao seu redor. Animais empalados serviam como fundo para o terrível ser, que fitava com um olhar sombrio seus guerreiros, retratados de forma feroz ao desferir golpes contra o inimigo à sua volta.

Paparov apontou para algo específico na ilustração: dois enormes tigres carregavam um estandarte em meio à carnificina. A bandeira vermelha lembrava a armadura do líder sobre o rochedo, trazendo o símbolo do terror estampado em seu centro.

— A cobra! — miou atônito Flint, analisando a figura funesta que parecia se contorcer, lembrando uma lua negra.

— Seth — sibilou Paparov, apontando para uma forma praticamente idêntica àquela reproduzida por Karpof. — A cobra encontrando sua própria cauda, formando assim um círculo. É o símbolo das forças de Mogul, o reino sombrio no centro do mundo onde habitam os grandes magos das trevas — explicou. — Forças sombrias reunidas em torno de um único ser, um demônio guiado pelos próprios dragões negros, capaz de unificar e expandir seu império, dando origem àquilo que mais tarde seria conhecido como uma das mais temíveis seitas pagãs de toda a história animal.

— Um líder — disse Flint apontando para a figura central —, um ser das trevas que no passado teria espalhado medo e horror por todo o mundo animal, aterrorizando e massacrando de forma cruel e intolerável seus oponentes, sacrificando seus prisioneiros e oferecendo-os aos seus deuses, acreditando com isso tornar-se ainda mais poderoso. Um servo pagão guiando uma horda de fanáticos dispostos a erguer uma nova ordem mundial... — Parou um instante antes de concluir com um certo pesar: — A ordem Suk. Se não me engano, foram extintos na metade do século passado...

Birman Flint já havia escutado algo sobre os Suk, uma antiga seita extinta havia muitos anos, cujo líder, um cruel governante de uma grande alcateia de lobos de Siberium, teria expandido seu império por quase todo continente Asiaticum, tornando-se um dos maiores e mais cruéis déspotas de todo o Oriente.

— Exato. Felizmente, seu líder, Drakul Mathut, sucumbiu às forças lideradas pelo general Xristus Harkien, um leão de Afririum que teria, ao longo dos anos, reunido e conquistado em segredo o apoio dos grandes chefes das tribos e clãs espalhados por todo reino animal, formando uma grande resistência que levaria à extinção a ordem da cobra após uma campanha que teria durado cerca de dois ou três anos. Um capítulo da história onde fantasia e realidade se confundem, pairando ainda hoje uma aura de mistério em torno do assunto.

— O que quer dizer? — perguntou Flint.

— Alguns historiadores descrevem Drakul Mathut como um temível feiticeiro que, pouco depois de ser capturado pelas tropas de Harkien, teria lançado uma estranha maldição que se abateria aos poucos sobre seus inimigos, espalhando-se na forma de doenças e pragas, vindo a consumir todo exército oponente antes mesmo que pudessem regressar da longa campanha. Nenhum rastro daquilo que teria sido o grande exército comandado por Harkien jamais foi encontrado, o que alguns pesquisadores creditam ao fato de que os poucos animais que teriam resistido às intempéries do deserto poderiam ter sido vítimas dos "buracos de minhoca".

— O que seriam?

— Uma espécie de areia movediça seca formada pela ação de tempestades de areia, capaz de sugar até mesmo um elefante, tragando-o para todo sempre. Porém, nem todos eram levados por inteiro, desaparecendo em meio às enormes dunas que formavam o deserto. Muitos permaneciam presos, incapazes de escapar devido ao próprio peso e sucumbiam à fome e à sede. Alguns fósseis teriam sido preservados pela ação do próprio deserto, sendo posteriormente encontrados pelos inúmeros arqueólogos que exploraram a região em busca de respostas... Uma explicação bastante razoável para o estranho acontecimento, muito embora eu prefira a versão da maldição — riu para Flint, achando graça do próprio comentário.

O gato repórter voltou-se mais uma vez para a ilustração no livro. Observou a figura de Drakul Mathut como um deus imponente assistindo ao verdadeiro massacre à sua volta e comparou mais uma vez a imagem estampada em sua bandeira com a cobra desenhada por Mundongovich.

— Sem sombra de dúvida — murmurou Rufus, acompanhando com o olhar as imagens lado a lado —, o desenho da vítima refere-se à cobra negra Suk. — Ergueu o imenso livro, apanhando as anotações de Karpof esquecidas sob o grosso volume, e leu em voz alta as palavras deixadas pelo camundongo morto: — "Fiéis a postos aguardando sinal do mestre supremo..."

— A cobra em torno do brasão — disse, por fim, Flint —, um líder Suk... — Parou por um instante. — O assassino de Mundongovich... Qual seria a conexão entre os Ronromanovich e possíveis seguidores de uma antiga seita pagã? O que buscavam? Por quê? E, principalmente, pelo que Karpof Mundongovich havia morrido?

Birman Flint fitou mais uma vez aqueles estranhos caracteres desenhados por Karpof, o círculo maior envolvendo os seis símbolos. Uma estranha inscrição, quem sabe ocultando a chave para todas aquelas perguntas.

O vento frio bateu contra a janela de vidro e o gato repórter sentiu um arrepio percorrer-lhe a espinha.

As pistas deixadas por Mundongovich, feito peças de um estranho jogo, borbulhavam incessantemente em sua mente.

Um jogo sombrio que acabava de se iniciar.

✳✳✳

O estranho animal parecia um espectro demoníaco. Sua face estava encoberta por um capuz negro e seu manto esvoaçava ao participar de uma espécie de dança frenética sob a luz do luar. Suas patas estavam manchadas com o sangue de mais uma de suas vítimas sacrificada brutalmente. Faíscas incandescentes saíam pelas frestas da máscara sacerdotal que escondia seus olhos, o que lhe dava um aspecto assustador, de um ser rastejante. Chifres retorcidos partiam de sua fronte, como duas enormes adagas mortais.

Um som contínuo, quase um pulsar, vibrava nas entranhas do gato repórter quando a figura satânica se aproximou, carregando um pequeno objeto e repetindo estranhas palavras, como se fizesse algo despertar diante de seus olhos:

— *Ra's ah Amnui!*

Um som ecoou feito um trovão, resultado da soma de todas as vozes, rugidos e ruídos dos animais que assistiam ao espetáculo macabro, enquanto seu líder sussurrava palavras desconhecidas numa uma espécie de mantra.

Um reflexo metálico brilhou diante dos olhos de Flint quando o animal ergueu as patas e mostrou um punhal. Seu cabo tinha o formato de uma cobra perseguindo seu próprio rabo, como na imagem de Mundongovich. A lâmina, feito um corpo rastejante, desenhou linhas sinuosas no ar até tocar com a ponta fria... sua própria carne.

Birman Flint deu um salto da poltrona, caindo diante da lareira na sala de estar. Demorou alguns segundos até entender o que estava acontecendo. Sua respiração estava ofegante e o suor embaraçava seus pelos.

"Um pesadelo", admitiu por fim. A sensação bastante realista ainda persistia, no entanto. Seu coração batia forte. O calor das chamas em sua pele misturou-se com o toque frio da lâmina que começava a deslizar sobre a barriga. Por último, ainda viu o olhar benevolente da figura satânica acolhendo-o enquanto o sacrificava diante de seu deus, o imenso dragão negro pairando sobre sua cabeça.

Flint apanhou a garrafa de licor sobre a lareira e bebeu tudo que ainda restava em seu interior, começando a sentir algum alívio.

Na sala vazia, ouvia-se apenas o crepitar de alguns poucos gravetos que insistiam por queimar, mantendo o lugar aquecido. Paparov, seguido por Bazzou, havia se recolhido tão logo a noite caíra, deixando o repórter ali, entregue aos próprios pensamentos diante das anotações de Mundongovich.

Aos poucos, sua respiração retomou o ritmo. Acomodou-se mais uma vez na velha poltrona, ignorando a sensação estranha que sentia. "Uma boa noite de sono", pensou o gato, imaginando ser tudo de que precisava naquele instante. Uma boa noite de sono.

O último graveto na lareira desapareceu em meio às brasas, trazendo a escuridão total ao aposento.

# 7

Depois de percorrer uma longa distância, com uma reverência discreta, a abelha afririana estacou diante de seu mestre:

— Relatório finalizado! Eu o saúdo, mestre!

— Informe autorizado — rosnou o misterioso animal por baixo de seu manto.

— Gato e camundongo encontram-se sob a proteção de um certo Paparov — respondeu o inseto, buscando ocultar seu nervosismo.

— O intruso foi devidamente rastreado: Rufus Paparov, um antigo oficial das Forças Aéreas Imperiais.

— Paparov... — murmurou o animal. — Então foi assim que Birman Flint escapou das garras de Kronos... — O inseto acenou-lhe positivamente. — Imagino que Rudovich Esquilovisky esteja por trás disso.

— Paparov parece possuir uma extensa rede de contatos — respondeu a abelha. — Seus informantes, a pedido do próprio comissário-chefe, têm seguido o rastro do repórter desde que este deixou Siamesa, informando-o sobre a presença de nosso agente.

O misterioso felino fitou as torres de Gremlich à distância, com suas cúpulas abobadadas iluminadas por potentes holofotes, formando uma verdadeira cerca em torno do Palácio Imperial. Com olhos de predador, rastreava os movimentos dos tigres sentinelas.

— Presumo ainda que este... repórter esteja com o livreto de Mundongovich.

Mais uma vez a abelha assentiu, desta vez com um aceno das asas:

— Os gatos passaram todo o dia investigando suas anotações.

O animal misterioso escutou o detalhado relatório da abelha espiã sobre a conversa entre Flint e Paparov. Pensamentos diversos assolavam sua mente doentia enquanto o inseto falava. Os estranhos símbolos ainda estavam imersos num mar de mistérios. Flint estaria certo ao imaginá-los como caracteres de um antigo alfabeto, uma mensagem codificada? Lembrou-se de como Mundongovich parecia animado ao descrevê-los, sentindo-se tão confiante, tão próximo da verdade... Pobre camundongo.

Enterrou seu sentimento nas profundezas de sua alma. Voltou a ser a figura imponente que era, que vez ou outra dava lugar a algo frágil em sua personalidade

— Patovinsky — repetiu a abelha, informando sobre as intenções de Flint. — Karpof cita-o em suas anotações... Nosso exército pode cuidar disso, nenhum animal resistiria a centenas e centenas de ferroadas.

O misterioso animal fez um gesto negativo para o pequeno servo:

— Preciso que mantenham Gremlich sob vigilância. Eu mesmo providenciarei para que alguém cuide de Patovinsky.

— E quanto ao repórter? Podemos eliminá-lo, recuperando as anotações...

— Não!

O mestre ficou em silêncio alguns instantes, deixando-se conduzir pela intuição ou, quem sabe, pelo instinto, pensando como de certa forma o destino mais uma vez parecia favorecê-lo.

"Quem sabe possamos nos beneficiar da astúcia de nossos amigos, decifrando finalmente seus segredos? A chave... *Ra's ah Amnui*..."

O estranho animal sorriu:

— Apenas mantenha-me informado sobre suas pegadas. Deixe que prossigam um pouco mais. Continue investigando junto aos pertences de Mundongovich. Precisamos de toda a informação possível referente a suas pesquisas para evitar que Esquilovisky, ou mesmo seu convidado galo, coloque suas garras em tais informações. Não podemos nos arriscar ainda mais... Agora vá, meu fiel servo.

— Sim, meu senhor — respondeu a abelha com uma reverência e desapareceu na noite.

# GREMLICH

# PALÁCIO IMPERIAL

As maravilhosas torres das inúmeras catedrais espalhadas por toda cidade, construídas em forma de abóbadas, tinham os cumes cobertos por um manto de neve que parecia escorrer em direção ao solo, lembrando enormes *flãs de chump*, um típico bolo siamês de merengue e chocolate coberto por uma delicada calda de açúcar, uma das especialidades de Bazzou.

O camundongo e Flint viajavam no banco de trás do Bugatto 1833, a viatura oficial de Rudovich Esquilovisky, em direção a Gremlich. Lá eram aguardados não apenas por Galileu Ponterroaux, mas pelo próprio czar. De acordo com Esquilovisky, o monarca demonstrara grande interesse e preocupação devido aos acontecimentos envolvendo a morte de um de seus agentes.

A notícia sobre o ataque que haviam sofrido no dia anterior repercutira rapidamente, aumentando o clima tenso em torno do misterioso assassinato, obrigando tanto o comissário quanto os chefes da guarda a varar a noite revendo os esquemas internos de segurança.

Rufus Paparov e Rudovich Esquilovisky conversavam animadamente no caminho, mas Birman Flint parecia perdido em meio a suas elucubrações até que a palavra "respostas" ecoou em seus ouvidos e o trouxe de volta à realidade. Não sabia ao certo quem a havia mencionado, ou se a palavra seria apenas fruto dos próprios pensamentos. Contudo, o *insight* surgiu no momento certo, despertando-lhe para a informação que parecia ansioso por compartilhar. Uma resposta para tantas perguntas. Uma resposta ao ouvir o nome "Patovinsky".

— Fabergerisky...

— Como? — perguntou Flint.

— Exatamente! Patovinsky Fabergerisky.

— Descobriu algo, comissário? — perguntou Rufus. — Ontem à noite, depois de nossa reunião, achei conveniente pedir alguma ajuda ao nosso comissário aqui — explicou a Flint e Bazzou.

— Para dizer a verdade, seu amigo Ponterroaux é quem merece todo o crédito. Encontramos um certo Patovinsky Fabergerisky, um conhecido membro acadêmico da Universidade de Moscóvia, especialista em história e línguas antigas. Membro do conselho de arqueologia e professor de estudos avançados de filosofia. Os desenhos... Quem melhor do que um especialista para nos dizer o que esses desenhos significam?

— O endereço confere, comissário?

— Rua Doitsky, 334 é sua residência, na zona sul da cidade. Contudo, não podemos afirmar que esteja ligado a uma possível conspiração envolvendo Karpof. Nossas investigações são sigilosas. Se Fabergerisky faz mesmo parte de uma rede de espionagem e tem algum conhecimento dos fatos ocorridos em Siamesa, parece manter as aparências, evitando chamar atenção.

— Certamente — assentiu Flint.

— Dois de meus esquilos informaram ainda esta manhã que a velha ave prossegue normalmente com suas atividades — concluiu Esquilovisky.

— Excelente — miou Rufus, querendo quebrar o clima sério. — Pelo menos, o suspeito não desapareceu do mapa... o que seria mesmo difícil com os seus esquilos e minha rede de gatunos espalhados por toda a Rudânia.

— Visitaremos Fabergerisky o quanto antes — disse Flint.

✷✷✷

A autopista seguia rumo à Praça Rubra, palco de inúmeras campanhas e revoluções que influenciaram todo o país no passado. O esquilo, os dois gatos e o camundongo tinham de contornar a praça no centro de Moscóvia para alcançar o grande Gremlich, a Fortaleza Imperial, sede do governo da Rudânia. No trajeto, viram inúmeras torres abobadadas, que pareciam se fundir umas às outras, mostrando toda a beleza de suas catedrais e abadias construídas numa combinação entre o estilo bizantino e o renascentista.

O carro oficial da polícia parou diante da primeira cancela, junto ao posto da Guarda Imperial. No alto da muralha, feras uniformizadas montavam guarda em postos de controle, e baterias antiaéreas localizadas em pontos estratégicos protegiam a imensa fortaleza.

Tigres armados com lanças de metal, fuzis e belíssimas cimitarras — espadas de lâmina curva que se alargavam na extremidade livre, com o gume do lado convexo — começaram a caminhar lentamente ao redor da viatura, como se a estivessem farejando.

Um dos tigres, de proporções avantajadas, curvou-se na direção do veículo, fitando seu interior, até que o líder da guarnição — um animal portando um revólver Nagan calibre 7,62mm — acenou-lhes com a cauda, emitindo um rugido curto e cumprimentando o comissário com um aceno de cabeça.

Um imenso portal metálico, adornado com o brasão imperial idêntico à figura na medalha de Mundongovich, abriu-se lentamente ao meio, deixando a viatura seguir por baixo da muralha até atingir o pátio central da fortaleza.

Chegaram por fim a uma praça repleta de jardins com rosas amarelas, cercada por fontes de água cristalina, que recebeu o nome de seu fundador — Feodór Ronromanovich. Da praça, caminharam alguns minutos por uma passagem ladeada por sebes perfumadas até chegarem a uma suntuosa escadaria de mármore que levava à entrada do magnífico Palácio Imperial.

— "A Casa Dourada" — explicou Esquilovisky. — É assim que muitos se referem ao Grande Palácio Imperial.

Um enorme tigre de rara beleza surgiu no alto da escadaria, acompanhado de outros dois da mesma envergadura, e aproximou-se lentamente.

— Tigres da Guarda Imperial — anunciou baixinho Paparov, notando a surpresa no olhar dos dois visitantes, que nunca haviam visto um tigre de Siberium tão de perto.

A MALDIÇÃO DO CZAR

Ortis Tigrelius, comandante da guarda, parou diante de Esquilovisky e de sua comitiva:

— Bem-vindos ao Palácio Imperial!

— Meu caro Ortis — respondeu o comissário. — É sempre bom revê-lo, meu bravo guerreiro. Estes são Birman Flint, o famoso repórter, e seu assistente, Bazzou. Creio não ser necessário apresentá-lo a este gato rabugento...

— O bom e velho Paparov! Achei mesmo que não demoraria muito tempo para rever esses bigodes envergados!

— Cuidado como fala, velho tigre — disse Paparov, ajeitando seu quepe entre as orelhas —, ainda sou capaz de chutar-lhe o traseiro com um bom golpe de Kun Da Li, como em nosso último encontro!

— Fico feliz em vê-lo de volta a Gremlich.

— Eu também, meu bom Ortis — miou Paparov, encarando o amigo —, ainda que o motivo que nos traga até aqui não seja dos melhores.

— Bem, devo conduzi-los ao Salão Imperial, onde são aguardados ansiosamente por nosso senhor, o czar Gatus Ronromanovich.

— Posso garantir-lhe que o sentimento é recíproco. Tenho certeza de que nossos ilustres visitantes devem estar ansiosos por conhecer nosso líder — disse Esquilovisky, seguindo o tigre em direção ao imenso portão de ferro adornado por grades de bronze que se transformavam numa belíssima roseira, tornando a entrada suntuosa do Grande Palácio numa obra de arte à parte.

— Capitão Sibelius! — rugiu Ortis, num rápido cumprimento dirigido ao imponente felino à frente do pelotão que montava guarda.

Num salto rápido e elegante, Sibelius Tigrolinsky, o capitão da Guarda Imperial, cortou o ar com sua espada curva e repousou-a sobre seu ombro musculoso coberto por um manto rubro, assumindo uma postura rígida de sentido. O restante dos guerreiros secundou seu gesto, formando um curto corredor de espadas e lanças cruzadas no ar numa única saudação. Na sequência, o capitão, sem sair da posição de sentido, cumprimentou o pequeno comissário, que lhe devolveu um aceno de cabeça. A seguir, olhou os visitantes, como se os examinasse, e voltou à posição inicial.

Ortis aproximou-se e tocou o ombro do capitão amistosamente.

— Meu comandante — rugiu baixo Sibelius, dessa vez fitando seu superior e assumindo uma postura mais relaxada. Com um olhar frio, mas sereno, o capitão Tigrolinsky observou os visitantes, que seguiam seu líder Ortis e adentraram o salão do Grande Palácio Imperial.

Logo à entrada, uma enorme estátua de bronze reproduzia a imagem do grande e primeiro czar, Gaturnino Ronromanovich, de espada em punho e o semblante típico de um guerreiro, parecendo saudar a todos que chegavam. A escultura era sustentada por uma espécie de altar feito de jade, apoiado em quatro pilares maciços revestidos de um esplêndido mosaico de pedras coloridas. Lamparinas a óleo em formato de dragão com cabeça de leão circundavam o monumento, encaixadas em suportes que emergiam do interior de um espelho d'água que servia de base a todo o conjunto.

Bazzou examinava detalhes da obra, estupefato com sua beleza e suntuosidade, quando um som metálico ecoou por todo o salão. Os imensos portões adornados pela roseira de metal começaram a se fechar, encerrando-o num mundo de exuberância, esplendor, beleza e mistério. Sibelius Tigrolinsky, que ainda o observava à distância, foi desaparecendo aos poucos por detrás da enorme muralha de ferro e bronze. Restou apenas o silêncio do lugar, banhado pela luz baixa proveniente das lamparinas que nunca se apagavam. Uma estranha sensação pareceu envolvê-lo. Quando fitou novamente a enorme estátua, com o brasão imperial gravado em seu escudo, teve a impressão de que toda a beleza que o encantara havia pouco se desvanecia diante de seus olhos, dando lugar a formas vagas e sombrias. Quase assustadoras.

✳✳✳

Fachos de luz dourada entravam pelas janelas em arco de um paredão de pedra, iluminando magníficos vitrais de cores suaves. Um imenso tapete escarlate cobria o chão frio, abafando os sons que vinham do exterior.

— Uma das paixões de Gaturnino — explicou-lhes Ortis Tigrelius ao notar o olhar de espanto do gato repórter assim que avistaram armas antigas e trajes de guerra expostos em vitrines iluminadas por lampiões semelhantes àqueles que havia em torno da estátua do fundador da dinastia Ronromanovich.

Esquilovisky foi saudado por um grupo de esquilos que os aguardava no Salão Imperial. Uma chama brotava de enorme lareira no canto esquerdo do salão, mantendo a temperatura agradável do ambiente naqueles dias de inverno que pareciam transformar todo o palácio num imenso e gélido labirinto. Quadros com pinturas a óleo de renomados artistas ilustravam as paredes de uma espécie de antessala de estar, preparada para receber visitas especiais durante as audiências com o grande czar.

Uma pequena comitiva os esperava mais adiante, onde um altar de madeira se erguia a pouco mais de quinze centímetros do chão. No centro, uma figura imponente se destacava, cercada por um grupo de animais e aves que os observava com grande curiosidade.

Enormes cortinas de veludo rubro cobriam a parede aos fundos e um belíssimo globo de estanho dividia o centro da armação de madeira com a magnífica escultura "Leão de Aço", ofertada ao czar pelo ilustre Arans De Goulle, famoso escultor françoriano.

Flint avistou ao longe, conversando serenamente, a figura central. O grande czar, cuja aura contagiava a todos. Seus olhos amendoados percorriam os recém-chegados, um a um, com um sorriso discreto.

Ortis Tigrelius adiantou-se e iniciou o protocolo de apresentações:

— O czar, Gatus Ronromanovich! — bradou, curvando-se numa ampla reverência.

Sua Majestade levantou-se, desceu o degrau e lançou um olhar sereno em direção aos visitantes:

— Em nome dos Ronromanovich e do povo da Rudânia, eu vos saúdo e vos recebo em minha casa!

Ortis Tigrelius retomou sua posição. Pela primeira vez, Birman Flint fitou os olhos do czar, cheios de uma profundidade indescritível.

— Sejam bem-vindos ao Grande Palácio Imperial — miou Gatus Ronromanovich, lançando seu manto aveludado para trás e esticando as patas para envolver Esquilovisky num caloroso abraço.

Duas sentinelas tigres assumiram a posição de sentido, com as lanças em riste, chamando a atenção de Bazzou, que nem mesmo havia notado suas presenças, um em cada canto do salão.

O monarca cumprimentou o tigre comandante com algum afeto, dirigindo-se aos demais com graça e desenvoltura. Duas mechas esbranquiçadas pareciam saltar por entre suas orelhas, indicando tratar-se de um gato já na segunda metade de seu ciclo. Pelos devidamente tratados surgiam por debaixo do terno escuro que trazia o brasão imperial bordado no bolso, e um broche cravejado de diamantes prendia a túnica pesada, cobrindo-lhe parte da gravata que se perdia dentro do colete interno.

Seu rosto bolachudo abriu-se num largo sorriso diante de Paparov.

— Rufus Paparov — miou baixo —, há tempos que não nos vemos. Muito me alegra saber que estamos cercados de amigos como você, fiéis e prestativos.

— É um prazer servi-lo mais uma vez, meu senhor — devolveu Paparov, demonstrando pela primeira vez alguma timidez.

— O prazer é todo meu, meu bravo capitão — disse, parecendo fazer questão de chamá-lo pela patente. Dirigiu um olhar rápido em direção a Esquilovisky, voltando-se novamente para Rufus, parecendo bem informado em relação aos últimos acontecimentos. — Graças ao grande leão — miou referindo-se ao deus animal —, continua sendo um gato cheio de surpresas!

— Os pelos brancos não impedem que eu ainda chute alguns traseiros com bastante força, majestade!

— Sorte a nossa tê-lo por perto... — Fez uma breve pausa. — Principalmente para nossos ilustres amigos — disse, parando diante de Flint e Bazzou enquanto Esquilovisky tomava a frente, esticando uma das patas em direção da dupla:

— Permita-me apresentar Birman Flint e seu assistente, Bazzou Herreraz.

Gato e camundongo fizeram uma mesura, surpreendidos quando foram envolvidos um a um num caloroso abraço.

— Seu amigo Ponterroaux não poupou elogios a cada um dos senhores. É um imenso prazer recebê-los na Casa Dourada... como prefiro chamar tudo isto aqui.

Nesse momento, uma sombra suave deslizou por trás do manto do czar e aproximou-se dele.

Gatus Ronromanovich voltou-se para uma linda felina que fitava os recém-chegados. Trajava um belíssimo vestido de renda amarelo em tom pastel. Seus olhos cor de âmbar eram duas pedras preciosas, contrastando com seus pelos longos e acinzentados, e faiscavam irradiando uma curiosidade inata, cheios de vivacidade e pureza.

Como adorno, a gata trazia em torno do pescoço uma única coleira de diamantes que parecia ofuscar o gigante comandante da Guarda Imperial curvado mais uma vez numa saudação elegante.

— Permita-me apresentá-los... — miou Gatus, dirigindo-se a Flint e a Bazzou, sem desviar o olhar da felina. Seus olhos estavam carregados de orgulho ao tocá-la suavemente numa das patas, trazendo-a para perto. — A czarina, Katrina Ronromanovich! — anunciou em voz baixa, voltando-se para o gato repórter. — Estes são nossos ilustres visitantes, o senhor Birman Flint e seu assistente, Bazzou...

— Herreraz. Mas prefiro apenas Bazzou.

A elegante felina sorriu, cumprimentando-o discretamente. Voltou-se para Flint e, dessa vez, foi este quem a reverenciou primeiramente. A czarina aproximou-se dos demais, saudando a todos, e assumiu sua posição ao lado do czar. Afirmou, então, numa voz doce e melodiosa:

— Sejam bem-vindos a Moscóvia... — Parou, como se algo a interrompesse. Suas vestes foram puxadas por uma pequena garra, de uma graciosa felina que se esgueirava por trás da mãe.

Gatus Ronromanovich sorriu ao avistar a filha:

— Esta é nossa czarevna, Lari Ronromanovich — apresentou, usando o termo referente à "princesa", enquanto afagava-lhe os pelos idênticos aos de sua mãe —, descendente dos antigos czares e herdeira da Casa Imperial — concluiu, encarando com um leve sorriso seus visitantes.

O gato repórter cumprimentou a jovem, que assumiu uma postura menos descontraída, esforçando-se para parecer altiva como deveria ser uma czarevna de fato. Pelo menos assim parecia imaginar, estufando o peito ao fitar os visitantes. Lari pressentiu o olhar da mãe chamando sua atenção e curvou-se diante dos animais, saudando-os de forma rápida.

Um burburinho vindo em suas direções desviou a atenção de todos para o velho embaixador, Splendorf Gatalho, que chegava acompanhado por um ansioso Galileu Ponterroaux. Assim que avistou os amigos, o galo emitiu um cacarejo de alívio, após a notícia sobre o inusitado atentado que haviam sofrido durante a chegada ao país.

— Um assunto bastante delicado... — comentou com um ar sério o embaixador Gatalho, parecendo esforçar-se por manter o assunto distante. — Seria conveniente deixarmos esta discussão para um momento mais propício... Não concorda, senhor Flint? — completou, tocando suavemente o ombro do repórter.

O jovem felino forçou um sorriso como resposta, um tanto irritado pela forma irônica com que o velho gato se expressou, enfatizando com o olhar a presença da czarina e de sua filha.

Com bastante formalidade e elegância, Splendorf Gatalho, assumindo o papel oficial de anfitrião, conduziu os convidados ao Salão Nobre, onde acompanharia os Ronromanovich durante o almoço oficial oferecido aos visitantes. Em seguida, fariam um breve passeio onde lhes seriam apresentados alguns dos mais belos aposentos internos do Grande Palácio, como, por exemplo, a biblioteca imperial, o Salão das Luzes — reservado às ocasiões festivas —, bem como o auditório legislativo, onde seus ministros se reuniam diariamente na Duma — Conselho Legislativo criado por Gaturnino Ronromanovich com o objetivo de atender às necessidades do povo — e, por fim, a sala de conferências. Lá, Gatus Ronromanovich mais uma vez os receberia, encerrando assim as formalidades e dando início à audiência fechada marcada para o início daquela mesma tarde.

Flint seguia Galileu Ponterroaux em meio à animada conversa com o embaixador rudanês mais adiante, quando foi surpreendido pelo olhar curioso e firme de Gatus Ronromanovich, que o observava em silêncio, de forma discreta. Assim que percebeu que o gato repórter lhe devolveu o olhar, o monarca, um tanto sem graça, sorriu e acenou-lhe suavemente, num cumprimento jovial. Logo a seguir, seu olhar desviou-se numa outra direção. Um olhar que parecia ocultar algo mais.

Entre todos os países do reino animal, a Rudânia é considerada uma das maiores e mais pujantes economias de mercado, com um crescimento do PIB de 8,7% ao ano. Além da extração da madeira e da produção e exportação de grãos, gás natural e petroleum — líquido encontrado em camadas subterrâneas da Terra, usado como combustível —, uma taxa de impostos relativamente baixa torna o país extremamente atrativo a gestores internacionais. Em apenas algumas décadas, a Rudânia havia passado de importadora para a terceira maior exportadora mundial.

— Evidentemente, nem todas as questões sociais foram sanadas — enfatizou o czar. — Ainda persiste grande parcela de desemprego, resultado de recessões do passado que ainda assombram o atual governo. Estamos, contudo, apostando num novo plano de subsídios junto ao setor industrial.

A nova aliança diplomática realizada com Chin'ang, implantando ali mais uma de suas embaixadas, assumira a conversa durante a refeição. Sua aproximação e estreitamento político com a "potência amarela", como era conhecida, colocava toda a Rudânia em destaque como a maior fornecedora de petroleum para os países de Asiaticum, com exceção do Japain, cuja relação política devido à disputa territorial pela Manchúria permanecia abalada, tendo como fornecedor para seu combustível os Emirados Arabik, até então o maior produtor desse recurso.

Bazzou procurou disfarçar o tédio que sentia diante daqueles assuntos políticos que pareciam não ter fim, entregando-se às diversas iguarias servidas no banquete imperial. Paparov, sentado à sua frente, ergueu o copo de cristal num brinde divertido.

— *Vodinka* — explicou-lhe o gato rudanês, referindo-se à bebida típica do país.

Galileu Ponterroaux conversava animadamente com Esquilovisky sobre táticas de treinamento da PSI, a Polícia Secreta Imperial, onde agentes esquilos comandados pelo comissário exerciam importante papel na segurança interna em Gremlich.

Depois do almoço, que transcorreu de forma bastante agradável, passaram todos ao jardim de inverno anexo ao suntuoso salão, onde um delicioso pudim de *alirka*, uma espécie de raiz adocicada, foi servido.

O gato repórter levantou-se numa delicada saudação, e seu gesto foi seguido pelos demais, quando Gatus Ronromanovich pediu-lhes desculpas. Teria de deixá-los temporariamente na companhia de seu anfitrião, Splendorf Gatalho, pois assuntos de rotina exigiam sua rápida atenção. Despedia-se por ora, acompanhando então sua czarina e a jovem Lari, que, em meio a protestos e sibilos baixos, viu-se obrigada a adiar as aventuras que Paparov parecia narrar-lhe com tamanha empolgação.

Uma última rodada de *vodinka* fabricada em Gremlich foi servida, acompanhada por charutos rudaneses, encerrando o brilhante banquete e dando sequência a um rápido passeio pelo interior do magnífico Palácio Imperial, conduzido pelo embaixador, que não poupava palavras ao descrever sua admiração, em especial pela coleção de quadros do czar, expostos na pequena galeria anexa ao Salão das Luzes, bem como pelo pequeno museu de armas na entrada do palácio que tanto despertara a atenção de Flint em sua chegada.

O grupo acompanhou Gatalho, passando por um amplo saguão e dirigindo-se finalmente ao escritório particular de Gatus Ronromanovich, que já os aguardava no interior do gabinete.

Flint entrou por último, tendo a sensação de que algo havia se transformado em sua fisionomia.

# 9

A sala pareceu a Flint um tanto pequena, o que a tornava bastante aconchegante. Havia tapetes estampados da Persa diante da escrivaninha de carvalho de Gatus Ronromanovich, e poltronas de couro contornavam uma acanhada mesa central, onde xícaras de chá feitas de uma porcelana extremamente fina aguardavam os convidados.

A janela em arco localizada atrás da escrivaninha dava vista para a grande muralha em torno de Gremlich, de onde se podia avistar tigres de Siberium em seus postos de guarda. O gato repórter notou uma grande bandeira tremulando no mastro de uma das torres. O brasão imperial movia-se suavemente enquanto o felino estampado no centro, empunhando os sabres curvos, parecia observar seu reino feito um guardião silencioso.

Birman Flint surpreendeu-se com a semelhança entre Gatus Ronromanovich e seu antepassado, Gaturnino. Pôs-se a examinar, um a um, os retratos a óleo dos antigos czares, todos expostos na parede lisa. Cada retrato estava iluminado por uma pequena lamparina localizada sob a pesada moldura dourada.

— Os olhares firmes e as posturas imponentes denotam um "excesso de formalidade" — explicou-lhe Gatus, em tom de crítica, referindo-se à visão do artista responsável pelas obras.

O czar apresentava a árvore genealógica imperial com entusiasmo. Gaturnino Ronromanovich havia sido retratado ainda em sua juventude, como um simples soldado que mais tarde tornar-se-ia o primeiro regente de sua dinastia. Tinha um olhar profundo, de onde parecia transbordar um mar de mistérios. Seus longos bigodes escorriam de cada lado do rosto afunilado, coberto por pelos compridos e azuis.

Trazia a espada curva numa das patas e a adaga com cabo de jade na outra, numa pose que pareceu a Flint a origem do brasão que mais tarde o representaria para todo o sempre. Uma aura de nobreza se estendia à sua volta feito o manto rubro que lhe caía do ombro e já lhe emprestava um ar de realeza, esvoaçando ao vento como asas gigantes de algo divino, mítico.

Ao seu lado estava retratada a figura de Arkarius Ronromanovich, seu único filho. Arkarius tinha sido morto em combate durante as guerras contra o exército mongholik nas planícies de Siberium no auge de seu reinado como czar, deixando em seu lugar Serkius Ronromanovich.

Gatus apontou para a terceira figura, o retrato de Serkius:

— Foi um líder amado pelo povo que em sua velhice foi acometido por uma espécie de loucura, segundo alguns historiadores. Abandonou a vida na corte imperial e entregou-se a uma vida celibatária, partindo para as grandes montanhas sagradas da área ártica, juntando-se a um grupo de monges devotos das águias guardiãs que vivia nas regiões inóspitas do país cuidando da grande mãe branca... Seu rastro nunca foi encontrado, tendo desaparecido durante uma de suas incursões à montanha sagrada. — O czar voltou-se então à quarta figura. — Seu filho, Feodór, que não poupou esforços para encontrá-lo, tornou-se seu sucessor, o quarto da dinastia de czares Ronromanovich. Convenceu-se de sua morte após algum tempo, ainda que o mistério que a envolvia perpetuasse uma triste esperança traduzida na mais pura dor.

Ao ouvir o nome "Feodór", Flint aproximou-se do quadro e o observou com atenção redobrada. O olhar do felino no retrato parecia distante, diferente de seus antecessores guerreiros, como se a história narrada ali por Gatus explicasse a melancolia em seu semblante. A emoção na fala do czar ao referir-se ao seu respeitado pai, Feodór Ronromanovich, chamou a atenção de Flint. Gatus o descrevia como um dos mais respeitados czares de toda a história rudanesa, ainda que sua administração tenha sido prejudicada devido ao seu interesse por assuntos místicos, trazendo à corte os mais diversos ocultistas, assunto que parecia despertar seu interesse, bem como oráculos e médiuns, emprestando-lhe a fama de excêntrico. Muitos atribuíam tal fascínio pelo desconhecido ao desaparecimento de seu pai, Serkius, fato esse que se voltaria contra sua própria administração, acusando-o de dedicar mais tempo à sua infinita busca em vez de dedicar-se às suas tarefas políticas.

Flint fitou em silêncio a figura do czar mencionado por Karpof Mundongovich, escutando ainda como Feodór fora manipulado por seus conselheiros, acusado de estar acometido pela mesma loucura que anos antes se apoderara de seu pai.

— O fato é que Feodór perdeu o controle perante seus ministros — explicou-lhe Gatus —, colocando, assim, a Duma num confronto direto com alguns dos membros acusados de manipular Sua Majestade, abrindo um novo capítulo na história da dinastia conhecido como "a noite das espadas", quando muitos de seus conselheiros foram destituídos de seus cargos à força numa tomada de poder, obrigando Feodór a assumir o controle da Rudânia, agora apoiado única e exclusivamente por seus membros ministeriais, que pareciam não simpatizar em nada com seu séquito de adivinhos.

Flint notou a alteração na expressão de Gatus ao referir-se ao fato, como se reviver aquele estranho capítulo na história imperial o fizesse remontar à época de um pequeno e assustado filhote em meio à noite sombria que se abatera repentinamente sobre seu mundo.

Os dois permaneceram algum tempo em silêncio diante da imagem de Feodór.

Finalmente Splendorf Gatalho tomou a iniciativa de abrir a reunião. Primeiro, dirigiu-se ao repórter e a seu assistente Bazzou, enfatizando o quanto o atentado que haviam sofrido causara-lhes grande transtorno.

— Um assassino profissional — confirmou Rufus Paparov, referindo-se ao lobo conhecido como Kronos, chamando a atenção para a importância das anotações de Karpof Mundongovich.

Gatalho aproximou-se Flint, dizendo-lhe algo e o repórter retirou do bolso o livreto que trazia, depositando-o sobre a mesa central.

— Tão importante que seu assassino enviou alguém feito Kronos para recuperá-lo — observou Ponterroaux, aproximando-se da estranha caderneta como se a observasse pela primeira vez.

Gatus Ronromanovich acomodou-se em sua poltrona, escutando o relatório feito pelo comissário sobre a morte de Mundongovich. Seu olhar percorreu discretamente um a um à sua frente enquanto a narrativa assumia uma forma própria.

Ponterroaux, trocando um olhar discreto com Flint, sinalizou ter chegado o momento do amigo assumir a narrativa. O galo estava bastante curioso por escutá-lo, afinal de contas, o repórter havia passado algum tempo diante daquelas anotações, despertando-lhe uma certa esperança de que pudesse enfim revelar-lhes algo sobre elas.

Flint chamou a atenção do grupo para as figuras desenhadas por Mundongovich em seu pequeno caderno, formas distintas que surgiam obedecendo a um mesmo padrão, repetindo-se ora num único desenho de seis símbolos cercados pelo círculo maior, ora separadamente, enfatizando a ideia de que Karpof parecia empenhado em decifrá-las, acreditando tratarem-se de formas hieroglíficas ou caracteres pertencentes a algum dialeto antigo.

Suas suspeitas ganharam força à medida que Ponterroaux complementava sua teoria, destacando ao czar a figura de Patovinsky Fabergerisky, famoso historiador perito em línguas antigas, citado nas anotações do agente assassinado.

— Se estiver mesmo certo — prosseguiu Flint —, é provável que o interesse de Karpof por Patovinsky esteja ligado de maneira direta a estes sinais, o que poderia decifrar aquilo que acredito ser uma espécie de mensagem codificada.

— De acordo com nosso amigo comissário — interveio Ponterroaux —, pouco antes de ser assassinado, Mundongovich, num comportamento bastante suspeito, estava interessado em examinar ilicitamente certos documentos considerados como prioridade dois, restritos somente a funcionários portando autorização direta de Sua Majestade. Documentos referentes à corte imperial. — Gatus Ronromanovich observou-o em silêncio. A notícia não pareceu surpreendê-lo. O detetive prosseguiu: — Buscava algo específico, cujo interesse ainda é um mistério para nós, mas podemos imaginar se não haveria aí alguma conexão entre estes estranhos fatos...

O czar tentou dizer algo, mas suas palavras perderam-se no ar.

Galileu pareceu ler seus pensamentos:

— Não sabemos bem o que Mundongovich vinha buscando, mas cabe-nos destacar em suas anotações algumas referências que parecem criar uma conexão com os Ronromanovich... mais precisamente com Feodór Ronromanovich.

Um breve silêncio se fez.

— O diário de Feodór Ronromanovich... — disse, então, o gato repórter, movendo com cuidado a página manchada de sangue, mostrando-lhe as anotações feitas ali pela vítima. — Karpof parece mencioná-lo, bem como à pérola negra... — Parou um instante, dando chance ao czar de acompanhá-lo em seu raciocínio. — Objetos ligados aos antigos czares, assim como a medalha imperial, símbolo de sua dinastia.

Esquilovisky aproximou-se com um envelope pardo, de onde retirou a imagem ampliada da fotografia tirada no local:

— A medalha imperial foi encontrada ao lado de Mundongovich.

— Apontou o comissário, parecendo pedir ajuda ao galo detetive, que assumira a narrativa.

Gatus pressentiu que finalmente a conversa atingia seu ponto principal. Observou o olhar tenso dos demais à sua volta. Sabia que a verdadeira ameaça, o fator que os havia trazido até ali, seria exposta de forma clara nos próximos instantes.

— Mundongovich parece usar de uma linguagem repleta de simbologia tentando nos dizer algo — afirmou Galileu Ponterroaux.

— De acordo com nossas interpretações, a medalha representaria a grande dinastia, a própria Rudânia...

— Cercada pela mancha... — interrompeu Rufus Paparov. Uma sombra gélida acompanhou suas palavras enquanto apanhava mais uma vez a fotografia sobre a mesa do czar, voltando-se lentamente para seu líder e fitando-o de forma pesarosa. — A cobra Seth, a figura desenhada por Karpof Mundongovich... O símbolo dos Suk, a antiga seita de assassinos e adoradores de demônios.

— Tem certeza, Rufus? — Esquilovisky debruçou-se sobre a imagem, acompanhado por Splendorf Gatalho.

O olhar assustado do embaixador dirigiu-se ao czar quando Paparov fez um sinal ao esquilo, não deixando qualquer dúvida quanto à imagem desenhada por Mundongovich.

— "Fiéis a postos aguardando sinal do mestre supremo" — Paparov leu a anotação de Karpof. — As palavras "fiéis" e "mestre" soam como sinônimos de religião. Um mestre, Rudovich... — disse, encarando o amigo esquilo. — Esse mestre deve ser o assassino de Karpof Mundongovich.

Splendorf Gatalho debruçou-se sobre o livreto de Karpof, fitando Paparov. Parecia surpreso, engasgando com as próprias palavras.

— A mensagem parece-me bastante clara — falou Paparov, voltando-se para o czar. — A cobra em torno do brasão, ambos os símbolos parecem se conectarem um ao outro... um predador em torno de sua presa. Indício claro da existência de uma misteriosa conexão entre seus assassinos... — Parou, buscando as palavras antes de concluir: — e a dinastia imperial.

Imediatamente, o olhar de Gatalho se voltou para seu czar. Flint notou a tensão expressa na fisionomia do embaixador ao se pronunciar:

— Indício claro de que seu assassino parece buscar algo diretamente ligado a...

— Feodór? — disse Flint em tom de pergunta, dirigindo seu olhar para Gatus, e Bazzou notou certo desconforto em sua fala. — O senhor descreveu ainda há pouco sua ligação com oráculos e videntes — acrescentou o gato, referindo-se à descrição que havia feito de Feodór, seu pai.

— Sei aonde quer chegar, senhor Flint — sorriu-lhe o monarca, fingindo descontração. — A cobra Suk em torno da medalha...

— É possível... — murmurou o gato estrangeiro, por fim.

Splendorf Gatalho lançou-lhe um olhar de cumplicidade e Gatus Ronromanovich recostou-se em sua poltrona:

— Imagino que não seja segredo para a maioria aqui presente o interesse de meu pai por assuntos místicos. Um interesse que teria surgido algum tempo após sua perda... a suposta morte de seu pai, Serkius. Acredito que o desejo de saber sobre seu paradeiro o tenha levado ao encontro daqueles que, de alguma forma, lhes trouxeram certa esperança, ainda que falsa. Uma esperança que acabou por torná-lo um refém, uma marionete nas patas de certos manipuladores...

Fez uma pausa, como se resistisse a pronunciar aquele estranho nome. Talvez o mais importante num capítulo escuro de seu país. A sombra maior que levara seu pai de encontro à escuridão durante algum tempo, cujo título de monge parecia ser o mais próximo daquilo descrito por Karpof em sua mensagem. Com um suspiro, o czar prosseguiu:

— Dentre seus diversos oráculos e videntes, o mais sábio, o mais perigoso, tendo com o tempo se tornado a verdadeira sombra de meu pai, temido até mesmo por seus ministros, cujo poder sobrenatural parecia mitigado diante do seu poder de persuasão, foi... Raskal Gosferatus.

Flint escutava com a máxima atenção, cada vez mais intrigado com toda aquela história.

— De todos os seus conselheiros, Raskal Gosferatus provavelmente foi aquele que mais exerceu influência na corte daquela época — continuou Gatus. — Era o início de 1843 quando sua reputação como místico introduziu-o ao círculo restrito da corte imperial rudanesa, onde diziam que Gosferatus teria salvado a vida de Alexia Ronromanovich... —Fez uma breve pausa ao citar o nome de sua mãe. — ...czarina adorada pelo povo, cuja doença nervosa caiu-lhe feito uma maldição.

— Contam que o estranho animal — interveio Splendorf Gatalho, tentando ajudá-lo —, usando ervas medicinais desconhecidas, ter-lhe-ia curado da doença, que certamente parecia selar seu destino, caindo então em suas graças e atraindo a atenção de Feodór Ronromanovich, que já na época parecia bastante envolvido pelas artes místicas.

Gatus assumiu mais uma vez a narrativa:

— Após tal episódio, tanto a czarina quanto o czar passaram a lhe dedicar uma atenção cega e uma confiança desmedida, chegando a dar-lhe o título de "mensageiro do grande deus leão". Quanto mais crescia sua obsessão pelo mistério em torno do desaparecimento de seu pai, mais crescia seu apego àquele que já era considerado seu conselheiro maior, cujas visões proféticas pareciam-lhe prometer o bálsamo para suas angústias.

— Gerando em torno do gatuno uma aura de respeito, proteção e certo... temor —balbuciou o velho embaixador.

— Uma proteção que lhe garantiu conforto e confiança. Raskal assumiu, assim, um papel fundamental, não apenas influenciando a corte e principalmente a família imperial rudanesa, mas tornando-se seu principal articulador, colocando animais como ele no topo da hierarquia da Igreja Nacional Rudanesa — concluiu Gatus com pesar.

Splendorf Gatalho serviu-se de um pouco mais de chá antes de continuar a narrativa. Tinha a expressão cansada, consequência da insônia que se abatera sobre ele na noite anterior:

— Muitos de seus seguidores se infiltraram na Duma, o Conselho Legislativo da Rudânia, eleitos por Feodór Ronromanovich sob influência de seu mentor, capaz ainda de destituir seus antigos ministros, assumindo indiretamente o poder sobre todo o país baseado em suas habilidades de manipulação. Todavia, seu comportamento dissoluto, depravado, além do seu envolvimento em estranhos rituais ligados a suas crenças xamânicas, justificou as denúncias feitas por alguns políticos que se opunham à sua influência na corte, trazendo por fim alguma luz ao czar, embora o estranho monge, como fora considerado por muitos, gozasse de sua confiança absoluta.

— Você disse... estranhos rituais? — interveio Galileu Ponterroaux.

— Mesmo influenciando a própria Igreja Nacional, ele mantinha suas próprias crenças e rituais ligados a suas habilidades místicas, onde por vezes exercia de seus supostos poderes como oráculo, evocando forças sobrenaturais — respondeu o embaixador com um meio sorriso irônico.

— Alguma ligação com antigos Suk? — indagou o gato repórter.

— Veja bem, senhor Flint, a prática de crenças xamânicas é uma herança deixada pelos antigos povos das planícies de Siberium, comum até os dias de hoje em toda a Rudânia. Oráculos, monges, videntes fazem parte de tal cultura. Raskal Gosferatus não foi o primeiro, nem mesmo o último de sua estirpe e, muito embora sua questão seja bastante pertinente, a fama ligando-o à sobrenaturalidade deve-se muito mais a um complô político visando destituí-lo de seu cargo do que qualquer outra coisa.

Gatalho encolheu-se em sua poltrona, observando Flint por alguns segundos antes de prosseguir:

— A figura de Raskal tornou-se uma sombra ameaçadora.

Odiado pelo povo e pelos nobres, sua atuação ganhou novos contornos com o início da Primeira Grande Guerra, onde foi acusado de espionagem a serviço da Germânia, escapando às várias tentativas de aniquilamento, acabando, enfim, vítima de uma grande trama articulada por parlamentares e aristocratas, cujo objetivo era o de libertar o czar de sua influência, obrigando-o a reassumir o controle sobre o país. Seus conhecimentos como oráculo e xamã foram usados para reforçar a ideia de que o gatuno mantinha o casal imperial à base de poções que lhes eram conferidas em suas sessões como consultor espiritual, tornando-os alvos fáceis de suas manipulações. A inexplicável recuperação de nossa antiga czarina após submeter-se aos seus tratamentos também foi levada em consideração, favorecendo a ideia de que Raskal Gosferatus manteria um pacto com demônios ou algo parecido. — Splendorf Gatalho trazia um sorriso congelado e uma expressão incrédula ao narrar a história. — Contudo, foi em seu exílio que a lenda em torno de seu nome floresceu.

O embaixador fez uma pausa, gesticulando as orelhas como se algo o incomodasse, ao mesmo tempo que o balançar rápido da cauda denunciava certa inquietude à medida que parecia se aproximar do final daquele estranho relato:

— Após ter sido acusado de traição, Raskal Gosferatus foi transferido para a fortaleza gelada na planície de Siberium, onde permaneceu até finalmente ser condenado à morte por fuzilamento. Onze tiros... — disse, pensativo. — Raskal Gosferatus teria sobrevivido a onze tiros, fomentando tais histórias sobre o monge manter pacto com seres demoníacos.

— O que aconteceu depois? — perguntou Flint.

— Raskal teria sido mantido prisioneiro por mais algum tempo, contraindo febre sombria e vindo finalmente a morrer, o que provou que nada de sobrenatural existia em relação ao velho monge. — O embaixador suspirou cansado e disse, encarando Flint: — Quanto à sua questão, meu jovem, ainda que tais histórias o descrevam desta forma, não existe relato algum sobre Gosferatus manter ligações com antigas seitas pagãs feito os Suk. Nenhum registro que veio à tona comprova tal suposição. Muito pelo contrário, suas crenças místicas fazem parte até os dias de hoje de nossa cultura, lembrando que Siberium é o berço xamã, onde os conhecimentos e práticas espirituais se fundem ao conhecimento da natureza. E, ainda que nossa Igreja Ortodoxa represente nossas crenças, tal prática ainda é bastante difundida em toda a Rudânia. Seus métodos de cura de fato comprovam alguma eficiência, mesmo que nada de sobrenatural exista ali, a não ser o poder de ervas usadas com algum conhecimento daquele que as manipula. Foi o caso de nossa czarina, curada após submeter-se aos seus tratamentos nada convencionais.

Flint voltou-se ainda uma vez para o embaixador, perguntando:

— Lembro-me do senhor ter mencionado certas histórias em torno de uma joia que pertencera a Gaturnino Ronromanovich, como um objeto que teria ganhado de um antigo xamã, levando-a consigo como uma espécie de amuleto... Um objeto sem muito valor, no entanto, que é mencionado aqui por Mundongovich, da mesma forma que o diário de Feodór...

— Sei aonde quer chegar, senhor Flint — Splendorf Gatalho interrompeu-o. — Parece estar certo de que existe alguma ligação entre a morte de Karpof Mundongovich e todo esse passado...

— Não seria correto afirmar isso, senhor embaixador — respondeu Flint —, mas minha intuição de repórter me diz que deve existir aí uma boa história. Karpof menciona algo como *"Ra's ah Amnui"* ser "a chave para o cofre real". Uma nomenclatura desconhecida, cuja conexão com estas formas hieroglíficas parece-me bastante evidente. —Apontou para os símbolos de Karpof, dirigindo-se ao czar:

— Quem sabe o camundongo não estivesse se referindo ao significado destas estranhas formas... em busca daquilo que nos parece ser a chave para decifrar tal enigma. Algo diretamente ligado aos antigos czares, guardado por seu antecessor e pai, Feodór Ronromanovich? — Gatus sacudiu a cabeça, atônito e o repórter prosseguiu: — Vossa Majestade... e se existisse mesmo alguma conexão que ligasse de alguma forma Feodór Ronromanovich à estranha seita pagã? Um segredo importante a ponto de atrair o assassino de Karpof Mundongovich, lançando o agente numa corrida mortal, vítima de um predador sombrio...

— A cobra Suk — acrescentou Rufus.

Após um breve silêncio, Flint tomou a palavra novamente:

— Toda essa história em torno do antigo czar Feodór Ronromanovich e seu conselheiro... Aquilo que seu diário parece guardar, além da menção à joia de Gaturnino, estas misteriosas inscrições... O desenho da cobra, uma mancha de sangue se alastrando em torno da medalha imperial... Não me parecem apenas coincidências, majestade.

O czar voltou-se para o comissário, como se aguardasse um parecer seu:

— O quanto a morte de Mundongovich representa uma ameaça para a família imperial?

O esquilo colocou-se diante do grande líder. Sua postura, bem como sua fala, revelava certa segurança:

— Não sabemos bem o que Mundongovich buscava... Mas, até que possamos descobrir, toda Gremlich será mantida em estado de alerta. Pode haver outros animais ligados direta ou indiretamente à sua morte.

Gatus alisou seus bigodes, o que sempre fazia quando estava preocupado.

— Medidas de segurança já foram tomadas — prosseguiu o esquilo. — Neste momento, nossos agentes secretos guardam pontos estratégicos em Gremlich. A segurança da família imperial foi redobrada, elevada ao nível prioritário. Evidentemente, não desejamos atrair atenção para o caso. Nossos agentes esquilos, com a ajuda de nossos visitantes — dirigiu-se a Galileu Ponterroaux —, conduzirão as investigações de forma discreta, buscando possíveis envolvidos na morte do camundongo.

— Contudo — acrescentou o galo —, necessitaremos de acesso a todo tipo de informação necessária ligada ao caso.

— Terão acesso a tudo de que precisarem — disse-lhe Gatus, antes mesmo de a ave completar a frase. — Terão acesso a todo tipo de documento, incluindo as antigas anotações deixadas por meu pai.

— E quanto à pérola? — perguntou Flint de forma impulsiva.

— Poderão examiná-la, sem dúvida, muito embora não consiga imaginar a razão pela qual o agente assassinado a mencionou. Não imagino sua importância em relação a todos estes fatos — respondeu o czar, lançando um olhar sincero em direção ao repórter.

— Quem sabe mais uma de suas citações simbólicas... — advertiu Splendorf Gatalho.

Seguido pelo velho embaixador, o czar caminhou em direção aos convidados com passos lentos. Aproximou-se do jovem gato estrangeiro e disse:

— A morte do agente Mundongovich e seu interesse por algo ligado ao passado da família imperial ainda pairam em minha mente feito um manto obscuro... — Retomou então sua postura altiva e serena antes de acrescentar: — Muito embora tenha a certeza de que, com o apoio dos senhores, não tardaremos a solucionar este estranho caso antes que possa assumir grande proporção, capaz de intervir em nossa administração.

Splendorf Gatalho endossou as palavras do czar:

— A notícia de uma misteriosa conspiração envolvendo a família Ronromanovich poderia prejudicar algumas de nossas negociações com países vizinhos.

— Procuraremos conduzir nossas investigações com toda a discrição que o caso exige — garantiu Galileu Ponterroaux, fazendo uma reverência ao czar —, buscando solucioná-lo com máxima rapidez.

— Isto seria excelente — anunciou o embaixador, cumprimentando o galo. — Tenho a certeza de que poderemos muito em breve nos reunirmos aqui para brindar o fim deste infeliz acontecimento.

— Descobriremos em que Mundongovich estava envolvido — falou Rudovich Esquilovisky —, assim como seu assassino.

— Tenho certeza de que sim, comissário — respondeu o velho embaixador, voltando-se para Gatus.

Aquilo que Karpof parecia tão empenhado em encontrar representava o desejo de seu assassino, pensou Flint, enquanto os observava discretamente. A ameaça, a mancha sangrenta em torno da medalha imperial, a cobra Suk em torno dos czares... ou, quem sabe, do czar Gatus. Algo escondido nas entranhas de sua própria dinastia, representando uma sombra a envolvê-lo. O assassinato de Karpof era apenas o começo daquele estranho caso.

Ainda diante do czar, o grupo se dividiu para seguir com as investigações. Flint olhou para Rufus. Receber de volta o sorriso do velho gato rudanês encheu-lhe de confiança. Ninguém melhor do que Paparov para conduzi-lo pelas ruas de Moscóvia em sua própria investigação, enquanto Bazzou auxiliaria Ponterroaux, buscando pistas deixadas por um outro camundongo. Pensou novamente em Karpof Mundongovich... em sua estranha busca. Depois em Patovinsky Fabergerisky. Respostas.

# CENTRAL DA POLÍCIA SECRETA IMPERIAL

Rudovich Esquilovisky não recebeu bem a notícia de que haviam perdido contato com um de seus agentes nas imediações de Gremlich. Solicitou que batedores esquilos fossem até o local de seu posto de vigília, para averiguar seu paradeiro.

Muito embora a PSI contasse com os melhores engenheiros e técnicos, peritos no desenvolvimento de equipamentos de última geração, Esquilovisky não descartara a ideia de uma possível falha técnica, embora tal possibilidade lhe soasse remota.

O som de estática em seu rádio o deixou ainda mais tenso, até que finalmente a voz do outro lado pareceu confirmar a estranha ausência do agente esquilo. "Nenhum rastro, nenhum sinal, muito embora tudo pareça em ordem", anunciou a voz. O termo empregado, "em ordem", estava fora do contexto. Um agente esquilo desaparecido, deixando seu posto à deriva, não lhe parecia "em ordem", pensou o comissário, debruçando-se sobre a mesa e dando um trago no cachimbo. Do outro lado, seu agente aguardava, enquanto o rádio continuava emitindo o sinal de estática.

O comissário trocou olhares tensos com seu amigo Ortis Tigrelius. No seu entender, tudo aquilo começava a ficar muito estranho. Muito perigoso.

# 11

O Bugatto usado pelo serviço secreto imperial estacionou próximo à alameda do velho e pacato bairro residencial onde morava Patovinsky. Folhas mortas tocavam o solo frio. O inverno severo emprestava às árvores um ar grotesco, e galhos retorcidos lembravam garras que apontavam para múltiplas direções. Um burburinho de uma feira livre que avistaram mais adiante atraiu a atenção de Flint.

— Nessas barracas de madeira e lona vendem todo tipo de mercadoria, desde *ushankas* até ervas finas trazidas da Chin'ang — explicou Paparov. — Estamos perto. Há uma bifurcação logo mais à frente. Nosso amigo informou que o velho pato reside na terceira casa da segunda quadra... bem ali.

Uma placa de latão afixada numa das paredes da esquina mostrava o endereço: "Rua Doitsky". Logo depararam-se com o conjunto de sobrados de três andares formando um único bloco cercado por amoreiras que deixavam a calçada intransitável e, sem demora ou grandes dificuldades, encontraram o de número 334. Um grupo de gatunos se aglomerava em torno do poste no lado oposto da rua, dormindo tranquilamente.

O velho sobrado não parecia diferente dos demais. Sua pintura necessitava de uma boa manutenção, enquanto as janelas, a maioria delas empenada, deixavam frestas de luz adentrarem o lugar mesmo quando fechadas. Duas cadeiras de madeira, do tipo espreguiçadeiras, dividiam o espaço no minúsculo jardim de inverno, onde um grande brinco-de-princesa despencava do teto.

Paparov tocou a campainha na lateral do portão. A porta da frente se abriu devagar e uma elegante gansa de plumas esbranquiçadas colocou a cabeça para fora, por cima de uma corrente dourada que impedia a porta de se abrir por completo.

— Pois não, cavalheiros, em que posso ajudá-los? — grasnou a velha senhora de jaleco azul-marinho.

Flint adiantou-se educadamente, mas Rufus falou primeiro:

— Muito boa tarde, meu nome é Rufus Paparov, enviado oficial do comissário Rudovich Esquilovisky, da Polícia Secreta Imperial — disse-lhe o gato, apresentando-lhe uma identidade dos tempos de capitão da Força Área. — E este é meu amigo Birman Flint, repórter do famoso jornal françoriano *Diário do Felino*. Desculpe-me o transtorno em virmos desta forma...

— Algum problema, oficial? — gralhou a ave, interrompendo Paparov.

Por um instante, o jovem gato imaginou se o amigo teria agido corretamente. Caso Patovinsky tivesse algum tipo de ligação com Karpof, a simples ideia de ter um oficial batendo-lhe à porta já seria motivo suficiente para afugentá-lo.

— Não, senhora — disse Rufus. — Gostaríamos apenas de falar com Patovinsky Fabergerisky. Acreditamos que o ilustre professor possa nos orientar com seus conhecimentos sobre um caso em que estamos trabalhando neste momento.

A ave não fez menção alguma de abrir a porta. Continuou fitando-os pela fresta com um olhar frio e reservado:

— Lamentavelmente, o professor se encontra em meio a uma importante pesquisa para a universidade. Se quiserem marcar uma audiência, garanto-lhes que poderei agendar para daqui a alguns dias. Se puderem dizer seus nomes mais uma vez, eu...

— Infelizmente, nosso caso exige de uma certa urgência. Podemos aguardá-lo, se ele não estiver em casa — insistiu Paparov, esticando o olhar para o interior do sobrado.

— Sinto muito, mas...

— Senhora... — interveio Flint, aproximando-se e dizendo num tom sereno: — Precisamos apenas fazer-lhe algumas perguntas, nada mais. Podemos aguardar enquanto verifica na central de polícia sobre nossa visita ou, se preferir, retornaremos mais tarde na companhia do próprio comissário.

A velha gansa soltou um suspiro.

— Não será preciso — respondeu-lhe a ave de forma educada.

— Se puderem aguardar um instante... — A governanta se retirou, fechando a porta, mas voltou após alguns segundos e anunciou: — O professor irá recebê-los em seu escritório.

Patovinsky Fabergerisky vivia ali desde sempre. Sua única companhia era a velha governanta Molliari, que parecia ter assumido um papel único em sua vida, organizando e cuidando de seus bens enquanto ele próprio entregava-se de corpo e alma àquilo que lhe era mais precioso: seu trabalho. O velho mestre havia herdado uma pequena fortuna, suficiente para que pudesse viver confortavelmente, dedicando-se à carreira acadêmica. Somada a herança ao seu salário como mestre e coordenador da Universidade de Moscóvia, o pato garantiu para si uma velhice bastante confortável.

Flint parou a alguns passos do professor, que apertava os olhos para examiná-lo, como se as lentes grossas dos óculos não mais fizessem efeito. Em seguida, levantou as asas em sinal de boas-vindas:

— Perdoem a rigidez com que a senhora Molliari cuida de minha privacidade, mas devo admitir que, sem ela, jamais encontraria a paz de que necessito para dedicar-me ao meu trabalho. Contudo, posso abrir uma exceção aos senhores. Acomodem-se, por favor. — Virando-se para a governanta, disse: — Senhora Molliari, creio que nossos convidados apreciariam um pouco de nosso licor de ameixa.

— Quando a gansa saiu para buscar a bebida, Patovinsky voltou-se aos gatos com um sorriso cortês, buscando, em meio à papelada toda sobre a mesa, um espaço vazio para suas asas se acomodarem. — Muito bem... Confesso estar bastante curioso com a visita de um oficial acompanhado por um... repórter estrangeiro. Em que posso ajudá-los, meus caros felinos? — Retirou os óculos grossos, limpando suas lentes com a pequena flanela macia.

Flint buscava uma forma clara para introduzir o assunto quando Paparov interveio de maneira direta:

— Informações, professor, informações que possam acrescentar algo àquilo em que estamos empenhados em investigar junto ao nosso comissário, Rudovich Esquilovisky.

— Muito bem... E seria rude de minha parte perguntar o que exatamente os senhores investigam de forma tão diligente?

— Um assassinato, professor.

Sem bater à porta, a senhora Molliari entrou trazendo, numa bandeja prateada, uma garrafa leitosa acompanhada por três pequenos cálices de cristal, serviu-os e retirou-se em seguida, de forma bastante discreta.

— Você disse... um assassinato? — repetiu o velho professor Flint adiantou-se:

— Tudo começou há alguns dias, quando um dos agentes do governo imperial, Karpof Mundongovich, foi encontrado morto em Siamesa. — Fabergerisky não esboçou qualquer reação ao ouvir o nome do camundongo. O repórter continuou: — Junto ao seu corpo, nosso detetive encontrou algumas pistas que nos trouxeram a Moscóvia. Pistas que parecem apontar para algo relacionado ao governo de Sua Majestade, o czar, ou mesmo para sua dinastia imperial. — Patovinsky Fabergerisky recolheu suas asas, sem nenhum traço de nervosismo em sua expressão. Flint prosseguiu em sua narrativa: — Algumas evidências nos fazem crer que Mundongovich parecia bastante dedicado em decifrar algo. Algo que Feodór, o antigo czar, pode ter guardado em seu próprio diário.

Fabergerisky adiantou-se, apoiando novamente as asas sobre a mesa, finalmente esboçando qualquer reação ou interesse:

— Um diário?

Sua expressão despertou em Flint uma ideia de inocência, como se de fato não tivesse qualquer relação com a estranha morte. Paparov tomou a palavra:

— Karpof Mundongovich menciona algo sobre um certo diário que pertencera a Feodór Ronromanovich em suas anotações... acompanhado por estranhas figuras...

— O motivo de nossa visita — interrompeu Flint rapidamente, temendo que o amigo se antecipasse e contasse a Patovinsky que seu nome também aparecia nas tais anotações.

— Figuras? — perguntou o pato.

Birman Flint tirou o livreto do bolso:

— Acreditamos que Karpof Mundongovich vinha tentando decifrar algumas figuras, que acredito tratar-se de caracteres... ou algo parecido.

— O roedor parecia mesmo obcecado — completou Rufus.

Patovinsky Fabergerisky deixou um gralhar baixo soar:

— E, obviamente, necessitam de minha ajuda para examinar esses tais... caracteres — consentiu o velho pato, desejoso de que Flint lhe mostrasse de uma vez as figuras.

Arrumou seus óculos, preparando-se para examiná-las, quando Paparov atalhou:

— Na verdade, professor... é possível que já o tenha feito.

Fabergerisky pareceu confuso:

— O que quer dizer, meu caro gato?

— Suspeitamos, professor, que Karpof Mundongovich já o tenha procurado por este mesmo motivo — concluiu com cuidado, evitando que a frase soasse como uma afirmação.

O pato parecia ainda mais perdido em meio à narrativa dos gatos:

— Karpof Mundongovich? Creio terem cometido algum engano — disse, soando sincero. — Mundongovich não é um nome que eu esqueceria facilmente caso tivesse...

— Nomes nada significam, professor — interrompeu Paparov, com certa rudeza.

— O que os faz pensar que eu poderia tê-lo conhecido?

— Não estamos afirmando isso, professor Fabergerisky. — Flint foi rápido em apaziguar os ânimos. — É possível que esteja certo e Mundongovich planejasse uma visita quando teve seu destino selado. Contudo, não podermos ignorar o fato da vítima tê-lo citado em suas anotações, o que reforça minhas suspeitas sobre seu interesse em buscar, num perito como o senhor, a ajuda necessária para decifrar supostos caracteres formando uma misteriosa inscrição.

— Meu nome? O que quer dizer?

— Seu nome está presente nas anotações de Karpof Mundongovich... — falou Paparov — e confesso estar tão curioso quanto o senhor para saber o que isso tudo significa.

Finalmente, Rufus Paparov aproximou o livreto dos olhos do velho pato, que leu cuidadosamente o escrito no caderno.

— Como pode ver — disse o jovem repórter —, seu interesse por algo ligado à antiga dinastia imperial parece-nos evidente. Mundongovich menciona aqui, além do diário de Feodór, a pérola negra, a joia que pertenceu a Gaturnino Ronromanovich, parecendo fazer alguma menção ao seu nome.

— Não, não... — balbuciou o velho pato, gesticulando as asas, com os olhos esbugalhados. — Cipriano... não Karpof... meu deus...

— Professor? — Flint estava preocupado com seu anfitrião. Paparov estendeu-lhe seu cálice cheio de licor, sorvido por Patovinsky num só gole.

— É Cipriano quem buscam. — Suas palavras soavam confusas.

— Cipriano Karkovich... O código uruk... *Ra's ah Amnui*.

— O que quer dizer, professor? — perguntou Flint

O velho pato respirou fundo antes de responder àquela pergunta.

— Não poderia esquecer-me da visita que recebi há cerca de dois meses do jovem Cipriano Karkovich, membro acadêmico da Universidade de Siberium. Buscava informações e orientações referentes às suas pesquisas sobre um importante período da história animal, tendo como foco uma das mais brilhantes e misteriosas raças que já habitaram nosso planeta... — Encarou os felinos, parecendo ter recuperado seu entusiasmo, ainda que seu olhar trouxesse certa perturbação. — A raça dos antigos leões brancos, guerreiros do grande rei Ngorki.

Fabergerisky sorria, revivendo o encontro que tivera com o colega. Paparov serviu-se sem qualquer cerimônia de um pouco mais do licor, distraído demais para ater-se a certas formalidades, encarando o velho acadêmico enquanto esvaziava sua taça. O pato continuou:

— Demonstrou seu interesse por toda a mística em torno de sua história, *Ra's ah Amnui* e seus antigos códigos, enfim... um período maravilhoso de nossa história animal, ao mesmo tempo cheio de mistérios e lendas... Os bravos leões guerreiros, como ficaram conhecidos.

O silêncio tomou conta do lugar por alguns instantes. Fabergerisky sorria satisfeito, como se estivesse em meio a uma de suas

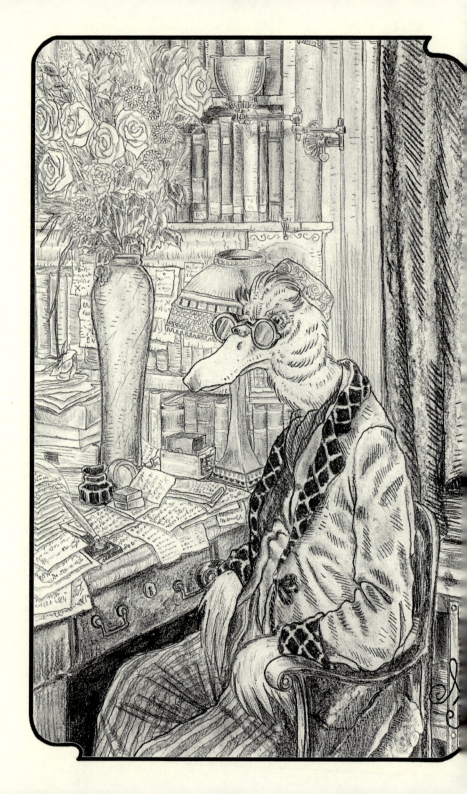

aulas, esticando seu pescoço na direção de Flint, quase chegando a tocá-lo, enquanto dizia num tom baixo de voz:

— Cipriano parecia muito interessado pelo período em questão, empenhado em estudar esses grandes bárbaros que habitaram as terras geladas. Suas crenças, seus costumes... Lonac, a grande deusa leoa, guerreira da luz, representada pela mãe-lua e observa a todos do alto... — Apontou uma das asas em direção ao teto e fez uma pausa, notando a expressão de surpresa dos felinos. — Enfim, uma civilização fascinante.

Flint escutava as palavras do velho professor. Toda aquela informação eclodia em sua mente feito um turbilhão, tentando criar alguma conexão entre o estranho interesse do agente morto com todos os apontamentos que tinha lutado para tornar evidentes. "Uma antiga seita, um diário, uma joia e uma dinastia", pensou o gato. E agora aquilo... Lendas referentes a uma antiga raça de felinos que deixaram de existir havia muito. Sacudiu as orelhas, confuso e ao mesmo tempo intrigado e eufórico, deixando um suspiro baixo escapar, atento ao ilustre anfitrião.

— Alguns historiadores — prosseguiu Fabergerisky, empolgado — descreveram batalhas épicas nas quais os bravos leões brancos teriam surgido, trazendo consigo toda a sua magia, fazendo emanar da ponta de suas espadas curvas o fogo sagrado e espalhando o caos diante de seus inimigos. Seu líder maior, o grande rei Ngorki, protegido pelo espírito de Lonac, cerrava as portas do inferno animal, mantendo nosso mundo protegido dos demônios que infestavam as profundezas da Terra. Enfim, meus caros, toda a mitologia em torno dos bravos leões, seu universo repleto de deuses e demônios, é algo que torna sua história ainda mais fascinante. — Fitou o gato repórter. — Muitas vezes, senhor Flint, são tais elementos fantasiosos que acabam por perpetuar nossa história.

— Esses leões... — murmurou ele.

— Sim, sim... — Mais uma vez o velho pato parecia interpretar aquilo que seu aluno (pelo menos era como parecia enxergar o jovem gato à sua frente) formulava, antecipando-lhe uma resposta direta. — Existiram de fato. Uma raça única de leões, liderados pelo grande Ngorki. Uns dos maiores felinos de toda a história animal, que durante os períodos entre 600 a 700 depois da criação teriam vivido como nômades, juntando-se a diversos reis durante as cruzadas sagradas. Com o tempo, o leão tornou-se rei, conhecido como "o libertador", ajudando líderes como Salhadik — disse, referindo-se ao antigo líder turkish, que lutara contra a imposição dos exércitos ocidentais enviados pelas forças da igreja divina, cujo intuito era o de dominar as tribos do Oriente, impondo-lhes suas crenças religiosas — a expulsar invasores que vinham em nome de um bem maior, mas que, na verdade, visavam saquear e escravizar animais e aves da região.

Fez uma pausa enquanto bebia um pouco mais do licor, aproveitando para recuperar o fôlego, retomando em seguida seu discurso:

— Sua passagem pela história deixou rastros por toda planície de Siberium, atraindo pesquisadores e arqueólogos que, até hoje, tentam decifrar o mistério de seu desaparecimento após um longo período de sua existência.

— O que quer dizer, professor? — dessa vez foi Paparov quem perguntou.

— Após aquilo que nós, historiadores, denominamos de "período das trevas", nome correspondente ao período das cruzadas sagradas, Ngorki seguiu com seu exército para o norte, desaparecendo sem deixar qualquer rastro. Seu paradeiro, bem como o de seus guerreiros, os grandes guardiões, ainda intriga alguns pesquisadores.

— O senhor disse "guardiões"? — perguntou Flint, empolgado com toda a história.

— "Guardiões da luz sagrada", como eram chamados — explicou Fabergerisky. — Algo relacionado com suas antigas crenças religiosas e histórias míticas. Obviamente, toda essa história deu origem a mais e mais lendas, atraindo animais do mundo todo, inclusive caçadores de tesouro que vinham em busca do paradeiro desses gigantes felinos, acreditando encontrar o grande templo de Lonac...

— Templo? — murmurou Rufus, surpreso.

— O grande templo erguido por Ngorki em homenagem à deusa leoa, todo feito de ouro, pérolas e pedras preciosas, guardado por um séquito de guardiões guerreiros.

— Como assim, professor?

— É claro que tudo isso não passa de uma grande bobagem, senhor Flint. Na verdade, os antigos leões brancos eram felinos errantes, abdicando das riquezas materiais em prol do conhecimento divino, seguindo seu líder mundo afora numa cruzada única em nome da liberdade e da paz. Von Der Birdt, um famoso arqueólogo germânico que viveu no século passado, foi o primeiro a descobrir alguns vestígios comprovando a existência de tais felinos. Algumas ossadas de leões, cujo tamanho excedia o normal, foram encontradas durante sua expedição próximo ao círculo polar, numa região montanhosa bastante inóspita. Devo acrescentar ser esta a única comprovação de que teriam existido de fato.

O velho professor parou sua explanação. O livreto de Mundongovich sobre a escrivaninha fez com que retornasse para a estranha realidade que trouxera aqueles gatos até ali. Um assassinato, lembrou o velho pato. A alteração em sua voz enquanto examinava as anotações mostrou um certo pesar:

— Karkovich parecia bastante interessado sobre a maneira como esses antigos felinos — disse olhando para Flint, depois para o livreto novamente —, durante o período em que estiveram envolvidos em algumas batalhas, mantinham uma comunicação, digamos... secreta, usando para tanto uma série de códigos e dialetos, sendo o uruk o mais conhecido por nossos estudiosos.

O velho pato estava a um passo de se convencer de que Cipriano Karkovich e Karpof Mundongovich eram o mesmo camundongo quando Flint pediu-lhe para mostrar as seis estranhas figuras no centro da circunferência. O gato repórter tinha a expectativa elevada ao extremo quando abriu a página em questão, trazendo-a à luz da lamparina sobre a mesa.

— Lembra-se de Karkovich mostrar-lhe algo parecido com isto, professor? — Nem mesmo esperou enquanto o velho pato esticava seu pescoço longo na direção do livreto e começou a interrogá-lo: — Seriam caracteres? Poderia nos dizer o que tudo isso significa? — Parou apenas porque Rufus tocou-lhe sutilmente o ombro.

Mais uma vez, a impressão de que Fabergerisky parecia pouco surpreso chamou sua atenção quando o velho professor voltou-se para os gatos com um olhar sério e triste. Lembrou-se de quando o camundongo que o visitara anteriormente o abordara, interrogando-o sobre as mesmas formas.

A MALDIÇÃO DO CZAR

— Não se trata de caracteres, senhor Flint, mas de símbolos. Símbolos sagrados, conforme expliquei a Karkovich... Como disseram que se chamava de fato?

— Mundongovich — esclareceu Rufus. — Karpof Mundongovich.

Fabergerisky não desviou seu olhar da figura. Seu pesar era evidente:

— Sim, senhor Flint, o jovem roedor estava bastante interessado nestes símbolos. Posso lhes dizer que discutimos durante um bom tempo sobre eles, bem como sobre alguns hieróglifos encontrados durante a expedição de Von Der Birdt ao círculo polar realizada no século passado.

— Hieróglifos? — perguntou-lhe o gato aviador, debruçando-se sobre a escrivaninha com as patas dianteiras.

— Nas cavernas onde algumas ossadas foram encontradas, uma série de pictogramas, hieróglifos e pequenos objetos de cerâmica retratavam uma cultura repleta de mistérios, fatos históricos descritos sob o olhar desses antigos gigantes que teriam sobrevivido à era gelada. Suas crenças em deuses representados pelos astros, como o sol, a lua, as estrelas, tornaram-se evidentes em algumas dessas pinturas e escritos antigos.

O professor olhou mais uma vez para o desenho que parecia reconhecer bastante bem de quando Karpof o havia mostrado.

— Símbolos sagrados pertencentes a uma antiga raça de leões — resumiu Flint.

— Exato — disse Fabergerisky.

— Este código... uruk... teria algo a ver com estes símbolos aqui?

— Evidentemente que não, senhor Flint — afirmou o pato, deixando de lado a possibilidade de se tratar de uma mensagem codificada, conforme o repórter suspeitara de início. — Contudo, a junção destes símbolos representa algo bastante interessante... O sagrado e o invisível... Cipriano parecia conhecê-los parcialmente quando procurou minha ajuda para que pudesse enfim interpretá-los.

— Quer dizer que Mundongo... — Rufus parou, começando a ficar confuso com toda aquela coisa de Cipriano, Karpof, Mundongovich, Karkovich, e deixou um miado de irritação soar pela sala. —

Quer dizer que Karpof Mundongovich conhecia o significado destas coisas? — Apontou para a grande figura.

— Parcialmente — respondeu-lhe o professor, incomodado com a interrupção. — A leitura referente a cada um deles é algo bastante interessante. Cada uma destas figuras possui seu significado. Porém, como expliquei anteriormente a... Karpof, é em sua totalidade que devemos nos ater. Sua combinação.

— O que quer dizer? — perguntou Flint.

— Os antigos leões brancos representavam seus deuses, os astros e o universo místico à sua volta através de figuras como estas aqui. É em sua junção, na forma como as combinavam entre si que podemos interpretar o significado daquilo que vemos diante de nossos olhos. Estes mesmos símbolos, dispostos de forma diferente, assumem uma nova representação. Entidades, objetos, até mesmo um deus eram descritos por meio desse jogo simbólico.

— De certa forma, Flint não estava tão errado assim ao supor tratar-se de uma linguagem.

— Devo admitir que sim — concordou o velho pato. — Muito embora não se trate de uma mensagem, mas de uma forma de representar o mundo à sua volta. Podemos dizer que estas figuras estão diretamente atreladas às suas crenças e costumes religiosos.

Flint inquiriu mais uma vez o velho professor:

— Pode nos dizer algo sobre seu significado?

O velho pato consentiu com um aceno de cabeça:

— Conforme expliquei anteriormente ao infeliz Karpof — prosseguiu o professor, apontando para os seis símbolos no interior do círculo maior —, cada um destes símbolos possui seu próprio significado. No entanto, a forma como aparecem aqui sugere uma representação daquilo que podemos chamar de *sagrado e divino*. A representação de forças divinas, lúdicas, que se fundem entre os dois mundos que acreditavam existir. O real e o imaginário... Algumas destas formas podem ser observadas em objetos encontrados durante a expedição às terras geladas, onde teriam vivido seus últimos dias. Jarros de cerâmica e esculturas de barro utilizadas durante seus rituais traziam gravadas formas semelhantes, do mesmo modo como o objeto em questão...

— Objeto? — interrompeu Flint.

— Evidente, meu jovem. — Mostrou o círculo em torno dos seis símbolos e continuou: — A linha externa representa aqui seu formato, podendo tratar-se de uma mandala ou algo parecido. De acordo com os símbolos gravados em seu interior, acredito fazer parte de um conjunto de objetos religiosos utilizado durante rituais sagrados, onde ofereciam à deusa Lonac grãos diversos, que eram trazidos em pequenos jarros, simbolizando a multiplicação da vida e a prosperidade. Muitos destes objetos, jarros, pratos de cerâmica, mandalas, entre outros, permanecem atualmente expostos no museu da Universidade de Berlindt.

Fabergerisky apontou para as figuras dentro do círculo, examinando-as mais uma vez:

— Reparem na disposição dos desenhos. Podemos observar duas fileiras horizontais com três símbolos em cada uma delas, dispostos lado a lado, alinhados verticalmente com os símbolos da linha de baixo. — Chamou a atenção para a figura rupestre lembrando um ser rastejante formando ondulações, tornando evidente a divisão entre as duas fileiras de símbolos: — O traço entre uma linha horizontal e outra marca a separação entre o mundo material... — e apontou para a linha inferior, dirigindo-se em seguida para a linha superior — e o espiritual, sendo estes três símbolos a representação do universo e suas estrelas. — Apontou mais uma vez para as figuras abaixo. — Enquanto estes, o mundo material conectado com o grande universo à sua volta. — Fez uma breve pausa. — Uma forma bastante utilizada pelos antigos guerreiros de Ngorki para simbolizar sua crença nas duas forças que regem a vida.

O velho professor tomou mais um gole do licor de ameixa antes de prosseguir:

— De acordo com suas antigas escrituras, devemos iniciar sua leitura no sentido contrário ao que estamos acostumados, seguindo da direita para a esquerda.

O pato apontou então para a estranha figura na linha superior, que bem poderia ser confundida com um antigo caractere ou algo semelhante. Flint a observou melhor: um risco vertical cortado por três pequenas linhas horizontais.

— Trata-se da representação do universo infinito — explicou Patovinsky. — Suas linhas horizontais dividem a linha central em três partes distintas. A divisão entre os três mundos...

— Três? — interrompeu Paparov, confuso.

— Para os leões brancos, o mundo era dividido em três planos distintos, sendo o inferior ou trevas, como conhecemos, o intermediário ou material, aquele onde vivemos — disse de forma enfática.

— E o mundo superior ou espiritual... — Parou um instante antes de concluir: — Tal símbolo representa o universo infinito com suas dimensões astrais conectadas entre si.

Fabergerisky prosseguiu, apontando para a figura ao lado:

— Três estreitas linhas verticais, lado a lado, formando um zigue-zague perfeito. O fogo sagrado que queima e purifica. Os grandes leões brancos acreditavam nos poderes de sua deusa Lonac, descrevendo como esta, diante de seus inimigos, lançaria toda a sua ira, fazendo jorrar de suas cimitarras e lanças seu poder devastador, o fogo sagrado originário das estrelas incandescentes, capaz de purificar as três instâncias astrais das forças sombrias que insistiam por espalhar o medo e o horror. Como disse ainda há pouco — continuou, parecendo maravilhado com tudo aquilo —, um povo notável, cercado por uma aura mística e uma riqueza folclórica e cultural imensa.

Finalmente parou, sorvendo mais um gole de sua bebida, no que foi secundado por Paparov.

— Chegamos, enfim, ao terceiro símbolo — disse o velho pato, apontando para a figura à esquerda na linha superior, que lembrava duas ferraduras verticais entrelaçadas. —A representação da grande deusa lua Lonac, a guerreira leoa, conectando entre si os universos distintos, possibilitando que seres iluminados possam transitar livremente por entre os três mundos — acrescentou Fabergerisky com um sorriso meio sem graça, como se questionasse tais crenças.

O professor afastou-se um pouco, recostando-se em sua poltrona. Apanhou o lenço umedecido numa das gavetas da escrivaninha, limpando em seguida as grossas lentes dos óculos que lhe emprestavam um ar ainda mais intelectual.

— Como podemos observar — prosseguiu —, os grandes leões guerreiros tinham crenças bastante interessantes sobre as forças que regem nosso universo, além de um vasto conhecimento em astronomia, geometria, entre outras qualidades descobertas por nossos estudiosos. — Esperou por algum comentário que não veio, e concluiu ele mesmo: — Eram grandes artesãos, dominando ainda a arte com o metal e manipulando com destreza o aço na confecção de armas poderosas feito as famosas lanças longas utilizadas pelo exército imperial até os dias de hoje.

A velha ave prosseguiu em sua explanação, indicando agora o primeiro símbolo localizado à direita na linha inferior, abaixo da linha divisória, separando aquilo que representava os mundos material e espiritual:

— Eis o mundo material. Faço apenas um pequeno adendo, lembrando que o fato de estes símbolos surgirem nesta posição representando o mundo material não quer dizer que seu significado individual refira-se a este mundo propriamente dito. Sua linguagem é puramente interpretativa, cabendo-nos ao final obter uma leitura única, trazendo à tona o significado do objeto em questão.

Paparov parecia impaciente:

— O círculo... — disse, apontando para a primeira figura na linha inferior.

Eram dois círculos, um dentro do outro. Seus diâmetros eram bastante diferentes, como se um pequeno anel circular fosse depositado no centro de uma grande argola.

— O círculo menor representa a divindade suprema, a deusa Lonac como centro do mundo à nossa volta...

— O mundo material — sussurrou Flint, interrompendo o professor.

— Exato — confirmou Fabergerisky. — Representado aqui pelo círculo maior ao seu redor. A deusa no centro do mundo. Lonac — prosseguiu entusiasmado —, seu espírito permeando tudo e todos. A terra, as plantas, o fogo, enfim... — descreveu, percorrendo com o olhar o vazio ao seu redor. — Para os antigos felinos, a força de seu espírito se fazia presente em tudo. Para onde quer que nossos olhos se dirijam, é possível vê-la se procurarmos com os olhos do espírito. Um conceito bastante filosófico, beirando a poesia, que parece reger sua antiga crença.

Voltou-se para o livreto de Mundongovich, sinalizando o símbolo ao lado. Era uma figura cujo formato não levantava qualquer dúvida.

— A espada — prosseguiu —, símbolo do poder usado para governar e purificar o mal que assola este e os outros mundos.

Finalmente, apontou para o terceiro e último símbolo: um triângulo com uma espécie de espiral em seu centro.

— As três forças em torno do universo, três forças divinas representadas aqui em cada uma das pontas da figura geométrica. O sol na parte superior — e indicou o ponto com sua caneta de metal, como se pudesse enxergar ali a forma imaginária do astro —, a lua na base direita e as estrelas na esquerda. Na mitologia desses antigos guerreiros, cada astro no céu representa uma divindade. O sol, o grande deus leão, criador único do universo. Sua mensageira e guerreira Lonac é representada pela lua, como já lhes disse. A deusa mãe que nos observa em noites escuras, cercada por seu exército de guerreiros leões, que, após a morte material, surgiriam ao seu lado, representados pelas estrelas que nos cercam. Seres angelicais empunhando seus sabres e lanças sagradas. Guardiões destemidos em torno da grande espiral divina — disse, referindo-se à forma no centro da figura. — Juntos, simbolizam o agrupamento de galáxias diversas existentes no universo, onde acreditavam existir mundos diferentes conectados entre si por uma única força suprema. A ordem universal.

Fabergerisky parecia satisfeito consigo mesmo quando fitou mais uma vez sua pequena plateia. Seus olhos brilhavam como se guardasse a surpresa para o final, da mesma forma como fazia em suas aulas. Bebeu um pouco mais do licor antes de prosseguir:

— Pois bem, feito isso, cabe-nos finalmente interpretar estes símbolos agora como um todo, entendendo, enfim, o significado do objeto em questão.

O professor posicionou-se à frente dos felinos, apanhando o livreto de Karpof e mostrando-lhes a figura que tomava toda a página. Flint e Paparov escutavam atentos ao velho pato, que parecia aproximar-se do grande mistério que envolvia o assassinato de Karpof Mundongovich.

— A disposição destes símbolos é uma representação de como os mundos paralelos, espiritual (que é formado pelos planos superior e inferior) e material, se conectam entre si, interligados pela força divina dos astros. O mundo sagrado como uma referência ao espiritual, e o divino em homenagem aos grandes guerreiros pertencentes ao mundo material — continuou, fitando o olhar atônito dos gatos à sua frente. Conforme lhes havia dito inicialmente, a representação do *sagrado e o divino*. — Feito tudo isso, façamos a seguinte leitura, desta vez num sentido vertical, da esquerda para a direita, de cima para baixo, conforme suas antigas escrituras se referem à forma convencional de escrita aplicada na decodificação final de suas estruturas simbólicas. Logo — explicou, empolgado —, observamos aqui duas formas distintas que se fundem num dialeto próprio, dificultando ainda mais o trabalho de nossos pesquisadores.

Birman Flint seguiu sua indicação, observando mais uma vez as figuras da maneira como o pato sugeria. As duas ferraduras interligadas, acima. Abaixo, o triângulo com a espiral no centro. A velha ave continuou sua palestra:

— Os três mundos conectados, guardados pela deusa Lonac — referiu-se às ferraduras —, as forças divinas em torno do universo infinito — e mostrou a espiral no centro do triângulo, passando para a coluna central: as três linhas formando um zigue-zague acima da espada —, espalhando o fogo sagrado através da espada de seus guerreiros, as estrelas espalhadas pelo céu — arrematou, em referência aos antigos guardiões felinos representados ali dessa forma.

Feito isso, passou para a terceira e última coluna à direita. A linha vertical dividida em três partes acima dos círculos.

— Guardiões guerreiros presentes em cada um dos mundos... Inferior, intermediário e superior... o universo infinito, regido pela deusa mãe — e indicou com a caneta metálica os círculos abaixo —, que habita o interior da Terra, morada dos grandes felinos e dragões negros, trazendo assim a ordem onde existe o caos.

Silêncio.

Patovinsky Fabergerisky os fitou com uma certa satisfação ao finalizar parcialmente sua interpretação:

— Símbolos que traduzem a força da grande deusa mãe, o fogo sagrado capaz de mitigar as forças sombrias que habitam as profundezas da Terra, reunidos num único objeto e indicando tratar-se, de acordo com minhas interpretações, de algo que bem poderia ter sido considerado pela antiga raça de leões como sagrado, poderoso... o poder de Lonac... Algo, quem sabe, destruidor... o fogo e a espada indicam seu poder.

— Destruidor como? — perguntou Paparov, curioso.

— Em sua mitologia, o fogo sagrado, o poder da deusa guerreira, era descrito como algo capaz de varrer um exército inteiro de uma só vez. A fúria dos deuses, o rugido da deusa leoa...

Assim como Rufus, Fabergerisky parecia ansiar por algo mais forte do que o licor adocicado servido aos visitantes. Apanhou uma garrafa que guardava numa das gavetas de sua escrivaninha, reservada para momentos em que se perdia em suas próprias elucubrações. Paparov não titubeou quando a ave estendeu-lhe a taça bojuda de conhaque. Começou a relaxar assim que sentiu seu delicioso aroma e ardor, sorvendo o líquido quente, numa mistura prazerosa. Flint, por outro lado, adiantou-se um pouco, com seu olhar ainda pairando sobre o desenho feito por Mundongovich.

— Será algo representando seu poder? — questionou o gato repórter, encarando o professor.

— Quem sabe, senhor Flint... — prosseguiu o velho pato, afastando-se do desenho como se quisesse observá-lo como um todo. — Muitos dos objetos encontrados nas geleiras onde teriam vivido seus últimos dias traziam símbolos semelhantes. Sabemos que os antigos leões brancos eram um povo misterioso, com certas crenças místicas. Mas arriscaria em dizer-lhes, assim como expliquei ao falecido Karpof, que temos aqui um artefato bastante interessante.

— Um artefato...

— *Ra's ah Amnui...* — proferiu Fabergerisky, com toda a convicção do mundo. — "Aquela que carrega o espírito divino".

— A chave... para o cofre real — murmurou Flint, recordando as palavras de Mundongovich. Um sorriso tímido surgiu entre seus bigodes, como se finalmente começasse a entender o significado da mensagem deixada pelo agente assassinado.

A chave... para o cofre real...

# 12

Aramanto era o idioma com alfabeto próprio utilizado por algumas espécies que haviam habitado as terras do leste havia mais de três mil anos, sendo a língua principal dos povos felinos das tribos de Sath, uma raça de gatos gigantes que haviam migrado para o grande deserto de gelo do norte. Esses felinos desenvolveram, ao longo dos anos, uma espécie de camuflagem natural, tendo seus pelos assumido um aspecto esbranquiçado, dando origem aos tigres e leões albinos, mais conhecidos como os grandes leões brancos.

Muitas escrituras, datadas de um período ainda mais antigo, foram registradas em aramanto, levando alguns estudiosos, entre eles Patovinsky Fabergerisky, a defenderem a hipótese de que tal língua tenha sido a primeira a ser pronunciada em todo o mundo mais de dez mil anos antes, como resultado da junção de dialetos diversos, formando a primeira língua universal. Essas escrituras referem-se à origem das espécies, à formação do mundo animal, a impérios desconhecidos e civilizações desaparecidas. Alguns textos em aramanto foram encontrados nas pirâmides de sal, ao norte de Afririum, que são as primeiras construções do mundo todo, o que de certa forma comprovava tal hipótese.

— *Ra's ah Amnui* — repetiu Fabergerisky —, "aquela que carrega o espírito divino". Trata-se de uma inscrição em aramanto, a língua divina adotada pela raça de felinos em questão. Sua tradução encaixa-se perfeitamente com as interpretações sobre o tal artefato desenhado por Karpof. Refere-se ao poder de Lonac, à sua força, ao universo místico representado ali por figuras e regido pela fúria de sua espada. Que melhor tradução poderia haver para um artefato representando tal força?

— Aquela que carrega o espírito de Lonac, claro... — refletiu Flint, já construindo sua conexão com as citações deixadas por Mundongovich.

— Então, é isso — interrompeu Paparov —, trata-se de um artefato histórico.

— Muito provavelmente — respondeu o velho pato. — *Ra's ah Amnui* era a forma como seus antigos adoradores se referiam àquela que parecia representar a força de sua deusa mãe. Sua tradução refere-se ao feminino, lembrando que para esses grandes felinos o espiritual e divino estariam diretamente ligados aos poderes da grande fêmea, enquanto o fogo e a matéria, ao grande macho. Sendo assim, o termo usado aqui indica claramente tratar-se de um objeto ligado ao divino, ao sagrado...

— Mundongovich sabia disso? — perguntou Rufus.

— Creio que sim. Suas pesquisas pareciam bastante avançadas, muito embora parecesse desconhecer seu significado da forma como lhes apresentei.

— Um artefato histórico que atraía não apenas o olhar de Karpof, mas principalmente o de seu assassino... — comentou Flint.

Mais uma vez, veio-lhe a conexão com os Ronromanovich. Mais precisamente, a conexão com Feodór, citado em meio às suas anotações. Seu diário. Velhas lembranças abandonadas, ocultando, quem sabe, o paradeiro daquilo que Karpof tanto ansiava. Lembrou-se das histórias em torno do antigo czar, de seu interesse pelo ocultismo, seus consultores místicos — Raskal Gosferatus, seu antigo mentor. Agora, aquele artefato representando um poder divino...

Seu instinto de repórter dizia-lhe que havia ali uma boa história, muito embora não conseguisse imaginar o quão profunda poderia ser. A medalha imperial cercada pela cobra Suk surgiu diante de seus olhos outra vez. Pensou no predador. O mesmo que enviara o lobo negro para matá-lo. Qual seria seu interesse pelo artefato, e o quanto tudo aquilo representava um perigo iminente para Gatus Ronromanovich e sua família? Perguntas e mais perguntas. Flint virou sua taça de conhaque e sentiu o líquido queimar-lhe as entranhas.

— O quão valioso pode ser algo assim? — dirigiu a pergunta a Fabergerisky.

— Difícil dizer, meu jovem. Um artefato como esse, quem sabe utilizado por seus antigos sacerdotes ou até mesmo pelo próprio rei Ngorki, pode alcançar um bom valor em casas de leilões...

— Muito embora tal negociação não seja permitida, já que estamos falando sobre uma possível descoberta arqueológica — argumentou Rufus.

— Não oficialmente — retrucou Flint —, porém o mercado clandestino está cheio de compradores para objetos como esse. Contudo, não tenho certeza de que seja esse seu interesse...

— O que quer dizer? — perguntou Paparov.

— Qual seria o interesse de alguém que se intitula "mestre" por algo assim? — questionou Flint, referindo-se à forma como o próprio Mundongovich parecia se dirigir ao suposto líder mencionado por ele, numa conotação bastante religiosa. A seita Suk. — Um artefato sagrado... representando um poder divino... A chave para algo maior, conforme mencionado por Mundongovich em suas anotações.

Paparov pareceu concordar com o amigo, convencido de que, se toda aquela história sobre os Suk, apontada por Karpof, fosse mesmo verdade, a possibilidade de estarem lidando com algum fanático religioso era bastante forte.

Flint voltou-se para Fabergerisky:

— O senhor mencionou que inicialmente Mundongovich não parecia certo sobre o significado destes símbolos, detendo um conhecimento parcial sobre tudo isso. Ao mesmo tempo, vinha atraído pela forma como os antigos leões utilizavam seus códigos para ocultar certas mensagens. Um interesse bastante incomum, como se estivesse mesmo certo da existência de algo... codificado.

— Não que o tenha mencionado, senhor Flint. Contudo, parece mesmo certo em sua afirmação quanto ao seu interesse... — Parou por alguns instantes. — O código uruk! — gralhou de repente o velho pato, empolgado. — Imagino que estejam curiosos por saber sobre essa antiga e secreta forma de comunicação.

— Da mesma forma como nosso pequeno roedor assassinado, professor — sorriu Paparov.

— Imagino que sim... — murmurou Fabergerisky, começando a vasculhar o interior de uma das gavetas na escrivaninha e trazendo para fora um bloco de papel utilizado para suas anotações pessoais.

— Ainda que tenha abordado o assunto partindo de um suposto interesse intelectual, acadêmico e histórico, imagino agora como tinha grande ansiedade por utilizá-lo na prática na decodificação de algo... — Pareceu engasgar, prosseguindo depois de uma tosse seca e forte: — ou de alguma coisa específica.

O velho professor levantou-se e começou a rabiscar algo na folha em branco, mostrando-a em seguida aos gatos:

— Muito bem... Os grandes leões brancos desenvolveram alguns códigos secretos para evitar que seus inimigos decifrassem mensagens enviadas a seus aliados durante as Guerras do Gelo. O termo "uruk" se refere ao seu deus das chamas, Uruk Tail, uma entidade meio gato, meio águia, adorada pelos antigos felinos de Afririum. Trata-se de um código bastante eficaz criado pelo próprio rei leão, Ngorki, porém simples em sua construção. Trata-se de um jogo onde as letras de uma palavra específica surgem a partir de uma nova combinação, dispostas da seguinte forma:

## AORTTAEF

— A primeira letra da palavra em questão deve permanecer em sua posição de origem, cabendo-nos alterar a posição da segunda letra, que, na verdade, representa a última letra da palavra codificada.

Os gatos trocaram olhares surpresos, observando enquanto o pato começava a separar as letras na linha de baixo, mantendo a primeira em sua posição de origem, reescrevendo a segunda letra no final da palavra que começava a surgir.

## A..................O

— A terceira letra é mantida, da mesma forma que a primeira letra, tornando-se a segunda letra da palavra a ser decodificada.

— Quer dizer que a última letra da palavra a ser decodificada surge intercalando as duas primeiras letras? — perguntou o gato repórter.

— Exato, senhor Flint — sorriu-lhe Fabergerisky, acrescentando à linha abaixo a letra em questão.

## AR..........O

— Devemos repetir o mesmo processo sempre de forma alternada — prosseguiu o pato —, cabendo-nos enviar para sua posição original a letra seguinte, ou seja, uma vez que a terceira letra foi mantida, transformando-se na verdade em segunda, a quarta letra deve ser movida para seu lugar verdadeiro, assumindo sua posição como a penúltima da palavra a ser decodificada.

— Manter a primeira letra — murmurou Paparov, recapitulando rapidamente —, mover a segunda, manter a terceira, mover a quarta, sempre de trás para frente até que as letras se encontrem no centro da palavra.

— Como disse há pouco — sorriu-lhe Fabergerisky —, um jogo de letras utilizado para confundir o inimigo. Para que evitemos erros, uma forma bastante prática é, após a contagem de letras, numerá-las uma a uma de forma alternada, colocando-as posteriormente em ordem. — Começou a rabiscar números acima de cada letra na palavra codificada, mostrando-as mais uma vez aos gatos.

## 1 8 2 7 3 6 4 5

## A O R T T A E F

— Os números nos ajudam a visualizar de forma mais clara e organizacional. A primeira letra seguida pela última, a segunda pela penúltima letra, a terceira seguida pela antepenúltima e assim sucessivamente — explicou o professor. — Contudo, uma pequena questão... — disse, criando uma certa expectativa. — Observamos aqui que, devido à sua formação original constituída por oito letras, seus caracteres finais serão representados por uma sequência natural, onde as letras não sofrerão alteração, mantendo-se lado a lado. Caso contrário, daríamos sequência ao processo, alterando sua escrita.

— As letras referentes aos números 4 e 5 — afirmou Flint.

— Exato — respondeu o velho pato. — Se tivéssemos aqui uma letra a mais, teríamos então a letra referente ao número 4 seguida pela de número 6, alterando assim sua posição com a de número 5.

— Um quebra-cabeça... — sorriu Flint enquanto Fabergerisky começava a reescrever as letras obedecendo à sua ordem numérica crescente.

— A primeira letra, A, seguida pela de número 2, R — balbuciou ao montar suas peças —, em seguida a de número 3, T, e assim sucessivamente, obtendo enfim a palavra decodificada...

— "Artefato" — disse Flint, encantado com sua simplicidade e eficiência.

— Perfeito! — respondeu o professor. — Feito isso, o processo inverso acarretará a codificação de uma palavra qualquer.

Dizendo isso, rabiscou rapidamente uma nova palavra com suas letras numeradas:

$$1\ 2\ 3\ 4\ 5\ 6\ 7\ 8\ 9$$

$$A\ c\ a\ d\ \hat{e}\ m\ i\ c\ o$$

— Iniciando nosso jogo...

Mostrou a seguir uma nova sequência numérica:

$$1\ 9\ 2\ 8\ 3\ 7\ 4\ 6\ 5$$

$$A\ o\ c\ c\ a\ i\ d\ m\ \hat{e}$$

— Obviamente que, vista assim, a coisa toda se torna fácil demais — acrescentou Fabergerisky. — No entanto, quando nos deparamos com uma mensagem complexa, o tempo gasto até que possamos remontar cada palavra é algo digno de paciência e atenção. Isso, é claro, uma vez que se tenha o conhecimento de como fazê-lo. Caso o contrário, podemos aplicar milhares de combinações sem que alcancemos resultado algum. — Fez uma pausa enquanto servia uma nova rodada de conhaque para si e os dois gatos. Prosseguiu após um gole da bebida:

— Muitos estudiosos dizem que tal código havia se tornado quase que um segundo idioma para os bravos leões de Ngorki, encontrando certos hieróglifos e petróglifos em uruk em algumas das cavernas onde restos de sua civilização foram encontrados. Espero que isso os ajude. — No mesmo instante deu um salto, como se tivesse esquecido de um importante detalhe. — Espere... — gralhou gesticulando suas asas. — Tem mais uma coisa que gostariam de saber. As coordenadas...

Pulou em direção à estante de livros, vasculhando-a durante algum tempo até encontrar o que procurava: o exemplar raro de um atlas datado de 1878. Virando verdadeiros blocos de páginas, abriu o grosso volume numa das mais belas e detalhadas representações do antigo mundo que Flint já vira em toda a sua vida.

— Aqui está: nosso continente na era glacial!

Todo o continente parecia ser uma imensa ranhura branca marcada por pequenos símbolos indicando os clãs diversos espalhados, na época, pelo território em questão.

— Nossa antiga Rudânia, seguida pela planície de Siberium — mostrou Fabergerisky e apontou para pequenas figuras margeando todo o mapa nos dois sentidos da página, horizontal e vertical. — Observem que as coordenadas latitudinais e longitudinais aparecem descritas como *draknum* e *aknum*, latitude e longitude, traduzido do ishith, antiga língua dos povos que teriam vivido nesta região e que pareciam conter um sistema numérico diferente do nosso — explicou-lhes Fabergerisky indicando os sinais, figuras lembrando pequenas cunhas que pareciam não obedecer à lógica alguma. — Os ishith inventaram um sistema posicional bastante simples, onde apenas dois símbolos, um para a unidade e outro para a dezena, podiam representar qualquer número imaginado através da repetição e posição aparente. Observem...

O professor apanhou novamente seu bloco de anotações, desenhando então uma forma triangular com sua base voltada para cima.

— Este símbolo representa a unidade, sendo dois deles a representação do algarismo dois, e assim sucessivamente até a primeira dezena, sempre obedecendo a uma formação piramidal, de cima para baixo. — Fitou rapidamente seus visitantes, tentando ser o mais claro possível. — Por exemplo, a representação do algarismo 5... —

Começou a rabiscar na folha pequenas formas idênticas, triângulos agrupados apontando para baixo, três deles ocupando a linha superior, posicionados lado a lado, enquanto na linha inferior, duas formas surgiam, centralizadas com as figuras acima.

Repetiu o mesmo processo, desta vez desenhando três fileiras, uma abaixo da outra com três cunhas cada, se dirigindo aos gatos como se estivesse numa de suas aulas.

— Eis a representação do algarismo nove. Quanto à dezena...
— Rabiscou rapidamente um novo triângulo com sua base voltada para a direita da folha, contendo um simples traço em seu centro.

— Este desenho triangular apontado para a direita a representaria, formando assim, da mesma maneira como fizemos para as unidades, a representação para qualquer número imaginado.

Desenhou então duas dessas formas, uma logo atrás da outra, indicando o algarismo vinte.

— Observem que é na junção destas formas que obtemos o resultado.

Mais uma vez, esboçou quatro símbolos decimais, formando uma pirâmide lateral, seguida por oito triângulos indicando a unidade.

— Temos aqui a representação do algarismo quarenta e oito — explicou enquanto fazia uma rápida contagem, prosseguindo em seguida: — Os números de um a cinquenta e nove eram representados por agrupamentos simples e, a partir dali, quatro símbolos distintos surgem indicando as próximas casas decimais, de sessenta a cem.

Flint observou enquanto Fabergerisky rabiscava em seu bloco de anotações, mostrando-lhes a cunha devidamente preenchida de preto, seguida por outras figuras que, por um instante, teve a impressão de parecerem com os símbolos do tal artefato.

— A cunha negra representa o sessenta — disse Fabergerisky, voltando-se então para as figuras ao lado, pequenos traços com linhas horizontais dividindo-os em partes diversas. — Este traço vertical representa o setenta, enquanto este aqui — e apontou para a figura idêntica, desta vez cortada por duas linhas horizontais —, o oitenta, sendo este último, cortado por três linhas, o noventa.

Fez uma breve pausa, voltando-se para os felinos, certificando-se de que tinha sua atenção enquanto dirigia-se à última figura, uma forma espiralada muito semelhante com a encontrada nas anotações de Karpof.

— Finalmente temos aqui o algarismo cem. Os números a partir do algarismo cem eram representados igualmente por agrupamento, e esta pequena estrela indicava a multiplicação — disse o professor.

— O que isso tudo tem a ver com... — começou a perguntar Paparov.

— Seu agente assassinado parecia bastante interessado nesse sistema numérico, mostrando-me algo que rapidamente pude identificar como sendo coordenadas longitudinais descritas em *aknum*, onde o sistema numérico que acabei de lhes mostrar parecia evidente.

— Um mapa? — indagou Flint.

— Talvez ele buscasse de fato algo incomum — disse o velho pato, pensando na possibilidade de existir algum tipo de artefato como aquele desenhado pelo roedor assassinado. — Quem sabe, mesmo uma verdadeira descoberta arqueológica. Um objeto divino cujas coordenadas, descritas através de um sistema bastante arcaico, eram utilizadas por povos diversos, dentre eles nossos antigos felinos...

— Os leões brancos — disse Flint.

— Uma pequena coincidência — brincou Paparov

O repórter permaneceu quieto. Sua respiração ofegante indicava certa euforia. Toda aquela informação começava a fazer algum sentido. A busca de Karpof por um antigo artefato. Sua conexão com os Ronromanovich, mais especificamente com o passado em torno dos czares do passado. A lembrança sobre tudo o que Gatus Ronromanovich havia-lhe contado sobre Serkius veio-lhe repentinamente à mente feito um *insight*. Perguntou-se se não estaria ali a raiz de todo aquele mistério. Uma crença mística. Um desaparecimento misterioso, levando seu filho Feodór a uma busca frenética regida apenas por uma esperança, que se esvaiu aos poucos, à medida que trouxe o mal para dentro de sua própria casa. "O mal", pensou Flint, palavra que imediatamente remeteu-lhe à figura da cobra desenhada por Karpof com seu próprio sangue. Os Suk. A cobra em torno do brasão imperial. Uma crença, um poder... aquela que carrega o espírito divino... *Ra's ah Amnui*. As palavras dançavam na mente de Flint, criando milhares de conexões.

— Parece que Mundongovich ainda esconde algumas informações sobre sua suposta busca — chamou-lhe a atenção Paparov com seu comentário. — Algo que seu assassino parece certo de estar bem aqui. — Apontou para o livreto contendo suas anotações.

Flint sorriu. O sorriso disfarçava o desânimo ao fitar as anotações do agente assassinado. Havia examinado-as inúmeras vezes, certo de que não havia ali nada parecido com o que o acabaram de ver durante as explicações do velho pato. Nada além dos tais símbolos. Nada além do misterioso artefato.

— O diário... Tenho a impressão de que é exatamente isso que devemos procurar.

— O diário de Feodór Ronromanovich — disse baixinho Paparov.

Flint observou mais uma vez as anotações de Karpof. Seu olhar estava em busca de sinais, de respostas. O diário, o velho professor, o assassino, tudo parecia exposto diante de seus olhos, cabendo-lhe enfim uma última questão:

— Professor, Karpof teria mencionado algo sobre a famosa pérola negra que pertencera ao fundador da dinastia Ronromanovich?

— Não que eu me lembre — respondeu Fabergerisky sem pensar muito.

— Alguma ideia do que Gaturnino Ronromanovich... ou mesmo essa joia, cujo valor é apenas simbólico, teria a ver com tudo isso? — Flint fez uma pausa. — Ou, quem sabe ainda, por que Karpof a mencionou junto ao seu nome?

— Infelizmente, meu caro gato, não sei o que lhe responder.

Flint apenas sorriu, notando que a visita excedera em muito o tempo previsto. De alguma forma, Fabergerisky os havia ajudado imensamente. Perguntas permaneciam no ar, ao mesmo tempo em que alguns véus caíam, descortinando parte do intrincado jogo enigmático de Mundongovich.

✳✳✳

Ao deixar a casa do velho professor, Birman Flint caminhava lentamente ao lado de seu novo amigo Rufus Paparov. Ambos estavam em silêncio, como se refletissem sobre toda a conversa que haviam tido com o brilhante e inocente professor. A viatura policial os aguardava estacionada próximo à pequena praça central.

✳✳✳

Patovinsky Fabergerisky serviu-se de um pouco mais de conhaque e acomodou-se em sua poltrona, pensativo. A forma como Karpof Mundongovich o enganara, passando-se por um pesquisador acadêmico, ainda o surpreendia. Seu interesse pelo suposto objeto tinha sido evidente desde a primeira vez em que recebera sua visita, buscando ajuda em relação ao antigo dialeto uruk, bem como às coordenadas. Contudo, visitas como as de Mundongovich já faziam parte de sua rotina, não chegando a surpreendê-lo naquela ocasião.

Fabergerisky tinha mesmo talento para atrair animais e aves feito aquele curioso camundongo. Acadêmicos e pesquisadores, vez ou outra, surgiam defendendo suas teses sobre aventuras que por certo mudariam o rumo das pesquisas arqueológicas. Teses que, na maioria das vezes, se esvaíam da mesma forma como haviam surgido. Aquilo, no entanto, era diferente. Havia ali algo de real. Um brutal assassinato. Um agente do czar, e mais, uma suposta conexão com a família imperial.

Fabergerisky deu um trago e pensou em Flint, no quanto o gato havia-lhe causado uma boa impressão, sempre construindo suas suposições baseadas nos fatos que observava, como um bom repórter. Peneirando tudo até chegar à verdade. Sorriu ao pensar na frase que acabara de elaborar. "Peneirando tudo até chegar à verdade".

Fechou os olhos, perdendo-se em seus próprios devaneios, tentando imaginar o que existiria de verdadeiro por trás da louca aventura de Karpof Mundongovich.

A visita dos gatos deixou-o agitado. Certamente poderia permanecer em seus aposentos pelo resto da noite, mergulhado em pensamentos sobre tudo aquilo. Quem sabe encontraria algo, em meio às centenas de livros que possuía, sobre um objeto como aquele... *Ra's ah Amnui?*

Uma batida seca na porta do escritório cortou seus pensamentos. Fabergerisky resmungou alguma coisa, adivinhando do outro lado da porta a governanta anunciando o jantar. Naquela noite, porém, seu apetite parecia ter sumido. Ouviu mais uma batida, dessa vez mais forte. Resmungou ainda mais alto, dizendo à senhora Molliari que, em absoluto, não desejava comer.

— Mas será o diabo... — gralhou alto, sentindo a porta se abrir de forma suave. — Não pretendo descer esta noite, senhora...

Calou-se quando percebeu, atrás de si, o vulto da velha gansa com uma expressão aterrorizada.

Dois enormes abutres se precipitaram. No meio deles, um roedor negro com terríveis olhos como bolas de sangue aproximou-se com passadas lentas e pausadas.

— Permita-me que me apresente, professor...

O velho acadêmico pensou na pistola que guardava na gaveta da escrivaninha, sua antiga Colt, presente de seu bisavô. Mas era tarde para esboçar qualquer reação. Com modos elegantes, o temível roedor aproximou-se, sentando na poltrona onde outrora estivera o jovem repórter, servindo-se ele mesmo de um pouco de conhaque.

— Ratatusk. Conde Kalius Maquiavel Ratatusk.

— O que... de-desejam? — perguntou Fabergerisky.

— O mesmo que nossos amigos gatos.

Uma das aves negras abriu a asa esquerda e com ela bateu a porta do escritório, fazendo ressoar uma risada sarcástica em seu interior.

A MALDIÇÃO DO CZAR

# 13

# RESIDÊNCIA DE RUFUS PAPAROV

Galileu Ponterroaux buscava uma posição confortável na velha poltrona próxima à lareira, soltando a fumaça do cachimbo, enquanto escutava atentamente a narrativa de Flint sobre a visita realizada no dia anterior a Patovinsky Fabergerisky, clareando um pouco mais o mistério em torno das estranhas anotações de Karpof Mundongovich.

O gato repórter parecia empolgado, muito embora a falta de sono fosse bastante evidente. Tinha passado toda a noite debruçado sobre pilhas de livros e diferentes atlas na companhia do amigo rudanês, repassando tudo aquilo que haviam discutido na presença do velho professor.

O detetive examinou surpreso as figuras feitas por Karpof, símbolos sagrados que muito provavelmente representavam um antigo artefato. Um objeto ou algo semelhante, cuja importância lhes era totalmente desconhecida, embora a obsessão de Mundongovich por estudá-lo lhe emprestasse um papel de destaque em meio às intrínsecas engrenagens de uma possível conspiração.

— *Ra's ah Amnui* — explicou o jovem gato. — Sua tradução do aramanto, "aquela que carrega o espírito divino", assim como o interesse de Karpof por certas coordenadas descritas num antigo dialeto e seu empenho por entender os processos de decodificação usados pela antiga raça de leões, que muito provavelmente seriam os detentores de tal artefato, levaram à conclusão de que estava mesmo voltado para uma misteriosa busca daquilo que lhe parecia ser a chave para algo ainda maior, conforme ele mesmo deu a entender em suas anotações.

— A chave para o cofre real — lembrou Paparov.

A possível conexão entre tudo aquilo e o passado dos Ronromanovich —especificamente à história de Serkius Ronromanovich e seu desaparecimento misterioso, que, após abdicar ao trono da Rudânia, teria vivido nas grandes montanhas geladas como um monge devoto das águias guardiãs — pareceu-lhes bastante convincente.

O detetive interessou-se ainda mais quando Flint sugeriu a possibilidade de que Feodór, buscando o paradeiro do pai, poderia de fato ter se deparado com algo que, por algum motivo obscuro, teria mantido em sigilo. Seu envolvimento com oráculos, adivinhos e médiuns reforçava sua ligação com o estranho universo místico, criando também uma suposta conexão entre isto tudo e o suposto assassino de Mundongovich.

Ponterroaux levantou-se:

— Talvez as peças deste estranho quebra-cabeça comecem mesmo a se encaixar — disse, apanhando algo no bolso do jaleco.

— Encontramos algumas referências aos antigos Suk em meio aos pertences da vítima. — Abriu um envelope contendo um pingente semelhante à figura desenhada na cena do crime.

— A cobra Suk — exclamou Rufus, examinando o objeto de perto, atraído mais por sua beleza do que por seu significado propriamente dito.

O réptil era confeccionado em ouro e trazia um pequeno brilhante incrustado no lugar do olho. Uma espécie de pó esbranquiçado, utilizado para recolher as digitais de Karpof, espalhava-se entre suas escamas, esculpidas por algum artesão bastante habilidoso. O alfinete dourado na parte de trás tinha um tom escurecido devido ao toque das patas de Karpof, e um pequeno fio de lã, preso ainda em sua mola, não deixava dúvidas quanto ao seu dono, pois exalava o cheiro característico idêntico ao do restante das vestes de Mundongovich.

— O uso de pingentes como este — prosseguiu Ponterroaux — indica uma certa posição dentro de uma possível hierarquia religiosa. Ainda que isso não prove seu envolvimento direto com membros integrantes de tal seita, pelo menos enfatiza sua ligação com algo, ou alguém, ligado a esses antigos assassinos.

Flint examinou de perto a cobra dourada. Representaria ali uma alta posição numa casta religiosa?

— Mas foi Bazzou quem encontrou aquilo que realmente considero importante — proferiu o galo, bastante entusiasmado, apanhando em meio à pasta que trazia consigo um conjunto de pergaminhos achados numa fresta no interior do velho guarda-roupa de Karpof. Era uma abertura na folha de madeira na parede ao fundo, bem atrás dos longos casacos de inverno, carregada de umidade estufada como se bolhas de ar insistissem por despregá-la de sua armação, formando um fundo falso natural entre uma e outra folha da madeira, perfeito para ocultar alguma coisa importante. O faro natural de Bazzou tinha sido atraído pelo forte odor de bolor que se desprendia da folha apodrecida, reforçado pelas marcas deixadas pelo manuseio constante, esticando sua aba para os lados toda a vez que Mundongovich queria rever seus pertences.

Não que o lugar fosse exatamente secreto, mas, de fato, a abertura deve ter chamado a atenção de Karpof, tendo encontrado ali um local reservado o suficiente para seus propósitos. Pouco óbvio, perfeito para alguém feito ele, acima de qualquer suspeita, traído enfim pelo próprio destino.

Flint aproximou-se curioso enquanto Ponterroaux estendia sobre a mesa o conjunto de documentos cuja caligrafia rebuscada ainda exalava o cheiro da tinta negra mesclada ao odor do papel, atingindo as narinas do felino e descendo-lhe pela garganta, transformando-se num gosto amargo.

Letras negras inclinadas surgiram elegantes na superfície do manuscrito. Ponterroaux entregou o documento para que Flint o lesse:

— Tenho certeza de que achará isto bastante interessante, meu jovem repórter.

*O fogo divino deverá consumir a árvore real,*
*Apodrecendo suas raízes,*
*Alimentando o grande Olho do Dragão*
*[com o sangue do último fruto indesejável,*
*Iniciando a nova era animal,*
*A era da ressurreição*
*Daquele que mais uma vez*
*Erguerá a bandeira da cobra.*

**As profecias de Mogul**
*Do Diário de Gosferatus*

A leitura daquele nome — Gosferatus — atingiu como um golpe certeiro a cabeça de Flint. As palavras de Gatus sobre o antigo mentor de Feodór soaram em sua mente de forma nítida.

— Gosferatus? — repetiu, estupefato.

— De acordo com este documento, Raskal Gosferatus parecia de fato ter alguma ligação com essa antiga seita. Sua menção à bandeira da cobra é bastante evidente — afirmou Ponterroaux.

"A bandeira da cobra refere-se aos Suk, a seita fundada pelo sanguinário Drakul Mathut, conforme Rufus informou", pensou o repórter.

— Raskal Gosferatus... — murmurou Flint, como se algo se encaixasse bem diante de seus olhos. — O mentor de Feodór Ronromanovich... Um antigo oráculo cujos poderes parecem ter despertado o interesse do antigo czar, que infiltrou em seu reino o rastro satânico... — disse mais para si mesmo, relembrando as palavras de Gatus Ronromanovich.

— A marca da cobra, o símbolo Suk — completou Paparov.

— A cobra em torno da medalha imperial, a mensagem de Karpof — refletiu o jovem felino. — Ecos do passado fazendo-se presentes, fincados há muito pelo místico monge, cuja ligação com demônios trouxe-lhe a fama de bruxo. Seu punhal, cravado nas profundezas da raiz imperial, deixando até hoje sua marca...

Galileu Ponterroaux interrompeu as reflexões do amigo:

— Mas isso é apenas uma parte daquilo que, tenho certeza, achará ainda mais instigante, meu jovem.

O galo detetive apanhou um segundo rolo e desatou seu fino cordão, espalhando-o sobre a mesa. Uma imagem magnífica surgiu. Seus traços tinham sido esboçados com delicadeza e perfeição por patas firmes, quem sabe por algum profissional, trazendo vida à ilustração que parecia absorver o olhar surpreso de ambos os gatos, mergulhando-os em seu universo misterioso.

— O artefato... — balbuciou Paparov.

Birman Flint não emitiu um único miado. Seus olhos estavam fixos nas linhas que assumiam formas distintas. O odor do papel, somado ao cheiro do nanquim, tocou-lhe as narinas. Letras de uma excepcional caligrafia se espalhavam ao longo da folha, lembrando adornos, seguidas pela forma rica em detalhes precisos que ocupava todo o centro, como se o autor tivesse de fato testemunhado sua existência, deparando-se com seus símbolos no interior do círculo perfeito. Eram os mesmos símbolos encontrados nas anotações de Mundongovich. A fonte de sua obsessão.

— *Ra's ah Amnui* — miou Flint baixo, surpreso. A imagem parecia ampliada diante de seus olhos. Suas formas, seus seis símbolos pareciam saltar da folha, como se ele estivesse mesmo diante do objeto.

Ponterroaux aproximou-se do gato repórter. Observou seu olhar atento enquanto examinava a figura, pensando em tudo aquilo que Flint havia lhes dito sobre o tal artefato.

— Intrigante... — disse-lhe o galo, com um meio sorriso após dar um longo trago no cachimbo. — Se tudo o que descobriu sobre esta estranha figura for mesmo verdade, e acredito que seja, Mundongovich não era o único interessado em encontrá-la. Muito pelo contrário, a busca por este objeto antecede em muito à nossa investigação, remontando à época de Raskal Gosferatus.

— Parece que este artefato tem uma importância única para os Suk — argumentou Bazzou. — Tanto o monge quanto Mundongovich pareciam manter ligações com a estranha seita, da mesma forma que seu suposto assassino.

— Seguidores de Raskal Gosferatus — disse o repórter, levantando uma nova hipótese —, perseguindo seu rastro em busca do paradeiro de *Ra's ah Amnui.*

— A questão agora é descobrirmos o porquê disso tudo, o que de fato representa esta relíquia e qual sua importância para o mentor por trás do assassinato de Mundongovich —afirmou Ponterroaux.

— Raskal Gosferatus parecia interessado em descobrir seu paradeiro, assim como Karpof... — disse Flint, pensando alto. — Estes pergaminhos devem ser a sua fonte de pesquisa. Encontrar *Ra's ah Amnui*... A chave para algo desconhecido... A chave para aquilo que Raskal Gosferatus buscava ao aproximar-se de Feodór Ronromanovich, infiltrando-se feito uma sombra.

— O mistério envolvendo o desaparecimento de seu pai, Serkius... — sussurrou Paparov sem desviar o olhar da figura no centro do pergaminho. — O diário...

Um ruído soou feito uma explosão na sala de Rufus Paparov. Estilhaços da vidraça espalharam-se por toda a sala, indo despedaçar alguns potes e jarros que o gato aviador mantinha sobre a cornija da lareira.

Galileu Ponterroaux saltou assustado, desviando-se do bólido que adentrara a sala feito uma bala de canhão. O detetive, empunhando sua pistola, posicionou-se atrás das poltronas, fazendo destas uma espécie de barricada. Bazzou pulou na direção oposta, protegendo-se contra os cacos pontiagudos. Paparov, abrigado na parede ao lado da janela, notou um envelope amarrado na pedra atirada no chão da sala.

Num salto abrupto, Birman Flint voou entre os destroços de vidro da janela, no encalço de uma raposa de Siberium que avistou do outro lado da rua.

A raposa rosnava para o inimigo, com o focinho arreganhado e os dentes à mostra. O impetuoso gato tinha como vantagem sua Webley & Scott Mark IV calibre .455 que carregava no coldre de ombro, oculto pelo grosso sobretudo que lhe protegera dos estilhaços. A raposa começou a correr o mais rápido que podia. Obedecia a ordens explícitas. Não estava ali para lutar com o gato, muito embora pudesse levar alguma vantagem numa briga corpo a corpo. Corria dando saltos largos, com o gato repórter logo atrás. Entrou numa viela, pulando sobre um muro baixo, e alcançou o telhado de uma velha casa, deixando uma trilha de telhas quebradas na rua pouco iluminada. Ia de um telhado para outro quando escutou o tiro de alerta. Birman Flint vinha em seu rastro desviando dos obstáculos. Uma multidão de mercadores se aglomerava logo adiante. Barracas de lona espalhavam-se pela rua trazendo uma imensa variedade de mercadorias. Um lugar perfeito para a raposa despistar seu perseguidor, mergulhando na direção dos animais e aves, deixando o gato para trás.

O repórter desviou do grupo de comerciantes e fitou-a de maneira ofensiva, guardando a Webley antes que alguém resolvesse chamar a polícia local, já imaginando como seria custoso explicar o que um felino civil e estrangeiro fazia correndo pelas ruas de Moscóvia carregando uma arma.

Seu olhar desorientado vasculhou o mar de cores e aromas ao seu redor, até que notou do outro lado da rua o Ford modelo T saindo a toda.

Correu em seu encalço, porém uma rajada de balas disparada por uma metralhadora Maxim rugiu em sua direção. Flint, com a Webley destravado, pronto para a ação, protegeu-se em meio a uma pilha de caixotes velhos entre a turba que gritava desesperada.

O veículo levando o fugitivo já ia longe. O gato, desapontado, guardou a arma, misturou-se ao caos e partiu antes que a polícia chegasse, o que certamente não tardaria a acontecer.

# 14

Birman Flint tomou um generoso gole do copo de *vodinka*. Com uma expressão de frustração, descreveu como a misteriosa raposa havia-lhe escapado, e então Rufus Paparov mostrou-lhe o estranho bilhete deixado pela fugitiva.

— Parece que nossa amiga não tinha outra intenção a não ser deixar-nos uma mensagem — balbuciou o anfitrião, estendendo-lhe a folha amarfanhada.

*Leia com atenção e aguarde os sinais:*

*A Pérola Negra*

*Sob a luz ela refletirá sua beleza, sob o fogo, ela se revelará;*

*Diante de ti, seus sinais serão claros, transformando-o em seu Mi'z ah Dim.*

*Crônicas de Gaturnino Ronromanovich*

— Um poema? — murmurou Flint.

— Enigmático demais para o meu gosto — respondeu o galo detetive, examinando o bilhete de perto. — Uma pista capaz de revelar o que Karpof buscava?

— Karpof estaria tentando decifrar este enigma... ou estava atrás da joia? — ponderou Paparov.

— E se ele estivesse atrás das duas coisas, o poema e a joia... peças de um mesmo quebra-cabeças? — questionou Flint

— Existe mais alguém afoito para descobrir a verdade sobre a morte de Karpof Mundongovich — disse o detetive.

— Alguém disposto a se expor, enviando-nos um sinal... — completou Flint. Em seus pensamentos, o bilhete se repetia.

*"Diante de ti, seus sinais serão claros"*

✶✶✶

A ave de rapina lembrava uma gárgula sobre a torre da velha fábrica, observando satisfeita quando o gato partiu na companhia dos amigos rumo a Gremlich.

Assim que uma rajada de vento frio lhe tocou as penas, esticou as asas feito um anjo negro e lançou-se no vazio, emitindo um grasnido seco. Logo o abutre desapareceu, buscando nas nuvens cinza algum abrigo. A partir de agora, cabia-lhe esperar. Apenas esperar.

# PALÁCIO IMPERIAL
# GABINETE OFICIAL DO CZAR

Birman Flint percebeu um ar de preocupação no olhar de Gatus Ronromanovich. Desde o último encontro que tivera com os intrépidos visitantes, algumas ocorrências haviam deixado o czar ainda mais apreensivo. Ele parecia cansado enquanto ouvia do comissário-chefe, Rudovich Esquilovisky, um relatório detalhado sobre o desaparecimento de um de seus agentes esquilos. Aquele era mais um estranho episódio ainda sem resposta.

Ao mesmo tempo, a descoberta feita por Ponterroaux e Bazzou ao investigarem os aposentos de Karpof Mundongovich trouxe à tona certos documentos que haviam pertencido muito provavelmente a Raskal Gosferatus, apontando para sua suposta ligação com a tal seita suspeita pelo assassinato do agente imperial. A recente descoberta havia lançado o czar numa investigação própria, mergulhando-o num passado remoto. Fechado em seu gabinete, Gatus havia examinado uma série de papéis oficiais e relatos antigos ligados à grande dinastia Ronromanovich, buscando respostas para tantas questões que borbulhavam dentro de si.

Uma expressão de surpresa surgiu em sua fisionomia abatida quando Ponterroaux narrou os últimos acontecimentos, desde a descoberta feita a partir da visita realizada por Flint e Paparov ao excêntrico Patovinsky Fabergerisky até o misterioso bilhete enviado por alguém visivelmente disposto a dar-lhes uma pequena ajuda no caso.

Splendorf Gatalho leu atentamente o conteúdo do bilhete, passando-o enfim ao czar. Ao terminar de ler, Gatus Ronromanovich fitou os visitantes por um instante e soltou um suspiro de alívio:

— Imagino que este bilhete explique o interesse de Mundongovich pela joia de Gaturnino.

— Pelo menos é o que nosso misterioso remetente parece querer nos mostrar — respondeu Flint. — Um sinal... uma pista revelando a conexão entre a morte de Karpof e a linhagem imperial dos Ronromanovich.

— Um segredo que estaria ligado ao tal artefato, de acordo com nosso ilustre professor — comentou Gatus.

— Aparentemente, Karpof não era o único a crer em sua existência — disse o repórter, apontando para o pergaminho apoiado sobre a mesa diante do czar. — Raskal Gosferatus parece tê-lo descoberto há mais tempo, atraindo o olhar de seguidores fanáticos dispostos a qualquer coisa para encontrá-lo.

Splendorf Gatalho engasgou ao tentar esboçar algum comentário. Caminhava de um lado para outro, parecendo bastante irritado.

— Isso explicaria o interesse de Mundongovich por certos documentos históricos relacionados à dinastia imperial — interveio Galileu Ponterroaux. — Imagino que Mundongovich estivesse convencido de que Feodór guardava algo relacionado a tudo isso em seu diário... da mesma forma como este bilhete conduz nosso olhar em direção a Gaturnino Ronromanovich... mais precisamente às suas crônicas. Algo que gostaria de examinar, se assim o czar permitir.

Gatus acenou com a cabeça, dando seu consentimento:

— Na verdade, as crônicas de Gaturnino, o diário de Feodór e tantos outros documentos descrevem alguns dos períodos mais interessantes da história animal, partindo dos primórdios das grandes guerras e a criação do primeiro exército rudanês até a formação da dinastia imperial que governaria nosso país até hoje — explicou o czar num tom de voz bastante cordial. — Em relação à sua joia propriamente dita — prosseguiu, examinando mais uma vez a referência poética que parecia conhecer bastante bem —, Gaturnino a descreve de forma especial, cercada por uma aura mística, dando origem a tantas histórias e lendas em torno de sua rara e bela pérola... ou pequeno talismã, como gostava de dizer.

— Imagino que tais documentos, as crônicas imperiais, façam parte do acervo de arquivos governamentais mantidos em um dos níveis prioritários, mais precisamente onde Mundongovich foi observado por agentes esquilos circulando de forma suspeita... Ao menos, enfim sabemos o que ele buscava em meio a certos documentos relacionados à dinastia imperial — comentou o detetive, soltando a fumaça do cachimbo.

— Pelo jeito, Karpof Mundongovich não era o único interessado em examiná-los. Seja lá quem for que tenha enviado este bilhete parece conhecer seu conteúdo bastante bem, conduzindo-os diretamente àquilo que parece crer ser relevante em relação à misteriosa morte de Karpof — disse o velho embaixador. — O que me faz questionar mais uma vez sobre a possibilidade de removermos a família imperial de Gremlich sob a guarda de Garrius Tigre Simanov — acrescentou, referindo-se ao famoso general das tropas imperiais, comandante supremo do I Comando Militar, localizado nas planícies de Siberium, o amplo e complexo centro militar conhecido como "a fortaleza de gelo", cuja função era manter seguras as fronteiras da Rudânia.

— A possibilidade de que outras pessoas em Gremlich estejam envolvidas na morte de Karpof não é motivo para envolvermos nossas forças militares. Ainda que estejamos diante de uma suposta conspiração envolvendo terroristas fanáticos, nossas tropas em Gremlich estão aptas a manter a ordem em Moscóvia — disse o czar em tom definitivo.

Ortis Tigrelius, que até então assistia a toda a discussão em silêncio, deixou um rosnado surgir como resposta. Com o olhar altivo e feroz, assumiu uma postura rígida de sentido.

— Além disso — continuou o czar —, uma intervenção desse porte deveria ser avaliada pela Duma.

— Não quando a família imperial parece estar em risco... — argumentou o embaixador.

— Reconheço seu apreço, Splendorf — disse Gatus, tocando-lhe o ombro de forma carinhosa —, mas tenho a certeza de que nossos amigos, munidos de todo o nosso apoio, resolverão tudo isso antes mesmo que tal acontecimento venha a público.

— De qualquer forma — falou Esquilovisky —, medidas já foram tomadas, garantindo e aumentando a segurança da família imperial.

— Assim como em Gremlich — rosnou o gigante Ortis. — Estamos trabalhando em estado de alerta máximo. Nenhum animal ou ave poderá entrar ou sair de Gremlich sem que seja identificado. Nossos postos policiais em cada uma das fronteiras próximas ao Palácio Imperial tiveram sua segurança redobrada, bem como nossos postos aéreos.

Bazzou estava impressionado diante do imenso felino, imaginando como seria pouco provável algum animal burlar a segurança passando por feras feito aquelas, dispostas a dilacerar qualquer um que se atrevesse a se aproximar de seu líder. Não podia responder pelos outros, mas, diante do discurso do comandante, o camundongo sentiu-se verdadeiramente seguro. Uma sensação que lhe trouxe um certo conforto após todos aqueles conturbados acontecimentos desde que haviam chegado ao frio e distante país.

Splendorf Gatalho voltou-se para o seu amigo Ortis, parecendo desculpar-se pelo comportamento impetuoso, e concordou com o líder enquanto se recompunha bebendo um longo gole de chá.

Gatus dirigiu-se ao grupo. Um sorriso leve em seu semblante afastou o clima tenso. Notou o olhar de Flint atraído para os objetos sobre a mesa, já imaginando como seu instinto investigativo parecia farejar de longe uma boa pista. Tocou suavemente a pequena caixa laqueada de preto com delicados filetes laterais em vermelho, que trazia gravado em seu tampo o brasão da Casa Imperial — o felino guerreiro empunhando duas cimitarras que se cruzavam, formando um X em meio ao círculo negro.

Flint fitou a caixa, imaginando aquilo que era mantido em seu interior. Afinal de contas, o czar fora devidamente informado sobre seu pedido... especial. "A joia de Gaturnino", pensou o repórter, examinando o pequeno invólucro de madeira, esforçando-se em disfarçar o impulso que sentia de tomar para suas patas a famosa pérola.

Em seguida, o olhar curioso do repórter recaiu sobre o objeto que jazia ao seu lado. O diário! Uma velha encadernação de couro marrom muito semelhante ao livreto de Mundongovich, não fosse pelas suas dimensões um pouco maiores. De espessura fina, as poucas folhas amareladas se agrupavam em seu interior O gato chegou a se questionar se o livro era de fato aquilo que imaginava ser, lembrando mais um caderno de notas semelhante ao que usava em suas investigações em vez de um diário propriamente dito.

Havia ainda o velho documento encontrado por Ponterroaux e por Bazzou, enrolado e preso pelo fino cordame ainda seboso, ao lado dos objetos. O estranho pergaminho assinado por Gosferatus, retratando os mesmos símbolos copiados por Mundongovich. O artefato a que o camundongo assassinado parecia se referir, seguido por palavras proféticas que mais lembravam uma maldição. "Peças dispostas sobre o tabuleiro", pensou Flint, atraído então pelo olhar atento do czar indo ao encontro do seu, surpreendendo-o com um sorriso discreto.

— Imagino que esteja curioso para seguir o rastro que seu misterioso informante deixou — disse Gatus, referindo-se ao bilhete e à observação deixada por seu desconhecido remetente — e examinar cada uma destas peças para compreender a possível conexão entre elas... algo que para mim parece completamente distante.

O czar analisava mais uma vez tudo o que havia escutado até ali, sentindo como se uma linha bastante tênue separasse os fatos reais de todas aquelas histórias que, de certa forma, conhecia tão bem quanto Patovinsky Fabergerisky, creditando a existência de um possível artefato sagrado ao folclore que permeava a extinta raça de felinos. Pensou se o tal objeto existia de fato. *Ra's ah Amnui.* A forma esboçada por Karpof descrevia algo que parecia ter copiado das escrituras de Raskal Gosferatus, o famoso oráculo que parecia sobreviver através da própria história do país. Alguém cujo único poder verdadeiro era o da persuasão, enterrado no passado junto às respostas pelas quais tanto ansiavam... Respostas que apontam misteriosamente para os Ronromanovich. Olhou em seguida para o velho diário à sua frente, imaginando se existiria ali algum registro deixado por Feodór Ronromanovich referindo-se ao tal artefato. Serkius, um czar entregue à própria loucura, que desapareceu num lugar inóspito, considerado o berço final de uma antiga raça de leões... dando, assim, início à obsessão de Feodór, atraindo para a corte imperial oráculos e médiuns... Um rastro que se aprofunda em um passado ainda mais distante. "Gaturnino Ronromanovich...", pensou.

Gatus sentiu uma brisa suave tocar-lhe os pelos azulados. Uma fresta da janela deixava que o início de uma noite fria adentrasse seu escritório. Acompanhou o olhar do repórter em direção aos objetos na sua mesa, sem saber ao certo o que dizer.

A pequena caixa laqueada guardava em seu interior a famosa relíquia, a pérola negra de Gaturnino, o grande guerreiro que, brandindo sua cimitarra, mitigara as forças de seus inimigos, vencendo grandes dragões negros e trazendo consigo seu amuleto, uma joia consagrada junto às forças da mãe-terra e transformada em algo divino.

"Uma bela história", pensou o atual czar, lembrando-se do quanto tudo aquilo lhe encantara durante sua infância. As palavras de Feodór narrando-lhe de forma entusiasmada tais aventuras ainda estavam presentes em sua lembrança. O grande Gaturnino Ronromanovich, guerreiro audaz que viria a se tornar o primeiro czar, fundando sua dinastia imperial. Histórias inspiradas num universo fantástico, que deram origem à sua própria mitologia. Histórias como aquela narrada por Flint sobre a extinta raça dos bravos leões brancos de Ngorki. Bravos guerreiros que de fato haviam habitado as planícies dos grandes desertos gelados. Uma raça magnífica, misteriosa, cercada por uma aura mítica capaz de apagar a linha tênue separando a verdade daquilo que se tornaria uma grande lenda.

Tocou lentamente a tampa da caixa, seu olhar refletido em meio ao belíssimo brasão esculpido ali. "Olhar com atenção", repetiu em pensamento as palavras deixadas no bilhete pelo misterioso informante. Palavras que não pareciam fazer sentido algum, levando-o a se questionar se não teria sido seu ceticismo o responsável por cegá-lo durante a noite que passara debruçado diante de cada um daqueles objetos após o primeiro encontro que havia tido com seus ilustres visitantes, buscando ali algum indício de por que Mundongovich os teria citado.

A ponta do tecido aveludado vermelho-rubi surgiu no interior do invólucro de madeira. No mesmo instante ouviu a respiração compassada de Flint e observou seu olhar sedento diante da joia que despontava. Sorriu para o gato e algumas palavras saíram de sua boca:

— Que os teus olhos possam encontrar respostas onde os meus não puderam ver.

Uma roda se abriu em torno do czar. Suas palavras ecoavam na mente do repórter, que permanecia atônito diante da imagem materializando-se aos poucos. De dentro da moldura de madeira, portadora de uma beleza enigmática, a pequena pérola emergiu, refletindo no olhar de cada um o brilho de seu corpo devidamente polido. Flint fitou o czar, depois a joia. Um sorriso surgiu de forma espontânea em seu rosto. O gato parecia enxergar algo a mais naquele pedaço de areia transformado pela natureza numa belíssima e intrigante pérola. A pérola negra mencionada por Mundongovich.

O bilhete misterioso jazia de um lado, a joia propriamente dita, de outro. "Olhe com atenção e aguarde pacientemente os sinais". As peças pareciam finalmente dispostas no tabuleiro. Flint estava pronto para mover sua peça... dando, assim, continuidade ao estranho jogo. Uma sombra escura, entretanto, parecia observá-lo todo o tempo.

# 16

A coloração leitosa, característica das pérolas negras, refletia os vultos curiosos que a observavam, enquanto sutis listras negras — lembrando formas espectrais — circundavam de maneira irregular seu corpo incrivelmente polido e perfeito. Birman Flint teve a impressão de que a joia era quase do tamanho de um ovo de codorna, mal cabendo na pata do czar, que a segurava com extremo cuidado.

O gato repórter examinou-a de perto, percorrendo seu contorno com um olhar abismado, embriagado diante de tamanha beleza. As batidas de seu coração faziam todo o seu corpo vibrar, e ele teve a estranha sensação de que a pulsação partia do interior da joia, como se houvesse ali alguma forma de vida, comunicando-se através de sensações sutis.

Galileu Ponterroaux aproximou-se ainda mais do precioso objeto. Com o olho aumentado devido à lente de seu monóculo, buscava uma falha, um sinal, uma ranhura mínima que pudesse indicar alguma irregularidade naquilo que lhe parecia perfeito.

— É simplesmente magnífica! — balbuciou o galo.

Flint sorriu, concordando com a ave, sem desviar seu olhar dos veios que percorriam a parte interna do seu corpo esférico.

— Não é difícil imaginar o porquê de Gaturnino ter se encantado com tal beleza —comentou Gatalho.

Gatus Ronromanovich permanecia em silêncio, observando as expressões dos visitantes. A luz proveniente da luminária sobre a escrivaninha refletia seu brilho, dando a impressão de que algo se movia em seu interior.

Birman Flint estampava um sorriso beatífico no rosto. As palavras escritas por Gaturnino vinham-lhe à mente. "Sob a luz ela refletirá sua beleza". Seus olhos perdiam-se diante da pérola, que parecia exalar a energia pura daquele que a havia carregado consigo por toda uma vida. Era como se uma parte do próprio Gaturnino pudesse estar ali, respondendo à sua surpresa. "Sob o fogo ela se revelará..." Deixou que as palavras enigmáticas ressoassem em sua mente. Notou em seguida que um vulto a seu lado o encarava em silêncio, como se pudesse enxergar a ansiedade que crescia em si.

O olhar do czar cruzou com o do repórter, passando em seguida para a joia que reluzia em suas patas. Chegou a murmurar algo, mas sua expressão de interrogação perdeu-se num silêncio profundo. As palavras de seu ancestral surgiram em meio aos pensamentos que borbulhavam em sua mente. O poema, o misterioso informante, alguém disposto a atrair o interesse de Flint para um ponto específico, capaz de enxergar algo bem ali... Com os olhos semicerrados, encarava a pérola. Mas onde exatamente? E o quê?

Devagar, o czar devolveu a pérola ao seu elegante invólucro, notando a atenção dos convidados acompanhar cada movimento seu. A joia parecia, pouco a pouco, diminuir o poder que exercia, até esconder-se novamente sob o veludo rubro.

— Imagino o quanto devem estar ansiosos por examinar tudo isto — disse o Gatus, passando um rápido olhar por cada um dos objetos sobre a mesa. Com um gesto sutil, deslizou a caixa laqueada em direção a Flint.

— Especialmente o diário... — antecipou-se Rufus Paparov. — O diário de Feodór Ronromanovich.

Gatus sacudiu a cabeça confirmando:

— Creio que seria mais apropriado chamar-lhe pelo título sugerido por meu pai, fazendo jus ao seu conteúdo: *Observações de um intrépido pesquisador.*

Bazzou não conteve um espirro quando o mofo proveniente das folhas emboloradas tocou-lhe as narinas, causando-lhe certo incômodo.

Apanhou o lenço que trazia sob a lapela de seu jaleco e aproximou-se com um olhar surpreso, notando os detalhes impressos na página em questão. Uma marca d'água revelava o brasão imperial centralizado no rodapé da folha sedosa, tão fina que poderia desmanchar-se diante de seus olhos a um toque mais brusco, exigindo um certo cuidado em seu manuseio. No centro da folha, logo abaixo do inusitado título, palavras escritas num antigo dialeto surgiam numa caligrafia diferente. Letras desenhadas com precisão e capricho, como se um empenhado artesão se debruçasse ali deixando sua marca artística.

— *Ec mirung ircanius, et mirrus lagnum arctunim* — leu com certa dificuldade.

Flint aproximou-se do amigo, seguindo com o olhar as letras inclinadas que pareciam deixar um sulco profundo na página.

— "Do meu rugido surgirá a luz divina, que nos guiará por caminhos escuros" —traduziu Splendorf Gatalho, atraindo a atenção do jovem felino. — É miaurec, antiga língua sagrada.

O gato repórter fez um sinal, reconhecendo a citação religiosa retirada do livro sagrado da gênese, escrito pelos antigos sacerdotes, descrevendo a criação do universo pelo grande deus leão. Flint lembrou-se do quanto Feodór dava importância a suas crenças religiosas, diferentemente de seu filho Gatus, que parecia tratar do assunto com certa indiferença. Ou talvez aquilo fosse algo que o atual czar apenas fizesse questão de manter bem no fundo de sua alma.

Ponterroaux inclinou-se em direção ao livro. A fumaça de seu cachimbo deixou um rastro no ar.

— *Observações de um intrépido pesquisador* — repetiu.

— Um nome bastante apropriado — sorriu Gatus — para um apanhado de citações e observações cujo sentido pareceu-me sem qualquer conexão com tudo isto. Pelo menos, era o que eu pensava.

Splendorf Gatalho o fitou surpreso. Haviam conversado ainda naquela manhã sobre o diário de Feodór e de como este, ao contrário de um diário, onde segredos pessoais esperam para ser descobertos, não parecia passar de um velho livreto no qual o antigo czar tinha deixado pouco mais do que algumas impressões relacionadas ao tempo em que se dedicava à sua sede de saber, mergulhando em pesquisas diversas que no fundo serviam para mantê-lo afastado de assuntos ligados à economia e à política do país, manipulado, assim, pela horda de conselheiros que, liderados por Raskal, expandiam seus interesses pela corte imperial.

O czar folheou o livro com cuidado, pensando nas palavras de Flint. Algo em sua narrativa desencadeou uma sequência de ideias, acrescido àquilo que havia notado na noite anterior, durante a qual passara debruçado sobre os estranhos rabiscos de seu pai. Algo em que, de acordo com o depoimento de Patovinsky Fabergerisky, Mundongovich parecia bastante interessado. Escritos surgiam em meio a garranchos, manchas de nanquim e grafite. Frases se perdiam sem um sentido claro. Finalmente Gatus se deparou com o que procurava:

— Aqui está. — Mostrou, apontando para um desenho.

Era uma figura de traços precisos, pouco artísticos, que pareceu ao repórter uma cadeia montanhosa idêntica àquelas encontradas em cartas geográficas. Uma espécie de platô se estendia em direção às duas formas monolíticas que despontavam em seu horizonte, lembrando um portal. No topo de uma das figuras, havia uma forma que poderia ser um pássaro. Uma grande cisão dividia o platô em duas partes. Era uma fenda em formato de ferradura, originando um grande cânion cercado por desfiladeiros e abismos escavados pela própria natureza.

Rufus Paparov aproximou-se, examinando os desenhos e identificando algumas das formas geométricas usadas em cartas de navegação para representar de acidentes geográficos, cadeias rochosas etc.

— Olhe... os círculos! — disse Flint, chamando a atenção para os desenhos que surgiam logo abaixo: dois pares de círculos alinhados, formando duas colunas, onde pequenas formas que lembravam traços familiares surgiam no interior de cada um deles.

Paparov sorriu, reconhecendo as cunhas agrupadas em uma pirâmide invertida surgindo no centro de cada um dos círculos à esquerda, idênticos àquelas que Fabergerisky havia lhes mostrado ao explicar-lhes sobre o antigo sistema posicional criado pelos ishith, enquanto linhas verticais e horizontais surgiam no interior dos círculos à direita.

— Coordenadas geográficas — disse Flint.

— *Draknum* e *aknum* — completou Paparov, recordando-se da verdadeira aula que Fabergerisky havia lhes dado sobre o assunto, discorrendo rapidamente sobre o sistema posicional e de como tais cunhas eram dispostas para representar unidades e dezenas. Seu entendimento sobre aquilo parecia ir além das explicações dadas pelo velho acadêmico, mostrando o quanto havia se aprofundado sobre o tema após a visita que fizera acompanhando o jovem repórter. — As linhas nos círculos à direita referem-se à latitude e longitude. Observem o traço na parte superior deste mesmo círculo... — Mostrou a linha horizontal dividindo o círculo de cima ao meio, apontando para a metade superior, onde uma pequena linha vertical lembrando uma seta surgia em direção à linha central. — Se imaginarmos estas esferas como representações do próprio planeta, teremos que a linha horizontal nesta figura refere-se à linha do Equador, enquanto esta pequena seta vertical ao alto vindo em sua direção, a distância ao Equador medida ao longo do meridiano de Greenwich.

— Latitude. — O comissário-chefe pareceu surpreso.

— Exato, meu amigo — sorriu Rufus —, ou *draknum*, se preferir. — Mostrou a inscrição na metade inferior do círculo em questão.

O círculo abaixo surgia com suas linhas dispostas de forma diferente, indicou Paparov. Um traço central o dividia em duas metades verticais, enquanto uma mesma seta ondulada surgindo da direita apontava para seu centro, simbolizando a distância ao meridiano de Greenwich medida ao longo do Equador.

— Longitude, ou *aknum* — completou Rufus bastante animado, soltando uma baforada de seu charuto e voltando-se para as figuras, fitando-as com olhos semicerrados. — Assim, os círculos posicionados à direita representam uma espécie de legenda, referindo-se às medidas contidas nos círculos à esquerda. — Olhou para Flint, depois para Gatus Ronromanovich, que parecia bastante satisfeito consigo mesmo.

— Imagino que isso explique o interesse de Karpof Mundongovich por entender como os ishith descreviam tais coordenadas — resmungou Galileu Ponterroaux.

Rufus Paparov apanhou um pedaço de papel e começou a rabiscar.

— Se estas medidas estiverem mesmo corretas, temos aqui as seguintes coordenadas... — Fez uma pausa, parecendo refazer alguns cálculos enquanto examinava as anotações do antigo czar. — 68 graus ao norte de latitude e... 32 graus leste de longitude. Não é segredo algum o fato de que Feodór Ronromanovich tenha despendido grandes esforços para encontrar o pai desaparecido. De acordo com certos relatos, alguns monges que haviam convivido com o velho Serkius num dos mosteiros próximos à planície de Haggal — disse, referindo-se à planície próxima à cordilheira ártica — afirmaram que o antigo czar, já um monge sacerdotal, teria sido tragado pela grande mãe branca ao juntar-se a um grupo de expedicionários, cujo objetivo era levar suprimentos para tribos nômades que habitavam a região mais ao norte.

Paparov notou algo diferente na fisionomia de Splendorf Gatalho. O embaixador parecia surpreso ao ver como aquele velho aviador aquele aviador de aparência tão tranquila e relaxada pudesse ser tão instruído sobre alguns relatos da época.

— As coordenadas podem referir-se a uma de suas muitas expedições buscando seu rastro — prosseguiu Rufus, examinando as figuras que lembravam em muito as grandes cordilheiras localizadas ao norte do país, uma região fria e inóspita que até mesmo as grandes águias pareciam evitar. — Contudo, o interesse de Karpof por decifrá-las é o que as torna interessantes. Se estiver mesmo certo, jovem Flint... — Voltou-se para o amigo, deixando o charuto de lado enquanto dizia: — e acredito que esteja, não creio que Mundongovich estivesse interessado no paradeiro de Serkius, mas, sim, naquilo que Feodór poderia ter encontrado.

— Um rastro... — balbuciou o repórter. Imaginava se Feodór buscava de fato um rastro, ou, quem sabe, o seguia... deparando-se com algo que, por algum motivo, deveria permanecer no esquecimento. Rufus estava coberto de razão. Assim como Gatus Ronromanovich, ao mostrar-lhes as tais figuras desenhadas pelo pai, que pareciam coincidir com as explicações dadas pelos gatos em relação ao sistema posicional ishith, reveladas por Fabergerisky. Lembrou ainda de como o velho pato lhes contara sobre Mundongovich ter-lhe apresentado algo que logo veio a reconhecer como coordenadas longitudinais em ishith. Karpof sabia sobre as coordenadas, imaginou Flint, o que significava que, muito provavelmente, seu assassino também.

Respirou fundo, bebeu um gole de *vodinka* e voltou-se para o diário. Não escutou as vozes de Paparov e Esquilovisky mais atrás, comandando uma discussão fervorosa sobre o suposto lugar que as tais coordenadas pareciam indicar. Sua atenção se perdia em meio a pequenos parágrafos e teorias daquilo que para Feodór parecia representar um tipo de ciência, enquanto para a maioria, e neste caso a figura do velho embaixador veio-lhe à mente, não passaria de puro ocultismo.

"Energia", leu Flint, correndo os olhos pela observação feita por Feodór sobre a constituição do ser, não física, mas energética, espiritual. O antigo czar teria presenciado certos estudos na prática, deixando ali alguns poucos relatos sobre sua experiência em relação ao fenômeno que, na época, parecia atrair-lhe bastante.

Chamou-lhe a atenção sua descrição sobre a existência de três mundos invisíveis, sendo o inferior a representação das forças da Terra conectadas às profundezas do inconsciente; o intermediário, onde habitavam os animais diversos nas camadas terrenas; e o mundo superior, ligado ao astral maior, onde formas de vida sutis, espirituais habitavam, conectando-se às forças que regem o universo como um todo. Conceitos não apenas pertencentes à cultura xamânica encontrada em povos que habitavam as planícies de Siberium ou mesmo algumas tribos localizadas no além-mar, mas também como parte da cultura dos antigos celtaros, um povo místico que vivera nas antigas terras bretônicas em épocas que grandes reis comandaram o planeta.

À medida que percorria aquelas observações, mais o repórter tinha a sensação de que Feodór parecia ter registrado ali cada pensamento seu no instante exato em que este lhe surgia à mente, fazendo jus ao título que ele mesmo dera ao diário, *Observações de um intrépido pesquisador*. Folheava algumas páginas, vasculhando seu conteúdo, quando se deparou com algo distinto. Uma forma distinta. Voltou uma, duas páginas, até se deparar mais uma vez com as figuras. As duas divindades no centro da folha. Um desenho, ou melhor, um esboço feito por alguém sem a menor aptidão artística. Olhou de perto as figuras do pavão sagrado, seguido pela representação de Mau Steh, a deusa felina da sabedoria. Duas divindades que surgiam na mitologia dos povos de Afririum e, mais uma vez, dos antigos xamãs e celtaros.

De repente avistou letras minúsculas que se perdiam no rodapé. Uma estranha anotação que lhe pareceu completamente fora de qualquer contexto até então. Pequenas letras inclinadas seguidas por um borrão negro. A mancha indicava que Feodór nem mesmo havia esperado a secagem da tinta antes de guardar o livro, como se buscasse ocultar para si suas observações, seus pensamentos escritos com uma certa pressa:

K

*Reflete em teu escudo a imagem sagrada*

U  *Abadia de São Tourac*  R

*Das crônicas dos grandes reis 112 124.*

*O local das minhas orações*

U

O gato repórter pensou em cada palavra, buscando uma interpretação para algo que lhe pareceu uma referência poética. As pequenas letras formavam uma cruz em torno da inscrição. Pequenas letras deslocadas do resto, feito borrões de tinta que se transformaram em sinais diante de seus olhos surpresos.

— As letras, Bazzou... — Uma combinação que lhe pareceu familiar. — "O local das minhas orações", o sinal da cruz em torno da mensagem...

Suas palavras atraíram a atenção do czar, que notou o gato quase hipnotizado diante da inscrição, montando em sua mente o quebra-cabeça.

— A cruz feito um símbolo religioso... um gesto repetido durante a prática das orações — pensou alto o jovem felino, fazendo o gesto da cruz.

Divindades pertencentes aos povos de Afririum, xamãs e celtaros. A cruz surgindo mais uma vez como um símbolo sagrado, no caso, utilizado por apenas duas delas. Os afririanos, cuja ordem religiosa tornara-se predominante em quase todos os povos, tendo a cruz como símbolo divino, representando a grande fé, e os celtaros... Sorriu como se enxergasse algo bem ali.

— Acho que encontramos alguma coisa...

Bazzou aproximou-se, observando a inscrição, enquanto Flint, tocando sutilmente o centro do peito, parecia recitar palavras pouco conhecidas.

— "Da terra, minhas forças surgem e espalham-se para os dois cantos do universo" — Tocou em seguida o ombro direito, depois o esquerdo, prosseguindo: — "Dirigindo-se finalmente para o céu, juntando-me ao criador." — Tocou por último sua testa, com seus olhos fechados, visualizando a forma diante de si.

— A cruz celtaro... o símbolo da força espiritual contida em cada ser.

Bazzou o acompanhou, observando as pequenas letras dispostas então na ordem que Flint acabara de indicar.

Rufus Paparov e o restante dos presentes formaram um círculo em torno do pequeno diário.

— Um jogo de palavras — murmurou Ponterroaux. — As letras soltas formam a palavra "uruk".

— O tal código mencionado pelo agente Karpof — concluiu Gatus Ronromanovich.

— Se ainda existia alguma dúvida sobre o fato de Mundongovich ter espionado o diário do czar Feodór, tal dúvida deixou de existir — ponderou Flint. Restava uma única questão: teria encontrado aquilo que buscava antes de ser brutalmente assassinado, uma vez que tudo aquilo parecia se resumir apenas a mais uma das peças naquele estranho jogo?

— A mensagem codificada? — perguntou Ponterroaux, referindo-se à inscrição no centro das letrinhas como sendo a suposta mensagem que, de acordo com suas suspeitas, Feodór Ronromanovich teria ocultado, trazendo algo sobre aquilo que Mundongovich tanto procurava.

Para a surpresa do galo, Flint fitou-o com um aceno negativo de cabeça.

As explicações dadas pelo velho professor haviam sido bastante claras, mostrando-lhe como o uruk baseava-se numa redistribuição obedecendo a uma certa regra das letras de uma palavra específica, originando algo sem qualquer sentido e lembrando em muito um desconhecido dialeto.

A inscrição encontrada bem ali, de forma contrária, era-lhes bastante explícita, parecendo mais uma charada, uma pista que teria algo a ver com a suposta mensagem ou com o que quer que seja que o antigo czar empenhou-se em esconder.

Flint voltou-se para Gatus Ronromanovich no centro do grupo, perguntando:

— O que é exatamente a Abadia de São Tourac?

Gatus respondeu-lhe de forma serena:

— Um templo construído há muito por Arkarius Ronromanovich, filho de Gaturnino, em homenagem a Tourac, o anjo guerreiro que conduz nossas almas para o reino animal em outra existência. É na belíssima abadia situada em Gremlich que se encontra a cripta imperial.

— O mausoléu onde nossos antigos czares estão enterrados — interveio Splendorf Gatalho.

— Feodór? — O olhar de Flint passou do embaixador para o czar.

— Toda a linhagem Ronromanovich desde Gaturnino — respondeu Gatus com uma certa melancolia na voz.

— A cripta… — começou Galileu Ponterroaux, soltando uma baforada do cachimbo. — Um local restrito, imagino.

— Apenas a família imperial, além de poucos clérigos devidamente autorizados, tem acesso à cripta da Abadia de São Tourac. Uma vez por ano, no dia dos mortos, reverenciamos suas almas numa grande celebração realizada na Catedral de Moscóvia, deixando que a abadia seja reservada para cerimônias específicas, restritas ao público em questão. Missas são realizadas ali em comemoração à memória de nossos ancestrais — adiantou-se Gatus —, assim como batizados e outros eventos onde reunimos apenas convidados da corte.

— Um lugar reservado — murmurou Flint —, onde Feodór Ronromanovich parecia oferecer suas preces àqueles que já partiram. "O local de minhas orações" — repetiu a inscrição feita pelo antigo czar em seu diário.

— Um lugar que ainda hoje costumo utilizar quando necessito de um pouco de paz… reorganizando minhas ideias e revigorando-me com a poderosa energia que parece habitar o local — comentou Gatus, voltando-se para o repórter. — Da mesma forma como meu pai o fazia, e o pai dele… Veja bem, senhor Flint — prosseguiu, despertando de um certo devaneio seu —, a abadia é permeada por uma força proveniente de nossos ancestrais, onde é possível sentir seus espíritos presentes, nos guiando e protegendo, iluminando nossos caminhos através da chama eterna sobre o túmulo de nosso guerreiro maior, Gaturnino. Mais do que uma simples abadia, São Tourac é um espaço onde busco algum equilíbrio em dias difíceis.

Birman Flint escutou suas palavras, deixando que um breve silêncio tomasse conta do lugar antes de prosseguir:

— Chama eterna? — perguntou fitando o monarca.

— Uma homenagem ao grande fundador da dinastia Ronromanovich — respondeu Splendorf Gatalho. — A chama que nunca se apaga, simbolizando a luz que sempre nos guiará por entre caminhos escuros.

Flint desviou o olhar do embaixador para o diário à sua frente. Um sorriso sutil surgiu-lhe no rosto. Um gesto percebido apenas por Bazzou, que o assistia próximo o suficiente para notar o brilho em seu olhar, parecendo ler seus pensamentos.

"A abadia", imaginou o camundongo, pensando nas palavras de Gatus. Que lugar melhor pode haver para se ocultar uma pista sobre aquilo em que Mundongovich, bem como seu assassino, parecia empenhado em botar suas patas? Naquele instante, tudo aquilo lhe pareceu bastante óbvio. As letras formando a palavra "uruk" em torno de algo que surgia feito um santuário, o local de suas orações. O lugar onde teriam mantido certas informações em segredo. Um lugar restrito… feito um cofre, pensou Bazzou, fazendo alguma menção às anotações de Karpof.

Flint notou a expressão de desânimo de Gatus:

— Vossa Majestade, poderia permitir-nos uma visita à abadia… e mesmo à cripta imperial?

O czar respondeu com um aceno positivo de cabeça.

— A abadia é uma construção enorme, meu jovem amigo — opinou Paparov, parecendo um tanto irritado. — Se Feodór ocultou algo em seu interior, é possível que demoremos algum tempo vasculhando cada canto da pequena catedral. E tempo… — Fez uma pausa. — …é algo que parecemos não ter.

Splendorf Gatalho interveio:

— Infelizmente, devo concordar com nosso querido Paparov…

Bazzou, inclinado sobre o diário, apontou a inscrição de Feodór:

— Talvez o próprio czar tenha nos deixado uma pista bem aqui, sinalizando onde, ou quem sabe o que, exatamente devemos procurar.

Flint o seguiu com o olhar, lendo em pensamento: "Das crônicas dos grandes reis 112 124".

— Bazzou está certo — comentou, referindo-se ao livro bíblico que reunia relatos históricos da criação do universo até a origem dos grandes reis em questão. — Mais especificamente, no tomo referente às crônicas antigas...

— Nas páginas 112 e 124 — sorriu-lhe Bazzou.

Paparov não conteve uma risada de admiração, dando um tapinha sutil no ombro do camundongo.

— Além do mais — acrescentou Ponterroaux —, catedrais, igrejas, abadias, enfim, todas elas surgem adornadas por figuras santificadas... imagens sagradas, conforme nosso antigo czar menciona ainda no início de sua inscrição. Imagens que, transformadas num códex, poderiam mesmo ocultar algo sigiloso, visível somente aos olhares mais atentos.

Gatus Ronromanovich estendeu a Flint o velho diário, sussurrando-lhe algo. Uma pequena inscrição que lera na última folha, encerrando assim as poucas observações de um pesquisador intrépido.

O gato repórter folheou-o rapidamente, deparando-se enfim com a frase e lendo-a em silêncio. "É nas palavras sagradas do grande deus leão que escondo meus pensamentos." Suas letras inclinadas, idênticas às do título do livro, formavam um adorno suave, diferente das anotações, que mais lembravam garranchos e borrões. Pareceu imergir em um estado de contemplação... distante.

Vozes conhecidas discutiam como prosseguiriam as investigações seguindo o rastro de Karpof Mundongovich, enquanto um agitado Paparov tomava a tarefa de descobrir onde exatamente aquelas coordenadas os levariam.

Observou em silêncio os semblantes que pareciam mover-se devagar, notando então o olhar discreto do czar, que o fitava como se pudesse ler seu pensamento.

Um estranho arrepio subiu-lhe a espinha. Fitou a pérola diante de seus olhos, cerrando-os para buscar na sua escuridão uma luz. "*Mi'z ah Dim*" O nome surgiu-lhe do nada, fluindo em meio a pensamentos soltos, como se alguém lhe soprasse feito uma rajada de vento. Abriu os olhos, assustado, feito alguém que acaba de despertar de um pesadelo. Não era a primeira vez que sentia aquilo. Lembrou-se da ocasião em que deixara o escritório do detetive Ponterroaux levando consigo as anotações de Karpof Mundongovich. Era a mesma sensação: a de alguém a observá-lo... uma sombra escura seguindo seus rastros. Um predador... sussurrando algo. Seu corpo havia lhe enviado um sinal através de sensações frias, estranhas, chegando a lhe causar um certo mal-estar. Diante de seus olhos, sobre a mesa do czar, estava o poema de Gaturnino. Leu mais uma vez suas palavras, desta vez sentindo uma estranha sensação... medo.

Bazzou disse algo que o trouxe de volta à realidade. O camundongo o acompanharia à abadia... Murmurou, mais para si mesmo: "A Abadia de São Tourac".

# 17

Um enorme tigre Suk infiltrado na Guarda Imperial permanecia imóvel sobre a muralha em torno de Gremlich, observando o horizonte. Vasculhava o céu escuro com os olhos estreitos à espreita de algo específico, ignorando os pingos de chuva fina que atravessam a malha de aço e atingiam sua pele.

Gesticulou três vezes com a lança para a esquerda, como se ferisse alguém, aguardando a resposta do seu sinal.

Um abutre imenso alcançou a murada de pedra, deixando um estranho passageiro tocar o solo frio. A sentinela Suk o recebeu com uma reverência e uma sombra se aproximou.

— Eu o saúdo, meu caro Ratatusk — disse o sacerdote Suk num tom sereno, notando o olhar sorrateiro do rato —, e o recebo em Gremlich para este ato final de uma jornada há muito iniciada.

— Vejo que nossos planos se mantiveram inalterados.

— Felizmente sim, nobre conde.

— Excelente — sorriu Ratatusk. — Nossos aliados em Kostaniak começam a fazer alguma pressão devido aos rumores sobre um suposto interesse territorial da Rudânia na região da Manchúria. — O rato notou o olhar do estranho ser encarando-o por trás do manto sacerdotal. — Um interesse capaz de conduzir o país rumo a um conflito direto com o Japain, algo que certamente acarretaria uma crise financeira sem precedentes, podendo levar a Rudânia ao caos, o que obviamente atingiria nosso mercado paralelo em terras rudanesas. Lembremos que estamos falando aqui de um inimigo em pleno desenvolvimento industrial... perigoso o bastante para...

— Poderoso o bastante para tornar-se um aliado à nossa causa, tão logo o governo de Gatus Ronromanovich deixe de existir.

Ratatusk sorriu com desdém, examinando a fisionomia semiencoberta pelo capuz:

— Espero que sim...

— Fincaremos a bandeira da cobra e estabeleceremos um novo governo antes mesmo que nossos aliados em Kostaniak possam imaginar e, quando isso acontecer, nem nossos amigos orientais serão páreo para nós, acredite. Quando erguermos o Olho do Dragão, nenhum ser vivo será páreo para o poder da cobra Seth.

— Seu excesso de confiança poderá selar seu destino — sussurrou o rato.

— E o excesso de fé... poderá selar o seu, nobre conde.

Ratatusk não pareceu surpreso quando o ser afastou o capuz, deixando que a luz, apesar de tímida, iluminasse seu rosto cercado por expressões faciais que revelavam toda a sua ansiedade, acrescida por uma pitada de perversão em seu olhar profundo, que parecia fitá-lo nas profundezas do seu ser.

O líder Suk tocou-lhe suavemente no ombro com uma das patas, num gesto amistoso, parecendo trazê-lo para perto enquanto caminhavam lado a lado.

— A cobra negra está pronta para deixar as sombras, caro aliado... da forma como previmos — disse o sacerdote.

— E quanto ao repórter?

— Flint nos dará o sinal, iniciando um novo capítulo na história da Rudânia. A conclusão do trabalho iniciado por Mundongovich selará seu destino — disse, ainda se referindo ao repórter. Algo em seu olhar perdeu-se no horizonte, como se a lembrança do intrépido gato lhe trouxesse algum tipo de lembrança. Ou mesmo uma estranha admiração. Encarou o roedor e dessa vez teve a certeza de que Maquiavel Ratatusk também o observava no fundo de sua alma.

— Não tenho dúvidas de que o gato encontrará *Ra's ah Amnui*... e, quando o fizer, você estará lá.

# APOSENTO DE KARPOF MUNDONGOVICH

Assim que o detetive Galileu Ponterroaux deslizou a chave pela fechadura prateada do pequeno estúdio de Karpof Mundongovich, um pesado cheiro de mofo espalhou-se pelo corredor, proveniente de uma mancha escura de umidade num dos cantos da parede lateral. Localizado num dos complexos habitacionais próximos ao Palácio Imperial, o lugar fora construído no início do século com a finalidade de abrigar funcionários do governo como Karpof, que tinha ali um misto de escritório e residência.

O galo lançou um rápido olhar em torno do local, que permanecera interditado desde a última visita que havia feito, na companhia de Bazzou. Ponterroaux observou a paisagem lá fora através da janela com vidro trincado, lembrando uma enorme cicatriz. Observou o magnífico Palácio Imperial escondido por trás do prédio onde se concentrava a Duma, enquanto o contorno da grande muralha cercando a pequena cidade particular no centro de Moscóvia surgia feito uma cordilheira distante.

Caminhou em silêncio, soltando baforadas, como se buscasse algo específico, parando vez ou outra diante da estante de carvalho com prateleiras envergadas, parecendo que iriam sucumbir a qualquer momento, não resistindo ao peso da pilha de livros que dividia o espaço bastante escasso.

O armário de portas abertas num dos cantos da sala atraiu sua atenção. O jaleco em seu interior, pendurado por um cabide de madeira, parecia apontar para a fresta na parede interna, suas abas despregadas formando um fundo falso, onde Mundongovich escondia os estranhos pergaminhos encontrados por Bazzou — estranhos pergaminhos que o ligavam a Raskal Gosferatus.

Voltou-se em direção à escrivaninha no cento da sala, examinando detalhadamente todos aqueles documentos. O pequeno pingente em formato de cobra encontrado junto a seus pertences repousava sobre uma daquelas antigas folhas. "A cobra Suk", pensou o galo entretido, buscando num velho livro intitulado *Deuses, Túmulos e Anciãos* algo que pudesse servir-lhe de pista sobre seu envolvimento com a tal seita. Um segredo que teria custado a vida de Karpof Mundongovich.

Examinou a papelada sobre a mesa. A estranha figura no centro do velho pergaminho... O tal artefato... Mais do que o assassino de Mundongovich, a lembrança do suposto benfeitor que lhes enviou uma pista em forma de poema veio-lhe à lembrança. Dois seres à espreita, caminhando por entre as sombras.

— A pérola negra — murmurou entre uma baforada e outra.

A caneta-tinteiro repousava num pequeno estojo de madeira ao lado do recipiente de vidro com tinta pela metade. A mesma que tinha sido utilizada para escrever suas anotações, supôs Ponterroaux, trazendo-a à luz, notando sua coloração idêntica. O isqueiro com suas iniciais encontrava-se sobre uma pilha pequena de papéis, recibos e documentos antigos. Uma fotografia lhe chamou a atenção. A imagem de um Karpof ainda jovem ao lado daqueles que deveriam ser seus pais, lembrando-lhe de como o camundongo teve uma origem bastante humilde, conforme havia pesquisado. Filho de agricultores, enviado com algum esforço para o colégio moscovita em tenra idade, agraciado pelo conselho acadêmico com uma ajuda financeira que acabou possibilitando seu ingresso na Academia de Ciências Políticas, formando-se com louvor em pouco mais de quatro anos. Uma vez graduado, trabalhou durante algum tempo no conselho sociopolítico do império, mas logo foi recrutado pela agência de segurança imperial, tornando-se agente especial responsável pelo suporte técnico junto a embaixadores, políticos e diplomatas, assegurando as negociações entre o Império Czarista Ronromanovich e seus aliados vizinhos.

Olhou a encadernação de couro debaixo da fotografia, demorando-se no brasão imperial gravado na placa de metal junto à capa. A identificação de Karpof Mundongovich. O título de agente especial surgia em letras grandes em negrito no centro da folha, cuja marca d'água trazia a imagem do império, o brasão Ronromanovich. Uma lâmina bastante fina parecia ter separado aquilo que antes eram duas folhas plastificadas formando uma única, frente e verso, sobrando agora um pequeno bolso entre um lado e outro da carteira encapada com couro fino, de onde um pequeno pedaço de papel de um azul desbotado caiu, passando por entre suas penas.

Ponterroaux o apanhou. Era um canhoto antigo de uma passagem ferroviária, com o carimbo ainda visível ao lado da marca impressa na folha. Expresso Transiberium. As datas no canto superior indicavam os pontos de partida e chegada: Kostaniak, o nome da cidade que Karpof Mundongovich parecia ter visitado recentemente. Kostaniak formava um corredor comercial ao conectar a Rudânia à Manchúria, território pertencente à Chin'ang e bastante valioso devido ao interesse do czar em estabelecer em Port Arthur, cidade situada no extremo sul da península de Liadong, sua base naval no Extremo Oriente, uma vez que sua atual base, localizada em Vladistok, permanecia paralisada durante todo o inverno devido ao gelo, fato este que impedia a navegação mercante e militar durante todo o período em questão.

Já Port Arthur, além de oferecer-lhe águas quentes provenientes do mar do Pacificum durante todo o ano, possibilitando assim o envio e recebimento de seus produtos que partem para o Ocidente através de vias férreas cruzando a planície de Siberium, oferecia-lhe uma posição estratégica no meio das rotas de comércio para Taijiin, uma vantagem que — infelizmente para o czar — a colocava numa posição bastante privilegiada, atraindo o interesse de alguns países vizinhos, dando início a rumores sobre uma provável desavença entre Chin'ang e Japain, a grande ilha oriental que despontava como uma das grandes potências em plena ascensão. Rumores que sem dúvida alguma mantinham Gatus Ronromanovich apreensivo, uma vez que um conflito na região afetaria diretamente a política comercial de expansão da Rudânia.

Ponterroaux havia lido algo sobre o assunto nos jornais locais de Siamesa, muito embora nem o czar, nem mesmo seu embaixador houvessem comentado sobre isso, imaginando se a resposta para o pequeno bilhete ferroviário não poderia ser exatamente aquilo.

Talvez o pequeno agente houvesse visitado Kostaniak, a cidade que parece ser um antro de informações, averiguando se tais rumores sobre um possível conflito na região procediam. Afinal de contas, Kostaniak era muito mais do que "a cidade luz", como era conhecida devido ao comércio que nunca descansa. O lugar escondia por debaixo de todo glamour algo podre — a cidade estava tomada por antros de ópio que se espalhavam em seus subúrbios, comandados por algumas das organizações criminosas mais perigosas do planeta, conhecidas como tríades, atraindo espiões, assassinos e mercenários. Um lugar perfeito para se obter, a um bom preço, informações sobre o possível conflito envolvendo a região. Informações que bem poderiam interessar ao governo do czar. Informações que justificariam Karpof Mundongovich ter estado ali apenas dois dias antes de sua morte em Siamesa, numa missão extraoficial, lembrando que fora o próprio comissário Esquilovisky quem havia informado sobre o roedor não estar às voltas com nenhum tipo de missão diplomática na ocasião de seu assassinato.

Não que ele soubesse, pensou Ponterroaux, atraído então pelo carimbo no verso do canhoto.

"AIR – Agência de Inteligência da Rudânia – Protocolo 225" e uma rubrica com as iniciais do camundongo assassinado. Karpof Mundongovich assinara acima da linha dizendo: *Agente especial K.M. 883 56 77*. "Os números", pensou Ponterroaux abrindo a carteira de couro preto do roedor, certificando-se de que se tratava do número de sua identificação. Mundongovich fora obrigado a assinar a passagem da mesma forma que o fizera no formulário de emissão, imaginou Ponterroaux, que parecia conhecer bem todo o processo burocrático.

Soltou a fumaça do cachimbo sentindo o calor passando através da garganta. Seus pensamentos transformaram-se em sussurros inaudíveis. Tudo aquilo borbulhava em sua mente. Uma passagem emitida oficialmente pelo departamento da agência de inteligência... sem dúvida alguma lhe favorecendo a entrada no país vizinho, forjando estar numa missão oficial representando o governo czarista. Ou Mundongovich era esperto o suficiente para burlar todo um sistema de segurança interno junto ao departamento responsável pela emissão da passagem para Kostaniak em regime oficial — algo que para Ponterroaux parecia totalmente fora de cogitação, uma vez que tal ação envolvia direta ou indiretamente inúmeros oficiais e representantes da agência em questão, necessitando de liberações e assinaturas que se perdiam num procedimento burocrático exaustivo —, ou alguém com certos conhecimentos dentro da agência parecia ter-lhe favorecido, ajudando-o na emissão da passagem para o país vizinho, passando por cima de todo protocolo e colocando Mundongovich num daqueles vagões de luxo com cabine individual no Expresso Transiberium, endossando ainda sua entrada na Quistônia, sustentando uma posição que, naquele momento, não exercia de fato.

Por algum motivo, o galo detetive parecia inclinado a acreditar na segunda opção. O comissário estava certo. Nem mesmo o czar reconhecera seu envolvimento em qualquer missão diplomática. O roedor agira por conta própria... o que não significava que estava só.

As questões sobre Port Arthur eram apenas suposições, lembrando-se de como o camundongo parecia obedecer apenas a uma estranha obsessão, seguindo o rastro de algo. Um rastro que o levou até Siamesa, encontrando ali a sombra da morte, que misteriosamente parecia aguardá-lo.

De repente, Galileu Ponterroaux sentiu uma pontada na nuca e uma sensação de ardor se espalhou pelo pescoço. Sua visão foi ficando turva e a ave foi sentindo todo o corpo mais leve, como se tudo à sua volta se desmanchasse de forma abrupta. Um sopro surgiu do interior do armário onde Mundongovich havia ocultado aqueles estranhos pergaminhos... Raskal Gosferatus... As palavras foram se formando com dificuldade enquanto todo o lugar começava a girar.

Galileu reconheceu tarde demais o inseto que pairava à sua frente, emitindo um som extremamente agudo. Uma abelha afririana. Uma guerreira cujo veneno poderia ser mortal.

De repente uma fresta se abriu, dividindo a estante de livros em duas partes, e revelou uma estreita passagem por onde sombras se moviam vindo em sua direção. Ponterroaux escutou um rosnado.

Um lobo, negro como a noite, avançou sobre ele. Tentou mover o corpo, mas sentiu que estava totalmente paralisado sob efeito do veneno. Ao lado do lobo, um ser com olhos que pareciam duas bolas de sangue, cheios de maldade e perversão. Uma risada baixa ecoou.

Surgiu-lhe na mente a imagem da cobra em torno da medalha imperial. O símbolo Suk em torno da presa, conforme Mundongovich tentara descrever, segundo a interpretação do amigo repórter. Pensou em Flint antes de encarar com dificuldade as silhuetas à sua frente. O predador surgindo das sombras.

Maquiavel Ratatusk foi sua última visão antes de perder a consciência.

# 19

Pouco a pouco, Galileu Ponterroaux começou a despertar do sono profundo a que fora submetido. O veneno inoculado ainda agia em seu organismo, deixando-o enjoado. Sentiu o vento frio que emergia das entranhas da Terra tocando suas penas, enquanto a luz fraca da lamparina a óleo ofuscava sua visão, revelando de modo gradual a câmara gélida e escura ao seu redor.

Sacudiu a cabeça, confuso. O brasão imperial gravado numa das pilastras centrais chamou sua atenção. Percebeu então uma sombra no canto da sala, que o observava atentamente. Estreitou os olhos e fitou o ser, como se despertasse de um sonho.

O roedor lançou-lhe um sorriso congelado, examinando-o com um ar de curiosidade. Ponterroaux sustentou seu olhar, atento a detalhes que pareciam dizer muito sobre a figura sombria à sua frente. Vestia um terno negro de linho de caimento perfeito, confeccionado por um alfaiate bastante habilidoso. Os sapatos que calçava, fabricados na Germânia, e os adereços que portava, como a corrente pendente do bolso do colete, revelavam tratar-se de alguém pertencente a uma alta casta social. Bastante diferente do lobo negro ao seu lado, que caminhava de forma impaciente, emitindo um rosnado baixo visando intimidá-lo.

Uma voz rouca quebrou o silêncio:

— Permita-me que me apresente... — O roedor começou a andar em sua direção, analisando o lugar e parecendo igualmente incomodado com a poeira que se espalhava entre as colunas de pedra. — Conde Kalius Maquiavel Ratatusk, a seu dispor, herdeiro direto das grandes ratazanas de Orgh, senhor dos pântanos lodosos de Irght Roll, descendente da grande ratazana negra, Khan Rorius! — anunciou com uma reverência.

Ponterroaux moveu-se com dificuldade, buscando apoio numa das colunas, sentindo suas patas ainda enfraquecidas ao tentar ficar em pé, mas encarou o roedor com um olhar de desdém.

— Nossa pequena e eficiente agente calibrou com eficácia sua dosagem de veneno — sorriu Ratatusk, fitando-o mais de perto. — Detestaria ser obrigado a abrir mão de companhia tão ilustre como a de Galileu Ponterroaux, conhecido em todo mundo por sua audácia e eficiência, esbanjando uma certa aptidão nata por solucionar casos... — Parou um instante, aproximando-se da ave. — ...excêntricos, eu diria.

— Onde estamos? — O detetive permaneceu apoiado numa das colunas, começando a sentir-se livre do efeito do veneno que lhe fora administrado, lembrando aos poucos dos últimos acontecimentos.

— Gremlich — respondeu Ratatusk erguendo as patas e girando em torno do próprio eixo, como se vislumbrasse a totalidade da fortaleza. — Mais precisamente, num de seus antigos depósitos subterrâneos há muito desativado, usado por nosso querido Mundongovich como uma espécie de... sala de reuniões, por assim dizer, onde certamente poderemos conversar sem grandes interrupções.

— Mundongovich...

— Nosso querido Karpof... um profundo estudioso, conhecedor da arquitetura destas estruturas monumentais que ocultam em suas entranhas passagens, salas e locais como este aqui, onde poderemos usufruir de alguma paz... e silêncio.

— Imagino que possa dizer algo sobre sua morte — resmungou Ponterroaux, sentindo uma espécie de náusea ao encarar de perto o rato.

— Um grande soldado... Uma peça importante que, infelizmente, fomos obrigados a sacrificar.

— "Fomos obrigados"? Deve estar se referindo aos seus seguidores fanáticos... — O rosnado do lobo atraiu seu olhar apreensivo.

Maquiavel Ratatusk o encarou com o sorriso frio, aproximando-se enquanto brincava com sua bengala, balançando-a feito um pêndulo.

— Ora, senhor galo, achei que sua percepção fosse aguçada o bastante para distinguir um animal feito eu de seguidores e líderes religiosos...

— Creio que o fedor de assassinato impregnando este lugar impeça minha percepção de fazê-lo... senhor Ratatusk.

Kronos avançou, mas logo se conteve, intimidado com o olhar de reprovação do rato, o que não o impediu de divertir-se com a provocação.

— Conde... — sussurrou. — Prefiro que se refira a mim como "conde Ratatusk", título herdado de meu avô, senhor das terras baixas dos pântanos da Romenian.

— O que não muda absolutamente nada... já que o cheiro podre vindo daí continua a impregnar minhas penas.

A risada do rato o surpreendeu.

— Vejo que seguiu com eficiência o rastro deixado por Mundongovich — comentou, direcionando o assunto. — Um servo habilidoso. Sua devoção e brilhantismo a serviço de uma causa disposta a estabelecer uma nova ordem em todo o país.

— Os Suk... — disse Ponterroaux. — Já sabemos sobre seu envolvimento com membros da antiga seita, assim como o tal artefato...

Maquiavel o fitou surpreso:

— O que é a religião, senão o combustível capaz de mover um grande exército, devastando seus inimigos em nome de suas crenças? — Fez uma pausa. — Crenças estas que acabarão por estabelecer um novo período permeado por oportunidades infinitas, movidas puramente por uma engrenagem política cujo verdadeiro interesse não é outro senão o poder e o controle.

— E, pelo visto — balbuciou o galo —, o senhor executa o papel dessa engrenagem...

— Uma peça fundamental para meus aliados, cuja fé os torna uma força bruta feito uma adaga mortal, cabendo a mim manipulá-la com minhas presas, alcançando assim propósitos distintos.

— Sua definição de fé demonstra sua mente doentia... — murmurou Galileu, ignorando a presença do lobo ao seu redor, farejando-o de perto.

— E a sua, detetive, sua ignorância.

Ponterroaux sentiu seus músculos retesarem quando o rato cortou o ar com sua bengala, como se decepasse uma cabeça, encarando-o mais uma vez com olhos irrigados de sangue.

— E quanto a Karpof — prosseguiu o detetive —, imagino que assuma a autoria de sua morte...

— Se considerar as patas que executam algo como autoras de uma obra, sim, posso considerar-me dessa forma — respondeu o roedor.

— No entanto, o compositor de uma missa sacra não necessariamente será seu executor nos órgãos tubulares da grande catedral.

— O mestre Suk... Mas por que eliminar um aliado tão eficiente?

— A atenção indesejada de certos animais voltada para Mundongovich acabou por colocá-lo numa posição bastante delicada, transformando-o numa ameaça devido ao seu alto grau de envolvimento e conhecimento sobre toda a operação envolvendo nosso adorável... czar. — O galo resmungou algo, uma provocação ignorada pelo algoz, que começava a dar sinais de aborrecimento: — Assim como num jogo de xadrez, precisamos sacrificar peças importantes se quisermos encurralar o adversário, colocando-o em xeque.

— Traído pelo próprio aliado... — murmurou Ponterroaux, encarando o inimigo.

Maquiavel Ratatusk riu alto, como se escutasse algum tipo de piada:

— Levando-o então a trair-nos de forma brilhante, deixando indícios do seu rastro.

— Em suas anotações — concluiu Ponterroaux

Maquiavel Ratatusk fez um breve silêncio, revivendo toda a cena: o semblante assustado de Karpof Mundongovich, sua expressão de puro horror, a lâmina perfurando sua carne naquilo que deveria ter sido um golpe preciso.

— Sim, em suas anotações.

— E sobre o tal artefato... o que é *Ra's ah Amnui*?

— Misticismo... e ocultismo. Assuntos que parecem despertar um grande interesse em meu aliado.

— Sabemos sobre o antigo conselheiro de Feodór Ronromanovich... Raskal Gosferatus, e seu suposto interesse pelo tal objeto — afirmou Ponterroaux e Ratatusk bateu com sua bengala no chão ao escutar aquele nome. — O que exatamente Mundongovich buscava encontrar? Após alguns instantes em silêncio, o roedor o encarou com um certo temor no olhar.

— Um poder... trazido das trevas — balbuciou, como se acordasse de um transe. Depois lembrou-se de que não acreditava em todas aquelas coisas, retomando em sua mente o motivo real que o levara até ali: seu interesse por estabelecer uma nova rota comercial cruzando as terras orientais e chegando a Kostaniak, atravessando sua fronteira e passando então pela Rudânia, país cuja localização poderia fornecer-lhe um novo corredor para alcançar o Ocidente, o que possibilitaria o avanço de seu próprio império regido pelo ópio e gerenciado por algumas das mais poderosas tríades que o serviam junto a novas facções rudanesas. Isso estabeleceria um novo tratado comercial que elevaria sua posição como líder de uma imensa cooperativa criminosa, cristalizando um governo paralelo, poderoso o suficiente para manipular líderes do mundo todo. Esse era seu objetivo, sendo o verdadeiro poder que buscava de forma incessante. O único poder que parecia seduzir o conde. Contudo, ainda restava uma pequena pedra em seu caminho:

— Gatus Ronromanovich — explicou o roedor. — Uma verdadeira barreira calcada numa política moralista, impedindo nosso avanço por terras rudanesas. Com isso, encontrei naqueles intrépidos Suk, determinados a prosseguir numa jornada divina, em sua verdadeira cruzada regida sob a bandeira da cobra negra, um aliado perfeito.

— Quer dizer que toda essa operação... — começou a dizer o detetive, sendo interrompido pelo conde.

— Um golpe de estado? De certa forma, sim.

— Pretendem depor o czar...

— Meu aliado parece ter outros planos para os Ronromanovich — sorriu Ratatusk. — Como eu disse antes, nossos interesses diferem bastante. O que para mim é apenas um manejo político, para meu aliado é o fim de uma batalha iniciada há muito. — A voz do roedor assumiu um tom mais sóbrio. — Contudo, a história nos re-

velou inúmeras vezes como a junção entre certos interesses econômicos e uma fé cega acaba por transformar-se numa lança afiada, capaz de derrubar até mesmo os míticos dragões de Mogul. — Fez uma breve pausa antes de concluir: — Tão logo encontrem o tal artefato, selando assim o destino dos Ronromanovich, meus aliados em Kostaniak finalmente avançarão rumo a Moscóvia, implantando uma nova ordem em Gremlich.

— Isso explica a visita de Mundongovich a Kostaniak — resmungou Ponterroaux para si mesmo.

— O camundongo mantinha-os informados sobre nosso avanço — respondeu Maquiavel Ratatusk, notando um certo incômodo na expressão da ave, que parecia ter recobrado parcialmente suas forças e firmava suas patas no chão frio.

— O artefato... — questionou o detetive. — Qual a sua ligação com os Ronromanovich?

Ratatusk parou subitamente.

— Eis uma pergunta que terá de fazer para meu nobre aliado — respondeu com um sorriso escancarado, voltando-se para o vulto que já havia algum tempo parecia observá-los das sombras.

O galo detetive sentiu um estranho arrepio subindo-lhe pelas penas. Uma sensação como se algo no ar o deixasse ainda mais carregado, denso, frio.

A sombra aproximou-se dos visitantes de forma lenta, sorrateira. Um sorriso gélido escondia-se por baixo do capuz negro que lhe ocultava as formas. Uma voz tenebrosa e rouca soou do interior da caverna escura de tecido e atingiu Galileu Ponterroaux feito uma adaga:

— *Ra's ah Amnui* é a chave que deverá nos conduzir aos portões do inferno, libertando o verdadeiro poder, para então ser destruída... assim como seus antigos guardiões.

Ponterroaux permaneceu imóvel diante do vulto, como se capturado pela aura sombria que exalava dali.

— Meu caro detetive, permita-me apresentá-lo... — Maquiavel Ratatusk, divertindo-se ao notar o medo na expressão do prisioneiro, fez uma leve reverência em direção ao ser espectral avançando em sua direção. — ...o mestre Suk, Gosferatus.

# PALÁCIO IMPERIAL
## GABINETE OFICIAL DO CZAR

O estalo dos gravetos na lareira era o único ruído que se ouvia num raio de dezenas de quilômetros. Birman Flint notou como todo o ambiente parecia muito diferente daquele em que estivera havia pouco, reunido com o próprio czar. O silêncio da noite completava a paz que envolvia o gabinete, permitindo que Gatus, assim como muito provavelmente seus antecessores, pudesse deixar de lado por alguns instantes o manto pesado que lhe fora incutido como monarca e líder governamental, e encontrasse ali sua própria individualidade, entregando-se a seus mais profundos pensamentos, como um monge imerso num templo sagrado.

Flint sentiu que os semblantes dos antigos czares, retratados nos quadros pendurados na parede lateral, observavam-no quando se sentou diante da magnífica mesa de carvalho de Gatus Ronromanovich. "Uma verdadeira obra de arte", pensou o felino, alisando suavemente seu tampo largo, sentindo o peso da madeira maciça e tocando os pequenos sulcos que se transformavam diante de seus olhos em esculturas de anjos e arcanjos que desciam pelas laterais e formavam os grossos pés em forma de patas gigantes de leões afririanos.

Notou ainda a inscrição entre uma gaveta larga e outra, e lembrou-se da tradução feita pelo velho embaixador: *Ec mirung ircanius, et mirrus lagnum arctunim.* "Do meu rugido surgirá a luz divina, que nos guiará por caminhos escuros." Uma citação bíblica bastante significativa para os czares, ou pelo menos para Feodór Ronromanovich, que chegara mesmo a citá-la em seu diário, tornando clara sua fé e devoção ao grande deus leão.

Bazzou estava entretido com enormes livros que pareciam desmanchar-se aos poucos, deixando detritos sobre a madeira marrom-escura, formando uma sombra sobre o diário ao lado da pequena caixa laqueada de preto que continha a pérola negra.

De repente, Flint pensou em Feodór Ronromanovich bem ali, sentado diante da mesma mesa imponente, rabiscando em seu diário, quem sabe absorto pelos mesmos enigmas. Enigmas que lhe roubavam as noites de inverno e faziam com que deixasse marcas de suas garras na escrivaninha, que formavam pequenos sulcos que se espalhavam próximos à beirada, um gesto que, impensado, revelava uma certa frustração. Apenas suposições, obviamente... Seriam as tais marcas evidências quase arqueológicas dos muitos que haviam buscado ali seu momento de introspecção?

Sobre a mesa estavam a caixa preta e o diário de Gaturnino, assim como o de Feodór. Conforme o czar lhes prometera, poderiam examiná-los o tempo que fosse necessário, desde que permanecessem em local seguro. Flint lembrou-se dos dois brutamontes montando guarda do lado de fora do aposento e sentiu um certo alívio, imaginando não existir em toda Gremlich lugar mais seguro do que aquele.

Trouxe para baixo da luz o diário e examinou as letras inclinadas da capa. *As crônicas de Gaturnino Ronromanovich.* Lembrou-se do ditado "É preciso mergulhar no passado para que possamos compreender o presente" antes de entregar-se à leitura. Um ditado imortalizado pelo historiador e explorador Hemil Bufalus Hancok, que no final do século XVIII, durante uma de suas explorações marítimas, foi o responsável pela descoberta das tumbas das baleias nanuks, uma raça pré-histórica que dera origem aos grandes cachalotes. Sentiu a textura frágil das páginas, buscando um rastro que pudesse fazê-lo compreender o significado de todo aquele mistério, conforme parecia sugerir o mensageiro em seu bilhete desconhecido.

A caixa preta guardando a pequena joia de Gaturnino parecia fitá-los em silêncio enquanto os dois aprofundavam-se nos relatos es-

A MALDIÇÃO DO CZAR

critos pelo próprio fundador da dinastia Ronromanovich, que reunia um apanhado histórico desde o surgimento dos antigos dentes-de-sabre, que haviam dominado as planícies brancas, até a construção das grandes pirâmides de Egypht Maurec pelos antigos gatos-do-deserto, criadores do dialeto conhecido como miaurec e da primeira escrita cuneiforme, copiada posteriormente para o alfabeto aramanto.

Gaturnino Ronromanovich era um jovem felino de uma linhagem de gatos mercadores pertencentes às terras geladas próximo ao grande Baikai, lago mais profundo em todo o continente. Conheceu países inóspitos e distantes desde muito cedo, enfrentando todo tipo de intempérie durante as viagens junto à caravana liderada por seu pai, Garthak Ronromanovich, que levava especiarias e tecidos finos para serem negociados com as tribos do norte oriental. Recém-saído da adolescência, testemunhara os dias em que a febre negra devastara as grandes planícies de gelo, arrasando tribos inteiras de felinos, incluindo sua mãe e irmão mais novo, fato que lançou seu pai numa depressão profunda, arruinando-o por completo e fazendo-o sucumbir pouco tempo depois, deixando Gaturnino à mercê da própria sorte.

O exército pareceu-lhe uma boa opção de sobrevivência. Alistou-se pouco depois na brava Legião dos Alpes, onde passou os anos seguintes patrulhando as fronteiras que dividem a imensa planície de Siberium, lugar que conhecia bastante bem, até ser transferido para as Tropas Militares das Tribos do Ocidente, onde mais tarde conquistaria o posto de primeiro-sargento da infantaria felina. Durante anos, combateu tribos de saqueadores que insistiam em atacar mercadores que se aventuravam pela vastidão do grande deserto de Siberium. Lutou ao lado de grandes guerreiros turkish contra a invasão bárbara comandada por Kub ha Kãn, líder monghol que na época parecia disposto a expandir seu império para além de Mongholik, avançando para além das fronteiras, dividindo a grande planície branca, como era chamado o deserto de Siberium.

Um curto período de paz foi descrito pelo antigo czar apenas como prenúncio da grande ameaça que na verdade estava por vir, lançando todo o mundo numa vasta escuridão, dando início à Idade das Trevas, descrita por Gaturnino Ronromanovich como "Período das Trevas". Conquistadores e bárbaros sucumbiam à ameaça que surgia, simbolizada pela assustadora cobra negra no centro do estandarte rubro empunhado por lobos sanguinários, guerreiros mortais liderados por um terrível animal sedento por sangue, cujo prazer maior era o de assistir seus inimigos implorando-lhe misericórdia enquanto eram empalados vivos. Tribos inteiras haviam sido devastadas de forma cruel, tendo suas fêmeas e filhotes escravizados e seus pertences tomados. Assassinos se juntavam ao seu exército vindos de todos os lados, cristalizando aquilo que se tornaria a maior ameaça até então.

*Liderado por um lobo cuja sede de sangue parecia não ter limites, o sol negro despontou no horizonte trazendo a escuridão, espalhando o medo por entre as tribos nas planícies de Siberium, liderado por um lobo cuja sede de sangue parecia não ter limites,* leu Flint. Os relatos seguintes descreviam a fera que já havia conquistado grande parte da Chin'ang, deixando seu rastro de horror pelo imenso país e trazendo como espécie de souvenir nada mais nada menos do que a cabeça dos doze mandarins do imperador de Chin'ang.

A narrativa prosseguia descrevendo como diferentes tribos de animais e aves haviam lutado para impedir o avanço do "demônio negro", resultando num verdadeiro rio sangrento que avançava pela planície, se expandindo feito um manto assustador.

*Naqueles dias, das trinta e duas tribos que se espalhavam pela grande planície combatendo Drakul Mathut e seu exército de forma isolada umas das outras, vinte e quatro sucumbiram de forma cruel. Pouco a pouco, o lobo fincou a bandeira da cobra por toda a planície de Siberium, oferecendo os prisioneiros para seus deuses maléficos durante estranhos rituais, espalhando sua ordem Suk por entre as montanhas de neve.*

*Rumores de que Drakul se aproximava com seu exército da fronteira com a Rudânia acelerou nossa participação nesta coligação que, mais tarde, resultaria num grande exército unificado, onde pela primeira vez guerreiros de todas as espécies e raças lutavam lado a lado, deixando de fora suas pequenas diferenças, reunidos e liderados por um novo e bravo general que diziam pertencer à casta dos magníficos leões de Ngorki, o antigo guerreiro e rei das feras mais temidas em todo o mundo.*

*Mais tarde, fui enviado para Arghoun, vilarejo localizado na parte rudanesa da planície de Siberium próxima a Mongholik, incumbido de liderar um pequeno pelotão de gatos infantes, cujo objetivo era o de monitorar o avanço inimigo que muito em breve despontaria no horizonte carregando o estandarte da cobra negra Seth.*

*Os rumores de que o poderoso general leão havia derrotado algumas das tropas Suk ao longo da grande planície em Mongholik encheu-nos de ânimo e coragem. Infelizmente, tive meu pelotão encurralado por uma matilha feroz de lobos, que nos atacou pelo flanco esquerdo e nos obrigou a recuar em direção às minas de sal mais ao sul. Tivemos de nos embrenhar por galerias frias e úmidas, usando da escuridão como aliada, e conduzimos o adversário em direção a um verdadeiro labirinto sombrio que conhecíamos bastante bem, fazendo nossas cimitarras cantarem ao vento, arrancando uivos de dor e ódio do inimigo.*

*Contudo, o cheiro do sangue apenas serviu para atrair ainda mais batedores Suk, obrigando-nos a nos deslocar em direção ao exército inimigo e travar ali uma batalha que por certo selaria nossos destinos.*

*Algo surpreendente aconteceu, que jamais poderei apagar de minha memória. No momento em que eu estava acuado, uma lança afiada surgiu do nada, feito um raio, e partiu ao meio meu perseguidor. Um vulto enorme surgiu diante de meus olhos e cravou suas garras poderosas nas feras de Drakul.*

*Com seu manto negro esvoaçando ao vento, o bravo leão encarou-me com uma expressão que jamais sairia da minha mente. Xristus Harkien, o famoso general de jubas negras, descendente de uma linhagem de guerreiros seguidores de Ngorki, o grande rei, formou uma única barreira entre seu exército e os temíveis Suk vindo em sua direção, dando início à grande batalha que logo culminaria na derrota do próprio Drakul Mathut.*

— Mas que diabos...? — sibilou Flint, surpreso, ao virar a página, observando as pequenas letras que pareciam adornos de uma pintura, formando um texto poético. Suas linhas traziam marcas sutis deixadas pelas cerdas do pincel embebido no nanquim, revelando terem sido escritas ali num período anterior.

— A mensagem que recebemos... — disse Bazzou.

— O poema escrito por Gaturnino Ronromanovich — sussurrou Flint, lendo na linha superior o título: — A Pérola Negra.

O gato apontou a marca sutil da lâmina que havia se arrastado por ali, removendo as páginas de forma cirúrgica — o elo perdido entre a narrativa de Gaturnino e seu poema.

— Alguém as arrancou... — resmungou o roedor, pensando se tal façanha teria sido obra de Karpof Mundongovich.

Flint respondeu com um aceno de cabeça positivo e prosseguiu folheando o livro.

As narrativas finais referiam-se a um período bastante posterior, quando Gaturnino ressurgia já ocupando o posto de comandante maior das tribos da Rudânia, pontuando sua participação na elaboração e criação da Duma, conselho formado por ministros cuja função seria a representação do povo em sua totalidade, perdendo-se num texto bastante longo e monótono que citava desde a expansão econômica que levara à criação de um novo estado, conhecido então como Gremlich, até finalmente sua nomeação como czar e líder supremo, dando assim origem à dinastia dos Ronromanovich.

Flint fechou o livro sem esconder sua frustração. Dirigiu-se até a estante para consultar *As Crônicas dos Grandes Reis*. Se Xristus Harkien fosse a chave para aquele mistério, cabia-lhe entender sua origem. Pensou na citação de Feodór sobre o antigo livro enquanto o manuseava com certo cuidado. As palavras de Bazzou sugeriam que o antigo czar teria deixado indicações em algumas de suas páginas.

— "Das crônicas dos grandes reis 112, 124"... — examinou o extenso índice dividido por tomos, partindo da gênese, a grande criação da Terra, passando pelo êxodo, até o período das grandes cruzadas, conhecido como "a Era da Espada". — Aqui está, página 112.

*Terceiro período dos grandes reis, os líderes cruzados, a era do aço foi governada pelos grandes mamutes, onde raças distintas haviam sido obrigadas a submeter-se ao domínio supremo de seu líder, Pandorf, reverenciando então seu deus, Tandorium.*

*E assim, o grande criador do universo, o deus leão Arghur, indignado com a rebelião por parte do líder mamute Pandorf, teria enviado à Terra a grande leoa guerreira Lonac com seu sabre flamejante, ordenando-lhe que erguesse um grande exército de fogo, mitigando o poder das grandes feras e libertando, assim, o povo de Arghur, que teria seguido para as terras de Afririum. Surgia uma nova raça de felinos brancos como a neve, que desceu do céu feito uma legião de anjos empunhando espadas de fogo. Essa nova raça de guerreiros alvos tinha um líder, Ngorki.*

A versão mítica sobre a origem daqueles antigos sacerdotes guerreiros pareceu a Flint infinitamente mais interessante do que o comentário do filósofo e pesquisador Cornelius Savage, que figurava num pequeno apêndice exclusivo para a edição única, traçando assim um paralelo entre o real e o imaginário.

De acordo com Savage, os antigos leões brancos originariam-se sob o reinado de Talos, antigo líder das tribos afririanas, que teria vivido no início do primeiro século e emigrado devido ao fenômeno conhecido como "sol eterno", um longo período onde as chuvas deixaram de cair, transformando as planícies afririanas numa terra árida e escassa, que os obrigou a partir rumo aos picos gelados onde a água era abundante, garantindo-lhes a vida. A adaptação ao novo habitat acabou por alterar suas características, criando uma nova raça de leões cuja pelagem mais grossa e branca os mantinha protegidos das intempéries. Após a morte de Talos, Kandrum, seu primogênito, assumiu o trono por dois longos períodos, deixando então Mau Thar, descendente direto e único herdeiro, como chefe supremo, chegando finalmente a Ngorki, filho único e último rei desta impressionante dinastia de bravos leões. Um manto misterioso envolvia tal raça que, de acordo com o apêndice escrito pelo filósofo, havia de fato desaparecido sem deixar qualquer rastro.

Uma ilustração de Ngorki diante de seu exército, na página seguinte, atraiu a atenção de Flint, que se aproximou do livro para ler a legenda que a acompanhava:

*Fiéis do grande deus Arghur, Ngorki e seus guerreiros brancos tinham em Lonac sua principal divindade, considerados guardiões do fogo sagrado, conhecidos como* Mi'z ah Dim *[...]*

— Este nome... — atalhou Bazzou. — *"Mi'z ah Dim"...* não é o que Gaturnino cita em seu poema?

Flint começava a compreender o significado das palavras no texto poético escrito pelo antigo czar.

— "Diante de ti, seus sinais serão claros, transformando-o em seu Mi'z ah Dim" — recitou baixo. — Guardiões velando por seu poder... A grande deusa representada por *Ra's ah Amnui...*

Flint encarou o amigo, como se farejasse algo, e terminou de ler o texto de Savage: *[...] detentores do poder maior, a chama que ilumina o caminho por entre as trevas.*

Fez uma pausa, repetindo mentalmente a última frase: "A chama que ilumina o caminho". O estranho mensageiro enviara-lhes uma pista, as palavras poéticas de Gaturnino... Existiria ali algum outro significado?

Seu olhar recaiu sobre a pequena caixa laqueada em cima da mesa. Abriu-a com cuidado, encantando-se mais uma vez com a beleza da joia. Tocou a pérola com seus dedos, sentindo seu corpo polido. Assim que a trouxe à luz, as chamas das velas fizeram uma curva, como se algo as afastasse dali. Seria essa a chave para encontrar *Ra's ah Amnui?* Estava perdido em seus próprios pensamentos, mas logo foi despertado por Bazzou, que continuava a leitura.

— Acho que vai gostar disso...

*Tempos depois da vitória do exército de Lonac sobre os mamutes, Ngorki e seu exército partiram para as montanhas geladas em direção ao Vale da Meia-lua, de onde jamais retornaram, deixando para trás apenas aquele que manteria a luz em meio à escuridão.*

— Um guardião — deduziu Flint.

Bazzou sorriu ao perceber que algumas peças começavam a se encaixar em meio a tudo aquilo:

— O desenho no diário de Feodór Ronromanovich...

Flint apanhou o livro e virou as folhas rapidamente até deparar-se com a figura. As coordenadas saltaram diante de seus olhos, próximo ao imenso platô cortado ao meio. As formas monolíticas lembravam um tipo de portal. Uma espécie de ave pairava acima de uma delas.

— A grande fenda! — mostrou o camundongo, enxergando claramente a forma daquilo que supostamente surgia feito um imenso precipício.

— O Vale da Meia-lua! — Flint sorriu ao se deparar com o desenho da cratera em forma de ferradura. — O lugar em que, de acordo com Patovinsky Fabergerisky, Ngorki e seus guerreiros teriam erguido o grande templo em homenagem à deusa Lonac, deixando adormecido em seu interior o símbolo maior de seu poder.

— O tal artefato — completou Bazzou.

— *Ra's ah Amnui*, aquela que carrega o espírito da deusa! — adicionou Flint.

Gato e rato se entreolharam. Um sorriso discreto surgiu no semblante de ambos.

— Protegida pelo guardião, aquele que manteria a luz em meio à escuridão —continuou o felino, concluindo seu raciocínio.

— Acho que sei aonde quer chegar... Serkius Ronromanovich?

A pergunta pairou no ar por um instante. De repente, todas aquelas pequenas peças começavam a se encaixar formando uma única figura. "Serkius Ronromanovich... descendente de Gaturnino Ronromanovich, desaparecido misteriosamente, levando seu filho Feodór a seguir seu rastro, deparando-se então com algo surpreendente."

— Vejamos o que mais nosso antigo czar esconde aqui... — disse Bazzou, trazendo Flint de volta dos seus devaneios, enquanto folheava o livro grosso. Abriu-o na página de número 124. — *Ec mirung ircanius, et mirrus lagnum arctunim* — leu, com alguma dificuldade.

— "Do meu rugido surgirá a luz divina, que nos guiará por caminhos escuros" —traduziu Flint. Reconheceu o texto extraído do grande livro sagrado que se referia à formação do mundo:

*No início, apenas as trevas reinavam no vasto universo sem estrelas. O mundo era tão somente uma bola de gelo em meio ao vazio. Das forças do universo surgiu o leão Arghur, o grande guerreiro de Arcádia, a terra dos deuses distantes, iluminando a escuridão da noite com seus olhos de fogo. Seu urro perdeu-se na imensidão do espaço. 'Ec mirung, et mirrus lagnum arctunim'. Trovões ensurdecedores carregaram as águas, formando assim os rios e os mares. De suas pegadas nasceram vales e montanhas, e de sua luz surgiu a lua e as estrelas.*

**Das palavras sagradas do grande deus leão.**

Na sequência havia uma escritura em miaurec, o que acarretou uma expressão de desânimo nos dois.

— Imagino que o velho professor possa nos ajudar — comentou Bazzou.

Flint insistiu, examinando-a com atenção, mergulhando num verdadeiro labirinto de letrinhas que confundiam sua visão.

— Não temos tempo para isso, precisamos mesmo é de um bom dicionário — resmungou, notando pequenas linhas em meio às letras inclinadas no texto, que de certo referiam-se à grande gênese.

Aproximou o livro da luz, examinando mais de perto as linhas que pareciam ranhuras naturais, convencido de que alguém as havia deixado ali usando de um pincel bastante fino, grifando assim algumas letras específicas. O borrão do nanquim espalhava-se sutilmente pela página. "Um jogo de palavras", pensou, passando os dedos sobre as discretas marcas. De repente, as letras de alguma maneira saltaram à sua frente.

Flint apanhou sua caderneta de repórter e começou a rabiscar ali, extraindo do texto em miaurec as letras que surgiam sublinhadas em cada uma das linhas, às vezes separadas por um traço vertical, e deduziu tratar-se de uma espécie de pontuação.

Tudo aquilo começava a fazer sentido. As inscrições no velho diário de Feodór, as coordenadas ishith apontando muito provavelmente ao lugar descrito n'As Crônicas dos Grandes Reis, o Vale da Meia-lua — o último reduto de uma raça misteriosa de leões, o local onde Serkius teria desaparecido.

Pensou mais uma vez no artefato, *Ra's ah Amnui*. Depois nas páginas desaparecidas onde Gaturnino Ronromanovich relatava sua grande aventura. A conexão entre os Suk, sua ligação com o grande general Xristus Harkien, o último dos grandes sacerdotes guerreiros. Por último, pensou no poema. A pérola negra surgiu em sua mente enquanto montava o quebra-cabeça, certificando-se de que extraía cada uma das letras na ordem em que estas surgiam sublinhadas. Tinha uma estranha sensação, como se algo ou alguém lhe sussurrasse nos ouvidos. Imaginou se Karpof havia chegado até ali seguindo o rastro de Feodór.

O gato repórter transcrevia as letras sublinhadas deixando um espaço entre as linhas verticais usadas para separar cada uma das estranhas palavras, que bem poderiam pertencer a um dialeto utilizado pelos próprios leões brancos ou mesmo por civilizações ainda mais antigas. Mas, para Flint, essas estranhas palavras ganharam um significado próprio, como se ele de fato pudesse compreendê-las, assim que terminou a transcrição:

> *Raespuo em tue soon eotner gerdan goureirer Mi'z ah*
> *Dim gouãaird do foog e da lzu aogdunaard tue sreogdui*
> *tordanze a ti a jaoi saadgar r-aeopdonuas msai uam vze*
> *em tsua psaat eontqnua tue orlah deitan de tue hoerride*
> *reftle a veedrdar aedvaela pro Ra's ah Amnui*

Bazzou notou como as expressões *Mi'z ah Dim* e *Ra's ah Amnui* surgiam mais uma vez entremeadas ao texto, e Flint comentou sobre a aula que Patovinsky Fabergerisky havia-lhe dado sobre antigos códigos e dialetos durante sua visita.

— A mensagem codificada? — perguntou o camundongo.

— Uruk — sorriu Flint, sem desviar o olhar das anotações. — É possível, Bazzou... — disse, começando a rabiscar numa nova folha cada uma das palavras, aplicando a forma de decodificação que o velho pato havia-lhe mostrado, rezando para que fizesse algum sentido. — *Raespuo* — murmurou, repetindo a primeira palavra. Sua pata segurava o lápis, movendo-se com grande agilidade enquanto valia-se das orientações de Fabergerisky para decifrar seu significado.

Separou as letras, mantendo a primeira na posição original e posicionando a segunda letra no final da nova palavra abaixo, seguindo o mesmo processo com as demais.

— Manter a terceira letra... — murmurou enquanto escrevia — que agora assume o papel de segunda letra nesta nova palavra, movendo a quarta letra da palavra original para a penúltima posição.

Bazzou aproximou-se para acompanhar suas anotações, surpreso ao ler a palavra nova assumindo um significado claro.

Flint sorriu. Estava dando certo, o que significava que estavam mesmo diante de uma mensagem codificada em uruk, conforme Karpof mencionara em suas anotações e conforme Feodór mencionara em seu diário.

Concentrou-se tentando não perder o fio do raciocínio enquanto separava as letras e as remontava como uma nova palavra na linha abaixo. Manteve a quinta letra da palavra original, movendo a letra seguinte, sempre obedecendo à construção da direita para a esquerda, posicionando-a como a antepenúltima de uma nova palavra, chegando finalmente à sétima e última letra, sendo obrigado a mantê-la em sua posição original, conforme Fabergerisky havia-lhe explicado.

— *Repousa* — leu baixo, começando a repetir todo o processo com as palavras seguintes.

Respirou aliviado ao terminar algum tempo depois, lendo de uma só vez a mensagem que surgia diante de seus olhos:

*Repousa em teu sono eterno, grande guerreiro Mi'z ah*
*Dim, guardião do fogo e da luz, aguardando teu seguidor,*

*trazendo a ti a joia sagrada, repousando-a mais uma vez*
*em tuas patas enquanto teu olhar, diante de teu herdeiro,*
*reflete a verdade revelada por Ra's ah Amnui.*

Bazzou interrompeu o silêncio:

— Alguma ideia do que isso possa significar?

Flint demorou para responder. Leu a mensagem mais algumas vezes, comparando-a com o poema escrito por Gaturnino Ronromanovich. Um nome lhe chamou a atenção. O guardião de Lonac, a deusa leoa. *Mi'z ah Dim*. A mesma expressão nos dois relatos.

— A joia sagrada... sem sombra de dúvida uma menção ao artefato — murmurou, ignorando que brincava com o lápis, fazendo rabiscos na folha sem desviar o olhar da inscrição à sua frente. — A representação da grande deusa... aquela que, de acordo com essas crônicas antigas, trouxe luz ao grande exército comandado pelo rei Ngorki...

— Seu guardião — completou Bazzou, referindo-se ao personagem histórico.

— O grande *Mi'z ah Dim* repousando em seu sono eterno...

Parou um instante, como se buscando alguma informação perdida nas profundezas da mente. Uma menção à morte, de acordo com algumas crenças antigas. A morte... o local de seu descanso eterno, o lugar onde reverenciamos sua memória... sua morada eterna, onde depositamos suas ossadas...

— Uma tumba? — arriscou Bazzou.

— A tumba do grande rei leão Ngorki, localizada num lugar sagrado... A grande deusa... O templo de Lonac.

Flint notou que a mensagem toda parecia descrever uma espécie de ritual.

— A joia sendo trazida por um seguidor... Certamente uma menção aos seus antigos guerreiros sacerdotes. Herdeiro na ordem dos antigos guardiões, a ordem dos *Mi'z ah Dim*... — Parou um instante, como se pudesse visualizar algo. — Incumbido de levar até o local sagrado o artefato em questão...

— O herdeiro, Flint — disse Bazzou.

— Xristus Harkien...

A MALDIÇÃO DO CZAR

— As páginas perdidas onde Gaturnino descreve o grande general em meio à batalha contra Drakul devem revelar algo sobre isso — falou o camundongo.

— O poema... "Diante de ti, seus sinais serão claros, transformando-o em seu *Mi'z ah Dim*". Gaturnino está se referindo ao artefato... é isso. Algo divino. Sagrado o suficiente para que apenas seus guardiões possam reverenciá-lo. As duas mensagens descrevem uma espécie de ritual, Bazzou. Em seu poema, o antigo czar descreve um ritual de iniciação...

— "Transformando-o num guardião..." — leu o outro. — Um *Mi'z ah Dim*. Está sugerindo que o antigo czar...?

— Sua ligação com todo este mistério — interveio Flint, já respondendo à pergunta do amigo —, a conexão entre os antigos Ronromanovich e os seguidores de Drakul... ou melhor, sua conexão com o tal artefato.

— Está dizendo que é possível que Gaturnino tenha pertencido a algum tipo de sociedade secreta ligada aos *Mi'z ah Dim*?

— Isso poderia explicar uma série de coisas, Bazzou.

— Uma antiga e misteriosa sociedade guardiã de *Ra's ah Amnui*... é possível. E quanto à pérola?

Flint não tinha uma resposta para a pergunta. Apenas a ideia de que havia ali uma conexão. Mais uma peça em meio a toda aquela engrenagem. Apenas uma suposição. O poema... Gaturnino havia tentado distorcer a verdade ou havia ali um significado concreto?

— Gostaria que o velho czar fosse mais claro — comentou Bazzou. — Ou, quem sabe, estejamos procurando no lugar errado. Talvez não seja nessas palavras sagradas que Feodór escondeu seus pensamentos.

Imediatamente Flint lembrou mais uma vez das palavras de Feodór: "*É nas palavras sagradas do grande deus leão que escondo meus pensamentos*". O comentário de Bazzou soou feito uma explosão em sua mente, movendo um turbilhão de ideias.

— Talvez esteja certo... — disse o gato. — Talvez estejamos olhando para o lugar errado... as palavras sagradas — continuou, eufórico. — Eu as vi bem aqui... — Com o olhar girando, examinou todo o lugar à sua volta. — Em algum lu...

Parou, extasiado. Os pelos nas suas costas se eriçaram e um arrepio frio subiu-lhe a espinha, fazendo-o notar algo que, na verdade, já lhe havia chamado a atenção anteriormente. As letras esculpidas bem à sua frente, entre uma gaveta e outra da genuína obra de arte que era a mesa do czar. Notou, dessa vez, os detalhes entalhados no móvel que surgiam de cada lado da inscrição e contornavam o corpo retangular como se ganhassem vida própria. Figuras de anjos empunhando suas lanças, descrevendo a grande batalha do início dos tempos entre o bem e o mal. O grande Arghur, o deus leão, brandindo sua espada num rugido feroz enquanto, mais uma vez, aquelas palavras ganhavam dimensão diante de seus olhos.

*Ec mirung ircanius, et mirrus lagnum arctunim*

— "Do meu rugido surgirá a luz divina, que nos guiará por caminhos escuros" — sussurrou para si mesmo, repetindo a tradução.

Flint apanhou um dos castiçais e iluminou toda a borda de madeira em busca de algo.

— Acha que a mesa...? — balbuciou Bazzou.

Flint estava concentrado demais para responder, mas seu amigo havia captado a ideia. As palavras sagradas estavam gravadas na mesa, transformando-a no invólucro onde possivelmente Feodór havia escondido seus pensamentos.

De repente o repórter parou, atônito, como se enfim tivesse encontrado o que procurava. O sorriso surgiu mais uma vez, separando os longos bigodes felinos. O detalhe era discreto demais para ser notado. Porém, Flint havia-o visto finalmente. Parecia uma pequena cabeça de alfinete incrustada na madeira, bem no meio da inscrição.

Moveu o castiçal em sua pata, fazendo com que seu brilho surgisse diante da luz. Um ponto prateado, lembrando um minúsculo brinco, como aqueles usados por fêmeas de raças pequenas, bem no centro do A da palavra *ircanius*. Pressionou lentamente o diminuto botão, sentindo-o mover-se para dentro do móvel, liberando o mecanismo de mola que empurrou para fora o compartimento, uma gaveta falsa onde a inscrição havia sido feita.

O ar quente no interior do esconderijo tocou-lhe os pelos, descendo por sua garganta. O acúmulo de poeira mostrava que havia muito a gaveta não era aberta, trazendo à tona um rolo de pergaminhos presos por um fino cordão de couro, juntamente a um pequeno livro que logo atraiu seu olhar, com a capa gasta de couro azulado coberta por uma camada de pó.

Apanhou o livro, limpando-o com suas patas e notando as inscrições gravadas em baixo relevo, deixando que seus dedos percorressem seu contorno. Flint sorriu de forma espontânea quando Bazzou aproximou-se empunhando um dos castiçais, tornando as iniciais $F$ e $R$ visíveis em meio às ranhuras do couro envelhecido.

— Feodór Ronromanovich — disse Flint, sem desviar o olhar do livro em suas patas.

Abriu lentamente a encadernação, deparando-se mais uma vez com o brasão imperial dos czares — o felino cruzando as cimitarras em meio ao círculo ovalado. Páginas amarelas e cheias de fungos surgiram diante de seus olhos; anotações, sinais e pequenas citações datadas de 1832, quando seu autor parecia sucumbir ao peso da liderança, que descrevia em poucas palavras como o destino o transformara de forma inesperada e drástica no novo czar da Rudânia.

— O diário... — resmungou o gato, examinando-o como se diante de uma joia extremamente valiosa. — O verdadeiro diário de Feodór Ronromanovich.

Bazzou sorriu, estarrecido, imaginando-se perante a peça principal de todo aquele misterioso jogo. O diário do czar, citado por Karpof Mundongovich, que morrera sem descobrir seu paradeiro. Examinou de perto o livro, firme nas patas de Flint, tendo a certeza de que nem mesmo Gatus Ronromanovich sabia de sua existência, todo o tempo bem ali, diante de seus olhos, oculto em meio às palavras sagradas.

— Os pensamentos de Feodór... — sussurrou o roedor sem desfazer o sorriso, sendo observado por Flint. Ambos compartilhando a sensação da descoberta.

Flint folheou cada uma das páginas, sem perceber a respiração presa.

Impressões, pensamentos, percepções, expressões traduzidas em palavras, relatos que surgiam diante de seus olhos, deixados ali pelo antigo czar. O passar dos anos voando a cada grupo de páginas que pareciam desmanchar-se em meio aos seus dedos, até que algo lhe atraiu a atenção. Uma citação que se referia ao desaparecimento de seu pai, Serkius. O ano, 1835.

Flint iluminou a inscrição no centro da página como que para ter certeza de ler direito as palavras deixadas por Feodór. Estranhamente, a inscrição pareceu-lhe surgir na mente como se algo, ou alguém, a lesse sussurrando em seus ouvidos.

Sacudiu a cabeça, atônito. Repetiu em voz alta:

— "*Ra's ah Amnui Tarek Saliac*"... Do fogo surgirá *Ra's ah Amnui*.

O czar descrevia uma espécie de rota em meio a um mapa improvisado, junto a um pequeno inventário de equipamentos e utensílios normalmente utilizados numa expedição. Não numa expedição qualquer, imaginou Flint, mas aquela que o colocaria diante de sua estranha descoberta.

— Flint, acho que deveria dar uma olhada nisso aqui... — Bazzou tinha aberto o rolo de pergaminhos encontrados com o velho diário. — As páginas arrancadas d'*As Crônicas de Gaturnino*... O desfecho de toda a história sobre Harkien e os Suk.

Os olhos do gato repórter cintilaram diante do documento. Apanhou mais uma vez as crônicas escritas pelo fundador da grande dinastia imperial dos Ronromanovich e leu suas palavras:

*E, assim, tomado por um espírito de euforia que me fez esquecer até mesmo o ardor em uma de minhas patas, brandi meu sabre cortando o ar. Seguindo o rastro do leão, lancei-me contra as forças de Drakul e juntei-me ao exército do grande general.*

# Proximidades de Moscóvia

Logus, o abutre, pairou durante alguns segundos sobre a plataforma do cargueiro aéreo e avistou Gundar Kraniak. O imenso gorila afririano, exímio contrabandista e um dos melhores agentes de Maquiavel Ratatusk, urrava ordens para sua tripulação enquanto comandava com destreza seu imenso dirigível negro, o *Rapina*, um verdadeiro titã aéreo, uma gigantesca jubarte com 240 metros de comprimento de proa a popa e quatro motores rotativos.

A quilha do dirigível, ao longo do casco, funcionava como passagem para a tripulação e tubulações conduziam combustível, hidrogênio e óleo de lubrificação para onde fossem necessários. A cabine de controle ficava sob o nariz do gigante conduzido por Kraniak. Metralhadoras Maxim surgiam de cada lado da plataforma, lembrando um enorme encouraçado germânico pronto para abater o inimigo. A tripulação, formada por mercenários de toda espécie, corria pela plataforma, obedecendo às ordens do símio imponente, preparando-se para finalmente entrar em ação, assumindo seus postos junto à artilharia exposta de forma ameaçadora.

À sua frente, uma tempestade aproximava-se de Moscóvia, iluminando-a com clarões que se formavam no interior de sua massa escura, criando uma espécie de anel gigantesco e aterrorizante.

Logus permaneceu à espreita, vigiando o posto de controle aéreo de Gremlich — uma plataforma sustentada por balões carregados de hidrogênio, flutuando a cerca de cinco quilômetros de distância. A ave de rapina imaginava se seriam capazes de notar a presença inimiga antes mesmo que seus agentes infiltrados pudessem entrar em ação. Corujas e águias imperiais deslizavam pela pista de decolagem patrulhando os céus.

Um sorriso peculiar distorceu ainda mais a cicatriz na face de Logus ao lembrar de quantos batedores imperiais das tropas de aves já haviam sido destroçados por morcegos- vampiros, parte da força-tarefa comandada pelo impetuoso gorila; uma verdadeira carnificina orquestrada de forma rápida e eficaz, anunciando a ameaça prestes a mergulhar em direção a Gremlich. O abutre imaginava quanto tempo ainda os animais e aves do czar demorariam até notar que algo de estranho acompanhava a assustadora tormenta que se aproximava quando o emissário Corvus Grotchenko pousou ao seu lado, aguardando sua atenção.

Logus finalmente saiu do transe momentâneo e projetou seu olhar sobre a ave.

— Informe ao conde Ratatusk que estamos todos prontos. Nossa legião de agentes, cada qual em seu posto de observação, aguarda pelo sinal. "O abutre permanece no ninho acima da presa." — Olhou de soslaio para o corvo ao citar a expressão utilizada para descrever a operação, satisfeito. — Estamos prontos para a abordagem final! — encerrou o abutre, fazendo um sinal à outra ave.

— Espero que esteja certo em relação a esses agentes Suk... — desafiou o gorila, atraindo a atenção de Logus. — Do contrário, se esses postos aéreos ainda estiverem ativados, seremos um alvo fácil.

— Não haverá erro algum — murmurou o abutre, tentando convencer a si mesmo.

Inesperadamente, no entanto, um pensamento veio-lhe à mente. "Birman Flint..." Repetiu para si mesmo as palavras:

— Não haverá erro algum.

Birman Flint trouxe para perto uma das lamparinas para examinar as páginas que alguém havia arrancado d'*As crônicas de Gaturnino Ronromanovich.*

> *Xristus Harkien era exatamente como eu havia imaginado, uma fera gigante que trazia no olhar o poder dos leões de Afririum. Muitos diziam ser o último descendente direto dos antigos leões brancos, e talvez fosse verdade. Uma força poderosa emanava das profundezas de sua alma, multiplicando-se em cada guerreiro seu enquanto avançávamos contra Drakul Mathut e seu exército de lobos sanguinários. Naquele dia, diante do estandarte da cobra negra, o medo não me possuiu.*
>
> *Foi no inverno de 1685 que o urro do leão ecoou por toda a planície de Siberium, quando nossos sabres cruzaram com os do inimigo, deixando um rastro de sangue à nossa volta. Enfrentamos o exército Suk durante dois longos dias, combatendo ao lado do bravo leão de jubas negras. Nossas tropas, abatidas, estavam impressionadas com os horrores da fera Suk, que evocava anjos negros ao final de cada batalha e expunha seus prisioneiros empalados no alto da colina maior.*
>
> *Após três longas semanas sob inverno rigoroso, conseguimos atrair o exército de Drakul para o grande desfiladeiro*

*ao sul, ao encontro das tropas aliadas vindo do oeste lideradas pelo comandante Karrien Kron, e os mantivemos cercados em meio ao rio sangrento que logo se apossaria do lugar, desferindo, assim, um golpe fatal contra as forças de Seth, a cobra negra Suk.*

*Drakul Mathut escapou ao cerco e conseguiu se refugiar com alguns poucos seguidores em meio às cavernas rochosas das estepes de Marrouk, a leste na planície de Siberium. Partimos em seu encalço e, após duas luas vermelhas, finalmente o encontramos, refugiado num complexo de cavernas que lhe servia de santuário para suas práticas malignas.*

De repente, um clarão vindo de fora iluminou por um instante o gabinete do czar. Pela janela em forma de arco, gato e camundongo puderam observar uma chuva intensa que caía sobre Gremlich, mas Flint apenas continuou a ler a narração de Gaturnino.

*Adentramos a caverna apavorados. Demônios negros infensos à fúria de Xristus Harkien estavam dispostos a seguir a besta até as colinas geladas no topo do mundo. Eu sentia a presença de seres invisíveis que nos provocavam de perto e nos desafiavam. Restos mortais e carcaças se espalhavam por todo o corredor frio de pedra que seguimos até chegarmos a uma clareira. Aos fundos, num altar improvisado, algo se debatia, agonizando lentamente num último ritual. Drakul Mathut nos aguardava em silêncio, enquanto tirava a vida de sua derradeira vítima. O líder Suk, cansado de fugir, colocou-se frente a frente com o grande leão e pela primeira vez deparei-me com o objeto.*

Gato e camundongo trocaram um olhar apreensivo.

— *Ra's ah Amnui* — disse Bazzou num tom baixo. — Só pode ser...

Flint concordou com a cabeça, imaginando se não seria esse o verdadeiro motivo pelo qual Xristus Harkien o perseguia com tamanha voracidade.

*Algo repousava sobre o púlpito diante do lobo que nos encarava sem qualquer expressão de medo ou raiva, ainda que uma aura de fúria o envolvesse, arrepiando até*

mesmo os grossos pelos do bravo leão de jubas negras. Examinei a magnífica pedra que refletia a luz das tochas através de suas facetas, lembrando espectros dançando em seu interior, atendendo ao chamado de seu mestre. Jamais meus olhos tornariam a ver algo assim — um diamante esplêndido.

O repórter soltou a respiração, sem parar a leitura:

Um diamante cujo brilho parecia nos manter em estado de transe, como se algo vindo do seu interior, um pulsar, uma estranha voz, soasse em minha mente, sussurrando palavras que não conseguia compreender. A fala de Drakul Mathut quebrou o silêncio sepulcral. Seu rosnado feroz cuspiu profanidades numa língua desconhecida, parecendo envolver Harkien numa maldição; fitou sua joia de perto, que lhe respondeu com um brilho intenso, chegando mesmo a ofuscar-me a visão com sua luz avermelhada.

— O Olho do Dragão... — leu Flint. — Essa era a forma como Drakul Mathut se referia à joia!

A morte de Drakul seria apenas o início de uma nova era. Guiado pelo Olho do Dragão, o espírito de Drakul Mathut retornará à frente de seu exército, formado pelos grandes dragões negros de Mogul, para fincar a bandeira da cobra negra nos quatro cantos do mundo.

Um grito, como se brotasse das entranhas da Terra, ecoou do interior do diamante de Drakul Mathut, que pulsava sobre o altar como um organismo vivo a clamar pela própria vida. E da lâmina surgiu o fogo. E do encontro do aço, a luz brotou como um sol no centro do universo, queimando nossas retinas, e nos obrigou a buscar abrigo entre as sombras ao nosso redor.

A força da natureza se contraiu. Quando consegui reabrir os olhos, tudo que pude ver foi a figura de Xristus Harkien empunhando sua cimitarra diante de uma armadura vazia, caída no chão. O lobo havia se desvanecido como um fantasma, sem deixar traço algum de sua existência.

*Buscando uma resposta para o estranho fenômeno, o leão de jubas negras olhou para a joia que emitia um som distante, feito uma lamúria, e viu o brilho de sua espada dançando entre as facetas do Olho do Dragão. Xristus Harkien mergulhou então numa espécie de transe, como se pudesse se comunicar com algo no interior do diamante, nos envolvendo numa aura mística.*

Flint soltou o ar dos pulmões. Aquele nome ecoava em sua mente:

— O Olho do Dragão... — De repente a conexão entre a joia de Drakul Mathut e a profecia descrita por Raskal Gosferatus no pergaminho encontrado por Bazzou fez sentido. — "Alimentando o grande Olho do Dragão com o sangue do último fruto indesejável, iniciando a era animal da ressurreição daquele que mais uma vez erguerá a bandeira da cobra."

— A ressurreição de Drakul — completou o camundongo.

— É isso! O Olho do Dragão. Um canal com seu espírito — afirmou o repórter em tom de pergunta.

Flint pensou ainda em como Drakul Mathut fora descrito pelo próprio Gaturnino como uma espécie de necromante. Seus pensamentos vagaram em direção a Karpof Mundongovich. Mais especificamente, ao seu assassino. Seria alguém iniciado na arte da necromancia, buscando contato com seu deus das trevas, o mensageiro da cobra Seth destinado a libertar seu poder avassalador?

— Mas se é o diamante Suk que procuram, qual é o papel do tal artefato dedicado à deusa Lonac em meio a tudo isso? — perguntou Bazzou.

— A chave... — respondeu Flint, começando a ligar os pontos. — Karpof o descreve como a chave para o cofre real. — Parou um instante. — O lugar para onde Harkien teria levado a pedra, o Olho do Dragão.

O gato olhou as folhas amareladas, manchadas pelo tempo, sobre a mesa. As palavras de Gaturnino espalhavam-se diante dos seus olhos e mergulhou outra vez ali em busca de respostas.

A morte do líder Suk nos trouxe uma grande sensação de liberdade. Sob o comando de Xristus Harkien, partimos levando conosco o magnífico diamante. Começamos a longa travessia de volta para cruzar o deserto de Siberium. O misterioso desaparecimento da fera, no entanto, crescia em nossa mente como um pesadelo. Durante a jornada, a fome e a sede logo se tornaram nossos reais inimigos. Xristus Harkien mergulhava cada vez mais num mundo sombrio, dominado pela força que emanava do diamante. Tomado de verdadeira loucura, distanciou-se de todos, passando a maior parte de tempo na companhia do magnífico cristal. Boatos sobre uma maldição Suk se espalharam rapidamente entre seus guerreiros. As forças sobrenaturais do diamante nos consumiriam a todos. Era preciso destruí-lo, ainda que passando sobre Xristus Harkien. Tal ideia deu início a um motim. Matik Prompos, um dos poucos comandantes sobreviventes de seu exército e apoiado por alguns guerreiros, investiu contra o furioso leão e conseguiu lhe tomar a joia, libertando-nos de estranha influência. Harkien foi feito prisioneiro e entregue aos meus cuidados até que conseguisse restabelecer a razão.

Seguimos rumo às ruinas de Cadrak. Embora enfraquecido e gravemente ferido, Xristus Harkien estava pronto para assumir mais uma vez o comando de suas tropas. No entanto, fomos traídos. Matik Prompos não tinha de-

*struído o diamante como prometera, sendo enfeitiçado da
mesma maneira pelo seu poder. O Olho do Dragão ganhava força à medida que assumia uma mente ainda mais
fraca e perturbada pela guerra.*

*De volta à razão, Xristus Harkien investiu contra seu antigo comandado, disposto a destruir a joia, convencido
de sua influência maléfica, o que deu início a uma nova
batalha, travada num palco sobrenatural. Essa seria a última batalha que meus olhos testemunhariam, a batalha
que jamais abandonaria meus sonhos, anunciada pelo
uivo de um lobo sedento pelo sangue do inimigo. Um lobo
que ressurgia das trevas em toda a sua glória.*

— Um lobo? Mas que diabos...? — resmungou um confuso camundongo.

*Xristus Harkien abriu caminho entre os poucos felinos selvagens que outrora o haviam seguido, indo em direção ao
líder, que se refugiava sobre o alto da muralha brandindo
seu sabre curvo. O Olho do Dragão cintilava em suas patas.
Um mar de sangue se alastrou à minha volta, juntamente
aos poucos aliados que havíamos conseguido angariar com
o tempo. Animais feridos, vencidos pelo cansaço, sucumbiam a mordidas e golpes fatais daqueles que serviam a
Prompos. Harkien suplicou-lhe para que destruíssem o diamante juntos, mas sua resposta foi o fio de sua lâmina.
E em meio a toda a fúria ao meu redor, ouvimos novamente aquele estranho zumbido. O mesmo que pude escutar durante o confronto contra Drakul Mathut. O diamante
pulsava nas garras de Matik Prompos, que desferia golpes
mortais contra Harkien, como se algo em seu interior implorasse para ser liberto, cuspindo sua fúria da mesma forma como o fizera no covil do lobo.*

*Um medo profundo se apossou de meu espírito enquanto
testemunhava o duelo final. As forças do diamante desfiguravam Matik, transformando-o numa figura bestial. A
pedra Suk fundiu-se com o espírito sombrio da fera bem
diante de nossos olhos. Drakul Mathut ressurgia das trevas, ainda que não de forma física.*

*Foi então que entendi aquilo que Xristus Harkien havia compreendido — o significado do Olho do Dragão. Sua beleza aniquila toda a esperança e nos transforma em servos das sombras que habitam seu interior. O Olho do Dragão é o lugar onde reina a cobra Seth, onde Drakul Mathut exala sua fúria. Foi assim que as duas espadas quebraram o silêncio da noite e o grande diamante tombou sobre a areia bem diante de meus olhos, testemunhando o abraço mortal das feras. Suas espadas encontraram-se após perfurarem seus flancos. Uma nuvem de areia se ergueu quando seus corpos tombaram ao mesmo tempo. Matik Prompos, num último suspiro, sorriu numa expressão de alívio, como se algo enfim o tivesse libertado. Sua pata tocou a de Harkien num gesto de gratidão.*

*O leão de jubas negras arrastou-se com dificuldade em direção ao diamante empunhando seu sabre, determinado a destruí-lo, mas um brilho intenso quebrou a escuridão e nos envolveu num manto de beleza descomunal. As chamas do inferno surgiram, dando início ao que seria um pesadelo ainda maior.*

Birman Flint sentia o corpo dolorido, a musculatura enrijecida como se ele próprio vivenciasse as palavras de Gaturnino, buscando formar em sua mente a imagem de algo muito além da sua compreensão.

Uma rajada de vento tocou-lhe os pelos de forma suave, passando quase despercebida. O zumbido da chuva, mais mansa agora, parecia dar vida às palavras do antigo czar. O pequeno vulto de uma abelha afririana, perdida em meio aos milhares de livros dispostos por toda a estante, fitou o gato, parecendo examiná-lo com curiosidade.

# 24

O sol despontou em meio à escuridão e uma luz surgiu num único feixe, reacendendo algo no interior do Olho do Dragão, ofuscando nossas visões e espalhando-se por todas as direções, como se cada uma daquelas facetas ganhasse vida própria.

Fui salvo pelo leão. Xristus Harkien surgiu e me arrastou para longe, protegendo-me com seu próprio corpo, enquanto tudo à nossa volta era consumido por uma força extranatural capaz de transformar guerreiros numa poça de sangue e ossos num segundo.

A imagem do sobrenatural se formou diante de meus olhos. Seres do outro mundo abriam suas asas, tornando a noite ainda mais sombria. O sol negro pairava acima do diamante de Drakul Mathut, consumindo tudo à sua volta. Uma massa escura formada por poeira e detritos, feito um tornado, varria tudo ao redor, determinada a levar à extinção a raça dos leões brancos. A ira de Drakul Mathut caíra sobre nós. O diamante tinha-se transformado numa bola incandescente.

Nesse instante, Xristus Harkien puxou o relicário que trazia preso à corrente em torno do pescoço — um objeto triangular de madeira com adornos entalhados. Começou a recitar estranhas palavras num dialeto havia muito esquecido. Estendeu a pata dianteira, deixando que a luz noturna tocasse a esfera no interior do relicário, revelan-

*do toda a sua beleza, antes de lançar-se contra as forças sobrenaturais que nos assolavam.*

*O horror tomou conta de mim, impedindo-me de refrear o grande general de lançar-se em direção à morte. Diante dos meus olhos, o último dos bravos guerreiros leões permanecia altivo, desafiando o próprio inferno de Mogul.*

*Uma linha bastante tênue me separava da loucura que a cada segundo parecia apossar-se mais e mais do meu espírito, questionando se as palavras que escutei naquele instante eram reais. A voz de Xristus Harkien ecoava em meus ouvidos, enquanto eu o observava marchando contra a fúria de Drakul, dirigindo-se a mim como seu Mi'z ah Dim.*

*Busquei em meu corpo cansado e ferido algum resquício de força bruta, tentando seguir seu rastro, quando o vi desaparecer em direção ao inferno colossal mais à frente.*

*Foi assim que a vi pela primeira vez, com sua luz, seu poder, formando um arco luminoso no céu, espalhando-se feito uma constelação de estrelas e ofuscando-me a visão, contrapondo-se com a escuridão à minha volta!*

*A terra se abriu, formando valas ao nosso redor. O som do trovão cortou a noite, abafando os urros infernais do leão, e uma gigantesca bola de luz se abriu feito asas de uma águia, abraçando a imensa planície onde estávamos.*

*Senti meu corpo leve, flutuando em meio a detritos, corpos, rochas e todo o resto à minha volta, num silêncio perturbador. Permaneci inconsciente por algum tempo.*

*Quando despertei, uma imagem pairava acima do tornado. Um anjo brandiu seu sabre em nome de Arghur, o grande deus e senhor do universo. De repente, a imensa massa negra se desvaneceu como um sopro. Era uma visão apaziguadora, talvez fruto da minha própria loucura clamando por paz.*

*Ouvi rugidos fracos numa clareira próximo de onde estava. Vestígios daquilo que um dia havia sido um dos mais poderosos exércitos da Terra, vestes e armaduras manchadas pelo sangue e fogo se espalhavam ao redor. Avistei Xristus Harkien, que respirava com dificuldade, caído diante do objeto. O diamante reluzia, testemunhando a vida se exaurindo do seu corpo. A luz em seus olhos desaparecia pouco a pouco enquanto focava a pedra, da qual havia se apoderado após o combate contra o líder Suk. O Olho do Dragão. Seu zumbido fraco entoava uma última canção para um rei que partia, vencido por algo que não conseguia compreender. Uma estranha aura envolvia todo o lugar, como se olhos distantes se vangloriassem de nossa derrota.*

*Aproximei-me do enorme leão. Um sorriso suave tomava-lhe o semblante ao me fitar com seus serenos olhos. Mencionou algo sobre a luz capaz de proteger-me contra o inferno à minha volta. Apontou então para o grande diamante a poucos metros de onde estávamos — pude até mesmo sentir a pulsação que emanava de seu interior.*

*Sua voz fraca disse-me como os poderes de Lonac haviam, naquela noite, cerrado as portas do inferno, impedindo que os grandes dragões de Mogul ressurgissem das trevas. Suas palavras trouxeram de volta aquelas imagens. A figura do anjo pairando acima da fúria negra, arrastando para suas entranhas tudo ao seu redor, assumindo sua forma distinta a partir da loucura que se abatia sobre meu ser, anunciando o fim de todo o Armagedon. Uma imagem magnífica e ao mesmo tempo assustadora, fruto do medo que se espalhava rapidamente por todo meu ser.*

*Xristus Harkien moveu-se com dificuldade, observando-me com olhos agora opacos, como se as areias do próprio tempo começassem a se esgotar, anunciando o fim. Sua voz fraca esforçava-se para emitir palavras que mais pareciam lamentos, descrevendo aquilo que mudaria minha história para todo o sempre.*

*O meu legado nascia em meio à imensa planície gelada coberta de sangue. A deusa lua, a leoa que nos assistia, testemunhava o início de um destino traçado pela cimi-*

*tarra de Harkien. Um destino do qual jamais abdiquei,
levando adiante minha história, minha honra, guiado por
Ra's ah Amnui, a pedra sagrada que encerra os poderes da
deusa leoa, a guerreira mãe das feras de Arghur, Lonac,
protegida por seus guardiões e servos, devotos fiéis da sua
luz, protetores do seu espírito, membros de uma irmandade conhecida pelo nome de Mi'z ah Dim.*

*Foi então que Harkien me contou: são duas joias sagra-
das com dois poderes opostos — Ra's ah Amnui e o Olho
do Dragão. Descreveu como seus antepassados, antigos
leões comandados por Ngorki, aquele que mais tarde se
tornaria o grande rei afririano, mantinham vivo seu legado. Passaram de geração em geração a tarefa de ocultar e
proteger seus tesouros, enterrando-os sob a grande porta
dourada erguida sobre os pilares da Terra.*

*A última citação chamou a atenção de Flint:*

*— Fabergerisky mencionou algo sobre o templo erguido
pelos leões brancos em homenagem à Lonac.*

*— "A grande porta dourada erguida sobre os pilares da
Terra" — repetiu o camundongo. — Onde esses antigos
guerreiros teriam vivido, guardando conhecimentos e riquezas muito além do seu tempo, tendo no tal artefato,
Ra's ah Amnui, a chave capaz de abrir suas portas...*

*— Quem sabe, Bazzou?*

*Xristus Harkien contou-me como o bravo Ngorki havia
recebido a visita da deusa leoa, que em sonho surgiu-lhe
magnífica e lhe entregou a espada cujo fogo divino var-
reria o mal à sua volta, junto à joia, a exuberante Ra's
ah Amnui, confeccionada a partir da lágrima de Arghur,
concentrando em sua beleza todo o seu poder, tornando-o
— junto a seus guerreiros — seu guardião, cuja missão
seria a de conduzir a luz aonde houvesse o caos.*

*— Duas joias — murmurou Birman Flint —, dois po-
deres opostos. O diamante, uma representação absoluta
do caos, enquanto Ra's ah Amnui simbolizava...*

A MALDIÇÃO DO CZAR

**199**

— A luz — completou Bazzou. — Duas forças que se complementam.

De suas espadas surgiria o fogo divino, abrindo caminho e dizimando seus inimigos, enquanto Ra's ah Amnui, a luz de Lonac, iluminaria a noite escura, assombrando até mesmo o mais temível dos demônios, espalhando ordem no mundo devastado pelo mal.

E foi assim até o último dia da era do aço, quando finalmente Ngorki e seus guardiões não foram mais necessários, partindo em direção às montanhas onde a águia repousa sobre o grande manto branco, permanecendo em silêncio até serem despertos mais uma vez pelo rugido feroz da deusa.

Com o tempo, Xristus Harkien assumiu o lugar de seu pai como líder do clã, sendo enfim consagrado como o último dos Mi'z ah Dim, prosseguindo na tradição iniciada havia muito por seus ancestrais, carregando consigo Ra's ah Amnui e despertando seus poderes naquela noite, trazendo a luz em meio ao caos.

Permanecemos algum tempo em silêncio, até que a voz fraca do leão rugiu mais uma vez. Vi o medo em seu olhar ao fitar o diamante de Drakul, dizendo-me como o mal jamais deveria ser desperto outra vez, cabendo-me mantê-lo seguro, longe do mundo em que vivemos.

Cansado e próximo do seu fim, o grande leão me incumbiu de uma última missão: levar a joia Suk para um lugar distante nos confins do mundo, onde repousa a águia sobre o grande manto branco e o rugido dos bravos leões ainda ecoa na eternidade. Um lugar onde a escuridão lhe serviria como tumba, mitigando toda a sua fúria e poder. Passou-me então o relicário preso à sua fina corrente. Mostrou as marcas gravadas em seu tampo de madeira, reconhecendo ali símbolos meridianos escritos numa linguagem cuneiforme.

— As coordenadas encontradas nas anotações de Feodór... — disse o repórter, convicto, lendo de forma pausada: — "O lugar onde a águia repousa sobre o grande manto branco."

O estranho desenho feito por Feodór Ronromanovich junto às coordenadas em ishith surgiu em sua mente. A pedra cujo formato lembrava uma ave imensa pairando acima da rocha, observando do alto a fenda na terra. Um sorriso se escancarou em sua face de repente. Feodór havia encontrado o lugar. A grande fenda, o Vale da Meia-lua. A descrição parecia com aquela presente n'*As Crônicas dos Grandes Reis*, referindo-se ao paradeiro dos bravos leões brancos.

De súbito, era como se uma cortina imensa começasse a cair diante dos seus olhos, revelando-lhe o cenário oculto. As palavras de Gaturnino formavam um mosaico, palco para o jogo tenebroso à sua volta.

*Harkien entregou-me o relicário e consagrou-me seu sucessor, certo de que eu cumpriria minha missão e manteria a joia amaldiçoada de Drakul Mathut num local seguro. Explicou-me como a luz de Lonac me conduziria por caminhos sombrios, iluminando a noite mais fria e tenebrosa. Fitei a joia e observei seu curioso brilho, como se uma chama se acendesse em seu interior. Senti seu calor me envolvendo e notei quando pequenas linhas surgiram diante dos meus olhos, produzindo estranhas figuras em torno de seu corpo esférico, sinistro e ao mesmo tempo magnífico. Deixei-me levar por sua beleza, pelas formas ali gravadas, como se patas invisíveis deixassem suas marcas; misteriosos símbolos cujo significado eu desconhecia por completo.*

— Os seis símbolos no interior de *Ra's ah Amnui,* desenhados por Karpof Mundongovich em seu livreto! — exclamou Flint.

*O artefato em minhas patas parecia responder à evocação do leão de jubas negras e seus desenhos cintilavam na escuridão feito linhas incandescentes. Podia sentir toda a sua magia e poder, como se a sombra do leão pairasse sobre mim. Até que a noite pareceu retornar, apaziguando sua força, e as linhas desapareceram aos poucos diante dos meus olhos.*

*Encarei Xristus Harkien mais uma vez. Suas palavras ecoariam para sempre em minha memória; sua alma estaria sempre ao meu lado, com Ra's ah Amnui ori-*

*entando-me para que seguisse seus sinais diante da chama sagrada, conduzindo-me através dos sacerdotes para além das profundezas da Terra, rumo à luz divina.*

*Após assistir ao derradeiro suspiro do guerreiro, o último de uma dinastia de leões, cumpri enfim minha missão: conduzido por Ra's ah Amnui até o altar onde os polos se encontram, deixei nas entranhas da terra sagrada aquilo que jamais deverá retornar ao mundo dos vivos.*

— O Olho do Dragão — sussurrou Flint, fitando a folha amarelada diante de si.

Pensou em Raskal Gosferatus, antigo conselheiro de Feodór Ronromanovich, depois em Karpof Mundongovich, possível membro da seita Suk, ambos interessados numa mesma coisa, num único poder, num único objeto: o diamante de Drakul Mathut. Necessitavam da chave capaz de conduzi-los até seu paradeiro. A chave, conforme a inscrição deixada pelo agente morto... *Ra's ah Amnui*. Por último, pensou no personagem principal. O regente por trás de toda a trama. A cobra Suk. O misterioso assassino... Um altar. Uma forma propriamente dita, obedecendo a uma descrição literal. Um local principal dentro de uma estrutura religiosa. A nave de uma catedral, o lugar cerimonial... um templo. Flint sorriu fitando o vazio. Pensou nas palavras do velho professor. O templo de Lonac. O lugar sacro para onde Gaturnino Ronromanovich, consagrado então guardião, teria partido para cumprir sua missão. O altar onde os polos se encontram.

Imaginou se Paparov teria alguma resposta para a charada. As coordenadas que haviam encontrado sem dúvida revelariam algo, assim como o estranho poema. Flint lembrou-se do bilhete enviado por alguém que parecia convicto de que Gaturnino ocultara ali alguma pista sobre o artefato. Alguém cujo interesse parecia ser o mesmo de Karpof Mundongovich. Encontrar a chave, *Ra's ah Amnui*. Lembrou-se de sua citação poética. Sua descrição em relação ao objeto sagrado estava em combinação perfeita com a narrativa diante dos seus olhos.

"Sob a luz ela refletirá sua beleza, e sob o fogo ela se revelará."

— *Ra's ah Amnui* — sussurrou o gato. Tinha de ser *Ra's ah Amnui*. Observou o papel sobre a mesa, próximo aos outros objetos que se espalhavam no tampo de madeira. O poema. *A pérola negra*. As letras lembravam um borrão, copiadas do verdadeiro poema escrito pelo czar em suas crônicas. Um jogo de interpretação, cabendo-lhe decifrar a verdadeira mensagem oculta bem ali... Seria um mapa ou algo parecido?

Seu olhar passou do pedaço de papel para a belíssima caixa laqueada. Um poema, uma joia... dois significantes, dois significados. Peças que se complementam, enfim tornando clara a mensagem de Gaturnino? Seria esse o jogo a ser decifrado bem ali, diante de seus olhos?

Sentiu o efeito do cansaço no momento que seus músculos relaxaram. O sono começava a atormentá-lo, mas então seu olhar recaiu sobre o diário. O verdadeiro diário de Feodór Ronromanovich, que guardava o rastro de seu ancestral, o caminho do *Mi'z ah Dim*... o caminho do último guardião.

Apanhou o livro e abriu com cuidado a primeira página cheia de fungos que formavam pequenos pontos marrons. Leu novamente a frase e desta vez sentiu-se familiarizado com a descrição: *"Ra's ah Amnui Tarek Saliac... Do fogo surgirá Ra's ah Amnui"*.

# 25

Flint começou a examinar o livro, relendo as anotações que havia visto antes, um verdadeiro inventário de utensílios certamente usados em uma de suas expedições. Pelo modo como descrevia, era evidente que o antigo czar tinha algum conhecimento a respeito de explorações e escaladas, conhecimentos adquiridos provavelmente durante sua educação no Colégio Imperial, lugar para onde todo aristocrata enviava seus filhos, na expectativa de uma formação que lhes proporcionasse posições importantes ou no exército imperial ou mesmo no governo, junto à Duma. Esse, é claro, não era o caso de Feodór, cujo destino havia sido traçado no dia em que nascera. No entanto, seu pai parecia preocupado com sua educação, certo de que de nada valia um título sem que houvesse um excelente conteúdo para sustentá-lo. Feodór Ronromanovich foi moldado de acordo com seus valores, onde o conhecimento e o aprendizado seriam seus alicerces futuros, tornando-o um animal verdadeiramente forte.

As anotações pareciam precisas, ainda que não abordassem de forma clara algumas questões sentimentais como, por exemplo, a sensação de desolação de Feodór quando seu pai abdicou do trono, partindo rumo às montanhas geladas. Nada havia sobre o sentimento de ter sido abandonado, traído e obrigado a permanecer sozinho num mundo onde títulos se sobrepunham ao caráter de cada um. A compreensão daquilo que levara seu pai a privar-se de uma vida de riquezas e conforto, aventurando-se numa terra distante, viria somente após ele mesmo partir seguindo seu rastro.

*Uma jornada que aos poucos transformou-se na minha própria jornada, quando compreendi enfim o significado daquilo que meu pai, Serkius, mesmo distante, proporcionou-me. A verdade. Apenas a verdade, nada mais.*

Flint percebeu a tristeza que havia nas palavras de Feodór. A partir desse ponto, o czar passava a narrar como havia se deparado com uma estranha carta em meio aos seus pertences, algum tempo após a partida de seu pai. Carta esta que mudaria sua vida, levando-o ao entendimento de que, de alguma maneira, deveria seguir o seu rastro.

Feodór contava como seu pai o havia orientado a buscar nas "palavras do senhor" — as letras estavam sublinhadas — "aquilo que ele havia lhe deixado como herança divina", certo de que, diante da grande revelação, perceberia em seu gesto de aparente abandono um ato de respeito e amor.

Flint sorriu. A mensagem deixada por Serkius para o filho era clara: a gaveta secreta na escrivaninha! Obviamente, Feodór a havia encontrado e, dentro dela, estava o conjunto de pergaminhos escritos pelo próprio Serkius, citando algo relativo à era dos grandes reis, a pequena caixa contendo algum tipo de objeto, sem dúvida algo valioso, e o volumoso envelope onde o selo imperial ainda era bastante visível na cera derretida em seu lacre e que, de acordo com o antigo czar, lhe havia chamado a atenção.

Feodór descrevia como havia achado, no interior do envelope, uma pequena bolsa de veludo azul junto a uma carta, orientando-o que buscasse, nas palavras do gato guerreiro, a compreensão do tesouro diante dos seus olhos. "Um tesouro oculto num período obscurecido pelas trevas."

Era uma clara menção a Gaturnino, pensou Flint. Era óbvio que Feodór referia-se ali a *Ra's ah Amnui*. Tão óbvio que o repórter não se surpreendeu ao ler como o pai de Gatus encontrou o relicário trazendo as tais coordenadas guardado por Serkius no interior da pequena bolsa de veludo. Uma herança passada adiante da mesma forma como Xristus Harkien o fizera, consagrando Gaturnino como membro da irmandade dos *Mi'z ah Dim.*

Flint examinou o restante das anotações, estranhando o fato de, até agora, não haver menção alguma ao artefato, *Ra's ah Amnui*. Olhou para o relicário vazio, *o lugar onde repousa aquela que repre-*

*sentaria a força e a coragem de um felino, cujo destino se transformara num legado de bravura.*

*A joia que acompanharia seu eterno senhor, capaz de mitigar o mal e o ódio dos seus inimigos, mantendo-o protegido contra suas forças devassas; formada a partir de um minúsculo grão de areia e transmutada em algo divino. A prova viva da criação, do bem acima do mal, da beleza e da virtude daquele que a traria sempre consigo.*

Era da pérola que Feodór falava. O tesouro de Gaturnino. Seu talismã. A joia preciosa do guardião, representando seu espírito iluminado, sua força e beleza. Representando a irmandade da qual fazia parte. Seu comprometimento para com a deusa.

— E se *Ra's ah Amnui* não tivesse sido a única coisa entregue a Gaturnino por Harkien no instante de sua morte? — comentou Bazzou. — Quem sabe o guerreiro tivesse entregado a pérola para Gaturnino no instante em que o consagrara como um guardião, como um símbolo de sua irmandade ou algo parecido...

— Um símbolo *Mi'z ah Dim!* — completou Flint. — Seria essa a herança deixada por Serkius? O caminho para *Ra's ah Amnui?*

O repórter voltou à leitura do velho diário. Feodór Ronromanovich havia recebido a notícia do desaparecimento de seu pai, após algum tempo vivendo num longínquo mosteiro nas montanhas ao norte, com grande apreensão e tristeza, lançando-se numa cruzada obsessiva em sua busca.

Seguindo pistas que supostamente levariam ao paradeiro de seu pai, Feodór Ronromanovich alcançou a Cruz de Prata, um monumento localizado na base da imensa cordilheira branca, erguido em homenagem aos exploradores que jamais haviam retornado da grande jornada.

Seguiu pela encosta rochosa rumo ao desfiladeiro, onde Serkius Ronromanovich, acompanhado de sua caravana formada por monges devotos, teria sido engolido pela grande deusa. Na verdade, por uma grande avalanche, de acordo com os relatos dos animais da região.

As anotações deixavam algumas lacunas, dando a entender não serem uma descrição detalhada da expedição. Havia menções ao desaparecimento de seu pai, mas o que tornava o diário importante era o fato de Feodór ter tomado a pérola para si, da mesma forma como seu pai um dia o fizera, servindo-se dela como algo capaz de fomentar a esperança em sua busca.

O repórter deparou-se, então, novamente com a inscrição que havia no início do diário: "Do fogo surgirá *Ra's ah Amnui*". Ligou os dois fatos: a pérola e a frase.

O fogo... o fogo sagrado, presente em quase todas as mensagens que Flint havia observado até então. No diário de Feodór, no poema, n'*As Crônicas dos Grandes Reis*... Uma frase veio à mente do gato repórter: "Repousa em teu sono eterno, grande guerreiro *Mi'z ah Dim*, guardião do fogo e da luz".

Birman Flint deixou um suspiro escapar. A mensagem surgia aos poucos em sua mente. Seu olhar perdeu-se como se visualizasse algo ali, até que finalmente compreendeu aquilo que Feodór Ronromanovich parecia querer mostrar.

— O sono eterno — murmurou —, onde descansa o grande guerreiro... — Parou um instante. — O guardião... o lugar onde repousa... — Pensou no grande rei leão, líder dos míticos leões brancos. A tumba perdida do grande rei, conforme haviam suposto ao decifrarem a mensagem em uruk. O local onde descansa o último dos *Mi'z ah Dim*... —Gaturnino... é isso! Gaturnino é a chave para encontrarmos *Ra's ah Amnui*. Não é a tumba do grande rei que devemos buscar, mas, sim, a tumba do último *Mi'z ah Dim*!

Apanhou rapidamente o velho caderno, *Observações de um intrépido pesquisador*, o suposto diário a que Mundongovich de alguma forma teve acesso, e vasculhou suas páginas até se deparar mais uma vez com a anotação e mostrou-a em seguida ao amigo.

— Aqui está! — Apontou.

*Reflete em teu escudo a imagem sagrada.*

*Abadia de São Tourac*

*Das crônicas dos grandes reis 112 124,*

*o local das minhas orações.*

— As crônicas... — continuou o felino, empolgado. — A indicação de onde devemos procurar pelas respostas — referia-se aos números — e o caminho que devemos percorrer para encontrar o lugar onde repousa o guardião.

— A Abadia de São Tourac — disse Bazzou.

— Onde fica o Mausoléu Imperial, o local de suas orações, das orações de Feodór Ronromanovich — concluiu Flint, com uma expressão extasiada. — A chave para encontrarmos *Ra's ah Amnui* está bem aqui... em Gremlich. A pista capaz de nos levar ao templo de Lonac.

— O Olho do Dragão — afirmou o camundongo com uma certa preocupação na voz.

Flint concordou com Bazzou. Esse era o objetivo de Raskal Gosferatus, bem como do provável assassino de Karpof Mundongovich: recuperar a joia de Drakul Mathut. A ideia encaixava-se perfeitamente no estranho cenário. A cobra Suk em torno do brasão imperial. Os Suk...

O manto encobrindo o passado começava a despencar, revelando a conexão entre os antigos czares e a misteriosa seita assassina. "Seguimos através do grande vale até nos depararmos com o grande manto branco onde repousa, acima de nossas cabeças, a águia guardiã." A descrição de Feodór encaixava-se com o esboço que Flint havia visto em suas *Observações de um intrépido pesquisador*. A enorme fenda cercada por dois picos, duas formas monolíticas, sobre a qual uma figura semelhante a uma ave pairava, lembrando um imenso totem. Flint apanhou o caderno de Feodór e visualizou mais uma vez o desenho. As coordenadas ishith indicavam sua localização.

— A águia guardiã. — Apontou para a estrutura à direita pairando acima da fenda que se abria lembrando uma ferradura. — O vale... — disse, desta vez fazendo a conexão com as inscrições nas antigas crônicas. — O Vale da Meia-lua. O lugar para onde, de acordo com os textos presentes no livro dos grandes reis, Ngorki e seus leões teriam partido.

Percorreu com o olhar a figura abaixo da inscrição. Formas distintas que lembravam dois felinos surgiam separadas por uma linha vertical, conectando-se à ave sobre a rocha. Uma pequena anotação lateral dizia: "Quando adentrar o grande manto branco, deixe que *Ra's ah Amnui* o guie através dos grandes sacerdotes de Ngorki".

O grande manto branco. Seria um portal, o caminho percorrido pelo antigo czar? Flint virou a página em busca de mais respostas, deparando-se então com os símbolos de *Ra's ah Amnui*. Examinou as figuras, desta vez dispostas em círculo, e observou as formas em seu interior. Leões empunhando espadas curvas. Um para cada símbolo. "Os leões de Ngorki...", pensou Flint. Olhou a inscrição abaixo dizendo "Diante dos bravos seguidores, seja humilde e encontre a luz". Ficou ali algum tempo, buscando uma interpretação para os enigmas deixados pelo antigo czar, até que Bazzou emitiu um chiado alto.

— Veja isso, Flint! — Uma imagem, encontrada entre os velhos pergaminhos, materializava-se à sua frente. — Uma verdadeira obra de arte! — exclamou o roedor, mirando a ilustração que lembrava algumas das pinturas contemporâneas expostas no museu de arte em Siamesa.

Os traços da pintura, mesclando aquarela e óleo, começavam a desaparecer, apagados pelo tempo. Duas espadas, uma voltada em direção à outra, estavam dispostas verticalmente. No centro, entre uma e outra lâmina, havia uma pequena pirâmide com as seguintes palavras em sua base: "A pirâmide onde Lonac descansa em seu sono eterno".

As letras N e S, referentes aos pontos cardeais norte e sul, surgiam acima e abaixo de cada espada, emprestando à ilustração um aspecto que lembrava uma espécie de bússola, ou mesmo uma antiga carta de navegação.

Porém, foi a segunda inscrição, na base do desenho todo, que pareceu despertar um interesse maior em Flint. Tocou-a suavemente, sentindo a textura do velho pergaminho em seus dedos: "Onde norte e sul se encontram, a grande deusa aguarda aquele que desejar conhecer a verdade".

Flint sentiu certa familiaridade com a inscrição. Não com aquelas palavras exatas, mas com algo que Gaturnino havia mencionado. De repente, pôs-se a manusear de forma frenética as velhas páginas amareladas contendo seus impressionantes relatos, sorrindo ao encontrar aquilo que buscava. Leu em voz alta:

*Após assistir ao derradeiro suspiro do guerreiro, o último de uma dinastia de leões, cumpri enfim minha missão: conduzido por Ra's ah Amnui até o altar onde os polos se encontram, deixei nas entranhas da terra sagrada aquilo que jamais deverá retornar ao mundo dos vivos.*

Olhou para a ilustração mais uma vez, conectando em sua mente as várias informações que haviam encontrado ali. As palavras de Gaturnino eram uma referência clara ao lugar para onde teria levado o diamante de Drakul. As coordenadas, a descrição de Feodór, o vale... todas as peças encaixavam-se de forma perfeita, apontando para um só lugar.

— O templo de Lonac... — murmurou o gato.

— Onde se encontra *Ra's ah Amnui* — completou o camundongo.

Voltou para o diário e examinou o desenho no centro da folha. Um mapa detalhado mostrava um relevo acidentado, cercado por uma cadeia rochosa que formava uma grande cordilheira. O traço serpenteado mostrava claramente o curso de um rio cruzando significativa parte de sua extensão, indo em direção ao mar do Norte, onde imensas geleiras serviam como uma grande barreira natural, de acordo com suas observações. Abaixo, fórmulas matemáticas indicavam a variação de temperatura, seguidas por algo que Flint deduziu ser um cálculo de voo, indicando que muito provavelmente, em algum momento de sua jornada, o bravo Feodór Ronromanovich havia utilizado tal recurso.

Mais adiante, o antigo czar descrevia em poucas palavras como um de seus guias xerpa fora acometido por uma doença causada pelo frio, vendo-se obrigado a abandonar a expedição, despertando um certo medo nos outros guias, fomentando superstições que logo ganhariam força no grupo, espalhando rapidamente a ideia de como a grande deusa branca — como os xerpas se referiam ao imenso pico de gelo — parecia insatisfeita com suas presenças, cabendo-lhes retornar antes mesmo que a tragédia que se abatera sobre seu pai se repetisse, conforme acreditavam.

Feodór ignorou tal ideia, seguindo adiante e obedecendo à sua própria intuição, apoiado em algo que decerto sustentava sua convicção. A convicção de que Serkius Ronromanovich não fora vítima das lágrimas da deusa, como seus guias se referiam às terríveis avalanches que assolavam com frequência a região, mas, ao contrário, de que teria encontrado o rastro daquele que um dia, conduzido pela grande luz, repousara sob as asas da águia.

Flint leu a inscrição em que Feodór fazia menção ao último *Mi'z ah Dim*, Gaturnino Ronromanovich, seu ancestral. Muito embora não houvesse ali qualquer menção ao paradeiro de seu pai, ou mesmo ao misterioso artefato *Ra's ah Amnui*, mais e mais o repórter podia sentir que sua jornada tivera algum sucesso, tornando-o detentor de verdades ocultas guardadas havia muito por seu ancestral. Seus relatos serviam como guia, ainda que enigmáticos. O jovem felino sabia que, em algum momento, algo ali surgiria de forma clara, assumindo um novo contexto, um novo significado.

O caminho do guardião tornara-se seu legado, assim como o de seu pai, Serkius. O Flint estava certo disso, convencido de que ambos haviam alcançado seu objetivo. Guiados pela luz da deusa Lonac em *Ra's ah Amnui*, cruzaram um dia a imensidão de gelo, cumprindo sua missão sob as bênçãos do bravo leão de jubas negras, Xristus Harkien, e rumaram às entranhas da Terra guardadas pela grande águia. Birman Flint sentia nisso uma verdade. Bastava-lhe agora seguir suas pegadas. O gato mirou o retrato de Feodór Ronromanovich na parede da sala. Mas, desta vez, sabia por onde começar.

Birman Flint guardou o diário no bolso do casaco e em seguida pegou a pérola negra, deixando de lado a caixa laqueada vazia. O olhar surpreso de Bazzou parecia questioná-lo sobre aquilo, mas Flint não disse nada, apenas obedeceu à sua intuição. Sorriu para o amigo e se levantou, esticando as patas.

Seria um longo dia, imaginou. Uma longa jornada. "O local das minhas orações…", a Abadia de São Tourac… A ansiedade cintilava em seus olhos.

Bazzou observou o felino perdido em seus pensamentos distantes, tão distantes que não foram capazes de pressentir uma terceira presença na sala, que passou pela fresta da janela e desapareceu na imensidão da noite.

# 26

Uma pesada tormenta castigava Moscóvia. Nuvens escuras e densas arrastavam-se no céu em direção à fortaleza de Gremlich. O oficial responsável pelo controle aéreo vigiava o horizonte do alto da torre de comando quando foi surpreendido por um clarão, seguido por um estrondo violento. Na tela do radar, um ponto luminoso piscava indicando um objeto voador vindo em sua direção a uma velocidade razoável. O objeto havia transposto a barreira imposta pelos vários postos aéreos imperiais, adentrando o espaço aéreo da fortaleza.

— Torre de controle de Gremlich para objeto sobrevoando quadrante três em direção ao Palácio Imperial — o oficial chamou pelo rádio a suposta aeronave perdida em meio à muralha tempestuosa, ainda sem nenhum contato visual. — Solicitando código de identificação. Repito... Identifiquem-se imediatamente ou enviaremos batedores impedindo seu avanço.

— Cargueiro aéreo siberium classe 2-15-0-0-1, partindo de Vladistok com destino à Hispânia transportando máquinas agrícolas, código de segurança 109974, repito... — anunciou uma voz do outro lado, apavorada.

Um dos gatos operadores achou algo em sua tela de controle, voltando-se em seguida para o tigre oficial:

— Senhor, código de segurança válido, emitido pelo posto aéreo imperial norte.

O imenso tigre acenou discretamente para o oficial na escuta do rádio:

— Prossiga, Tango-Alfa-Bravo-Um.

Pelo rádio, uma voz soou longínqua:

— Sofremos avarias devido a uma grande descarga elétrica; solicito pouso emergencial para reparos. Uma das hélices laterais parou, há danos no motor principal. Estamos perdendo altitude com rapidez; nosso sistema de navegação parece afetado pelo mau tempo.

— Em pouco tempo serão arrastados pela tempestade — rugiu o oficial, notando o ponto luminoso no radar. Vasculhava o céu escuro em busca do dirigível. Havia reconhecido o tipo de aeronave devido à informação obtida e imaginava que estivesse navegando à deriva, perdendo altitude, e pudesse colidir com algumas das distantes torres espalhadas por Moscóvia. Voltou-se para seu imediato:

— Conduza-o em direção ao hangar 18. Informe nossa equipe de emergência.

— Sim, senhor. — Para a aeronave, disse: — Prossiga em 2-4-16-21. Nossa equipe de emergência os aguarda.

— Entendido, torre de controle. Aproximação em cinco minutos.

— Informe o capitão Sibelius sobre a liberação e sobre o código de aproximação emitido pelo posto norte.

— Sim, senhor.

Foram as últimas palavras do oficial. Uma pistola 9mm, escondida dentro do casaco grosso do colega, acertou-lhe um tiro na fronte, alvejando em seguida o tigre distraído que fazia a ronda. "Dois tiros perfeitos", pensou o gato. No mesmo instante, Sibelius Tigrolinsky, o enorme capitão da guarda, adentrou a cabine, seguido por dois de seus imensos tigres de Siberium armados até os dentes. Ainda empunhando a pistola, o gato operador assumiu o posto de seu antigo parceiro diante do rádio comunicador, não sem antes bater continência ao seu superior.

Sibelius examinou os corpos e voltou-se para as sentinelas que o acompanhavam:

— Levem-nos daqui e informem aos nossos aliados que daremos início à operação imediatamente.

— Sim, senhor — repetiram as feras num uníssono perfeito, arrastando aqueles corpos sem vida, deixando Sibelius Tigrolinsky na companhia de seu subalterno.

— Fez um bom serviço, soldado — disse, sem desviar o olhar do horizonte. — Nossos aliados aguardam nosso sinal.

— Sim, senhor — respondeu o gato, retomando o contato com a aeronave perdida em meio à tempestade. — Torre de Gremlich para capitão Kraniak... Permissão para que o abutre saia do ninho — transmitiu o código.

Sibelius Tigrolinsky apanhou o binóculo, sorrindo ao ver mais adiante luzes surgindo do interior da grande massa escura, transpassando-a como se fosse um ser vivo alvejado por longos arpões.

Pontos distintos moviam-se no céu vindo em sua direção, guiados por algo maior. Uma grande ave surgiu em meio à escuridão da noite. O abutre gesticulava suas asas feito um demônio alado, seguido pelo titã negro flutuando em seu encalço.

Sibelius sorriu satisfeito:

— Oficial, informe o comandante Ortis sobre a pequena avaria numa das torres de controle. Peça que me encontre no posto da guarda imediatamente. Continue transmitindo nosso sinal para todos os agentes presentes...

Em seguida, o tigre deixou a cabine e desapareceu em meio à grande muralha em torno do Palácio Imperial, seguido por um pequeno pelotão que parecia aguardá-lo.

✶✶✶

Rudovich Esquilovisky passou voando pelo corredor, tentando acompanhar as pegadas rápidas do amigo Ortis Tigrelius, que seguia apressadamente rumo ao posto da guarda. O tempo horrível tornou-se ainda mais assustador quando adentraram o pátio central. O vento forte empurrava-os contra a murada de pedra enquanto seguiam desviando das inúmeras poças d'água espalhadas por todo o caminho.

Esquilovisky notou que havia algo diferente no semblante do imenso felino comandante e pressentiu algo de estranho na sentinela que os aguardava na entrada da caserna onde Sibelius Tigrolinsky os esperava.

O comissário sentiu um arrepio e apalpou o coldre interno num gesto intuitivo, sentindo a arma escondida pelo casaco. Seus pequenos olhos percorreram o salão, onde seres invisíveis pareciam observá-los. Seguiu Ortis Tigrelius escadaria acima, adentrando a torre de controle cinco.

Sibelius fitava o horizonte, onde a nuvem negra formada por minúsculos pontos marchava em sua direção. Ao entrar na sala, Ortis rugiu alto em direção ao capitão, mas, para sua surpresa, sua presença foi ignorada por completo, subvertendo a hierarquia, como se estivesse diante de alguém de patente inferior.

O gato engenheiro, sentado diante do radar que piscava incessantemente, encarava-os com um olhar petrificado. Trazia no pescoço um ferimento recente e fatal, causado por uma lâmina afiada, que embebia seus pelos de sangue.

Rudovich levou sua pata à pistola, cujo cano frio pareceu congelado quando seus dedos o tocaram, obedecendo ao seu instinto. Gritou algo para seu amigo tigre no exato instante em que uma enorme porta de ferro se cerrou logo atrás com um estrondo.

"Uma armadilha", pensou, ao mesmo tempo em que sentiu duas pontas afiadas tocarem-lhe a pele por debaixo da vestimenta grossa, obrigando-o a deixar a arma de lado.

Tigres sentinelas fecharam a saída, empunhando suas lanças longas e um pequeno grupo os cercou, impedindo que o gigante Ortis desembainhasse seu sabre curvo. Sibelius Tigrolinsky apoiou a lâmina afiada de sua cimitarra no pescoço de seu agora inimigo Tigrelius.

Rudovich Esquilovisky sentiu como se parte dele tivesse deixado o lugar. Chegou mesmo a ignorar a discussão, mergulhando num silêncio pavoroso.

Finalmente a imensa massa diabólica emergiu das nuvens e holofotes surgiram de seu interior, varrendo as torres imperiais em busca de algo específico. Temíveis morcegos-vampiros voavam à frente do imponente dirigível, que num voo alucinado mergulhou para dentro de Gremlich, tornando a mensagem deixada por Karpof Mundongovich evidente. "A cobra em torno da medalha imperial", lembrou-se o esquilo. A perfeita interpretação dada pelo gato repórter.

Numa fração de segundo, Rudovich pensou em cada um deles: Ponterroaux, Gatalho, Paparov, Bazzou, Birman Flint e, é claro, o czar. A cobra em torno da medalha imperial. O predador surgindo das sombras. Encarou Sibelius Tigrolinsky atônito. Um traidor, assim como Mundongovich...

Lançou um olhar rápido ao redor, encarando as sentinelas. Traidores, todos eles. Peças de um único jogo. Um jogo cujo objetivo, sem dúvida alguma, recaía sobre os Ronromanovich.

A ideia de que alguns de seus esquilos poderiam fazer parte da conspiração atormentou-o ainda mais. Sentiu o coração apertado ao ver-se como um simples espectador da tragédia iminente.

Gremlich estava sendo invadida. Tigres agora denominados "tigres Suk" obedeciam às ordens de seu novo comandante, Sibelius, e dominavam, num plano orquestrado com perfeição, os poucos guardas ainda fiéis ao czar — todos abatidos na escuridão da noite fria pela cobra rastejando em seu encalço.

Esquilovisky cerrou os olhos, mergulhando em sua própria escuridão, quando Tigrolinsky ordenou às suas sentinelas que os encarcerassem junto aos outros. Ouviu os urros do amigo Ortis ecoando pela torre enquanto ele mesmo apenas observava Sibelius saboreando cada segundo daquele terrível momento.

Ninguém invadiria Gremlich daquela forma sem a existência de uma mente brilhante por trás daquilo tudo, pensou o comissário. E Sibelius Tigrolinsky podia ser tudo, menos uma mente brilhante. Havia mais alguém por trás daquela conspiração, tinha convicção disso, mas quem?

✷✷✷

Splendorf Gatalho apressava-se pelo corredor frio do Palácio Imperial acompanhado por duas sentinelas que o seguiam de perto. O sinal de alerta ainda soava alto em seus ouvidos ao desviar dos aturdidos animais à sua frente.

Miou algo em direção ao tigre que o escoltava, perguntando pelo comissário-chefe, ausente em meio à crise que os pegava de surpresa. Não obteve resposta alguma da fera que o conduzia apressadamente à presença do czar, que o aguardava com sua família numa espécie de *bunker*, um local seguro em casos de emergência.

Naquela noite, Gatus Ronromanovich fora surpreendido por uma escolta armada sob ordens de seu comandante, Tigrelius, sendo então informado sobre a invasão do espaço aéreo imperial por forças ainda desconhecidas, o que colocou as tropas imperiais em estado de alerta, vigorando a partir daquele instante normas práticas de segurança máxima exigidas em situações como aquela. A czarina e a czarevna Lari foram rapidamente reunidas e trazidas à sua presença, sendo todos conduzidos em segurança até a sala fria e subterrânea localizada bem abaixo da magnífica biblioteca octogonal na ala oeste do palácio.

Para a sombra que assistia, das entranhas de seu covil escuro, ao grande espetáculo, tudo parecia se desenrolar com precisão, quase que num perfeito sincronismo, despertando em seu ser um êxtase quase incontrolável.

Gatus Ronromanovich seguia seus guardas amparando sua imperatriz e filha, imaginando o grande comandante à sua espera, à frente de seu pelotão. Um comandante que, próximo dali, era igualmente surpreendido pela lâmina afiada de um traidor.

Os portões de Gremlich haviam sido cerrados. Nenhum animal entrava ou saía da grande fortaleza imperial. O prédio onde se localizava a Duma, o conselho ministerial, havia sido tomado por tropas rebeldes que, ao longo dos dias e com certa discrição, haviam se infiltrado ali, assumindo o controle e mantendo ministros e funcionários residentes presos em seus próprios alojamentos.

Tropas de aves batedoras, surpreendidas na calada da noite, permaneciam enjauladas com grande parte do que havia restado das tropas imperiais, assim como as poucas corujas que sobreviveram ao ataque surpresa.

A tempestade surgira como um manto sombrio a encobrir uma verdadeira carnificina enquanto a fortaleza imperial tombava sob patas inimigas num silêncio profundo e assustador.

Duas sentinelas conduziram o embaixador ao *bunker*. Assim que entraram na sala pouco iluminada, avistaram Gatus Ronromanovich, que aguardava notícias concretas e confabulava com um velho sargento incumbido da segurança da família imperial.

Seis tigres, três de cada lado da sala, montavam guarda, muito bem armados, e Katrina Ronromanovich, sentada numa poltrona de veludo, acolhia em suas patas a jovem Lari, buscando com seu olhar apaziguador acalmar os ânimos aflorados da filha.

— Graças ao bom deus leão! — miou o velho embaixador enquanto o czar o recebia. — O que está acontecendo?

— Calma, Splendorf... — disse Gatus, tentando disfarçar seu sentimento diante da czarina, que fingia não o observar. — Não sabemos ao certo até o momento — prosseguiu, assumindo uma postura mais formal —, mas nosso espaço aéreo foi invadido por uma aeronave ainda sem identificação e nossa comunicação com alguns dos postos de controle parece ter sofrido avarias, certamente devido ao mau tempo. Contudo, de acordo com as notícias trazidas pelo sargento, nossos batedores acabam de confirmar tratar-se de um cargueiro com dificuldades...

— Sendo assim, não há motivo para tanto alarde — interrompeu o embaixador.

— Até que Ortis tenha confirmado toda a situação, devemos obedecer aos protocolos de segurança, permanecendo em alerta geral — miou de volta Gatus, procurando demonstrar uma certa tranquilidade.

— E quanto a Rudovich? — o velho embaixador dirigiu-se ao czar, muito embora seu olhar recaísse sobre o imenso sargento. — Notei a ausência de agentes esquilos durante todo o procedimento.

Do amplo corredor logo atrás surgiu uma voz em resposta, ecoando em suas direções, logo materializada na figura imponente do capitão Sibelius Tigrolinsky, seguido por dois de seus soldados imperiais. Por uma fração de segundo, o czar notou algo diferente em sua postura, talvez o andar relaxado demais se contrapondo com a situação emergencial, somado a certa expressão de desdém em meio ao semblante frio. O capitão trazia boas notícias:

— Neste instante, o comissário-chefe encontra-se na companhia do detetive Ponterroaux na sede da PSI — disse, referindo-se à Polícia Secreta Imperial.

— Finalmente o galo resolveu dar as caras... Estava começando a achar que algo havia acontecido — resmungou o embaixador, voltando-se para o tigre com uma expressão preocupada. — E quanto ao repórter e seu amigo?

Sibelius o fitou de soslaio, lançando um olhar rápido em direção aos grandes felinos em torno da família imperial, como se houvesse ali uma comunicação silenciosa.

— Ambos permanecem nas imediações de Gremlich — respondeu o tigre. — Nossas sentinelas já os localizaram. Em instantes, todos estarão reunidos.

— Excelente — respondeu Gatalho.

— Capitão Sibelius — sibilou o czar, buscando manter o equilíbrio em sua fala —, imagino que nos traga novas informações sobre tudo isso.

— Sim, senhor — rugiu o tigre. — Nossos sistemas de comunicação acabam de ser restaurados e foi confirmado que a aeronave invasora era de fato um cargueiro agrícola de Siberium obrigado a adentrar nosso espaço aéreo devido às avarias causadas pela tormenta.

Uma expressão de alívio se fez presente em Gatus Ronromanovich enquanto escutava atentamente seu capitão.

— Neste momento, o comandante Ortis Tigrelius, junto a um batalhão de escolta, prepara-se para a abordagem ao dirigível ancorado num de nossos hangares, estabelecendo enfim o contato oficial com sua tripulação e suspendendo dentro de instantes nosso sistema de prontidão e alerta — explicou o tigre.

— Um susto... — miou Splendorf Gatalho. — Apenas um susto, nada mais.

— Quando isso acontecer, alguém irá conduzi-los aos seus novos aposentos — prosseguiu Sibelius Tigrolinsky, assumindo uma postura menos servil, como se algo em sua personalidade mudasse repentinamente —, onde aguardarão até que toda a situação seja restabelecida.

Algo estava errado. Gatus Ronromanovich notou a estranheza ao focar o olhar sombrio do capitão. A forma como se referira a "novos aposentos" chamou sua atenção; havia ironia em sua voz. O czar percebeu uma estranha mancha negra movendo-se devagar no corredor escuro diante do *bunker*. Um som constante de pegadas contra o chão de pedra, o vapor exalado por uma respiração ofegante e um suave rosnar intimidador.

Sibelius sorriu quando finalmente o lobo bloqueou a saída da sala e encarou Gatus com um filete de saliva escorrendo entre os dentes afiados.

O czar tocou o cabo de sua espada num gesto instintivo.

— Capitão Sibelius — miou Gatalho —, em nome da família imperial, exijo que explique...

— Não me parece que esteja em posição de exigir coisa alguma, senhor embaixador — rosnou o tigre para sua surpresa, voltando-se para Gatus, que o observava atento. — Da mesma forma como nosso ilustre czar...

— Mas o quê...?

— Traição, Splendorf — miou Gatus, interrompendo seu velho amigo, compreendendo enfim toda a farsa, desde a falha na comunicação entre Gremlich e seus postos aéreos até a ancoragem da aeronave desconhecida no território da fortaleza, enquanto a família imperial era reunida em sua própria prisão inviolável.

— Permita-me apresentar Kronos Vassilovich — disse Sibelius num tom bastante formal, dirigindo-se à figura ao seu lado. — Assassino, guerreiro, súdito fiel e servo da grande cobra-mãe.

— Maldito seja! — sibilou o embaixador, encarando o lobo à sua frente, e lançou-se de forma inesperada em direção ao tigre como se pudesse confrontá-lo.

Gatus assistiu aturdido Splendorf Gatalho soltar um grunhido feroz e ser interceptado ainda no ar pelas presas afiadas do lobo, que lhe cravou os dentes ao redor do pescoço, arremessando-o contra a parede de pedra. O velho gato emitiu um uivo desesperado de dor, tombando inerte no chão.

— Assassino! — gritou o czar.

Sibelius Tigrolinsky aproximou-se, ancorado pelas lanças afiadas, e cercou a família imperial. Assumindo mais uma vez um tom formal, comunicou aquilo que havia decorado muito antes. Palavras que havia muito perambulavam em sua mente, esperando o instante para serem ditas, finalmente chegaram aos seus lábios. E, recobrando um certo equilíbrio na voz, o tigre saboreou cada sílaba que recitava:

— Neste dia sagrado do ano III do grande Dragão de Mogul, eu, capitão Sibelius Tigrolinsky, pelos poderes que me foram conferidos, declaro a prisão da família imperial em nome do senhor, mestre e líder Gosferatus... — enfatizou as palavras ao dizer o nome, atraindo a atenção momentânea do czar.

"Gosferatus"? O nome bombardeou sua mente em meio a pontadas ardidas. Tentava entender o significado daquilo tudo, o significado daquele nome que fora tragado havia muito pelas próprias trevas.

— Não é... possível... — Seu sussurro perdeu-se em meio à fala de Sibelius.

— ...que neste instante assume todo e completo poder sobre a Rudânia, depondo Gatus Ronromanovich e destituindo-o de sua posição como czar, assim como toda a dinastia Ronromanovich, neste ato considerados criminosos e inimigos do Estado.

Gatus encarou o imenso tigre, muito embora não conseguisse escutar uma palavra sequer do que lhe era dito. Viu o corpo inerte de Splendorf Gatalho ser arrastado por uma sentinela e sentia como se parte dele mesmo fosse arrastada junto do velho amigo, desaparecendo pelo corredor sombrio do bunker. Sua cabeça latejava a cada palavra do tigre traidor:

— ...conduzidos às celas com o restante de nossos inimigos, onde aguardarão julgamento oficial presidido por nossos ministros e líderes...

Sibelius Tigrolinsky continuou falando durante mais algum tempo, muito embora nenhum dos Ronromanovich, tomados pelo pânico coletivo, parecesse compreender suas palavras enquanto eram conduzidos pelo grupo de guardas às celas localizadas na base militar de Gremlich, onde todo o resto dos animais agora considerados inimigos do Estado eram mantidos prisioneiros, incluindo Ortis Tigrelius e Rudovich Esquilovisky.

O imenso tigre traidor cruzou o pátio central. O lobo negro vinha em seu rastro, observando todas as sentinelas, ainda em suas armaduras imperiais, saudando-os como de costume e sustentando suas posições originais como se nada tivesse ocorrido naquela estranha noite.

De fato, um visitante que ali chegasse não perceberia nada de diferente diante de seus olhos, pensou o lobo, achando certa graça em toda a situação. Uma grande farsa, um glorioso espetáculo. Um espetáculo cujo ato fora encenado com enorme precisão, sem deixar qualquer vestígio como prova daquilo que se desenrolara por detrás das cortinas.

Kronos olhou mais uma vez ao redor. Tigres imperiais em seus postos sobre a muralha lembravam bonecos sobre uma estante, enquanto o brasão Ronromanovich tremulava na enorme bandeira acima de uma das torres principais. Por ora... até que a nova ordem pudesse enfim ser anunciada ao mundo. Uma nova ordem. Uma nova dinastia.

# GREMLICH
## ABADIA DE SÃO TOURAC

Havia algo de bucólico e místico em torno da monumental Abadia de São Tourac, construída durante o governo de Arkarius Ronromanovich em homenagem a seus ancestrais. Ao sul, podia-se observar as torres abobadadas e a grande bandeira imperial travando uma luta própria contra a ventania, resquício da tormenta que se abatera sobre a cidade durante toda a noite anterior.

Birman Flint ajeitou a gola do casaco, protegendo o rosto do vento cortante que parecia segui-los pela estreita alameda de pedra cercada por arbustos e árvores desprovidas de folhas. Bazzou seguia o amigo, amaldiçoando o mau tempo que parecia fazer parte constante daquela estranha terra, onde a paisagem acinzentada contrapunha-se às maravilhas das formas e cores da arquitetura. Arrumou a *ushanka* que cobria suas orelhas avantajadas e lembrou-se das palavras de Esquilovisky ao descrever como o frio severo de Moscóvia era mesmo capaz de arrancar extremidades feito um sabre afiado, congelando-as e deixando com que a gangrena fizesse todo o resto. Apertou o passo, alcançando Flint.

O ar frio golpeou seu rosto ao entrar no imenso salão, como se patas invisíveis o repreendessem. Flint tocou instintivamente o bolso do casaco, sentindo em seus dedos o objeto que trazia bem guardado — a pérola negra, a joia de Gaturnino Ronromanovich. "O símbolo do guardião", pensou, lembrando-se das palavras de Feodór em seu diário.

Examinou a imensa estrutura que os engolia aos poucos, avançando em direção à grande nave. Os primeiros raios de luz de uma manhã cinzenta passando através dos vitrais laterais revelavam as estátuas sobre o altar. Gatos guerreiros empunhando sabres curvos lembravam guardiões de um templo divino. Certamente uma homenagem a Gaturnino Ronromanovich, pensou Flint, observando suas expressões ao mesmo tempo serenas e ameaçadoras. No alto, a imagem imponente do grande deus leão imortalizada numa pintura que parecia uma narrativa descrevendo a origem do mundo. Uma carruagem de fogo sustentava seu corpo. Sua juba escura tocava as estrelas; filetes de uma luz intensa formavam rios e mares abaixo de suas garras fortes e firmes.

Flint notou imensas colunas de pedra dispostas nas laterais sustentando toda a estrutura abobadada, rodeadas por esculturas diversas embutidas em nichos, que retratavam santos e demônios, anjos e guerreiros. No centro do corredor, um pequeno labirinto circular feito de pedra levava os fiéis ao altar — onde havia um púlpito — adornado por uma belíssima cruz de prata.

O repórter caminhava lentamente entre as imagens à sua volta, seguindo em direção à nave central, quando observou numa das laterais uma passagem que conduzia ao subsolo e, por consequência, ao mausoléu imperial. Fez um sinal a Bazzou — que se distraíra observando as belíssimas esculturas em alto-relevo das colunas —, para que o seguisse.

Veios de água brotavam da parede, encharcando a escadaria de pedra e obrigando gato e camundongo a descerem com cuidado rumo às profundezas da imensa construção. Lá embaixo, um ponto de luz surgiu distante, indicando uma abertura que se expandia cada vez mais, conduzindo-os a uma grande câmara.

Arcos de pedra pareciam sustentar o teto da abóbada. Leões guerreiros esculpidos em pedra formavam um grande círculo em volta das tumbas dos antigos czares, também dispostas em torno de uma tumba ainda mais imponente.

— A chama eterna... — disse Flint, apontando para um objeto vertical diante da grande tumba no centro da câmara.

Um pilar de pedra feito um pequeno obelisco sustentava um pote dourado, de onde brotava uma chama tímida, porém constante, mantida acesa todo o tempo. O óleo que ali ardia chegava através de um duto procedente da ala externa da imensa catedral, alimentando assim a labareda no interior da caverna fria e escura.

O brilho da chama iluminava a face de pedra que observava o fogo à sua frente.

— É a tumba de Gaturnino Ronromanovich... — Flint aproximou-se da belíssima escultura em tamanho natural acima da pedra com tampo de mármore contornado por filetes dourados e notou a cruz em baixo-relevo sob suas patas, de onde uma belíssima pedra azul brotava do chão.

Flint sentiu a corrente de ar que passava entre as esculturas tumulares dos czares, deixando-se envolver pela energia que sentia exalar dali. Trocou um olhar rápido com Bazzou, que parecia incomodado com algo à sua volta.

Acostumando-se com a pouca luz, o repórter examinou as formas ao seu redor. Deteve-se em Arkarius Ronromanovich, localizado bem atrás da tumba de Gaturnino, e deparou-se então com a imagem de Feodór empunhando o cetro imperial feito um guardião de sua própria tumba, localizada do lado esquerdo da figura central de Gaturnino. Aproximou-se lentamente, fitando-o em silêncio, desejoso de que uma resposta para tantas questões suas surgisse dali de alguma forma.

A imagem de Feodór Ronromanovich reverenciava seu ancestral, muito embora seu olhar se voltasse de forma discreta para outra imagem bem diante de Gaturnino, parecendo flutuar acima do pedestal de um mármore azulado. Não uma tumba imperial, mas uma belíssima representação em homenagem àquele que jamais fora encontrado em vida.

O repórter seguiu seu olhar até a imagem mais adiante. O brilho da chama eterna iluminava não apenas o elmo que lhe cobria em parte a face felina, mas em especial o enorme escudo de pedra triangular apoiado na lateral do corpo, onde estranhas ranhuras esculpidas propositadamente mais lembravam marcas de garras profundas deixadas ali por algum ser bestial. Abaixo de suas patas, havia a placa dourada incrustada na coluna de mármore com os dizeres "Serkius Ronromanovich". Flint o examinou por algum tempo, notando novos nichos para além das tumbas formando um círculo em torno de

Gaturnino; nichos escavados na parede, reservados às antigas czarinas e felinas da corte, todas elas também representadas por belíssimas estátuas pairando acima de lajes de mármore adornadas com todo tipo de pedraria e objetos esculpidos em ouro e platina.

Voltou-se mais uma vez para a imagem de Gaturnino Ronromanovich diante da chama eterna, o guardião de *Ra's ah Amnui*. Sua pata direita estendia-se como que em uma tentativa de tocá-la, pairando acima da chama e abrindo-se em direção ao alto como se sustentando algo por entre os dedos. Seu olhar perdido, como se pudesse vislumbrar algo a mais em meio ao salão fúnebre, enquanto sua outra pata empunhava a cimitarra, cujo rubi incrustado no cabo refletia seu brilho. Pequenas formas contornavam a tumba, lembrando figuras rupestres empunhando lanças e espadas, um séquito de guardiões tomando conta do eterno czar, protegendo-o de espíritos trevosos.

Num salto rápido, Flint subiu no tampo de mármore da tumba imperial e examinou a figura esculpida de Gaturnino. Seguiu seu olhar, deparando-se com suas garras acima da chama, abrindo-se feito uma oferenda, enquanto aquele vulto à sua frente parecia fitá-lo como se a vida brotasse das entranhas da Terra e impregnasse de vivacidade a escultura por detrás do escudo de pedra.

Alguns segundos se passaram enquanto o repórter, completamente imóvel, fundindo-se à imagem do primeiro czar, fitando a figura à sua frente.

— É isso... — murmurou Flint, traçando uma linha imaginária partindo do olhar de Feodór em direção à estátua monumental de Serkius Ronromanovich brandindo seu escudo, "o escudo do guerreiro", conforme o pai de Gatus mencionara em suas inscrições.

—"Reflete em teu escudo a imagem sagrada" — recitou enquanto visualizava a imagem de Serkius diante de seus olhos, como se este observasse atentamente a figura imponente de Gaturnino.

Bazzou voltou-se para a estátua de Serkius sobre o pedestal. As ranhuras em seu escudo lembravam uma espécie de mosaico. Encarou o amigo sobre a tumba do grande czar, notando o brilho no olhar de Flint, percebendo que o amigo felino encontrara outra peça daquele quebra-cabeça.

O repórter revirou o bolso do casaco e puxou dele o pequeno caderno de anotações, folhando rapidamente até encontrar aquilo que buscava.

— O guerreiro diante do czar, empunhando seu escudo... — disse absorto, voltando-se para a imagem de Gaturnino, assumindo sua posição e fitando o roedor lá do alto. — O herdeiro citado na mensagem que decodificamos... — referia-se à mensagem codificada em uruk.

— Serkius — concluiu o camundongo.

— Peças dispostas num tabuleiro perfeito, Bazzou — sorriu o gato, imitando o gesto da estátua, estendendo sua pata direita em direção à imagem de Serkius e deixando-se envolver pelo mistério que se descortinava aos poucos bem diante de seus olhos. —"Repousa em teu sono eterno, grande guerreiro *Mi'z a Dim*, guardião do fogo e da luz, aguardando teu seguidor trazendo a ti a joia sagrada [...]" — Parou um instante, pensativo, retomando a fala num miado baixo: — "[...] repousando-a mais uma vez em tuas patas [...]" — Sua pata estendida como se segurando algo. Algo que parecia tornar-se real, uma forma invisível roçando suas garras. Voltou-se para a imagem à sua frente, Serkius empunhando seu escudo triangular. — "[...] enquanto teu olhar, diante de teu herdeiro, reflete a verdade revelada por *Ra's ah Amnui*."

— O artefato...

— Não — miou Flint, surpreso com ele mesmo. — A mensagem codificada não se refere ao artefato... — Voltou-se para Bazzou com aquele estranho sorriso, perplexo, atônito, e continuou: — Mas, sim, àquilo que, de acordo com Feodór, poderia ser a representação de uma linhagem de guardiões... assim como *Ra's ah Amnui* seria uma representação da deusa leoa Lonac.

— Está dizendo que...

— A pérola, Bazzou... — Pareceu tomar fôlego antes de prosseguir. — A joia de Gaturnino Ronromanovich, o grande guerreiro aguardando até que seu seguidor trouxesse-lhe mais uma vez sua joia, repousando-a em suas patas.

Bazzou observou o gesto sutil quando Flint retirou algo do seu bolso. Algo que não deveria estar ali. Não sem a ordem expressa de Gatus Ronromanovich, mas que por força do destino estava... bem diante do seu olhar perturbado.

— A pérola negra — disse o camundongo num sussurro, notando a chama logo abaixo dançar ao desviar-se do pequeno objeto seguro por Flint, refletindo seu brilho nos olhos do amigo e emprestando-lhe um aspecto diferente, como se uma transfiguração ocorresse diante das sombras que o cercavam assistindo o estranho ritual.

— A pérola negra de Gaturnino Ronromanovich... — sussurrou o gato. — A chave para encontrarmos *Ra's ah Amnui*.

Estendeu a pata com a joia e depositou-a em meio às garras de Gaturnino. Notou como havia ali um encaixe perfeito e acomodou-a feito uma oferenda.

Mergulhou num silêncio profundo como se subitamente o tempo ao seu redor sofresse uma parada e sua venda fosse retirada, por fim, compreendeu o significado de tudo aquilo. O portador... o seguidor do grande guardião. Sorriu quando finalmente compreendeu a verdade sobre *Ra's ah Amnui*.

Nunca existira outro artefato...

Bazzou saltou para trás quando um brilho intenso surgiu em meio às garras de pedra de Gaturnino. A chama no interior do receptáculo de cobre assumiu uma nova forma, maior, mais ampla, como se algum dispositivo invisível incentivasse ainda mais o fogo. Gritou pelo amigo, que estava numa espécie de transe, incapaz de deixar o topo da enorme tumba central, admirado com o espetáculo à sua frente. Linhas incandescentes surgiam em torno da belíssima joia, concedendo à pérola vida própria, conforme o próprio czar havia descrito em seus relatos.

— Os símbolos... — miou Flint, perplexo diante da estranha magia quando as figuras, os seis símbolos retratados por Karpof Mundongovich em suas anotações, surgiram diante de seus olhos, esculpidos na pequena joia por patas invisíveis. Os seis símbolos sagrados, que, de acordo com Fabergerisky, representavam a força em torno da grande deusa. A força em torno do magnífico universo relatado a partir dos bravos leões brancos.

O poema de Gaturnino veio-lhe à mente: "Sob a luz ela refletirá sua beleza, sob o fogo ela se revelará, e diante de ti seus sinais serão claros, transformando-o em seu *Mi'z ah Dim*". Enquanto as palavras eclodiam em sua cabeça, a imagem do sobrenatural transformava a pérola no artefato sagrado. De repente, tudo ficou claro: o poema de Gaturnino retratava sua própria experiência ao receber a joia de Xristus Harkien.

Flint sentiu desejo de tocá-la. Tocar não mais a pérola negra, mas, sim, *Ra's ah Amnui*. Repentinamente, sons de engrenagem se movendo atraíram sua atenção. Olhou para a estátua de Serkius Ronromanovich à frente e notou como as pedras que formavam a superfície de seu escudo deslizavam, formando uma imagem. "Uma engenhoca", pensou o gato, "acionada por algum mecanismo nas patas de Gaturnino!"

Um feixe de luz surgiu de *Ra's ah Amnui*, projetando-se em direção ao escudo e formando uma imagem idêntica à retratada por Feodór em seu diário.

Flint aproximou-se do escudo para examiná-lo de perto. Duas formas monolíticas separadas por aquilo que representava o Vale da Meia-lua. A figura da águia pairando acima de um deles, parecendo observá-los do alto, enquanto as espadas brandiam suas lâminas uma para a outra formando uma coluna vertical. Os símbolos cardeais norte e sul presentes acima e abaixo de cada uma delas, lembrando a passagem onde Gaturnino parecia descrever em suas crônicas como o local sagrado onde os polos se encontram. A enigmática pirâmide central com a inscrição "A pirâmide onde Lonac descansa em seu sono eterno".

De repente, Flint sentiu um arrepio frio na espinha ao lembrar-se de que a beleza que *Ra's ah Amnui* emitia era somente o reflexo de uma desgraça. Havia algo a mais logo abaixo das inscrições.

A luz da relíquia, projetando-se contra o escudo, dava vida a formas diversas, ressaltando as imagens esculpidas dos leões. Os guardiões de Ngorki. Os seis leões empunhando suas espadas. Cada um deles representando os símbolos sagrados de *Ra's ah Amnui*. "Quando adentrar o grande manto branco, deixe que *Ra's ah Amnui* o guie através dos grandes sacerdotes de Ngorki", leu o felino, lembrando-se mais uma vez da citação deixada por Feodór, prosseguindo, enfim: "Diante dos bravos seguidores, seja humilde e encontre a luz".

Na base da estátua, havia uma outra inscrição: "Onde norte e sul se encontram, o espírito de Lonac abrirá sua porta sagrada, revelando seu tesouro infinito. Vortúria 68 N Draknum 32 E Aknum."

"As coordenadas... Vortúria...", pensou Flint. "O lugar onde a grande deusa aguarda aquele que desejar conhecer a verdade... um lugar inóspito localizado no leste do país, próximo às cordilheiras geladas entre Rudânia e Chin'ang, as quais desembocam no distante mar gelado de Atlântica... Então é para lá que Gaturnino foi..."

O gato repórter imaginou o significado da sua descoberta. Aquele era o lugar para onde o grande leão Ngorki, na companhia de seus guerreiros, teria partido sem deixar rastro algum, dando origem a tantas histórias que aguçavam até os dias de hoje pesquisadores e arqueólogos em busca da verdade sobre os bravos felinos.

Voltou-se mais uma vez para a pérola, agora um objeto reluzente espalhando calor em sua direção. *Ra's ah Amnui*, a lágrima de Arghur. O estranho artefato envolto em sua própria magia, parecendo fitá-lo do alto, sobressaindo-se em meio às garras petrificadas acima da chama que a envolvia.

De repente, num átimo, a magia cessou diante dos seus olhos, como se o tempo parasse ao seu redor.

Estalidos metálicos contra o chão de pedra o trouxeram de volta à realidade. Um vulto esgueirava-se por trás da tumba de Gaturnino. Bazzou emitiu um guincho raivoso quando a imagem surgiu das sombras feito um anjo caído. Um anjo negro cobrando pelo sacrilégio de despertar forças que certamente deveriam permanecer adormecidas. Uma risada fria ecoou pela abadia, cuja aura densa perdia-se em meio à escuridão.

Flint sibilou. Suas garras ficaram à mostra no momento que o intruso finalmente avançou em sua direção.

# 28

**M**aquiavel Ratatusk dirigiu-lhe uma saudação elegante. Suas vestes, sua postura, assim como o aroma suave que exalava de seu ser, contrariando sua imagem assustadora, deram a Flint a impressão de estar diante de alguém pertencente à mais alta classe social, alguém centrado em seus objetivos, sedento pelo luxo e riqueza, capaz de reconhecer um verdadeiro tesouro diante de seus olhos. Sua aproximação serviu para despertar ainda mais sua memória olfativa.

O gato repórter reconheceu então o mesmo aroma, um cheiro que na ocasião perdera-se em meio à chuva que batia contra os muros de pedra nas docas do porto de Siamesa, deixando um rastro sutil mesclado ao cheiro azedo proveniente do medo que exalava do corpo inerte de Karpof Mundongovich. Lançou um olhar frio em direção ao roedor negro, o assassino que os havia levado até ali, imaginando se estaria, enfim, diante daquele cujo interesse por *Ra's ah Amnui* parecia-lhe evidente.

— Confesso que estava ansioso por conhecê-lo — disse o rato, quebrando o silêncio sepulcral, com um sorriso que revelava presas afiadas. Balançava lentamente sua bengala com cabo de marfim, num movimento pendular. — Conde Maquiavel Ratatusk, a seu dispor... E presumo que já conheça meu amigo Kronos.

O lobo, por trás de estátua de Serkius, rosnou de forma ameaçadora.

— A famosa pérola negra do czar... — prosseguiu Ratatusk, fitando a joia de perto. — Acho que começo a compreender o interesse que parecem ter por tal relíquia. — Voltou-se para o gato, examinando sua reação. — Um belíssimo espetáculo ainda há pouco... Algo intrigante, não é mesmo, senhor Flint? — Apanhou a joia, erguendo-a sob a luz das chamas, e examinou-a de perto. — O que é? Magia... truques... o que acha que é, meu caro e intrometido amigo? O tal objeto, a chave capaz de nos conduzir ao paradeiro do grande tesouro... Como é mesmo que Mundongovich a chamava? Humm... Não importa. Todo o tempo bem debaixo dos nossos focinhos na forma desta insignificante pérola.

Caminhou em direção ao gato, mantendo certo cuidado em não se aproximar demasiadamente, e continuou seu falatório:

— Interessante como o destino nos prega peças, não é mesmo, jovem repórter? A chave para tal segredo, a luz reveladora aguardando todo o tempo até que por fim pudesse retornar à escuridão... onde apenas carcaças nos observam, aguardando até que o resto de sua dinastia podre e insignificante possa fazer parte desta mesma paisagem um tanto... peculiar. Duvido que Mundongovich tenha imaginando algo assim.

— Se Mundongovich era um de vocês, por que o matou? — miou o gato, dirigindo-se ao roedor.

— Joga xadrez, senhor Flint? — Ratatusk aproximou-se da chama eterna e estendeu sua pata, deixando com que a luz refletisse sua própria imagem na joia, fingindo examiná-la com mais afinco. Podia perceber a emanação de medo e ódio vindo da presa à sua frente, sentindo sua agitação. Começou a caminhar de um lado para outro, encarando o felino com uma expressão de desprezo. — Imagino que sim, obviamente... Então, deve saber que, quando um peão é capaz de colocar seu rei em risco, cabe-lhe sacrificá-lo em troca de uma posição, digamos... mais adequada.

Flint lançou um sibilo em sua direção, não se intimidando com o rosnado do lobo em sua nuca. Ratatusk riu baixo e deu dois passos para trás, travando a base de sua bengala no solo entre ele e o gato, com um desejo súbito de desembainhar o sabre interno.

— A habilidade de um bom jogador está em saber quando se deve trocar uma peça por outra — rugiu o rato, num tom provocativo. — Ainda mais quando o destino, mais uma vez, parece estar do seu lado. Mundongovich tornou-se uma peça valiosa e, ao mesmo tempo, inocente demais para manter-se num jogo onde a verdade poderia, a qualquer instante, transformar-se na lâmina selando seu próprio destino. E colecionou verdades demais.

— Sabiam que Rudovich Esquilovisky estava de olho no camundongo... — disse Flint.

— O que determinou seu destino. Não nos deixou qualquer escolha a não ser eliminá-lo do jogo, mantendo nosso rei intacto...

— O líder Suk — miou baixo Flint.

— O assassino por trás do assassino. Isento de toda culpa se observarmos a partir de um novo ângulo, tendo na figura do próprio comissário o verdadeiro responsável pela morte do agente, comprovando que a verdade absoluta não passa de uma simples percepção individual, cabendo-nos apenas discerni-la de todo o resto.

— Duvido que alguém feito você consiga discernir algo além da sua própria loucura.

— E o que somos todos, senão loucos? — interveio Ratatusk sacudindo as patas ao redor. — Olhe à sua volta, senhor Flint, e diga-me quem, a não ser um verdadeiro louco, mergulharia por entre águas lamacentas em busca de uma verdade enterrada em suas profundezas, uma verdade que nem mesmo estamos certos de existir?

O gato repórter controlou seu impulso de agarrá-lo bem ali, sentindo-o próximo o bastante para transformá-lo numa presa indefesa. Contudo, a respiração quente em sua nuca servia-lhe de alerta. A qualquer movimento seu, dentes afiados o arrastariam para algum canto escuro daquela cripta, transformando-o em mais um de seus guerreiros adormecidos.

— Mundongovich... — murmurou Ratatusk num tom melancólico. — Sim, meu jovem gato, um louco cuja inteligência e conhecimento nos possibilitaram um grande avanço, capaz de nos surpreender ao fingir sua morte súbita, deixando um rastro para que pudessem chegar até nós... — Encarou Flint mais uma vez, com a fisionomia transformada numa expressão de pura satisfação. — ... atraindo então alguém capaz de segui-lo de perto, concluindo aquilo que por certo era sua missão.

— Encontrar *Ra's ah Amnui* — miou o esperto felino.

— Alguém capaz de conduzir-nos de forma brilhante ao nosso objetivo.

Ratatusk fez uma breve pausa, sentindo-se embriagado ao observar a expressão de ódio externada pelo gato, um sentimento que parecia mesmo alimentar sua alma podre e distorcida.

— Alguém feito o senhor, meu caro Birman Flint — disse o conde com uma expressão séria, revelando o verdadeiro ser por detrás daquela máscara feita de puro descaso. — Como disse há pouco, o destino nos favoreceu ao mostrar-nos como seria mais acertado deixar com que as anotações de nosso peão permanecessem com você — disse, referindo-se ao pequeno livreto de Mundongovich —, dando assim prosseguimento a uma trilha antes aberta pelo nosso valioso camundongo. Uma aposta arriscada, porém próspera.

Maquiavel Ratatusk encarou o gato mais de perto, deleitando-se com sua expressão de surpresa, notando os músculos de suas patas endurecidos, lutando por controlar todo o ódio que brotava daquele olhar selvagem. Percebeu seu movimento sutil tocando um dos bolsos externos do casaco num gesto quase inconsciente, observando ali o contorno de algo que bem poderia ser um pequeno livreto. As anotações de Mundongovich, imaginou Ratatusk sorrindo, buscando nas feições do inimigo uma leitura clara do sentimento que parecia brotar-lhe das entranhas.

— Sei como deve estar se sentindo, meu jovem amigo. Todo esse tempo, observado de perto pela sombra do inimigo, felicitando-nos com sua destreza e determinação ao reunir todas as peças deste jogo sombrio. Manipulado... Imagino que seja esta uma sensação... desprezível.

Flint devolveu-lhe o olhar irônico. Sentiu o calor da respiração do lobo próximo de seus pelos. Olhou de relance para Bazzou, estabelecendo com o amigo uma comunicação silenciosa. O camundongo pareceu ler seu gesto sutil. O repórter mostrou-lhe com o olhar uma passagem que já havia percebido algum tempo antes na parede carcomida pela umidade no fundo da sala, por onde alguém pequeno como ele poderia escapar.

Bazzou jamais o deixaria ali à mercê daqueles assassinos; no entanto, já havia decodificado sua expressão: sua decisão estava além de qualquer discussão. Se havia a chance de alguém escapar dali e buscar alguma ajuda, este alguém era ele.

Maquiavel Ratatusk apreciou mais uma vez a joia.

— Esplêndida... realmente esplêndida — murmurou o roedor negro, sentindo o calor exalando do interior do pequeno bólido.

Aproveitando um segundo de distração enquanto lobo e rato pareciam aturdidos pela beleza da joia, Flint desferiu um golpe certeiro em Kronos, acertando com toda a sua força a mandíbula da fera. Ganhando ainda mais impulso, conseguiu tocar com suas garras dianteiras a pérola negra, arrancando-a das patas de Ratatusk.

Bazzou escutou o ruído seco da joia batendo contra o chão de pedra enquanto um assustado rato negro rodopiava no ar desembainhando seu sabre num gesto automático.

O som do lobo tombando remetia a ossos quebrados. Quem sabe uma ou duas costelas. O camundongo saiu do transe momentâneo em que estava e correu em direção à passagem no fundo da sala, embrenhando-se pelas galerias escuras escavadas pelas goteiras. Escutou algo como "Rufus". Buscar ajuda, Rufus, algo como "seguir as coordenadas".

Gremlich não era mais um lugar seguro.

Tateou em meio aos escombros, encontrando uma tubulação metálica que o conduziu a um complexo de galerias subterrâneas desativadas.

Flint assumiu uma posição de ataque. O lobo avançou em sua direção movido pelo ódio. Com as feições transfiguradas, rosnava furiosamente, enquanto um risco de saliva escorria entre seus dentes pontiagudos.

O gato tocou o cabo da velha Webley & Scott Mark escondida no interior do casaco, chegando mesmo a mirar o rosto sombrio e distorcido da fera à sua frente, quando sentiu a ponta fria da lâmina manuseada por Maquiavel Ratatusk em sua pata, cortando num gesto rápido sua carne. O baque da pistola no solo frio e úmido fundiu-se ao seu incontrolável miado de dor. Um novo solavanco acertou-lhe a barriga, lançando-o em direção à passagem por onde Bazzou havia desaparecido.

Um estranho silêncio o envolveu e tudo pareceu desaparecer repentinamente ao seu redor. Com o ar rarefeito nos pulmões, afetados pelo duro golpe, sentiu um gosto quente de sangue subir-lhe pela garganta. Garras poderosas esmagavam-lhe a traqueia, mas um segundo vulto, menor que aquele que o asfixiava, aproximou-se, impedindo com um gesto sutil o desfecho iminente:

— Kronos... ainda não.

Lobo e rato trocaram um olhar frio. A respiração ofegante da fera desejava ignorar a ordem, sentindo o corpo frágil do oponente ali, indefeso, prestes a sucumbir sob suas patas.

Os olhos de Ratatusk cintilavam em meio à penumbra, dominando de alguma forma a o lobo, que aos poucos afrouxou o pescoço do gato, permitindo que o fluxo de ar passasse por ali.

— Ainda não, meu bravo guerreiro... Temo que nosso ilustre amigo ainda tenha uma função... — Olhou de soslaio para Flint, quase inconsciente. — Uma última aparição neste palco dramático antes que as cortinas se cerrem para sempre.

— O camundongo escapou — rosnou Kronos.

— Deixe-o ir. Nossos aliados cuidarão dele. Quanto ao nosso amigo aqui, leve-o para o dirigível de Gundar. Não demoraremos a partir. — Parou um instante, sentindo então o contorno perfeito da pequena joia segura no bolso do colete interno. Tocou a pérola, sentindo o calor vindo do seu interior espalhando-se por todo seu corpo na forma de um estranho arrepio. Sorriu de leve, como se duvidasse de seu próprio ceticismo. — Muito em breve saberemos se tudo isso realmente valeu a pena.

✶✶✶

"Rufus... buscar Rufus." Bazzou corria ofegante, buscando uma saída do labirinto subterrâneo. Sentiu as patas arderem enquanto galgava velocidade, ignorando obstáculos pelo caminho, até que parou abruptamente. Pegadas vindo em seu encalço.

Reconheceu, nos pontos cintilando em meio à escuridão, roedores assassinos enviados por Ratatusk. Lutando contra o desespero, Bazzou saltou por entre arestas circulares, passando depressa entre túneis escavados na rocha, onde a estrutura metálica abria caminho, lembrando algum tipo de animal pré-histórico.

Com sorte, poderia despistar o inimigo, buscando nas entranhas daquele lugar alguma forma de alcançar a superfície.

Um som metálico ecoou pela galeria quando o duto se moveu devagar sob suas patas. Bazzou olhou para trás por um instante e percebeu os vultos dos assassinos divertindo-se com a caçada. Imediatamente, ele rastejou por uma brecha aberta pelo duto. Agarrando-se aos rebites, arrastou-se pelo túnel claustrofóbico em direção a um ruído de água corrente que se aproximava. Lutando contra o tempo, sentiu as rochas rasgaram seu casaco, deixando um rastro de sangue em suas costas.

O barulho da água era quase ensurdecedor quando por fim alcançou a borda enferrujada, deixando o túnel para trás. Respirou aliviado ao se aproximar da saída. No entanto, um novo estrondo moveu o solo metálico, fazendo com que perdesse o equilíbrio, mergulhando no rio que corria abaixo.

Arrastado pela correnteza, Bazzou sentiu o mundo girar à sua volta. Seu corpo batia de um lado para outro, marcado pelas rochas que cortavam ainda mais seu pelo. Tentava se agarrar a alguma coisa, buscando emergir, mas sentia que suas forças se extinguiam pouco a pouco. Começava a se afogar, perdendo a noção do tempo, quando alguém o puxou para fora da água abruptamente. Sentiu seu corpo ser arrastado até um esconderijo escavado na rocha.

— Respire... — A voz foi ficando mais nítida e Bazzou começou a reconhecer o contorno do rosto à sua frente,

— Esquilovisky? — balbuciou o confuso camundongo, sorrindo momentaneamente, percebendo ali, enfim, um dos agentes secretos do comissário.

— Vamos tirá-lo daqui o quanto antes... — respondeu o esquilo, tentando acalmá-lo. — Nosso alvo não apresenta nenhum tipo de ferimento — disse em seguida, apanhando o radiocomunicador.

— Como souberam onde estávamos? — indagou, aliviado ao conseguir pronunciar algumas palavras coerentes.

— Estamos rastreando suas pegadas já há algum tempo com o objetivo de tirá-los de Gremlich em segurança, sob ordens de nosso comissário-chefe — respondeu o agente, referindo-se a ele e ao amigo repórter. — Não foi difícil seguir o rastro desses malditos assassinos até aqui.

— Flint! — disse um exaltado Bazzou, como se de repente as palavras do esquilo o jogassem de volta à assustadora realidade.

— Calma, meu amigo. O gato está vivo. Infelizmente não pudemos alcançá-los a tempo, mas temos informações precisas de que Birman Flint foi feito prisioneiro.

— Prisioneiro... o rato negro... a pérola...

— Ouça — prosseguiu o agente —, todo o Palácio Imperial foi alvo de uma conspiração. Mais da metade das tropas imperiais sob o comando do capitão Sibelius Tigrolinsky voltou-se contra o czar num ato de traição. Forças hostis invadiram Gremlich e, neste instante, toda a família imperial, nossos líderes e o que restou das tropas de tigres de Siberium fiéis aos Ronromanovich são mantidos como reféns.

Bazzou começava a se recompor:

— O rato negro lá atrás...

— De acordo com nossos informantes, trata-se de Kalius Maquiavel Ratatusk, um dos líderes de uma das facções criminosas mais temidas em todo continente oriental. Precisamos sair daqui.

— Paparov... Precisa me levar até Rufus Paparov...

— Certamente, Paparov poderá nos ajudar. Mas precisamos contatar nossas tropas comandadas pelo general Simanov — informou o esquilo, referindo-se às tropas do I Comando Militar, localizado na grande fortaleza de gelo nas planícies de Siberium. — Gremlich vive atualmente uma grande farsa. *É provável que* toda Moscóvia se encontre isolada do resto da Rudânia. Nossos postos de controle e comunicação foram assumidos por traidores usando o brasão do czar. Se quisermos salvá-lo, precisamos interceptar o líder dessa conspiração. Fique a meu lado e estará em segurança. Um pequeno pelotão nos dará cobertura até que possamos nos reagrupar fora das imediações de Gremlich.

Seguiram na direção oeste — escoltados por dois sentinelas fechando a retaguarda —, onde eram aguardados no rio Moscóvia por um submersível da Polícia Secreta Imperial.

Com sorte, deixariam Gremlich para trás.

# 29

Maquiavel Ratatusk seguia em direção aos guardas tigres do lado de fora da torre onde era mantido o sistema de carceragem de Gremlich, uma construção antiga de tijolo e pedra, onde masmorras subterrâneas construídas numa época remota emprestavam ao lugar uma aura assustadora e melancólica, que destoava em muito do resto da arquitetura local.

Ainda tinha em sua mente os peculiares acontecimentos que acabara de testemunhar durante sua visita à abadia. Levava a pequena pérola no bolso do colete, enquanto caminhava em passadas vigorosas, elaborando uma série de perguntas cujas respostas pareciam se contrapor à própria razão.

Assim que, num movimento instintivo, tocou a joia, uma corrente sutil percorreu seu corpo, quase que um sinal em forma de eletricidade. Afastou a pata repentinamente, como se diante do ataque iminente de alguém prestes a dar-lhe sua ferroada mais poderosa. Por um segundo apenas, Ratatusk viu-se obrigado a controlar seu desejo de deixá-la ali, perdida entre as pedras soltas no pátio central do Palácio Imperial, libertando-se daquilo que desde então parecia tocar-lhe a alma. Um estranho sentimento sem nome.

Sorriu diante da própria idiotice, imaginando que o cansaço começava a afetar seus nervos. Por certo, a convivência com aqueles intrépidos lunáticos, como se referia de forma particular aos aliados Suk, começava a fazer algum efeito. Todas aquelas histórias sobre demônios, rituais e agora aquilo... o esquisito episódio da abadia.

Parou quando um imenso felino dirigiu-lhe uma saudação, abrindo espaço para que o seguisse em direção à sala dos oficiais de carceragem, onde era ansiosamente aguardado.

Assim que adentrou a pequena sala, notou, num canto em meio à penumbra, o olhar apreensivo de um ser sombrio que o observava debaixo do capuz, feito um anjo negro inerte. Parou e fez uma reverência profunda ao anfitrião.

Depois de alguns segundos, o vulto caminhou em sua direção com um estranho sorriso:

— Então, nobre conde, nosso amigo teve algum êxito? — Seus olhos cintilavam em meio à escuridão no centro do capuz negro, mal controlando sua ansiedade.

Ratatusk devolveu-lhe o sorriso, notando como toda aquela expectativa parecia atormentá-lo.

— Arrisco dizer-lhe que teve muito mais do que algum êxito.

Um som que lembrava soluços, mas que de fato era o de risadas aflitas, preencheu de repente o ambiente abafado. Ratatusk apalpou o colete, sentindo mais uma vez a eletricidade que emanava dali. A ponta de seus dedos formigava, somando-se ao desejo de não entregar a pérola... Com um leve tremor, Maquiavel Ratatusk apanhou a joia, trazendo-a à tona.

O líder Suk esgueirou-se em sua direção, num misto de assombro, deleite e repúdio. Escondia o olhar atônito em sua caverna escura de tecido.

— A joia...?

— Eis aqui seu artefato — disse o rato, fitando a pérola em suas garras. Na voz, um acento irônico.

— O que quer dizer?

— A pérola... — rugiu o conde. — A pérola negra de Gaturnino Ronromanovich e o tal artefato místico são o mesmo objeto.

A figura sombria desviou seu olhar do aliado para a joia, depois para o rato mais uma vez. O vapor da respiração que emergia através do capuz encobria-lhe as feições como se emitido por algum ser draconiano.

— *Ra's ah Amnui* — balbuciou o felino, aproximando-se diante da pérola e fitando-a perplexo. — Não pode ser...

A MALDIÇÃO DO CZAR

— Acredite, meu estranho amigo... acredite. — Visualizou as patas trêmulas apanhando a pérola para examiná-la. — O objeto capaz de levá-lo até o seu diamante...

— O espírito de Drakul Mathut — sussurrou o animal, interrompendo a fala do roedor. Seu olhar confuso fitava a joia.

— Como queira — respondeu o conde com um ar irritado. — Imagino que com isto possamos dar andamento ao nosso projeto. Nossos aliados em Kostaniak estão começando a demonstrar alguma impaciência.

O líder Suk parecia nem mesmo escutar tais palavras, perdido em pensamentos enquanto empunhava diante dos olhos a enigmática joia:

— É impossível... — balbuciou mais uma vez — Todo esse tempo, bem diante dos nossos bigodes.

— A notícia de que os Ronromanovich foram vítimas de uma conspiração logo se espalhará, atraindo para cá suas tropas espalhadas por toda a Rudânia — informou Ratatusk. — Infelizmente, muitos escaparam ao nosso cerco, colocando-nos em risco. Não podemos demorar a estabelecer um novo exército, fechando as fronteiras e desestabilizando por completo as tropas imperiais.

— Tudo acontece da forma como previ — sussurrou o ser funesto sem desviar o olhar da joia. — O czar nos servirá de escudo até que eu possa cumprir meu legado. Suas tropas avançarão em nossa direção — disse, referindo-se ao exército do czar —, contudo, meu fiel amigo... quando o fizerem, será tarde demais.

Maquiavel Ratatusk fitou-o com certo desdém, tornando evidente sua irritação diante da convicção com que o sacerdote expressava sua fé. Notava seus olhos brilhantes por debaixo do capuz:

— Você presenciou sua mágica... não é mesmo, meu amigo? — sibilou. — Sabe do que ela é capaz... — Ratatusk desviou o olhar, dando a entender que escondia algo. — Posso sentir sua perturbação, meu caro conde. A joia — disse empolgado, voltando-se para o objeto em suas garras afiadas —, *Ra's ah Amnui* parece de alguma maneira influenciá-lo.

— Pude ver seu espetáculo — admitiu o rato.

— Fale-me dos sinais — miou a entidade funesta.

— Magia — disse Ratatusk de forma seca. — Algo a ver com a luz diante da tumba de Gaturnino. Certamente um belo truque... — Ele fitou a pérola, intrigado, pensativo, movendo a pata em sua direção num gesto impensado, desejoso por tocá-la mais uma vez. — Surgiram do nada, como se a joia tivesse vida própria...

Uma risada espontânea vinda do interior do manto negro despertou o roedor de seus próprios devaneios:

— Magia... — repetiu o feiticeiro. — Algo poderoso, ainda que insignificante perto do grande espírito do lobo, o Olho do Dragão.

— Voltou-se para o aliado rato, notando o desconforto em seus olhos regados de sangue, parecendo resmungar algo ininteligível que ecoou por toda a sala, como se seres invisíveis respondessem ao seu chamado. — Gaturnino foi mesmo brilhante mantendo-a todo este tempo bem aqui, visível o bastante para que o próprio tempo a tornasse invisível diante dos nossos olhos. — Um novo soluço se fez ouvir, atraindo a atenção do roedor. — Karpof tinha razão em relação ao poema... a pérola negra imperial — riu ao referir-se à inusitada mensagem deixada pelo antigo czar em sua forma mais poética e enigmática. — Não somente uma peça, como havíamos suposto, mas a chave capaz de nos conduzir à verdade absoluta.

Voltou-se para Ratatusk com um certo brilho no olhar, cheio de admiração:

— Estávamos mesmo certos em relação ao gato, meu sádico amigo.

— Uma aposta arriscada — disse o rato.

— Assim como o foi Mundongovich. Brilhante em sua destreza e inteligência... —Parou um instante antes de prosseguir, dizendo mais para ele mesmo: — Muito próximo da verdade, sem sequer imaginá-la diante de seus olhos todo o tempo.

Voltou-se abruptamente para o roedor negro, que o observava enquanto brincava com sua bengala, balançando-a de um lado para outro numa espécie de cacoete, dirigindo-lhe sua atenção num miado bastante sereno.

— Perdoe-me, meu nobre amigo, se a surpresa lançou-me num mar de águas turvas, incapaz de tecer-lhe meus mais sinceros agradecimentos e minha profunda admiração. Fico aqui elogiando nossos brilhantes investigadores quando deveria agradecer àquele que realmente tornou tudo isso possível.

Ratatusk sacudiu a cauda num gesto rápido, fingindo não ligar para o elogio, ao mesmo tempo que seu companheiro certificava-se do quanto poderia ser útil manter-lhe o ego nas alturas.

— Quanto ao gato... — começou a dizer em tom de pergunta.

— Conforme suas ordens, mandei que Kronos o conduzisse a bordo do *Rapina*, onde deve estar nos aguardando com certa... ansiedade.

— Excelente, nobre conde — miou satisfeito. — Seu trabalho estará encerrado tão logo nos conduza em segurança ao Olho do Dragão.

— E quanto ao outro prisioneiro, o tal professor? — resmungou Ratatusk.

— Imagino que poderá ser-lhe útil, assim como Mundongovich imaginara.

— Como queira — respondeu o rato, parecendo dar pouca importância ao fato de Flint não ser o único mantido em cativeiro junto à tripulação de piratas de Gundar Kraniak.

— Partiremos tão breve quanto possível, não sem antes buscarmos nosso salvo-conduto — riu para o roedor. — Algo que manterá nossos inimigos afastados durante nossa jornada, além de proporcionar a realização da grande profecia Suk.

A risada do feiticeiro logo se transformou numa gargalhada enquanto guardava a pérola no interior de sua túnica:

— Após encerrarmos tudo isso, poderá ficar com ela se assim o desejar, meu nobre conde. Porém, posso garantir-lhe de que esta pequena joia não terá importância alguma perto das infinitas riquezas que se estenderão diante de suas patas, amigo.

Ratatusk sorriu, seguindo a sombra rumo ao complexo de celas e masmorras no subsolo do prédio.

# 30

Gatus Ronromanovich sentiu os músculos se contraírem ao caminhar incessantemente de um lado para o outro da cela, sibilando baixo, devolvendo os olhares provocadores de alguns de seus antigos tigres sentinelas que, vez ou outra, pareciam se divertir enquanto fitavam a família imperial exposta bem ali, feito presas indefesas enjauladas, aguardando até que o destino se fechasse sobre cada um deles feito garras esmagadoras.

Tendo como aliado apenas o ódio e o medo, Gatus permanecia diante das grades protegendo sua família, mantendo Katrina, assim como Lari, ocultas nos fundos da cela fria e úmida, longe dos olhares sorrateiros.

A imagem do lobo assassinando o velho embaixador ainda o atormentava, mergulhando-o num verdadeiro horror, quando foi surpreendido pelo sacudir de grades. Reconheceu, com espanto, numa das celas localizadas no fim do corredor, a figura inusitada do galo detetive, que se esgueirava entre as barras de ferro, aflito ao avistar o pequeno comissário Esquilovisky acompanhado de um abatido Ortis Tigrelius, ambos sendo conduzidos para uma jaula próxima de onde estava. Soldados fiéis à dinastia imperial acotovelavam-se nas celas mais ao fundo, e vez ou outra lançavam olhares carregados de respeito e valentia em direção ao czar.

Gatus percebeu o medo nos belos olhos de sua czarina, que o observava. Tentou sorrir para encorajá-la, mas logo foi atraído pelo rangido seco da enorme porta de ferro no final do corredor movendo-se lentamente. Sombras surgiram descendo a escadaria lembrando uma imensa espinha dorsal em direção ao corredor comprido e frio margeado por celas que pareciam nichos escavados na própria rocha.

Gatus adiantou-se, protegendo sua família, colocando-se entre as assustadas gatas e as barras de ferro cheias de zinabre. Sentiu um arrepio subir-lhe o dorso feito uma lâmina afiada quando notou três vultos vindo em sua direção.

Sibelius Tigrolinsky foi o primeiro a se aproximar. Atrás dele, um espectro sinistro coberto por um manto negro e encapuzado se arrastava em sua direção. O brilho de seus olhos fitava o prisioneiro com certa satisfação. Por último, um ser com gestos elegantes e trajes refinados caminhava num ritmo pontuado pelo toque da bengala, com o olhar carregado de perversidade.

Ainda que tomado pelo medo, Gatus Ronromanovich avançou em direção às grades, sibilando:

— Como líder e senhor de toda a Rudânia, devo informá-lo de que meu governo não tolerará nenhum ato terrorista.

Uma risada surgiu das entranhas do ser espectral, interrompendo a fala do soberano:

— Seu governo acaba de ser extinto, nobre czar. O gato empunhando as espadas acaba de sucumbir diante do grande predador oculto nas sombras ao nosso redor. A cobra negra a nos observar, rastejando pelas entranhas do inferno, envolvendo com seu corpo a presa indefesa, sentindo seus ossos se partirem em mil pedaços, alimentando-se do medo que envolve sua alma perdida...

Gatus Ronromanovich sibilou furioso, mas o misterioso sacerdote parecia entusiasmar-se com seu ódio, posicionando-se diante da cela e observando as figuras encolhidas mais atrás:

— Em nenhum instante passou-me pela cabeça deixá-lo na escuridão sem que uma única luz pudesse iluminar a verdade à sua volta, mostrando-lhe como nosso movimento está prestes a dar início a uma nova ordem governamental, que muito em breve se consolidará, tornando-se única em toda a Rudânia. — Fez uma pausa, parecendo estudar o comportamento do prisioneiro, notando sua tensão enquanto caminhava de um lado para outro na cela sem desviar-lhe o olhar. — É com imensa satisfação que anuncio neste ato o fim da dinastia imperial Ronromanovich como governo soberano. Declaro-os inimigos da nova ordem, culpados de traição e sentenciados à morte tão logo possamos finalmente concluir nossos propósitos.

Um miado seco surgiu dos fundos da cela. A sombra pareceu sorrir mais uma vez, reconhecendo a voz carregada de medo de Katrina Ronromanovich.

— Não sei quem ou o que são vocês — sibilou Gatus —, mas juro que pagarão caro por esta afronta, respondendo ainda pelos assassinatos de Karpof Mundongovich e do embaixador Splendorf Gatalho. Nosso sistema de inteligência continua operante e em breve alertará nossas tropas em Siberium sobre tal ato terrorista. É uma questão de tempo até que tenhamos todo o nosso poderio bélico apontando para o seu rastro imundo.

— Tem toda a razão, nobre czar, muito embora eu duvide que seu glorioso exército deseje colocar em risco as vidas de sua preciosa família imperial. — Afastou-se sem pressa, desta vez dirigindo seu olhar para os vultos encolhidos nos fundos da cela, tornando evidente sua ameaça, encarando novamente o felino prisioneiro com um sorriso gélido. — Um salvo-conduto, nada mais — sussurrou.

— É a isso que suas míseras e estúpidas vidas se resumem neste momento, czar. Reféns até o instante em que finalmente completarei minha tarefa, cumprindo meu propósito... meu legado. Marcando, assim, o nascimento de uma nova dinastia à frente do grande exército negro de Drakul Mathut.

— O repórter estava certo — miou Gatus num tom provocativo, referindo-se a Birman Flint. — Um louco à frente de uma seita assassina.

Uma gargalhada doentia o interrompeu.

— O jovem repórter estava certo em absolutamente tudo e serviu-nos de forma brilhante, ainda que mergulhado na ignorância dos fatos, conduzindo-nos até onde Karpof Mundongovich não foi capaz — retrucou o líder da rebelião, aproximando-se tanto das barras de metal que, por um único instante, o czar teve a impressão de poder ver seus olhos cintilando em meio à escuridão, sentindo uma estranha sensação de familiaridade, como se há muito fosse observado pelo predador à sua frente.

— Não está interessado apenas em estabelecer uma nova ordem

política, mas uma nova ordem social baseada em suas crenças pagãs.

— Um novo mundo governado por conquistadores, separando verdadeiros guerreiros daqueles cujo destino é a servidão e a miséria. Um mundo governado por uma raça superior, pura, descendentes do próprio Drakul, onde apenas um nome será aclamado como seu único e verdadeiro senhor... — Fez uma pausa antes de concluir com um rosnado firme típico de um felino: — Gosferatus.

Gatus Ronromanovich sibilou de forma feroz. O estranho nome surgiu feito uma ameaça, trazendo lembranças de um passado remoto.

— Sim, nobre czar. Comemoremos o ressurgimento de uma dinastia predestinada a erguer mais uma vez o estandarte da cobra negra, assumindo seu papel na história e fazendo jus àquele que um dia foi destruído de forma covarde e impiedosa pelos Ronromanovich.

— O antigo oráculo — miou Gatus de forma raivosa. — Traidor e assassino, cuja lâmina mortal surgia em sua forma mais ameaçadora... a persuasão.

— Um visionário fiel à sua causa. Líder e mentor de nosso povo, devoto e profundo seguidor dos grandes feiticeiros de Mogul, aquele a quem foi reservada a tarefa de trazer à vida o espírito de nossos guerreiros, reerguendo em suas patas aquilo que um dia nos foi arrancado de forma brutal, mantido em segredo durante décadas por seu ancestral Gaturnino. *Ra's ah Amnui* — sussurrou o ser, retirando do interior do manto negro o pequeno objeto, trazendo-o à luz, deixando que seu brilho ofuscasse o olhar assustado de Gatus. — A pérola negra... A pérola cuja beleza esconde sua magia, que ao ser despertada revela enfim seu verdadeiro significado, nos conduzindo ao local sagrado onde Gaturnino escondeu aquilo que é o nosso verdadeiro propósito. O diamante pertencente a Drakul Mathut. Seu espírito adormecido em meio às suas diversas facetas, aguardando até que a grande profecia Suk se realize, libertado enfim por aquele que deverá comandar mais uma vez seu exército, espalhando a bandeira da cobra pelos quatro cantos do mundo.

Gatus o fitou perplexo. As palavras do estranho algoz ainda borbulhavam em sua mente quando se voltou dizendo num tom irônico:

— E imagino que esteja contando que Raskal Gosferatus, ao renascer do inferno, comandará seu exército de fanáticos sanguinários.

— De fato, este fora seu propósito até que a lança infiel de Feodór recaiu sobre sua cabeça, selando seu destino, sem ao menos supor que seu legado divino permaneceria intocado, aguardando o momento certo para ressurgir das sombras alimentado pelo desejo de vingança e justiça, quando mais uma vez a bandeira da cobra se faria imponente, erguida por aquele que faria ressurgir seu nome, dando início a uma nova era, a era Suk, comandada por mim... Seu herdeiro, abençoado e criado na ordem Suk pelos últimos feiticeiros de Mogul. Eu, Nefestus Gosferatus, seu filho, mantido todo este tempo em segredo, escapando assim das garras daqueles que certamente fariam de tudo para extirpar a raiz indesejada.

Rudovich Esquilovisky, junto ao gigante tigre Ortis, parecia atento à conversa, aturdido com a estranha revelação, esgueirando-se entre as barras de ferro da cela imunda para tentar ouvir toda a história.

— Parece surpreso, nobre czar. Nem mesmo o ilustre Feodór seria capaz de imaginar que seu devotado inimigo escondia nas mangas uma última carta, garantindo-lhe que seu legado fosse levado adiante.

— Filho...? — balbuciou Gatus.

— Educado por filósofos e pensadores da ordem de Mogul, enquanto meu pai sucumbia aos poucos naquela fétida prisão, garantindo assim o meu sucesso e minha total segurança, deixando seus relatos como única herança, um presente no dia em que fui consagrado sacerdote e assumi o compromisso de reerguer a grande bandeira, prosseguindo naquilo que sempre fora o destino dos Gosferatus. Imagino como deve ser amargo o gosto da própria ignorância e indiferença, quando toda a verdade sobre o passado dos Ronromanovich, sua estranha conexão com os Suk, sempre esteve bem aqui na forma desta pérola... *Ra's ah Amnui*. A linda pérola de Gaturnino, o místico objeto que um dia pertencera aos antigos leões brancos, bem diante de seus bigodes nojentos, escondido nas entrelinhas deste maldito lugar, aguardando até que pudesse enfim compreender o propósito de tudo isso... A verdade que nos torna tão parecidos, detentores do conhecimento e de um poder muito além da compreensão... Forças opostas, assim como o fogo e a água, a espada e a mais pura flor... *Ra's ah Amnui* e o grande diamante, o Olho do Dragão, o coração de Drakul, roubado e mantido em segredo até hoje por vocês...

— Você é um lunático — sibilou Gatus, exaltado.

— Não esbanje suas forças, nobre amigo. Guarde alguma energia para quando eu retornar a Moscóvia trazendo comigo o diamante Suk, cujos poderes farão de mim a ponte entre este mundo e o mundo de Drakul. Faço questão de que assista à minha coroação como novo czar, dando início à nova dinastia. Aí, sim, serão eliminados... todos vocês. Exilados no mundo das chamas, onde os grandes dragões negros aguardam seus espíritos fracos, varrendo deste mundo qualquer vestígio de sua raça. Guarde suas energias, Gatus Ronromanovich, pois precisará delas para assistir ao fim de sua dinastia, entronado no assento principal que reservei para você no grande espetáculo final.

Cego pelo ódio e pela indignação, o czar esticou as garras em direção do inimigo, num golpe rápido e inesperado:

— Pagará caro pela afronta!

Um imenso tigre Suk acertou Gatus em cheio nas costelas com o cabo de uma lança, arremessando-o para perto de Katrina. Gosferatus afastou o servo com um sinal, voltando-se em direção ao prisioneiro e sentindo-se aliviado ao vê-lo erguer-se, mesmo com certa dificuldade.

— Posso afirmar que já paguei, e bem caro, ao devotar toda uma vida farejando seu rastro nojento. Quanto ao seu exército, nobre czar, nossos aliados em Kostaniak cuidarão para que se mantenham bastante ocupados até que eu retorne a Gremlich. E quando isso ocorrer, nem mesmo suas forças imperiais serão páreo para o poder que correrá em minhas veias.

Gatus Ronromanovich tossiu, cuspindo uma bola de pelos embebida em sangue, sendo amparado pela assustada czarina.

— Um verdadeiro lunático...

— Peço-lhes que nos aguardem com paciência enquanto partimos, meu aliado e eu —disse, indicando Ratatusk —, para concluir a última etapa de toda operação. Tenho certeza de que desejará que tudo corra perfeitamente bem, caso contrário, seremos obrigados a rever nossos planos em relação à nossa... pequena e adorável hóspede.

Nesse momento Sibelius Tigrolinsky abriu o ferrolho da cela e entrou abruptamente com o enorme soldado que havia acabado de golpear Gatus. Katrina Ronromanovich sibilou de forma feroz, acuada, buscando proteger a jovem Lari da fera que se esgueirava em sua direção. Sibelius afastou-a com brutalidade e agarrou a gatinha pela parte superior do pescoço, mantendo-a presa entre os dentes.

Gatus enrijeceu-se quando sua czarina, ameaçada sob a ponta afiada da lança do inimigo, emitiu um som desesperado ao ver a filha debatendo-se de forma histérica, sendo levada para fora em direção aos seres monstruosos que riam diante do espetáculo cruel. O czar urrou de dor quando o soldado o acertou novamente na costela machucada, lançando-o em direção à Katrina. Ignorando a dor, ergueu-se num salto em direção às barras que agora o separavam de sua filha:

— Lari! — miou desesperado, voltando-se para Gosferatus, que o fitava com uma expressão de desdém. — Seu desgraçado, deixe-a em paz!

— Não tema, nobre Gatus — disse Nefestus, fingindo compaixão. — Não faremos mal algum à jovem Ronromanovich, a menos, é claro, que alguma surpresa indesejada surja em nosso caminho...

— Deixe-a... — miou o czar, esticando uma das patas em sua direção. — Leve-me em seu lugar.

— Como disse há pouco, a pequena Lari será minha convidada durante nossa breve missão exploratória e será tratada como tal, sendo trazida de volta a tempo de assistir ao fim do espetáculo que lhes reservei. Devo acrescentar que a presença da jovem é indispensável para que meu projeto se concretize. A profecia... a profecia Suk está prestes a se realizar, e Lari Ronromanovich é uma peça fundamental para que isto ocorra de forma definitiva.

— A profecia Suk... — balbuciou Ponterroaux, abandonado em sua cela no fim do corredor. O galo detetive lembrou-se imediatamente do enigmático pergaminho encontrado durante a investigação que havia realizado nos aposentos do agente assassinado.

Nefestus Gosferatus parecia mergulhado num transe:

— "O fogo divino deverá consumir a árvore real, apodrecendo suas raízes, alimentando o grande Olho do Dragão com o sangue do último fruto indesejável, iniciando a nova era animal [...]" — Ergueu suas patas num gesto teatral. — "[...] A era da ressurreição daquele que, mais uma vez, erguerá a bandeira da cobra." — Fez uma

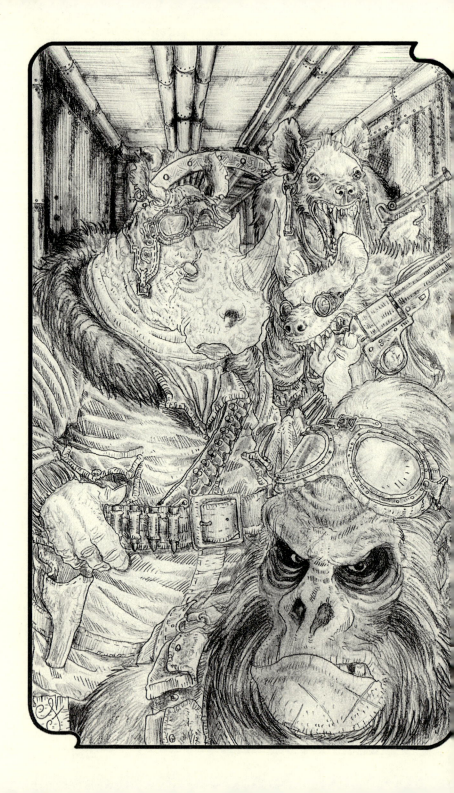

pausa e retomou a fala num tom menos empolgado: — Lari Ronromanovich... a última de uma dinastia fadada ao fracasso. O último fruto indesejável.

— Seu miserável! — berrou ainda uma vez o czar, quase sem voz.

— Se botar uma só pata em minha filha...

Nefestus já se afastava com seu séquito de celerados: Ratatusk, Sibelius com a princesa coberta pela ponta de sua capa nos braços e mais dois enormes tigres sentinelas. De costas, Gosferatus deu um último recado ao czar, já subindo as escadas que levavam para fora do complexo da carceragem:

— Eu a trarei de volta para assistir à queda dos Ronromanovich! Quando o fizer, o espírito de Drakul Mathut estará liberto mais uma vez, revivendo seu grande sonho através de seu servo fiel... eu, Nefestus!

# CÉUS DA RUDÂNIA

Sibelius Tigrolinsky parou diante da torre de controle para assistir à partida do *Rapina*, o imenso dirigível negro de Gundar Kraniak, cortando as densas nuvens de inverno. Poderia estar junto à tripulação, presente no instante que Gosferatus brandisse a pedra Suk, assistindo de perto ao espetáculo que lhe fora tantas e tantas vezes profetizado durante os vários rituais em que estivera presente. Contudo, seu lugar era ali, resmungou para si mesmo, buscando convencer-se do próprio papel naquilo tudo. "Comandante do novo exército imperial", disse mentalmente, estufando o peito cheio de orgulho. Permaneceria ali como um bom soldado, cumprindo sua tarefa no controle das tropas em Gremlich, mantendo uma aura de normalidade dentro da rotina já estabelecida no imenso complexo governamental. Nenhum habitante em Moscóvia deveria suspeitar do golpe. Não até que Gosferatus anunciasse seu retorno, reunindo enfim o restante das tropas que o aguardava com grande ansiedade no templo no Vale das Almas, juntamente à horda de assassinos e mercenários que Ratatusk havia disponibilizado, vinda da fronteira entre a Rudânia e Kostaniak para que, aí sim, assumisse de forma declarada o golpe, colocando toda o império sob as garras de um novo governo.

Olhou de relance a bandeira dos Ronromanovich tremulando no alto. Sentiu uma sensação estranha ao fitar a imagem no centro do brasão. O gato empunhando as cimitarras parecia imponente, feroz. O símbolo do guerreiro, livre daquela sensação amarga que parecia atormentá-lo. Uma sensação que apenas um traidor poderia experimentar. Sibelius Tigrolinsky apanhou seu punhal e fez um corte fino na própria pata, deixando que o sangue escorresse durante um tempo e estancasse de forma natural, até que seus pelos amarelos formaram um emaranhado, como uma tatuagem. Sentiu-se bem novamente, lembrando-se de que agora era um Suk. Observou as gotas de sangue no chão de pedra. Havia eliminado o último rastro de dignidade que ainda lhe restara.

✶✶✶

Birman Flint abriu os olhos lentamente, ajustando as pupilas à pouca luz do lugar. Tentou se erguer, mas a dor em todo o corpo o fez lembrar da luta contra seus agressores durante a visita à Abadia de São Tourac. Pensou em Bazzou, imaginando se o amigo teria conseguido escapar ao cerco, indo ao encontro de Rufus Paparov. O que estaria acontecendo em Gremlich? Sentiu uma pontada aguda na cabeça.

Moveu-se com dificuldade. As patas ainda sem força tentavam levantar o corpo ferido, mas um solavanco abrupto o jogou ao chão metálico outra vez. Olhou ao redor, notando a armação de ferro formando arcos passando pelo teto da sala, lembrando o esqueleto de uma enorme baleia branca. Sentiu uma vibração nos ossos, o que lhe pareceu se originar de uma espécie de motor em movimento.

Caixas de metal se aglutinavam no lado oposto do galpão, envoltas por uma grossa malha feita de cordames, feito uma grande rede de pesca, fixa no solo por ganchos que se encaixavam com precisão nas argolas parafusadas na base da estrutura ovalada, mantendo assim toda a carga imóvel mesmo durante aqueles solavancos que começavam a dar-lhe náusea.

Podia sentir tudo à sua volta se movendo, como se a estrutura onde se encontrava fosse um organismo vivo. Flint imaginou estar num compartimento de carga, e não numa cela. Havia ruídos e vozes do lado de fora. O brilho da luz passando pelas frestas de uma enorme porta de metal ajudou-o a reconhecer o lugar. O ruído seco de uma trava circular o colocou em posição de defesa. Um rinoceronte veio em sua direção com passadas largas, como se um defeito ou um ferimento qualquer o impedisse de caminhar normalmente. Atrás dele, um par de hienas mostrava os dentes afiados em meio ao sorriso maldoso. Suas roupas mais pareciam trapos cobrindo-lhes o corpo, deixando à mostra pelos sujos e empoeirados. O cheio era desagradável, e suas garras imundas empunhavam pequenas pistolas semiautomáticas Luger P08 de fabricação germânica apontadas para ele.

Flint procurou se acalmar quando o rinoceronte, cujo chifre trazia uma série de cicatrizes de batalha, fez sinal para que ele o acompanhasse, deixando para trás o lugar abafado e escuro, sentindo enfim o ar fresco — que brotava das janelas envidraçadas de cada lado do extenso corredor de carga que os conduzia à sala de controle — tomar-lhe os pulmões de forma prazerosa.

Nuvens pesadas estavam tão perto que poderia mesmo tocá-las, pensou o gato, sentindo um frio no estômago ao perceber-se mais uma vez nas alturas, a bordo de um dirigível ou algo semelhante, rumo ao destino que as tais coordenadas reveladas por Feodór pareciam indicar.

"Vortúria", pensou Flint, lembrando-se da inscrição no escudo de pedra, quando um dos tripulantes, um mal-encarado cão selvagem com um tampão no olho esquerdo, chamou-lhe a atenção parecendo aguardá-los, observando o prisioneiro com uma certa ironia enquanto brincava com um punhal, passando de uma pata para a outra numa clara tentativa em se exibir.

Abriu caminho, emitindo um rosnado baixo em direção ao felino. Notando o olhar impaciente do imediato, o macambúzio rinoceronte que liderava a comitiva assumiu a retaguarda do grupo e seguiram rumo à sala de controle localizada na plataforma superior, onde o gigantesco gorila operava com grande desempenho o leme da nave, inclinando seu bico para estibordo, desviando assim da muralha mais adiante formada pela massa tempestuosa.

Do lado de fora da cabine, animais de toda espécie se amontoavam sobre a plataforma externa, acotovelando-se para observar o prisioneiro, dando a impressão de que havia muito não viam uma presa indefesa diante de seus olhos, deixando rosnados, cochichos e risos maldosos soar alto, até que o grunhido feroz de Gundar Kraniak os dispersou em questão de segundos.

A paisagem atraiu a atenção de Flint. Uma cordilheira esbranquiçada localizada ao norte surgia de forma ameaçadora, com picos lembrando presas aguardando a aproximação do invasor voando em sua direção. Rajadas de vento atingiam o *Rapina* como se rejeitando sua presença naquele lugar, sacudindo-o violentamente, travando uma luta com o bravo capitão, que se empenhava por corrigir sua rota, buscando desviar das fortes correntes de ar que pareciam arrastá-lo de forma impiedosa.

O gato repórter sentiu o frio no estômago, o músculo enrijecido das patas mantendo um certo equilíbrio, sem notar as figuras que o observavam do compartimento à sua esquerda, poucos degraus acima de onde estava, num mezanino que se estendia para além da sala de controle, desaparecendo numa curva acentuada por cima do corredor principal. Uma espécie de saleta de reuniões com duas poltronas de um veludo escuro e rasgado, um barril serrado que servia como mesa central e uma velha estante de vime — onde se podia notar certos objetos originados em inúmeras pilhagens — dividiam espaço com algumas garrafas de Bordeaux que se aglomeravam em nichos improvisados. Um lugar perfeito para apreciar a vista externa, onde Kraniak, em dias de calmaria, aproveitava para se embriagar, assistindo seu imediato conduzir seu inestimável *Rapina*.

Flint foi surpreendido por uma voz gutural:

— É realmente magnífico podermos observá-los tão de perto.

Olhou na direção do vulto apoiado no beiral de carvalho — envolto em túnicas negras e o rosto encoberto por um capuz, com os olhos cintilando no centro da caverna escura ao observar a paisagem à frente. Um segundo vulto surgiu como se saindo das sombras do primeiro, com passos metálicos e postura elegante.

— Os montes Urash... — exclamou o sacerdote, dirigindo-se ao repórter. — Um tesouro natural, se levarmos em consideração todo o minério existente neste lugar: topázio, berílio, ferro... riquezas infinitas com que a natureza nos presenteou a partir de sua própria fúria, dando origem à nossa geografia atual, apontando o caminho para o grande e inóspito mar Ártico, onde antigas baleias de Khur seguem obedecendo ao chamado natural da morte.

Flint o observava sem esboçar surpresa alguma, nem qualquer interesse por seus conhecimentos históricos e geográficos. Apenas curiosidade, imaginando quem se abrigava por detrás daquelas vestes funestas.

O felino misterioso sorriu, notando no prisioneiro certo desdém, deixando transparecer alguma simpatia pelo gato enquanto se aproximava com cuidado.

— Um lugar envolto por um manto de mistério... Contudo, reconheço não ser este o melhor momento para toda esta explanação capaz mesmo de atormentá-lo, mergulhando-o num certo tédio. Garanto-lhe que não é esta minha intenção, uma vez que aquilo que nos trouxe até aqui é algo bem diferente disso tudo, não é mesmo, senhor Flint?

— Imagino para onde estamos indo... — sibilou o prisioneiro. — Vortúria. — Fez um gesto com a cabeça em direção às cordilheiras mais adiante. — O lugar para onde Gaturnino Ronromanovich teria levado seu maldito diamante...

Gosferatus riu, interrompendo o repórter:

— Guiado pelo seu misterioso artefato, capaz de nos revelar suas pegadas, conduzindo-nos até o templo. *Ra's ah Amnui...* A chave para o grande mistério — miou —, abrindo as portas para o covil onde Ngorki, junto de seus leões guerreiros, partiu, encontrando nas patas da morte algum consolo para suas vidas miseráveis. Ironicamente, o local do renascimento daquele que um dia foi vítima da lâmina infame empunhada por hereges, liberto das sombras através da grande magia... o Olho do Dragão, a pedra lapidada no fogo dos grandes dragões, o portal conectando os mundos submersos...

O ar quente da respiração do sacerdote quase chegava aos pelos de Flint, espalhando-se pelo seu corpo num arrepio frio. Gosferatus, então, se afastou. Fez um gesto como se tocasse o invisível à sua volta e concluiu, eufórico:

— Aguardando o dia em que o escolhido surgirá das entranhas de Seth, cumprindo assim a profecia negra de Mogul, revelando o caminho para o retorno do guerreiro...

— Drakul Mathut! — rosnou Flint num tom provocativo.

Nefestus Gosferatus aproximou-se do prisioneiro com as garras à mostra.

— Sim... — respondeu o líder Suk, ignorando a provocação. — Drakul Mathut — repetiu baixo, deixando que suas palavras se espalhassem. — Sua força e seu espírito possuindo este velho corpo, que graças ao seu empenho, jovem gato, nos guiará mais uma vez rumo a uma nova ordem... um novo mundo. — Circundou o repórter feito um anjo negro. — Reconheço em Karpof, e principalmente em você, o mérito por ter-nos colocado diante da verdade. Parece confuso, meu jovem amigo...

Flint desviou seu olhar, parecendo esboçar algo, ainda que as palavras, impulsionadas por um turbilhão de ideias, estivessem presas em sua garganta seca.

— Usados... — continuou Gosferatus num miado baixo que mais lembrava um sopro carregado de sadismo e ironia. — Cada um de vocês... Karpof Mundongovich e Birman Flint, duas mentes movidas pela destreza e perspicácia. Peões prontos para se sacrificarem em prol de seu rei. Peças imprescindíveis neste jogo obscuro, manipuladas com grande maestria, devo admitir.

Gosferatus circundou seu prisioneiro mais uma vez, parando à sua frente, fixando seu olhar no gato, que lhe pareceu tão indefeso e perturbado. Pela primeira vez, Flint o evitou. O sacerdote riu, notando a luta que travava contra o medo, um medo que começava a transbordar em seu olhar. Sentiu uma onda de prazer tomar seu corpo, sorrindo como se diante de um servo seu suplicando-lhe por algum tipo de benção:

— Acha mesmo que você teria ficado com as anotações de Karpof caso não enxergássemos uma excelente oportunidade para que suas pesquisas sofressem algum avanço?

Flint cerrou os olhos numa tentativa de fechar-se em sua própria mente, escapando assim daquele lugar, daquelas palavras, daquele ser que o envolvia a cada segundo, tragando-o para seu mundo submerso.

— Acredita de fato que suas pegadas foram todas verdadeiramente espontâneas, sem que pudéssemos conduzi-lo rumo aos nossos interesses? — Aproximou-se com um gesto rápido, querendo enxergar de perto a expressão no olhar do repórter. — A sombra da cobra, bem atrás de você... a cada movimento seu, fortalecendo-se com suas descobertas e, na medida do possível, apontando-lhe o caminho a seguir, mostrando-lhes certos sinais...

— O poema descrevendo o verdadeiro significado da pérola... então foi você quem o enviou...

— Uma pequena ajuda — riu Gosferatus —, atraindo sua atenção para aquilo que, de certo, Mundongovich suspeitava ser uma pista neste intrincado jogo criado pelos antigos czares. Confesso minha surpresa diante de sua descoberta... A pérola e *Ra's ah Amnui*... — Ele fez uma pausa, notando a expressão de ódio no olhar de Flint. — Posso sentir a sua fúria. Uma força bastante útil, caso aceitasse a verdade, juntando-se a nós. Você seria um grande guerreiro Suk!

Flint cuspiu diante de suas patas em desafio. Num movimento brusco, Ratatusk tentou desembainhar sua lâmina, mas foi contido por um rápido aceno de cabeça do líder.

— Está enganado se acha mesmo que estará seguro em Vortúria — afirmou Flint, ignorando a ameaça. — Não sou o único que sabe sobre o lugar. Muito em breve, forças imperiais virão em seu encalço...

— Imagino que sim, jovem felino. — Desta vez foi o líder Suk quem o interrompeu, causando-lhe certa surpresa, caminhando em direção à ponte de comando e fitando as cordilheiras cada vez mais próximas lançando picos esbranquiçados em direção ao céu, lembrando lanças imensas. — Contudo, não creio que seja tão estúpido a ponto de crer que nos lançaríamos num feito como esse sem que certas medidas fossem tomadas para garantir nossa segurança.

Flint o encarou com o olhar estreito. No mesmo instante, ouviu um tumulto fora da cabine, em meio ao qual pôde reconhecer os sibilos agudos da jovem felina em pânico.

— Lari — miou o repórter, esboçando uma reação ao ver a jovem princesa, sendo imediatamente impedido pelo cano da Colt em sua nuca e pela respiração quente do imenso rinoceronte em seu pescoço.

A jovem Ronromanovich lançou-lhe um olhar assustado, miando alto ao reconhecê-lo em meio a todos aqueles animais medonhos. Flint, por instinto, voltou-se para o estranho sacerdote e rosnou alto:

— Deixe-a em paz.

Gosferatus respondeu com uma risada seca, acenando em direção ao grupo de hienas, permitindo assim que a jovem gata corresse em direção ao repórter, encontrando em meio às suas patas algum abrigo. Flint sentiu as garras de Lari se fecharem em suas patas num gesto de pura tensão, mergulhando seu rosto entre seu sobretudo como se pudesse escapar dali, ignorando o espectro à sua frente.

— Nossa adorável czarevna, além de servir-nos como garantia, evitando assim algum tipo de contra-ataque, é imprescindível em minha missão, garantindo-lhe um importante papel. Sem ela, seria impossível o cumprimento do tão aguardado ritual de renascimento. — Lunático — sibilou Flint. — Todos vocês, lunáticos cruéis! — Dessa vez seu olhar recaiu sobre o roedor negro.

— Deveria saber disso, meu jovem, conhecendo a profecia... Ah, entendo... Parece que deixou algo escapar. — Afastou-se um pouco, tocando suavemente com uma de suas garras a jovem Lari, assistindo-a fugir por entre as patas de Flint. Recitou num tom baixo a profecia Suk, a mesma descoberta por Ponterroaux, notando na expressão do gato todo seu espanto, como se começasse a entender seu significado: — "Alimentando o grande Olho do Dragão com o sangue do último fruto indesejável."

— Lari — murmurou o repórter.

— Antes, Gatus... O último deles.... — Fez uma pausa. — O medo de Feodór ao imaginar as presas poderosas do grande oráculo em torno de seu único herdeiro... — riu, o desequilíbrio transbordando em sua aura.

— Gosferatus — sibilou Flint — O oráculo...

— Raskal Gosferatus... foi um dos últimos feiticeiros ordenados nas chamas de Mogul. Dedicou toda uma vida em busca do sinal... o sinal que nossos ancestrais haviam descoberto, mantido em segredo pelos Ronromanovich, o sinal que nos levaria até o Olho do Dragão.

— *Ra's ah Amnui* — miou o repórter.

Uma risada alta espalhou-se pela cabine. O líder Suk estava satisfeito como se diante de um pupilo seu:

— O caminho percorrido por Gaturnino acabou despertando, naqueles que haviam sobrevivido ao declínio Suk, a esperança de reviver as chamas da vingança, reunindo assim os descendentes de Drakul em torno do último dos grandes sacerdotes, que teria como missão empunhar mais uma vez o estandarte da cobra negra, libertando o lobo guerreiro das trevas... Um legado divino passado de geração em geração, até que finalmente os Suk pudessem assumir seu papel na história. O último fruto... que, ao nascer, de forma tão inocente libertou Gatus de seu papel, assumindo seu lugar... — Seus olhos recaíram novamente sobre Lari, observando-a por um instante. — Assim como eu... o último... destinado a desabrochar e trazer à tona uma nova dinastia como símbolo vivo do grande Drakul, dedicando toda uma vida a seguir seus rastros, embrenhando-me por entre os inimigos, sentindo seu odor fétido.

Flint balbuciou horrorizado:

— Gosferatus... você...?

— Seu filho — respondeu a voz. — O último de uma dinastia de sacerdotes Suk, mantido em segredo durante toda uma vida. O destino reservou-me não apenas o direito da vingança, mas também o cumprimento de seu legado, tornando-me as patas que empunharão sua espada mais uma vez, assistindo ao nascer de um mundo purificado das impurezas que nos rodeiam feito um parasita.

— Não permitirei que nada aconteça... — começou a dizer Flint.

— Não está em condição de impor nada — interrompeu Gosferatus, notando seu temor em relação à jovem e indefesa felina. — Retornaremos a Moscóvia muito em breve... todos nós. A jovem czarevna assistirá nossa ascensão ao lado dos seus. Daí, sim, daremos um destino à falida dinastia imperial...

— Se acha que poderá interpretar *Ra's ah Amnui* tão facilmente, está enganado.

— Talvez sim, talvez não. Para isso está aqui, meu caro e esperto gato. E como prova de que somos seres precavidos, tomamos a liberdade de trazer alguém que certamente nos será de grande auxílio. Pelo menos, era o que Mundongovich parecia crer. Se não puder interpretar os sinais deixados por Feodór... — Fez um gesto deixando uma das garras à mostra, apontando para algo específico, como se pudesse enxergar através do tecido grosso do sobretudo de Flint o velho diário escondido num dos bolsos internos — tenho a certeza de que nosso ilustre convidado o fará.

Como se surgisse do nada, Kronos apareceu e parou a pouco mais de meio metro de onde estava Flint, parecendo cuspir o velho pato no assoalho frio, assistindo-o enquanto tentava se recompor. A risada fria de Gosferatus atraiu sua atenção para o pequeno vulto emitindo aqueles estranhos grasnidos, debatendo-se inutilmente, buscando se livrar das presas pressionando suas asas.

— Fabergerisky — gritou Flint, olhando para o confuso professor que se debatia e grasnava, tentando se recompor alisando as penas de suas asas.

— Imagino que dispensem apresentações — disse Gosferatus, fingindo cordialidade ao voltar-se para o repórter. — Devo admitir ter sido uma brilhante ideia do nosso conde trazer-lhe alguma ajuda nesta árdua tarefa interpretativa.

Flint ignorou a arma voltada para sua cabeça e ajudou Patovinsky Fabergerisky a se levantar enquanto arrumava seus óculos de grau.

— Seja muito bem-vindo, meu caro professor — sibilou Gosferatus, dirigindo-se à ave —, e perdoe-me pela forma como fomos obrigados a convencê-lo a se unir a nós nesta histórica expedição. Estou certo de que poderá ser testemunha de uma das maiores descobertas da nossa era.

— Conheço aquele rato — interrompeu Fabergerisky, apontando uma das asas em direção a Maquiavel Ratatusk. — Foi você... — esbravejou, engasgando em seguida, parecendo ansioso e confuso. — Você invadiu minha casa e arrastou-me para aquele lugar imundo!

— Calma, professor — sussurrou Gosferatus em tom irônico. — Infelizmente, a falta de tempo acabou nos obrigando a usar de meios pouco convencionais na tentativa de convencê-lo a nos ajudar, colocando à nossa disposição seus préstimos...

— Você...

O sacerdote não gostou quando a ave o interrompeu mais uma vez, lutando por manter toda aquela falsa cordialidade enquanto o pato se dirigia agora para Flint, fitando-o de perto como se ignorasse os estranhos animais ao seu redor.

— O repórter... — grasniu. — Lembro-me de você e do seu amigo — disse, referindo-se a Rufus Paparov —, ambos interessados em Cipriano Karkovich...

— Karpof Mundongovich — corrigiu Flint.

— Sim, sim... Mundongovich — repetiu a ave. — Seu interesse por antigas escritas em ishith... aqueles símbolos... Sim, sim... um artefato, se não me engano...

— *Ra's ah Amnui* — completou Gosferatus apreciando a cena, deixando-a se desenrolar por mais algum tempo.

O pato voltou seu olhar assustado para o ser. Os olhos estreitos pareciam ainda menores por detrás das lentes grossas, como se finalmente começasse a se dar conta da estranha presença.

— Um antigo artefato pertencente à ordem dos míticos leões brancos — sibilou a fera Suk sorrindo em sua direção, apanhando a pérola mais uma vez e mostrando-lhe à distância. — Um mistério devidamente desvendado por nosso amigo repórter, cujo destino parece ter reservado um importante papel, conduzindo-nos rumo ao lugar onde esses antigos seres teriam vivido.

— O templo de Lonac... — grasnou o professor, perplexo, sem desviar seu olhar da pérola negra, sentindo-se confuso com tudo aquilo.

— O lugar onde Gaturnino Ronromanovich escondeu o diamante de Drakul — completou Gosferatus com um ar vitorioso. — O Olho do Dragão.

Fabergerisky veio em sua direção atraído pela joia, mas foi impedido pelo rosnar de Kronos logo atrás.

— O lu-lugar... — balbuciou o pato, fitando o vulto à sua frente como se algo tivesse aprisionando seu olhar — o lugar não existe... é uma len-lenda.

— Ficará surpreso ao descobrir como existe uma linha bastante tênue separando a realidade daquilo que rotulamos como lendas — sussurrou o líder Suk, aproximando-se do velho professor e deixando-o degustar da estranha visão da pérola em meio àquelas garras afiadas. — Um mundo todo ao nosso redor isolado pelas muralhas do ceticismo.

— Os sinais... — disse Patovinsky.

— Temos as coordenadas, os sinais, enfim... a chave para encontramos o paradeiro da grande joia Suk — disse Gosferatus, empolgado, aproximando-se finalmente da ave e envolvendo-o com seu manto escuro como asas de um morcego imenso. — E o senhor poderá assistir a todo espetáculo de um ponto específico, importante e até mesmo invejado.

Caminhou até a janela do *Rapina* trazendo consigo Fabergerisky, mostrando-lhe as cordilheiras lá fora e dizendo de forma amável:

— Veja, meu caro professor... a imensa cordilheira que se estende rumo a Vortúria. Muito em breve, poderá testemunhar o nascimento de uma nova ordem, obrigando até mesmo acadêmicos como você a reverem certos conceitos. Será um imenso prazer tê-lo conosco como um observador, um convidado por assim dizer, capaz de ampliar sua visão para além do velho ceticismo empregado por colegas seus.

— Onde está a senhora Molliari? — perguntou o pato, tomado pela lembrança abrupta de sua governanta, ignorando o comentário do sacerdote.

— Poderá estar com ela mais tarde, eu lhe garanto — respondeu o líder Suk.

— Loucos... — grasniu o professor dirigindo-se a ambos, Gosferatus e Ratatusk, surpreendendo o nefasto felino com sua reação. — Todos vocês...

Gosferatus o observou em silêncio, deixando-o livre de suas patas. Kronos adiantou-se com um rosnado, obrigando Fabergerisky a se afastar, mantendo-o em seu círculo invisível de onde poderia controlá-lo facilmente.

— Cooperará com nosso ilustre repórter se houver necessidade ou ambos serão privados de coisas... — Fitou a jovem czarevna ao concluir em tom sarcástico: — valiosas.

Fabergerisky engoliu em seco, sentindo a respiração do lobo tocar-lhe as penas. Flint sustentou seu olhar ameaçador, deixando que Lari buscasse em meio às suas patas um lugar seguro.

— De agora em diante, trabalharão juntos... e prometo-lhes um destino piedoso ao regressarmos a Moscóvia. O mesmo se estenderá a todos aqueles que nos aguardam.

— Inclusive os Ronromanovich? — miou Flint, num tom desafiador.

Por um único momento, Nefestus Gosferatus permitiu-se viver sob novas regras, observando o repórter com uma certa admiração, dizendo como se satisfeito diante da suposta negociação:

— Serão levados para o *gulag*, onde permanecerão até que sejam exilados definitivamente após minha coroação.

Flint podia farejar a mentira, e Gosferatus via isso em seus olhos sombrios, embriagando-se com a situação, assistindo o instante em que o veria derrubar sua própria peça, finalizando o tenebroso jogo e deixando-a à mercê em meio àquele tabuleiro sinistro em que suas vidas haviam se transformado. Olhou de soslaio a jovem e assustada Lari, depois Fabergerisky.

Por uma fração de segundo, a imagem da pérola negra transformando-se em *Ra's ah Amnui* veio à mente do repórter. Sua magia brotando a partir das chamas. Seus símbolos surgindo, trazendo à tona o estranho poder. O ceticismo que lhe dava a sensação de segurança não existia mais. Lembrou-se do caos descrito pelo czar Gaturnino, da batalha entre Harkien e as estranhas forças que haviam consumido seu exército. Estranhas forças que os aniquilariam também, muito em breve. "Enquanto não encontrarem o Olho do Dragão, nossas vidas estão garantidas", pensou. Que ironia! Uma linha tênue entre a vida e a morte, entre o bem e o mal.

Rumavam em direção ao inferno, pensou respirando profundamente. Se existisse, encontraria ali a chance de sobrevivência.

Pensaria em algo.

Tinha que pensar.

# 32

# RUDÂNIA

## SUBÚRBIOS DE MOSCÓVIA

Pakela Krotchenko esgueirou-se com facilidade entre as grades enferrujadas da antiga fábrica de *ushankas*. Caminhou sorrateiro entre grupos de mendigos e bêbados aglomerados em torno de barris de metal que serviam como fogueiras improvisadas.

Seguiu em direção à pilha de bobinas de tecido, segurando a respiração para evitar espirrar com o fedor de mofo que vinha de todos os lados. Podia sentir o cheiro, sabia que o lugar estava sendo rastreado por farejadoras. Seguiu para a montanha de engrenagens, certificando-se de que não havia ninguém em seu rastro.

Buscou abrigo nas sombras, parando a pouco mais de um metro da abertura em meio às vigas de metal empilhadas desordenadamente. Sibilou baixo, notando no interior da estrutura um vulto movendo-se com cuidado. Sorriu satisfeito ao reconhecer o esquilo que vinha em sua direção:

— Parece que andaram aprontando algo... ou não teriam ratazanas espalhadas em cada esgoto da cidade farejando seus rastros. — O agente esquilo, empunhando o rifle M1910, sorriu de volta ao reconhecer o gato. — E a menos que queiram ficar aqui aguardando até que essas malditas roedoras os descubram, é melhor obedecerem a este velho gatuno — continuou Krotchenko, notando mais alguns vultos surgindo logo atrás. Dentre eles, um assustado camundongo que o observava atentamente.

— Por que deveríamos confiar num velho gatuno bêbado feito você? — resmungou o líder esquilo, sem desviar a mira de seu rifle do felino à frente.

— Porque sou o único capaz de chutar esse seu traseiro imundo e te tirar daqui em segurança.

Os dois fizeram uma pausa, encarando-se de forma ameaçadora. Bazzou passou os olhos do esquilo para o gato e do gato para o esquilo, e ficou surpreso quando os dois explodiram numa gargalhada e se cumprimentaram com intimidade.

— Este é Pakela Krotchenko, um dos melhores informantes em toda a Moscóvia, grande aliado e velho amigo — apresentou o esquilo.

— Vim assim que recebi sua mensagem — miou eufórico, olhando para todos os lados e voltando-se para o esquilo outra vez — e, se quisermos chegar em segurança até Rufus, devemos agir imediatamente.

— Rufus? Conhece Rufus Paparov? — Bazzou adiantou-se, tomado por um impulso.

O gatuno finalmente voltou-se para o camundongo, fitando-o com um ar de convencimento enquanto acendia um novo cigarro, miando baixo, as palavras misturando-se com a nuvem de fumaça.

— Se conheço o velho gato? — riu fingindo surpresa, não se esforçando muito por ocultar uma certa arrogância. — Se existe algum gatuno vivendo nestas paradas que eu ainda não conheça, certamente deve-se ao fato dele ainda não ter nascido. — Voltou-se outra vez para o esquilo com uma expressão séria. — Um grupo de gatos farejou alguns corvos há pouco mais de uma hora rondando a região, além dessas malditas ratazanas que parecem se espalhar por todo lado. É melhor nos apressarmos. Existem mais farejadoras por aqui, e não conseguiremos despistá-las por muito mais tempo. Se tivermos sorte, chegaremos até Paparov dentro de uma ou duas horas.

— Tanto assim? — murmurou Bazzou, desconsolado.

— Não podemos nos arriscar pelas ruas a esta hora.

— Seríamos presas fáceis — acrescentou o esquilo.

— Seguiremos pelo bairro estreito — disse o gatuno, apontando com um aceno de cabeça em direção ao oeste — pelas ruelas e vilas, cheias de antigos casarões e hotéis decadentes... Um lugar infestado de bêbados e todo tipo de animal em busca de diversão. Perfeito para desaparecermos sem deixar rastro. No interior daquele velho labirinto, nenhum corvo, ou mesmo ratazana, conseguirá nos apanhar. — O líder esquilo fitou apreensivo seu pequeno grupo enquanto ouvia as instruções do gato. — Um pequeno grupo de gatunos nos aguarda, pronto para nos levar em segurança até a casa do velho aviador que, se conheço bem, deve estar se contorcendo de ansiedade enquanto espera.

— Rufus então já sabe!? — Bazzou sussurrou para si mesmo, num misto de euforia e apreensão.

— As notícias voam por aqui... — rugiu Krotchenko, fitando-o de perto, passando o cigarro de um canto para outro da boca.

— Principalmente se tiver boas conexões... e um bolso bastante recheado.

O esquilo líder começou a distribuir ordens aos dois soldados em sua retaguarda, com o rifle M1910 em riste, pronto para seguir Krotchenko entre a montanha de entulhos e ferragens. Passaram por uma fresta na parede e cruzaram dezenas de galpões escuros onde espécies de empilhadeiras velhas lembravam seres adormecidos, cercados por latões e todo tipo de ferragens retorcidas, entulhos e detritos. Chegaram a um duto de ar nos fundos de um salão ovalado com a pintura ocre desgastada pelo tempo. Krotchenko conduziu o grupo em direção a um antigo ventilador com pás de metal que parecia lhes mostrar a direção a seguir. Atravessaram a tela de segurança corroída pelo tempo, alcançando o lado externo da muralha de tijolos, certificando-se de que não havia rastreadores à espreita.

Seguiram por uma ruela onde gatunos completamente bêbados se aqueciam em fogueiras improvisadas, logo embrenhando-se por labirintos extensos, cercados de antigos prédios de quatro andares, misturando-se a raposas comandando jogatinas e cafetões vigiando leoas e lebres que vagavam pelas esquinas atraindo a atenção de marinheiros perdidos e rinocerontes que se dirigiam a casas de ópio comandadas por pavões ligados às antigas tríades do Oriente.

Bazzou seguia aturdido quando sentiu nos ombros as patas de

um urso velho exalando um cheiro forte de *vodinka*, balbuciando palavras sem sentido e querendo arrastá-lo para um grupo que se reunia em volta de um narguilé. Antes que o roedor pudesse ter qualquer reação, o sibilo forte de Krotchenko ecoou nos seus ouvidos, afastando o urso pardo e arrastando-o em direção aos esquilos, que os aguardavam mais adiante.

Quase esgotados, depois de horas de fuga, alcançaram uma clareira, onde havia um velho carvalho, cujas raízes distorcidas se esgueiravam em várias direções feito tentáculos.

Krotchenko sibilou e fez um sinal para o grupo aguardar. Um novo sibilo em resposta cortou o silêncio.

Foi como se um fantasma se materializasse diante deles, uma sombra que parecia sair das entranhas da velha árvore. Seus olhos cintilavam em meio à escuridão, fitando-os atentamente.

O líder esquilo apontou o M1910 para o vulto, mas foi impedido por Krotchenko:

— Rufus Paparov!

Bazzou correu em direção ao amigo. Alegria, medo e conforto — uma mescla de sentimentos se apoderou do camundongo ao sentir as patas de Rufus envolvendo-o num abraço. "Estou a salvo", pensou.

# 33

Bazzou soltou um chiado agudo assim que Rufus Paparov espalhou na ferida em suas costas a pasta pegajosa feita à base de ervas, sentindo sua ação antisséptica sobre o arranhão profundo que havia feito durante a fuga de Gremlich. A seguir, sorveu num único gole o chá de alfazema, observando a reação de Rufus, perplexo com os acontecimentos na fortaleza.

Próximo à lareira, Pakela Krotchenko, o gatuno que lhes servira de guia, parecia bastante à vontade junto aos três bravos agentes esquilos, em meio a uma fervorosa discussão embalada pela garrafa de *vodinka* sobre a mesa.

— Enviaremos um mensageiro até as forças imperiais — miou Paparov, relaxando sobre a poltrona marrom enquanto acendia o charuto. — Muito embora imagine que neste momento toda a fronteira esteja tomada por farejadoras Suk, aguardando até que possíveis fugitivos se arrisquem rumo à fortaleza de gelo do I Comando Militar nas planícies de Siberium.

— Seriam alvos fáceis para essas miseráveis ratazanas, e há corvos por todos os lados — alertou Krotchenko.

— Esses malditos conspiradores devem ter previsto cada pegada nossa. Deixá-los partir seria o mesmo que entregá-los de bandeja para esses parasitas fanáticos.

— Precisamos levar nossa mensagem até o general Simanov. As vidas dos Ronromanovich dependem disso — disse o líder esquilo

— Evidentemente que sim, meu nobre e corajoso agente. Por esse mesmo motivo é que não devemos desperdiçar nossas chances. — Devemos lidar com o elemento surpresa.

Bazzou encarou Rufus sentindo-se confuso, notando que seus salvadores esquilos fitavam-no da mesma forma. Percebendo os olhares, o felino aviador detalhou seu plano:

— Ratazanas e corvos vasculham todo o perímetro da cidade em busca de possíveis fugitivos, tendo como foco as tropas do czar em Siberium. Contudo, podemos surpreendê-los retornando para Gremlich, buscando abrigo diretamente no seio do próprio inimigo. De todos, o lugar menos provável para um grupo de refugiados feito nós.

— Gremlich está completamente tomada por tropas rebeldes — insistiu o líder esquilo, parecendo um tanto irritado. — Voltar para lá seria uma loucura completa.

— Não temos escolha, nobre agente — miou Paparov, assumindo um tom mais severo. — Seremos caçados no instante em que botarmos nossas orelhas do lado de fora desta casa. Contudo, seguirmos rumo a Gremlich, alcançando de alguma forma o complexo onde a família imperial é mantida como refém, não me parece algo tão previsível assim.

O líder esquilo fitou Paparov com desconforto, e o silêncio, por um instante, tomou conta da sala.

— Não temos chance na fronteira — insistiu Paparov, tentando convencer o esquilo —, mas em Gremlich temos uma grande vantagem. Enquanto isso, eu tenho certeza de que Krotchenko arrumará uma forma de enviar nossa mensagem até Simanov.

O gatuno o saudou com um gesto:

— Não existe corvo ou ratazana que impeça um gatuno feito eu de atravessar a planície de Siberium inteira.

— Tenho certeza disso — respondeu o esquilo com um breve sorriso.

Bazzou encarou o gatuno, começando a ver alguma graça naquele seu jeito meio arrogante, ao que este lhe respondeu com uma piscadela divertida.

— Precisamos de vocês se quisermos salvar o czar — argumentou Paparov fitando os agentes de Rudovich. — Ninguém conhece as entranhas de Gremlich como vocês. Nem mesmo essas malditas ratazanas podem segui-los através dos inúmeros caminhos pouco convencionais que interligam cada canto da grande fortaleza imperial. A prova disso é que estão aqui... a salvo. — Desta vez apontou o charuto para Bazzou, comprovando sua teoria.

— Tivemos alguma sorte — resmungou o líder do grupo.

— Não — sibilou Paparov, deixando a poltrona num salto. — Nem mesmo uma ratazana é capaz de interceptar um agente secreto em seu próprio terreno. Você sabe disso, eu sei, e Rudovich Esquilovisky também. — Fez uma pausa, esperando alguma reação do esquilo líder, e retomou num tom mais ameno. — Até que as tropas imperiais em Siberium sejam alertadas, podemos garantir a segurança dos Ronromanovich, libertando nossos guerreiros e enfrentando esses malditos rebeldes em nosso próprio terreno, criando assim um elo de proteção em torno do czar e sua família. Sabemos, graças a Flint, que o maldito líder rebelde segue neste momento rumo a Vortúria, em busca de algo que, segundo suas crenças, poderá tornar seu exército invencível, deixando temporariamente suas tropas em Gremlich desfalcadas. Devemos usar seu excesso de confiança a nosso favor.

O pequeno agente soltou um suspiro, voltando-se para seus subordinados com um olhar apreensivo:

— Não será fácil chegarmos até a torre carcerária onde nossas tropas são mantidas reféns — disse olhando para Rufus. — Todo o lugar deve estar infestado de farejadoras em busca de simpatizantes da família imperial escondidos por aí.

— Ainda assim, duvido que tenham rastreado todo o complexo subterrâneo que liga Gremlich de um ponto a outro — respondeu o gato.

— Os abrigos subterrâneos...

Bazzou notou um certo entusiasmo no olhar de Paparov diante da colocação do agente ao se referir às salas secretas construídas na época dos antigos czares, abrigos antiaéreos capazes de garantir a segurança da família imperial por alguns meses em casos extremos de guerra.

— Existem dois dutos subterrâneos partindo do prédio ministerial capazes de nos levar até um desses abrigos — começou a dizer o esquilo, pensativo, apanhando o pequeno bloco de anotações que carregava num dos bolsos do cinturão de campanha, fazendo um rabisco rápido. — Se conseguirmos chegar até um deles em segurança, podemos seguir através dos seus dutos de ar e alcançar as velhas cisternas logo abaixo da antiga central de tratamento de água localizada próximo à torre de carceragem.

O grupo todo se aglomerou em torno do agente, seguindo as linhas traçadas de forma irregular.

— Com sorte — prosseguiu ele —, poderíamos alcançar seu sistema de esgoto até as fossas subterrâneas localizadas abaixo das antigas masmorras, usadas atualmente para armazenar munições.

Bazzou notou a careta de Paparov ao escutar sobre as fossas subterrâneas. O gato sacudiu as orelhas enquanto murmurava baixo:

— Não era bem assim que eu imaginaria uma chegada triunfal...

— Contudo — continuou o esquilo, ignorando a piada —, chegar até o prédio ministerial será o verdadeiro problema. Podemos fazê-lo, desde que escalemos o grande paredão rochoso ao sul de Gremlich, alcançando assim a pequena fresta de ar localizada abaixo do sistema de canhões antiaéreos, que nos levará rumo aos dutos principais através da complexa rede de galerias que se estende até o Palácio Imperial. — Fez uma pausa e concluiu: — E é exatamente neste ponto que tudo pode dar errado.

— Ratazanas — murmurou Rufus.

Com um aceno de cabeça, o esquilo confirmou sua preocupação.

— Um momento... — Bazzou parecia engasgar com as próprias palavras. — Escalaremos um paredão rochoso correndo o risco de sermos descobertos por corvos batedores, seguindo por uma fresta que nos conduzirá a uma galeria onde muito provavelmente ratazanas farejadoras estarão à nossa espera, para depois, com alguma sorte, cheirando à merda de tigre, invadirmos a torre onde o czar está preso, vigiado por alguns de seus antigos guardas. É esta a ideia?

Paparov explodiu numa risada exagerada, passando suas patas pelo ombro do camundongo enquanto trocava sua xícara de chá fresco por um bom copo de *vodinka*.

— Isso sem contar com a travessia pelo rio Moscóvia até alcançarmos a parte sul de Gremlich. — Pareceu se divertir ainda mais com o olhar assustado que o amigo lançou em sua direção, empurrando-lhe o copo cheio da bebida. — Beba isso, companheiro... acho que vai precisar.

Krotchenko também fez alguma piada, diferentemente do esquilo líder, que assistia à cena com uma expressão de indiferença.

— Usaremos a confiança que esses malditos Suk têm em seu líder. Nem mesmo suas ratazanas poderão imaginar uma ação dessas — miou Paparov recobrando o ar sério e balançou as orelhas concordando com a ideia do agente de Esquilovisky. — Podemos libertar nossos amigos e aguardar até que as tropas imperiais cheguem a Gremlich. —Voltou-se rapidamente para Krotchenko, certo de que o gatuno conseguiria cumprir sua missão em alertar as tropas comandadas pelo intrépido general Simanov. — Em seguida, partimos para Vortúria — concluiu num tom animador, examinando a reação do grupo, e então dirigiu-se a Bazzou: — As coordenadas ishith encontradas nos relatos de Feodór Ronromanovich nos levarão diretamente a esse maldito adorador de cobras, onde nosso amigo Flint estará nos aguardando.

— Bem... Devo partir imediatamente. Preciso me organizar se quiser alcançar a fronteira até o amanhecer — disse Krotchenko.

— Quero que leve isto. — O gato aviador deu um salto em direção ao armário ao lado da velha cristaleira na sala de jantar, retornando com o antigo rifle Winchester modelo 1873.

— Guarde o rifle para você, Rufus. Talvez precise dele mais do que eu.

Krotchenko aproximou-se do esquilo, apertando-o contra o peito antes de dirigir-se a Bazzou com um soquinho leve no ombro, o sorriso arrogante por entre os bigodes.

— Cuide-se bem, meu amigo, e lembre-se: não acredite em tudo o que este velho gato diz — riu cutucando Paparov antes de abraçá-lo, indo em direção à entrada da casa, aguardando até que um miado distante ecoasse na noite como resposta ao seu chamado. — Não há animal algum capaz de seguir o rastro de gatunos feito nós. — Com um aceno de cabeça, desapareceu em seguida da mesma forma como havia surgido.

Paparov voltou-se para os esquilos:

— É melhor descansarmos um pouco. Enquanto isso — disse, voltando-se para o líder do grupo —, providenciarei para que cheguemos a Gremlich em segurança. Tenho alguns amigos pescadores que dariam tudo para participar desta aventura — riu o gato.

— Precisaremos de equipamentos se quisermos escalar o paredão externo de Gremlich — começou a dizer o esquilo, sendo interrompido por um Rufus bastante agitado, vasculhando na gasta caderneta alguns contatos preciosos.

— Ganchos de alpinismo, cordas, armas... o que gatunos deste lado da cidade não conseguem, não é mesmo?

— Neste caso — rebateu o esquilo —, dardos calmantes atrairiam menos a atenção, em vez de usarmos munição convencional. Pelo menos, até libertarmos parte de nossas tropas.

— Posso conseguir isso também — miou o anfitrião, entusiasmado.

O esquilo acenou-lhe satisfeito, voltando-se para seus dois guerreiros, que pareciam afoitos ao arrumarem seus trajes de combate, assumindo a liderança.

"Uma loucura completa", pensou Bazzou, acomodando-se na velha poltrona, sentindo toda a tensão que tomava conta do seu corpo.

— Acha que Flint é capaz... — ouviu Paparov perguntar, examinando através do líquido em seu copo. — Capaz de encontrá-lo...? O diamante Suk?

Por um segundo, Paparov não pareceu a Bazzou tão confiante assim. O camundongo apenas sorriu, pensativo. "Para o seu próprio bem, espero que não." Fechou os olhos, buscando descansar um pouco. Uma imagem apoderou-se da sua mente, cintilando em meio à escuridão. A pérola, bem na sua frente com sua magia... seu poder. Até que tudo se transformou num borrão escuro, lançando-o num sono profundo.

# 34

# AS ENTRANHAS DE GREMLICH

Bazzou sentiu os solavancos da velha traineira sendo jogada de um lado para o outro pelas águas revoltas do rio Moscóvia contra a muralha de pedra que protegia todo o lado sul de Gremlich. Além da náusea, os óculos redondos de visão noturna e a grossa capa de lona protegendo sua pele da chuva fria o deixavam completamente desconfortável.

O velho tigre capitão, robusto e suarento, gesticulava ordens para seu imediato, tentando controlar a sua embarcação. Após trocar algumas palavras com o capitão Vasilik, Rufus aproximou-se do pelotão de esquilos:

— Não podemos nos aproximar mais sem colocar a embarcação em risco. Ventos de até sessenta quilômetros por hora nos empurram em direção à muralha. Os rochedos onde vamos desembarcar já estão visíveis. Tentaremos uma manobra de aproximação.

— Estamos prontos — disse o tenente Kirkov, líder do pelotão, terminando de ajeitar seu traje de assalto, dando uma última verificada nos ganchos de alumínio fixos no cinto de campanha em torno do corpo. — Saltaremos imediatamente.

Bazzou engoliu em seco, assistindo Rufus apanhar sua Winchester, devidamente protegida dentro de uma capa à prova d'água, acenando então para o tigre dentro da cabine de comando. O capitão moveu o leme com rapidez, girando a embarcação, aproximando-a ao máximo de um grupo de rochas que emergia do rio e formava uma espécie de plataforma junto ao paredão. Paparov parou ao lado de Bazzou, lançando um olhar tenso em direção à encosta adiante, quase podendo tocar com suas patas a rocha mais próxima.

Um extenso paredão repleto de reentrâncias e saliências se estendia em direção à torre mais alta em Gremlich, podendo-se avistar lá no alto a luz lúgubre do farol na ponta da grande muralha circulando a noite, iluminando o rastro tempestuoso à sua volta como se fosse o olhar de um imenso farejador.

Os agentes esquilos permaneciam a postos na borda da embarcação, segurando as amarras presas ao mastro principal, enquanto seu líder vasculhava com o binóculo noturno algum ponto específico lá no alto, animado pelo fato da chuva forte ter espantado os corvos batedores naquela noite.

Bazzou assustou-se com disparos secos vindos da pequena besta que Kirkov apontava para um ponto do paredão acima dos rochedos. Setas de aço partiram a toda, deixando um rastro em meio à chuva e cravando suas garras contra a parede rochosa. De suas pontas, dois finos cordames de um nylon bastante resistente cortavam o ar paralelamente, conectando-se a lastros de metal na amurada da embarcação.

Os agentes fixaram junto aos cordames um pequeno, porém complexo, sistema de roldanas, prendendo-os aos ganchos em seus cinturões de campanha, deslizando num átimo e cruzando o abismo, caindo sobre a plataforma adiante.

Bazzou engasgou com o susto quando o líder o empurrou, fechando as presilhas ligadas às roldanas nos ganchos do cinturão que lhe apertava as entranhas, lançando-o sem muito alarde em direção aos dois agentes que o aguardavam. O camundongo soltou o ar dos pulmões quando sentiu patas agarrando-o com força, trazendo-lhe em segurança até um ponto menos acidentado no platô natural.

Paparov deslizou em silêncio, mais preocupado com o rifle preso às suas costas do que com ele mesmo, dando lugar ao líder Kirkov, que, ao alcançar a rocha segura, soltou as amarras e fez um sinal com a pequena lanterna que trazia consigo em direção à traineira, assistindo-a numa manobra evasiva endireitar sua proa, pondo-se paralelamente à grande muralha e ganhando distância enquanto deixava com que as águas a levassem em segurança para longe, desaparecendo em meio às brumas que envolviam todo o lugar. Paparov teve a impressão de ver o velho Vasilik acenando-lhe num gesto de boa sorte, respondendo em silêncio, erguendo o rifle acima da cabeça.

Balka e Roskovich, os dois agentes esquilos que formavam o pelotão, começaram a escalada vertical em direção à abertura na rocha, fixando na pedra pequenos ganchos por onde deslizavam cordames de alpinismo.

— Conseguimos! — disse o líder esquilo, ajudando Paparov a passar pela fresta.

Bazzou sentiu um estranho cheiro, como se algo podre rondasse as entranhas daquele lugar. "Ratazanas", pensou, notando quando um dos esquilos batedores lançou pequenas bolas de borracha, que logo se perderam na escuridão sem fazer qualquer ruído.

— Gás neutralizador — sussurrou Paparov, explicando ao camundongo como as pequenas esferas revestidas por uma malha emborrachada, evitando assim qualquer ruído, liberavam uma espécie de gás químico, neutralizando todo tipo de odor, despistando as farejadoras que muito provavelmente infestavam o lugar.

Os esquilos seguiram túnel adentro, enviando após alguns segundos um sinal luminoso para o líder, estabelecendo uma comunicação rápida e silenciosa. O uso de transmissores estava fora de cogitação naquele lugar, já que ratazanas tinham uma audição poderosa.

Mais adiante, alcançaram a entrada do velho duto, cuja tampa escancarada lembrava uma escotilha de submarino, e avançaram pelo interior de sua estrutura metálica.

Bazzou observou o dispositivo que cada um dos esquilos trazia preso ao pulso: um misto de bússola e sonar do tamanho de um relógio, capaz de captar um ruído qualquer a uma distância de até dois quilômetros. Esperou em silêncio até que todo o grupo se reunisse no interior do duto, assumindo novamente suas posições, com os dois batedores à frente, Paparov e o líder na retaguarda.

O cheiro de carniça aumentava à medida que avançavam, deixando-os em estado de alerta, ao mesmo tempo que o ar quente impregnado daquele odor azedo de urina anunciava a presença de ratazanas por perto.

O grupo parou, obedecendo ao sinal de um dos batedores. Paparov apertou o cabo da Winchester, nervoso, observando os soldados seguindo em direção à bifurcação adiante.

Avançaram vasculhando tudo ao redor com o auxílio dos óculos de visão noturna, que lhes davam um aspecto assustador, e da bússola, que orientava-os em meio ao intrincado labirinto subterrâneo. De repente, Roscovich, o mesmo esquilo que havia salvado a vida de Bazzou durante sua fuga, parou diante da tela de ar no duto à direita, interrompendo o avanço em direção ao enorme tubo metálico mais à frente, notando algo em seu sonar. Retornou em silêncio e fez um gesto rápido para o líder.

— Ratazanas à frente — sussurrou o agente. — Duas delas, guardando a entrada do duto principal.

Kirkov examinou com seus óculos de visão noturna, sinalizando para que Roscovich e Balka se posicionassem estrategicamente. Dois tiros sincronizados ecoaram naquele labirinto, transformando os inimigos em uma bola de carne e sangue.

Seguindo as ordens do líder, o grupo esgueirou-se pelo túnel escuro, retomando a formação original. Quase esgotados, chegaram por fim à entrada de ar que ligava o prédio da Duma aos abrigos subterrâneos.

Bazzou respirou com dificuldade o ar rarefeito e pútrido vido das cisternas próximas. Sem tempo para se recompor, foi puxado por Paparov em direção a uma fenda na rocha que os conduziu ao antigo sistema de água e esgoto.

O enorme reservatório onde desembocaram tinha as paredes metálicas cobertas de lodo e detrito, com uma serpentina subindo em direção à rede coletora no centro. Os batedores seguiram à frente, segurando-se nos rebites enferrujados, abrindo caminho para os demais, que se arrastavam com dificuldade por dentro da tubulação.

Pareciam andar em círculos, mas finalmente alcançaram o sistema de esgotos. Paparov sentiu um gosto amargo descer pela garganta. O ar fétido impregnava suas narinas enquanto se desviava de carcaças de animais espalhadas pela tubulação. O líder esquilo seguia na retaguarda, parecendo empurrar um exausto Bazzou, até que alcançaram o sistema de latrinas, localizado abaixo do complexo da carceragem.

Com cautela, desceram por passarelas metálicas sobre o líquido viscoso do resto do esgoto que se misturava com detritos e carniça, alcançando uma escada de ferro, fixa na parede, que levava em direção ao teto, onde havia uma tampa circular lembrando uma enorme moeda enferrujada.

Balka subiu primeiro, levando algum tempo para passar a pasta lubrificante em volta da abertura, tomando cuidado para abri-la sem fazer qualquer ruído. Os dois esquilos examinaram o lugar, uma velha sala de máquinas abandonada, abrindo caminho para Paparov, Bazzou e o líder Kirkov.

Haviam alcançado seu objetivo.

Paparov já podia ver pela fresta da porta as figuras dos tigres sentinelas no corredor da carceragem.

# 35

## CARCERAGEM DE GREMLICH

Gatus Ronromanovich correu para as grades de sua cela ao escutar dois estampidos quase simultâneos na carceragem e se surpreendeu ao ver os dois enormes tigres sentinelas tombarem sem vida.

Um burburinho de vozes e passos logo tomou conta do lugar. Pela primeira vez, depois de tanto tempo, Gatus sentiu esperança ao distinguir, no meio das vozes, a risada típica de Rufus Paparov.

Enquanto Kirkov libertava Ortis, o comandante da Guarda Imperial, e seu chefe, o comissário Esquilovisky, Balka libertava o restante da guarda. Mais adiante, Bazzou era recebido por um Ponterroaux ofegante. Em questão de segundos, todos os prisioneiros foram libertados, e guardas fiéis aos Ronromanovich assumiram suas posições.

— Parece que o deus leão escutou minhas preces! — miou o czar ao caminhar em direção a Paparov, que o esperava com um largo sorriso diante da cela escancarada. Gatus fitou o amigo por alguns segundos em silêncio antes de abraçá-lo demoradamente. A seguir, voltou-se para a doce Katrina e passou o braço em volta de seus ombros, amparando a czarina, que mal acreditava no que via. O comandante Ortis, Esquilovisky e Ponterroaux também se aproximaram do casal imperial bastante emocionados. Uma atmosfera de grande comoção tomou conta de todos os presentes. Parecia que ninguém sequer respirava.

Depois de alguns instantes, o czar dirigiu a palavra a Paparov:

— A sua lealdade só não é maior que o seu atrevimento, meu velho amigo.

— Agradeça a Bazzou e aos agentes de Rudovich... — disse o gato, dirigindo um olhar em direção ao pequeno grupo. — Não fossem estes bravos roedores, jamais teríamos conseguido passar pelas malditas farejadoras espalhadas pelas entranhas de Gremlich.

— Imagino que todo o palácio esteja infestado por esses seres nojentos — rugiu o comandante da guarda.

— De acordo com o tenente Kirkov — disse o comissário--chefe —, Gremlich foi deixada sob o comando de Sibelius Tigrolinsky, enquanto o líder Suk deixou o palácio em direção ao norte, onde provavelmente deverá se reunir com o resto de seus seguidores.

— Maldito! — rugiu Ortis.

— Para o norte? Minha filha está com eles! — exclamou Gatus.

— Sabemos para onde eles foram — interrompeu Paparov.

— As coordenadas... — completou Bazzou, atraindo o olhar do czar.

— Vortúria! — disse Paparov. — Aquele louco foi em busca de algo que pensa valer mais do que mil exércitos!

— O que quer dizer com isso, meu amigo? — perguntou Gatus.

— A pérola negra... o Olho do Dragão... *Ra's ah Amnui* — acrescentou Bazzou.

O czar permaneceu confuso.

— Conte para ele o que viu na abadia, Bazzou! — sugeriu Paparov.

O camundongo relatou como a pérola negra irradiou sua magia diante de seus olhos, projetando os antigos símbolos descritos por Gaturnino em suas crônicas, na presença de Flint, que também tinha sido feito prisioneiro.

— Quer dizer que a pérola e *Ra's ah Amnui*... são o mesmo objeto? — Ponterroaux arregalou os olhos, surpreso.

— Exato, detetive. E *Ra's ah Amnui* é a chave para encontrar o diamante de Drakul Mathut, o Olho do Dragão, perdido em algum lugar em Vortúria, como Flint suspeitou.

O czar se recompôs após analisar tudo o que ouviu e dirigiu-se a todos de forma mais serena:

— Precisamos alertar as nossas tropas sob o comando do general Simanov e retomar o controle de Gremlich, capturando Sibelius.

— A esta altura, o general Simanov já deve ter sido contatado. Nossa rede de gatunos costuma ser bastante eficiente — riu Paparov.

— Deixe Tigrelius comigo! — rugiu Ortis, desembainhando sua cimitarra.

— Um grupo de soldados cuidará da segurança da família imperial enquanto agimos — decidiu Rudovich. — Cuidarão da czarina... até nosso retorno.

Katrina esboçou uma reação ao ouvir a menção a ela e foi acalmada por um gesto sutil do marido.

— Trarei nossa filha de volta — prometeu o czar com um olhar triste.

# 36

A sentinela Suk que vigiava a saída da Torre de Carceragem não chegou a notar o vulto se esgueirando em sua direção até sentir a lâmina fria em sua garganta. Ortis Tigrelius pegou o manto negro forrado de veludo roxo e saiu disfarçado em direção ao arco da entrada com seus portões de ferro adornados por uma estrutura dourada.

— O que é agora, soldado? — perguntou o novo sargento, olhando-o de relance.

O comandante buscou em meio ao seu traje escuro o punhal e cravou-o no peito do tigre inimigo com precisão. Fez sinal para que os soldados de seu pelotão se aproximassem:

— Sigam em direção às companhias da guarda e rendam as tropas de plantão. Vistam os mantos Suk e assumam os postos de controle. Esperem até que os esquilos de Rudovich estejam devidamente posicionados junto aos postos norte e oeste, e aguardem seu sinal para que possam agir de forma sincronizada — rosnou baixo, notando os olhares apreensivos e ao mesmo tempo ferozes, determinados a morrerem lutando pelo império Ronromanovich. — Eu seguirei em direção ao posto principal de observação. Aguardaremos até que nossas aves entrem em ação, atraindo assim a atenção das tropas Suk para que possamos surpreender seu comandante. Lembrem-se... Sibelius Tigrolinsky é meu.

Bazzou apertou o passo, alcançando o pequeno grupo formado por Paparov, Ponterroaux, o comissário Esquilovisky comandando três de seus melhores agentes, e ninguém mais ninguém menos do que o próprio czar. Camuflados em meio aos arbustos na saída da casamata próxima à muralha de segurança ao leste, aguardavam o sinal do esquilo batedor para avançar, trazendo notícias do pelotão de Ortis.

Esquilovisky rastejou eufórico entre os arbustos depois de trocar os sinais de luz com seu batedor:

— Nossos tigres já se encontram em posição junto aos postos de observação leste e sul! As tropas lideradas por Ortis Tigrelius espalham-se na escuridão com sucesso, seguindo neste instante em direção ao alvo dois — disse, referindo-se aos postos localizados perto das baterias antiaéreas.

— Assim que as corujas imperiais forem libertadas, Ortis dará início ao ataque, abrindo uma brecha para que Sibelius seja capturado, desestabilizando seu exército — falou Paparov.

— E ganhando tempo até a chegada do exército imperial vindo de Siberium, sob o comando de Simanov — acrescentou o czar.

— Nossos esquilos renderam inimigos à frente e já estão posicionados, aguardando ordens para avançar — afirmou o comissário.

— Ótimo! Estou louco para chutar alguns traseiros — riu Paparov, quebrando o clima tenso.

✳✳✳

O esquilo batedor firmou o rifle em direção à torre onde as corujas e águias imperiais estavam aprisionadas, mantendo em sua mira o tigre Suk que vigiava a cela. Deslizou o dedo pelo gatilho, soltando aos poucos o ar dos pulmões, até sentir o disparo silencioso. No instante em que o tigre desabou sobre as próprias patas, um segundo esquilo escalou rapidamente a parede de pedra.

Rudovich sorriu satisfeito quando observou o sinal luminoso vindo lá do alto, anunciando a libertação das tropas aéreas do czar.

Corujas e águias, libertas do cativeiro, alçaram voo trajando armaduras e garras afiadas de um metal capaz de transpassar o elmo mais resistente, assumindo uma formação de ataque em V e indo em direção à nuvem escura pairando acima do hangar principal.

O enorme mamífero alado — do tamanho e forma de uma raposa voadora — que liderava o pequeno pelotão formado por morcegos-vampiros a patrulhar a área foi surpreendido quando a garra de metal transpassou-lhe o corpo, fazendo-o sentir o gosto do próprio sangue.

Ao seu redor, seres sombrios se debatiam aos montes, lutando contra as aves imperiais que vinham pela retaguarda, cravando garras e bicos em suas carnes, enquanto a chuva e o vento se encarregavam de apagar o rastro vermelho à sua volta.

Atiradores esquilos se posicionaram junto aos postos de observação para dar apoio às tropas aéreas imperiais, acertando com disparos precisos alguns dos morcegos que buscavam uma brecha pela esquerda, visando escapar ao cerco que se fechava a cada instante ao seu redor.

Paparov não se conteve e correu em direção ao grupo de esquilos atiradores, armando com destreza sua Winchester a cada disparo agudo, acertando em cheio alguns dos morcegos que vinham em sua direção num contra-ataque desgovernado.

Bazzou o seguiu, protegido pelo galo detetive, que imitava o velho gatuno e atirava contra pequenas manchas escuras que vez ou outra passavam próximas num voo rasante, seguidas por corujas voando em seu rastro.

Esquilovisky, junto a Gatus Ronromanovich, vinha na retaguarda, alcançando finalmente o posto onde Balka os aguardava, distribuindo ordens antes de conduzir mais uma vez seu grupo por entre estreitas passagens subterrâneas em direção ao posto de comando central, reunindo-se ao pelotão liderado pelo bravo comandante Tigrelius.

# GREMLICH

Sibelius Tigrolinsky voltou-se de forma abrupta quando sua sentinela adentrou esbaforida a sala de comando:

— Senhor! Nosso pelotão de morcegos está sendo atacado pelas tropas imperiais!

— E quanto aos prisioneiros?

— Perdemos a comunicação com a Torre de Carceragem.

Sibelius levantou-se furioso, desembainhando a cimitarra, e deixou a cabine, sentindo a chuva forte bater na armadura:

— Envie um pelotão de reforços para a entrada da carceragem — gritou para o sargento que aguardava suas ordens no lado de fora. — Direcione nossas patrulhas aéreas, dando cobertura aos morcegos. Você, me acompanhe ao posto principal de Gremlich — rugia, distribuindo ordens aos soldados e já seguindo pela muralha de pedra em direção ao grande portal.

De repente, um grupo de tigres sentinelas Suk cobertos com os mantos negros surgiu do nada em sua direção.

— Sentinelas, acompanhem-me... — Sibelius não teve tempo de completar a frase, pois a sentinela à frente do grupo afastou seu capuz e apontou o cano de uma pistola Nagan em sua direção. — Or... Ortis?

— Chegou sua hora, Sibelius! — exclamou o comandante imperial, olhando diretamente nos seus olhos.

Tigrolinsky parecia sorrir. Atrás de Ortis Tigrelius, uma sentinela imitava o seu gesto, abaixando o capuz e encostando o cano de sua arma na nuca do tigre que ameaçava seu chefe.

— Não, Ortis, chegou a *sua* hora! Você achou mesmo que éramos estúpidos a ponto de não manter agentes nossos infiltrados na carceragem? — perguntou Sibelius, com um riso sarcástico.

— O czar... — balbuciou Tigrelius.

— Continua cercado por traidores.

✳✳✳

O pelotão liderado pelo czar deixou a passagem subterrânea a alguns metros do pátio central. Dali, tinham uma boa visão da bateria antiaérea sobre as muralhas que cercavam Gremlich. Canhões Panzar formavam uma barricada diante do grande arco de entrada do complexo, anunciado que todo o lugar estava sitiado.

Batedores liderados por Balka deram sinal para que o grupo avançasse depois de alguns tigres Suk desaparecerem em direção à ala oeste do pátio, onde as aves imperiais investiam contra o complexo da guarda. Um forte cheiro de pólvora e de carne queimada impregnava o lugar, transformando a majestosa entrada do Palácio Imperial num cenário sombrio.

Rudovich vasculhou com sua luneta toda a extensão da muralha, focando a direção do Posto Central, observando com ansiedade um certo alvoroço de sentinelas que se aglomeravam no local. Sentiu os dedos tremerem e firmou as mãos, tentando esconder seu nervosismo, esperando pelo sinal combinado.

— Acha mesmo que conseguiram? — cacarejou um temeroso Ponterroaux, fitando de longe alguns soldados se aproximando do beiral da muralha.

O comissário, como se estivesse mergulhado num transe, nada respondeu, sentindo apenas as batidas do coração cada vez mais fortes, que se misturavam ao som da batalha aérea mais adiante.

— O sinal! Ortis está lá! — exclamou Esquilovisky finalmente, sentindo-se aliviado, ao avistar a figura imponente do comandante no alto da muralha e, ao seu lado, Sibelius Tigrolinsky. "Conseguimos. Sibelius foi capturado", pensou o esquilo, voltando-se em direção ao czar e anunciando o feito.

— Rápido! Devemos nos juntar a Ortis — comunicou Gatus, desembainhando sua cimitarra e liderando o grupo em direção ao centro do pátio.

✷✷✷

Paparov seguia atrás do czar empunhando sua Winchester quando notou algo de estranho na expressão do comandante Ortis no alto da muralha e foi tomado por uma súbita sensação de medo. Agarrou a farda de Gatus por instinto, detendo sua marcha:

— Majestade... Há algo de errado.

No mesmo instante, vultos começaram a surgir de todos os lados, empunhando lanças e sabres em direção ao grupo no centro do pátio.

Balka e os esquilos imediatamente se colocaram em posição de defesa, resguardando seu líder, enquanto um assustado Ponterroaux cacarejava sem entender ao certo o que estava acontecendo. Rufus trouxe Bazzou para perto, protegendo-o com seu próprio corpo, já engatilhando seu rifle:

— Caímos numa armadilha! — exclamou Paparov ao ver Sibelius desembainhar seu sabre.

— Ortis! — gritou Esquilovisky apavorado.

— Não ouse tocar em meu comandante! — ordenou o czar.

— Você não está em condições de dar ordens — afirmou Sibelius.

Nesse momento, os tigres que antes acompanhavam Ortis em sua missão retiraram seus mantos Suk e mostraram suas faces, revelando-se traidores. Os segundos transformaram-se em horas para Gatus Ronromanovich, enquanto o czar depositava sua cimitarra lentamente no chão frio em sinal de rendição.

— Uma decisão sábia — disse Sibelius num tom de deboche —, mas, mesmo assim, a cabeça de Ortis pendurada no topo do mastro será um enfeite bonito para a bandeira Suk em Gremlich!

Ortis sentiu o ar vibrar com a lâmina vindo em sua direção, e então uma explosão violenta sacudiu toda a estrutura da muralha, desequilibrando-o e a seus oponentes.

✷✷✷

Uma chuva negra despencou sobre Gremlich. Figuras imensas caíam do céu usando máscaras de oxigênio e empunhando lança-

-chamas. Atiravam contra os Suk, que corriam em todas as direções procurando abrigo. Labaredas se erguiam como se um vulcão se revoltasse contra os inimigos, envolvendo-os num manto flamejante, e deixavam um rastro luminoso que beirava o belo.

Rufus Paparov soltou um miado eufórico:

— O exército vermelho do czar... Tigres Imperiais de Siberium!

— Apontou para os imensos seres em suas indumentárias de guerra, deslizando por cabos de aço presos a algo acima das nuvens, tocando o solo de Gremlich e lançando-se contra as feras Suk.

Bazzou estava atônito diante daqueles guerreiros por detrás de toda vestimenta de batalha constituída por grossos casacos cinza transpassados por cintas que desciam de cada ombro em direção ao cinturão grosso, onde granadas e punhais surgiam presos a pequenos compartimentos externos em torno do corpo. Mochilas de lona presa às costas carregavam todo tipo de suprimento, enquanto fuzis Nagan pendiam pela lateral, próximo à enorme bainha trabalhada com entalhes e pedrarias guardando suas mortais cimitarras.

Moviam-se com destreza por entre a nuvem opaca de gás que se espalhava por todo lado, lançando-se em meio a urros ensurdecedores contra o exército de Gosferatus.

Erguendo-se rapidamente, Ortis saltou em direção a Sibelius, que estava ainda aturdido, tentando tomar a cimitarra de suas garras. Os dois tigres se atracaram numa luta mortal. De todos os cantos de Gremlich podia-se ouvir seus urros ensandecidos.

Sibelius sentiu quando a lâmina fria perfurou sua armadura na altura do coração. O gosto de sangue subiu-lhe à garganta e seus olhos petrificados gravaram para sempre a figura de Ortis Tigrelius.

— Descanse com honra, capitão — murmurou Tigrelius, depositando a cimitarra ao lado de seu corpo. A seguir, partiu em direção aos soldados das tropas infantes que formavam um cinturão protegendo o czar e seus amigos.

O ruído de máquinas e engrenagens tornou-se ensurdecedor quando duas enormes fragatas aéreas emergiram do interior de uma nuvem densa, deixando à mostra os cabos de ancoragem por onde tropas de tigres se lançavam em direção ao solo imperial.

Holofotes poderosos localizados na proa de cada nave iluminaram toda Gremlich, como se o próprio sol resolvesse assistir ao espetáculo surgindo em meio à noite turbulenta.

Ortis Tigrelius avançou, abrindo caminho a golpes de cimitarra, juntando-se aos soldados que formavam a guarda do czar.

Gatus Ronromanovich, empunhando sua pistola Nagan, impedia que as tropas inimigas se aproximassem. Ao seu lado, Paparov distribuía rajadas, manuseando com precisão sua Winchester, protegendo um assustado Bazzou. Ponterroaux seguia ao lado de Esquilovisky, que distribuía ordens para seus esquilos, os quais se embrenhavam entre os rolos de fumaça em direção à inteligência Suk.

Um novo estrondo se ouviu — uma espécie de sinal lembrando o som agudo de um enorme iaque, um ser mitológico imenso que teria vivido nos Alpes de Siberium e afastado caçadores da região. Um imenso encouraçado surgiu no horizonte. No início, eram apenas luzes espectrais anunciando a presença de algo entre a massa escura formada pela tempestade. Depois, seu formato tornou-se distinto. Vigas de alumínio davam vida ao esqueleto da nave envolta por um tecido negro, fazendo-a parecer um ser pré-histórico sustendo por balões de hidrogênio em seu interior. Motores suspensos em barcas alimentavam a propulsão das hélices situadas a um terço da altura da nave. Uma passagem na quilha permitia ir de uma extremidade à outra da aeronave, dando acesso aos sacos de lastro líquido e aos reservatórios de combustível. Na plataforma superior ficavam afixadas as metralhadoras RT20 de longa distância. Baterias antiaéreas reluziam sobre a plataforma na proa, e estruturas metálicas feito enormes garras se projetavam através das escotilhas laterais garantindo extrema mobilidade aos seus poderosos canhões. Do hangar no flanco direito, falcões, corujas e triplanos pilotados por gatos imperiais lembravam pequenos mosquitos lançando-se no espaço, mantendo-o protegido contra eventuais investidas aéreas.

O enorme dirigível, batizado de *Svarog* em homenagem ao deus do sol e do fogo na mitologia rudanesa, pairou acima da grande muralha. Seu comandante, o famoso general Garrius Tigres Simanov, cuspia ordens aos seus tripulantes do alto da plataforma na proa da embarcação, gesticulando seu sabre de forma eufórica.

Rufus Paparov apanhou a luneta emprestada de Rudovich, sorrindo ao reconhecer a figura inusitada de Krotchenko ao lado do imponente e assustador guerreiro brandindo a cimitarra que havia recebido das patas do próprio Feodór Ronromanovich.

Gatus esboçou um sorriso olhando a bandeira com o brasão imperial tremulando no mastro mais alto do encouraçado. Respirou profundamente, trocando um olhar rápido com Rufus. Pensou em sua pequena Lari.

# VORTÚRIA

Depois de uma longa batalha contra violentas rajadas de vento, finalmente o *Rapina*, o imenso dirigível de Gundar Kraniak, conseguiu pousar numa espécie de hangar improvisado, um platô cercado por escarpas de gelo.

Cabos de ancoragem prendiam a aeronave em ganchos enterrados no solo e balões de hidrogênio mantinham a enorme estrutura no ar. Duas escadas metálicas foram logo acionadas da plataforma de desembarque. Tigres Suk ajudavam no transporte de equipamentos destinados à expedição, aglomerando contêineres próximo à encosta para onde Flint, a pequena Lari e Fabergerisky haviam sido levados e aguardavam vigiados por ferozes chacais, rodeados por hienas mercenárias e ursos carregadores obedecendo às ordens do rinoceronte primeiro imediato.

Flint observou enormes envelopes de nylon junto a cestos de ratã que lembravam pequenas gôndolas com capacidade para até cinco animais de médio porte. Ao lado dos cestos havia maçaricos potentes, capazes de gerar vários milhões de BTUs por hora, beirando a casa dos cem graus Celsius na coroa de um balão em ascensão. Mais adiante, uma caixa continha pequenos motores de propulsão para mover as hélices na popa de cada estrutura, transformando-as em miniaturas do próprio *Rapina*, capazes de sobrevoar com maior rapidez e segurança entre áreas acidentadas, como parecia ser o caso do imenso cânion mais adiante, cercado de precipícios e cordilheiras que se estendiam a perder de vista.

Gundar Kraniak, o imenso símio, observou quando Maquiavel Ratatusk e Gosferatus desembarcaram por último e seguiram em direção ao abutre Logus, que os aguardava junto aos prisioneiros ao lado de um enorme totem, uma espécie de monumento de pedra.

O capitão Kraniak parecia satisfeito em permanecer em seu velho *Rapina* enquanto seus convidados partiam para a estranha expedição. Não escondia de sua tripulação de velhas hienas e mercenários de toda ordem seu desejo de partir, mas conformou-se em verificar a manutenção das caldeiras junto aos motores de propulsão, como faria todos os dias aguardando o retorno de seus aliados.

Gosferatus aproximou-se do totem, um monolito de pedra que se erguia diante de uma enorme planície de gelo. De lá se avistava uma grande fenda que se abria em meia-lua, a perder de vista. O líder Suk voltou-se admirado para a figura esculpida na pedra, alisando-a com suas garras:

— Dagoth... Antigo deus ishith, cuja função é a de proteger os portões do Valhalha, ou salão dos mortos, onde o grande rei Odis reina em seu adorado paraíso.

— Asgarth — interveio Ratatusk, atraindo o olhar admirado de Gosferatus.

— Parece conhecer bem a mitologia dos povos nórdicos, nobre conde.

O sacerdote estudou atentamente a figura — um misto de tigre, cujas patas traseiras assumiam a forma de garras de uma ave de rapina, enquanto chifres semelhantes aos de um búfalo surgiam da fronte franzida, lembrando um ser demoníaco —, notando em sua base estranhas ranhuras.

Flint logo reconheceu as inscrições, esboçando um meio sorriso:

— As coordenadas — sussurrou, atraindo a atenção de Gosferatus. — As mesmas deixadas por Feodór em seu diário.

O grande lobo negro rosnou de forma ameaçadora, mas foi impedido por Ratatusk:

— Deixe-o, Kronos! — ordenou o rato, voltando-se para o líder Suk com um tom de deboche: — Parece que trazer o gato repórter conosco foi mesmo uma boa ideia...

Flint sentiu o corpo da jovem czarevna junto ao seu, protegendo-a das ameaças da fera lupina. Ao seu lado, o excêntrico professor Fabergerisky ignorava as provocações do lobo, tão empolgado com as recentes descobertas que chegava a esquecer que era um prisioneiro daquela estranha expedição.

— Meu senhor — interrompeu Logus, dirigindo-se ao conde, seu mentor, gesticulando suas imensas asas negras —, batedores acabam de retornar informando sobre as condições de voo no local. Uma forte tempestade de vento parece atingir a entrada do vale, obrigando-nos a seguir pela encosta a oeste da fenda principal, alcançando o epicentro do cânion a partir da trilha em torno do grande desfiladeiro.

— Devemos nos apressar — disse Ratatusk, voltando-se para o líder Suk. — Uma vez lá dentro, seus penhascos servirão de escudo contra a tempestade, protegendo-nos e garantindo que possamos voar em segurança. — Voltando-se para Logus e afagando-lhe as penas da asa, acrescentou: — Ótimo trabalho!

Birman Flint fitou o horizonte, a enorme fenda natural à sua frente, reproduzindo perfeitamente a imagem desenhada por Feodór Ronromanovich em seu diário. O repórter voltou-se para o totem ao seu lado, observando as coordenadas ishith gravadas na base, depois para a fissura mais uma vez. Seu olhar percorreu a forma curva que a fenda desenhava na paisagem branca. Ao fundo, dois picos de gelo, um de cada lado, pareciam tocar as estrelas que cintilavam no céu da região ártica. Sobre o cume mais alto, uma grande pedra parecia se equilibrar, nascida do interior da própria montanha, lembrando um deus pairando acima das nuvens, planando sobre Vortúria.

Flint sorriu atônito, atraindo o olhar de Gosferatus. Focou na imagem sentindo os olhos arderem com o vento, tendo a impressão de que algo se movia lentamente numa perfeita ilusão de ótica, feito as asas de uma ave de rapina. "A figura desenhada por Feodór", pensou, observando as formas pontudas que se estendiam para os lados, como se aguardassem o retorno daquele que mais uma vez viria saudá-la, curvando-se diante da grande guardiã.

O gato repórter recitou em meio a um sussurro discreto a descrição de Feodór em seu diário:

— "Seguimos através do grande vale até nos depararmos com o grande manto branco onde repousa acima de nossas cabeças a águia guardiã." — Parou um instante, observando a figura longínqua. — O Vale da Meia-lua — murmurou, tocando o diário de Feodór Ronromanovich num dos bolsos do casaco.

✷✷✷

— Alguns batedores nos esperam junto ao leito do rio no interior do cânion — disse Logus para Ratatusk.

— Um rio? — interpelou Gosferatus.

— Encontraram corredeiras entre os paredões, que desembocam num extenso rio que parece percorrer todo o interior do cânion, indo em direção às duas grandes rochas. —Apontou o abutre.

— Quanto tempo até o acampamento base? — questionou Ratatusk, voltando-se para seu fiel servo alado, que pareceu varrer com o olhar a fileira de tigres e chacais logo atrás, formando a modesta comitiva, cercados por pequenos carros puxados manualmente, carregados de caixotes de metal onde mantinham todo o equipamento bem armazenado.

— Levando em consideração o terreno, umas quatro ou cinco horas.

Ratatusk fez uma careta ao fitar o líder Suk, ainda perplexo diante da desolada paisagem:

— Não percamos tempo. A tempestade pode piorar, nossos equipamentos são bastante pesados e o caminho é íngreme demais. Se não voltarmos a tempo, nem toda a magia deste mundo poderá interceder a nosso favor.

Nefestus Gosferatus sorriu, ignorando o tom irônico, espreitando em seu bolso a pequena pérola negra, *Ra's ah Amnui*, sentindo seu corpo polido deslizando por entre as garras enquanto o conde continuava a discorrer sobre questões práticas:

— Logus nos orientará durante nossa caminhada por entre o desfiladeiro, mantendo uma altitude moderada. Precisamos alcançar o acampamento base antes que a tormenta resolva nos enterrar vivos neste maldito lugar. Corvos batedores permanecerão na retaguarda, estabelecendo uma rede de comunicação direta com o *Rapina* e o pelotão de apoio que permanecerá sob o comando de Gundar.

— Excelente, nobre amigo. Vejo que tomou todas as providências para que possamos alcançar nosso destino em segurança.

— "Segurança" não me parece uma palavra apropriada para este lugar — rugiu Maquiavel Ratatusk, com seu sorriso gélido no rosto, dando as costas ao líder Suk e escutando sua risada abafada como resposta. Parou diante do gato repórter, fitando-o de perto e murmurou em seu ouvido: — Talvez a palavra certa para tudo isto seja "insanidade", não é mesmo, senhor Flint? É chegado o momento de descobrirmos se deixá-lo vivo, meu jovem amigo, valeu mesmo a pena.

Flint não desviou o olhar das montanhas distantes, sentindo o rato afastar-se.

✶✶✶

Dois enormes ursos polares seguiam pelo estreito caminho rochoso quando o imenso abutre pousou mais adiante, cravando suas presas nas rochas, evitando assim ser arrastado pela tempestade cada vez mais violenta.

Uma extensa fileira de tigres Suk descia pela trilha íngreme, seguidos por carregadores que auxiliavam o grupo de cães conduzindo espécies de trenós, onde vagões metálicos trazendo suprimentos e equipamento se aglomeravam lembrando uma pequena pirâmide.

Flint sentia os músculos queimarem enquanto protegia a pequena Lari das rajadas de vento que machucavam a pele feito uma navalha. Ao lado deles, Fabergerisky caminhava com imensa dificuldade, tentando não se aproximar do precipício, ao mesmo tempo que se afastava de Kronos, que os seguia de perto.

Corredeiras percorriam alguns dos enormes paredões rochosos e um ruído contínuo ganhava proporção cada vez maior. Finalmente alcançaram o leito do grande rio que os conduziria às entranhas de um lugar havia muito esquecido pela civilização. Águas translúcidas arrastavam com fúria restos de rocha e pedaços de gelo que se desprendiam das colunas ao seu redor.

Para Flint, parecia que estavam por dias seguindo o rastro daqueles que, no passado, se aventuraram por ali, sentindo como se tempo e espaço se perdessem no interior do imenso cânion. Ele observou o enorme rio à sua frente, serpenteando em direção à rocha em forma de ave pairando no horizonte. "A grande águia guardiã", pensou.

A MALDIÇÃO DO CZAR

Um ruído seco de estacas e ferramentas atraiu sua atenção em direção ao grupo de tigres que trabalhava na montagem dos balões de rastreamento, como eram chamados. Um grupo de raposas manuseava os queimadores posicionando-os sob os envelopes que inflavam rapidamente com a queima do propano.

Com suas gôndolas devidamente ajustadas e seus motores de propulsão emitindo um ruído irritante, Flint e seus companheiros foram conduzidos para o interior do maior daqueles dirigíveis, seguindo Maquiavel Ratatusk e o líder Suk.

— Parece tão perplexo quanto eu, meu jovem gato — disse Gosferatus num tom bastante tranquilo a Flint, notando-lhe o olhar atônito. — Deve estar se perguntando como alguém, aparentemente sozinho e em condições tão... precárias... poderia ter seguido por uma trilha feito esta, alcançando enfim o lugar sagrado dos leões — disse pensativo, movendo seu manto escuro enquanto se virava para encarar seus prisioneiros.

O repórter o fitou de relance, sem parecer surpreso com as referências do ser funesto às antigas crônicas de Gaturnino.

— Uma pena os relatos em relação à sua jornada não serem carregados de detalhes precisos, revelando-nos orientações que seu antigo general... Harkien — prosseguiu Gosferatus, fitando Flint com firmeza —, Xristus Harkien, lhe forneceu em seu leito de morte. Orientações e informações que nos conduziriam em segurança até o lugar onde repousa o diamante de Drakul. — Ele parou diante do repórter mais uma vez, acrescentando em claro tom de intimidação: — Informações que acredito ter Feodór nos deixado em suas anotações... — Seus olhos dirigiram-se ao objeto saliente no bolso do casaco do repórter. — Assim teria algo para compartilhar conosco, senhor Flint, justificando sua companhia, bem como a de seus companheiros, em nossa gloriosa expedição.

O jovem gato desviou o olhar, fingindo não ligar para a bravata, examinando as paredes de gelo que ameaçavam as máquinas voadoras.

— As informações de Feodór em seu diário não são tão claras assim... — miou Flint encarando o líder Suk. Notou quando Maquiavel Ratatusk o fitou atento, percebendo que não se tratava de um blefe seu. — Quanto mais avançamos em direção ao interior deste lugar em meio a este maldito tempo, mais e mais nossas vidas são colocadas em risco. E ainda que as coordenadas encontradas em suas anotações nos tenham guiado até aqui, não tenho certeza de que mesmo Feodór o tenha conseguido...

— Estamos no caminho certo — rosnou o líder, interrompendo o outro felino. Seu olhar perdido fitava o horizonte inóspito. — Acredite, senhor Flint — O vapor da respiração surgiu tocando-lhe os pelos —, posso sentir a presença de Drakul em cada canto destas geleiras... Cada precipício, cada desfiladeiro... Seu espírito clamando pela liberdade, aguardando nossa chegada para que possa finalmente renascer.

A tempestade tornou-se mais intensa, empurrando os balões para os paredões de gelo. Trovoadas incessantes ecoavam pelo cânion, rasgando as entranhas da Terra. Gosferatus soltou uma gargalhada e voltou-se então para Flint, esgueirando-se em sua direção como se quisesse mesmo abocanhá-lo de surpresa. Um tom sobrenatural surgiu em sua voz:

— Sinto a fúria de Drakul, seu poder crescendo em minha alma!

O gato prisioneiro recuou, afastando-se das garras que pareciam tocá-lo, obedecendo ao seu instinto. Nefestus conteve seu gesto, encarando o repórter por alguns segundos, antes de continuar o discurso:

— Sei que Feodór Ronromanovich o fez... — disse, sorrindo. — O caminho do guardião, guiado pela magia de *Ra's ah Amnui*. — Retirou do interior da túnica a pérola, observando seu brilho. — Estamos no caminho correto, e sei que sabe disso, senhor Flint. Posso sentir o seu desejo em compreender o real poder descrito por Gaturnino... Encontre as respostas, jovem gato, conduzindo-nos à verdade, cumprindo assim o seu destino!

Ao despertar de seu devaneio, Gosferatus apontava para o diário de Feodór no bolso de Flint, que fitou *Ra's ah Amnui*, a pérola negra. Viu seu olhar refletido no corpo polido enquanto as palavras do sacerdote borbulhavam em sua cabeça. De alguma forma sentia que o líder Suk estava certo. As palavras de Feodór ressurgiram em sua mente: "Seguimos através do grande vale até nos depararmos com o grande manto branco onde repousa acima de nossas cabeças a águia guardiã."

"É isso", pensou o gato, refletindo sobre a forma metafórica como Feodór parecia se referir ao grande manto branco. Olhou à sua frente, perplexo. O curso das águas arrastava-os rumo à águia pétrea, adentrando o misterioso Vale da Meia-lua e perdendo-se em suas entranhas. Estavam no caminho certo. No caminho apontado por Feodór Ronromanovich, sobrevoando e seguindo o percurso do grande rio.

— O grande manto branco — murmurou Flint. Fitou mais uma vez a rocha em formato de águia desaparecendo em meio às nuvens densas. "É lá, onde as águas despencam feito um grande véu, preservando os mistérios ao seu redor", pensou.

As rajadas de vento os empurravam adiante com uma fúria cada vez maior. Estranhamente, o repórter não sentiu medo.

A fúria do grande deus leão, na forma de uma imensa tormenta, atingiu toda a tropa de balões, envolvendo-os num turbilhão.

Tigres e chacais lutavam para manter o controle das frágeis aeronaves, e Maquiavel Ratatusk, com o sabre de sua bengala, cortava furiosamente alguns sacos de areia dos cabos de ancoragem, tentando ganhar altitude.

Flint agarrou a jovem czarevna, que se debatia assustada, e ajudava ainda o velho Fabergerisky a se equilibrar, buscando algum apoio onde pudessem firmar suas patas, enquanto tudo ao redor parecia girar de forma incessante, num grande redemoinho.

Logus, a imensa ave de rapina, mergulhou em direção às águas frias, num voo rasante, escapando da forte turbulência e desaparecendo em meio à densa neblina logo adiante. Assim que a frota se aproximou do estreito entre os dois imensos monolitos de gelo, o barulho das águas tornou-se ensurdecedor. A enorme rocha em formato de águia parecia observá-los do alto.

Repentinamente, Flint viu o rio desaparecer em uma densa nuvem de vapor.

✷✷✷

Poucos minutos haviam se passado quando Flint se ergueu com dificuldade sobre os cabos retorcidos em que se transformara a estrutura metálica do balão, que jazia sobre uma grande baía cercada de penhascos de gelo. Lentamente, deixou o cesto de rattan, apoiando a pequena Lari. Olhou ao redor, estupefato. Perdido no meio do desfiladeiro, o lugar lembrava uma imensa cratera, um ponto remoto na imensidão branca.

A enorme coluna d'água em que o rio havia se transformado continuava sua jornada estendendo seus braços por debaixo da terra. O cenário era quase pré-histórico, com imensas carcaças de baleias em meio a blocos de gelo, os quais serviam de plataforma para alguns dos balões que haviam pousado.

Uma bruma cinzenta pairava mais acima, como se o deus leão quisesse ocultar o lugar impregnado de uma energia mística, quase sobrenatural.

Soldados Suk começaram a desembarcar suprimentos e ferramentas para a expedição, aglomerando-os próximo à encosta de gelo, onde Gosferatus e Maquiavel Ratatusk se reuniam, distribuindo ordens para o pelotão.

Patovinsky Fabergerisky examinava um enorme esqueleto de baleia mais abaixo da encosta. Por um instante, o velho acadêmico esqueceu de sua condição de prisioneiro, entregando-se por completo à descoberta ao seu redor. Gralhou baixo, imaginando se estariam de fato diante do local perdido para onde o grande rei Ngorki, junto de seu exército de leões brancos, havia partido sem deixar qualquer rastro. Uma civilização avançada em todos os sentidos que, misteriosamente, ocultara do mundo sua existência, bem como seus segredos. O tão sonhado templo de Lonac, lugar considerado por muitos pesquisadores e arqueólogos apenas um mito.

De repente, o rosnado de Kronos o trouxe de volta à realidade, obrigando-o a reunir-se aos outros prisioneiros.

— Muito bem, senhor Flint! Imagino que saiba o caminho para nos tirar deste buraco onde nos enterrou... — provocou Ratatusk, desembainhando o sabre oculto na bengala para verificar a integridade de sua lâmina.

Ignorando a fala debochada do conde, o repórter puxou o diário de Feodor do bolso, folheando-o rapidamente até se deparar com a inscrição: "Quando adentrar o grande manto branco, deixe que *Ra's ah Amnui* o guie através dos grandes sacerdotes de Ngorki."

Fabergerisky, a seu lado, ajeitou os óculos, buscando uma interpretação para a pista deixada pelo antigo czar:

— "Quando adentrar o grande manto branco"... talvez uma abertura submersa para o centro da Terra? — murmurou o pato, apontando para a baía.

Gosferatus aproximou-se dos dois com um olhar atento que emergia do fundo do seu capuz negro.

— Não necessariamente — respondeu Flint, notando a figura sinistra ao seu lado. O professor encarou-o com uma interrogação no olhar. — A cachoeira... o grande manto branco... Deve existir uma entrada... atrás da cachoeira... É isso! A entrada para o Templo de Lonac é atrás do grande manto branco!

— Magnífico! Simplesmente magnífico! — Gosferatus explodiu numa gargalhada infernal, como se tivesse enlouquecido. Gritava, aplaudia freneticamente, aparentemente em êxtase. — Está vendo, nobre conde? — disse, voltando-se a Ratatusk. — Dificilmente teríamos pensando em algo assim!

O roedor fitou-o com desdém e um sorriso forçado:

— De fato, poupar o repórter foi uma boa cartada. — Desviando seu olhar em direção ao jovem felino, completou: — Mas até quando, não é, senhor Flint?

✳✳✳

Logo, batedores Suk se espalharam pelas encostas, rastreando todo o lugar. O descomunal volume d'água dificultava o trabalho de reconhecimento. Soldados cravavam nas montanhas de gelo sinalizadores e ganchos com sistemas de roldanas com encaixes para cordas.

Um pequeno grupo de chacais escavando próximo das corredeiras foi surpreendido quando uma parte da encosta desmoronou. O tigre Suk que os comandava saltou em sua direção, chegando tarde demais, depois que já tinham sido tragados pela fúria das águas.

A trilha precária aberta pelos batedores nas encostas contornava a imensa massa d'água pelo flanco esquerdo, envolta por uma espessa névoa. Corrimões de corda serviam de apoio à comitiva que se deslocava lentamente pelo caminho irregular formado por rocha e gelo. Pontes metálicas improvisadas conectavam imensos precipícios, de onde surgiam rajadas de vento que arrastavam a todos em direção à queda d'água.

Gosferatus, com o manto encharcado, agarrado aos cordames, se agitava, gritando ordens para que os soldados avançassem ainda mais rápido. Ratatusk vinha amparado por Logus, que lutava contra as rajadas de vento, tentando manter a estabilidade com o peso extra das penas molhadas. Um pouco atrás, Flint sentia o solo deslizar a cada pisada, avançando pressionado pelo lobo em seu encalço. Tentava proteger Lari e Fabergerisky, que seguiam junto dele com grande esforço, e virava-se de quando em quando, sustentando o olhar provocativo de Kronos. Carregadores vinham na retaguarda, transportando nas costas os contêineres de suprimentos e as cargas de equipamentos usados na expedição.

Flint havia perdido a noção do tempo. Ao observar a longa fila indiana atrás de si, teve a impressão de que estavam ali havia horas. Abaixo deles, as imensas carcaças pré-históricas pareciam observá-los como profanadores de um lugar sagrado. Sentiu um arrepio subir pela espinha e a respiração cadenciada à medida que se aproximavam cada vez mais da cachoeira sagrada, o grande manto branco, cujo estrondo chegava a doer em seus tímpanos. Além dos sons da natureza, vozes sobrenaturais pareciam sussurrar algo em seus ouvidos. Os pelos de suas patas começaram a ficar endurecidos com as gotas de água fria que o atingiam feito dardos afiados. A neblina era tão densa que Flint mal enxergava as próprias botas.

A expedição assumiu a forma de comboio. Devagar, os animais se esgueiravam agarrados ao corrimão, medindo cada passo, enquanto avançavam em direção ao outro lado da cachoeira. Pouco a pouco, a luz natural se dissipou, como se o mundo houvesse se desvanecido. Os tigres que iam à frente iluminavam o caminho com lanternas, deixando entrever as deformidades do gelo que revestia a montanha por trás da cachoeira, feito imensas cicatrizes na rocha.

Uma energia mística se espalhava pelo ambiente. Estranhamente, a fúria das águas se transformava num murmúrio brando que emanava das rochas. A lamúria do vento por trás do manto branco parecia entoar uma canção melancólica. A trilha por onde a expedição seguia se esgueirava entre blocos de gelo até desembocar numa grande ranhura na rocha. O tigre líder fez sinal para os demais aguardarem, enquanto os batedores se embrenharam ainda mais.

Longo tempo se passou até que o grupo foi autorizado a seguir adiante, saindo numa espécie de galeria de gelo, prosseguindo a caminhada. Flint estreitou os olhos, examinando as paredes ao seu redor. De repente, um tigre batedor voltou ofegante.

Urros eufóricos ecoaram pelas paredes de gelo. Os tigres soldados brandiam suas cimitarras. Gosferatus saltou em direção a seus súditos. Um holofote iluminou a entrada da caverna. Flint sorriu, surpreso, quando distinguiu, ao fundo, os contornos de um imenso leão branco esculpido na rocha.

Gosferatus observava atônito as linhas do enorme leão esculpido na rocha quando uma lufada de ar gélido vinda da base da estátua tocou os seus pelos. Dois tigres Suk sustentando lamparinas examinavam a abertura coberta de musgo. Soldados começaram a revolver o emaranhado de raízes e detritos, golpeando com as próprias cimitarras os fragmentos de fósseis e rochas que bloqueavam a passagem.

Flint aproximou-se sorrateiramente da abertura. Uma bocarra escancarada, como um predador prestes a engolir suas presas.

Um túnel estreito e úmido escavado na rocha surgiu diante deles. No solo arenoso e irregular, rochas soltas e estalagmites feito pontas de lança dificultavam ainda mais a passagem. Os batedores tomaram distância, iluminando o caminho, seguidos por Ratatusk e Flint. Em fila indiana, o velho acadêmico puxava Lari pela pata, balbuciando palavras soltas para si mesmo, extasiado em suas elucubrações. Protegido por seus soldados, Gosferatus vinha logo atrás, afastando a cada momento o manto sacerdotal que parecia querer se agarrar as rochas pontiagudas que brotavam da terra. Logus encolhia o pescoço, recolhendo as asas, parecendo sentir certa claustrofobia e ignorando as insinuações de Kronos, que parecia se divertir ao ver a ave de rapina se transformar num pássaro engaiolado.

À medida que o declive se acentuava, o caminho se tornava mais sinuoso, lembrando uma espécie de coluna dorsal seguindo rumo ao centro da Terra. Seguiram por um bom tempo, deparando-se por fim com um grande arco de pedra. Os soldados que vinham à frente estacaram de repente, fazendo com que a comitiva se retraísse como uma serpente diante de sua presa. Flint sentiu os pelos se eriçarem enquanto observava os batedores iluminarem a enorme passagem que desembocava numa espécie de salão.

Lentamente, a um sinal do tigre que havia feito o reconhecimento, o grupo avançou em direção ao salão oval. Gosferatus mergulhou nas profundezas de si mesmo, sentindo ao redor a energia mística que parecia brotar das entranhas da Terra. Aos poucos, sua visão foi se ajustando à penumbra do espaço ao redor, e o feiticeiro, extasiado, examinou a sala, cujo pé direito alto lembrava a nave de uma catedral.

Na outra extremidade, tigres batedores se aglomeravam em volta de uma ossada daquilo que um dia tinha sido um felino de proporções jamais vistas. Parecia vigiar um portal escondido no fundo do salão.

Flint se aproximou do enorme esqueleto, perdido em seu silêncio sepulcral. As garras enormes sustentavam uma longa lança com três pontas e o elmo enferrujado cobria parcialmente sua poderosa mandíbula. Ao examinar o grande fóssil, o gato repórter teve a sensação de que a morte lhe chegara feito um sopro suave, mergulhando-o num sono profundo enquanto levava consigo sua alma. Uma grossa camada de poeira cobria os símbolos gravados na armadura metálica do antigo guerreiro. Braceletes de ouro permaneciam pendentes naquilo que outrora tinham sido patas musculosas e mortais, e um vasto manto vermelho desbotado, preso às ombreiras prateadas, parecia desmanchar-se pelo chão úmido.

— Um antigo guerreiro de Afririum... — sussurrou Fabergerisky, ajeitando os óculos em cima do bico, ao examinar a figura de perto. — Senhor Flint, faz ideia do que isso representa? Uma descoberta arqueológica incomensurável...

— Imagino que sim, professor — respondeu Flint, já notando a respiração ofegante de Gosferatus no seu pescoço.

— Adoraria poder removê-lo até meu laboratório para poder estudá-lo mais atentamente...

— Talvez você tenha todo o tempo do mundo para se entreter com suas velharias, meu caro professor — interveio Ratatusk com um sorriso irônico.

Flint encarou o rato, sustentando seu olhar ameaçador, seguindo adiante em direção ao portal guardado pelo fóssil. Acompanhado da jovem czarevna e do atônito Patovinsky Fabergerisky, entrou numa pequena câmara, seguido por Gosferatus e alguns de seus servos, examinando o lugar de forma cuidadosa.

Vultos inertes pareciam observá-los num silêncio tumular, como se há muito aguardassem sua chegada. Seis estátuas de leões de pedra formavam um círculo. Fabergerisky se aproximou maravilhado para examinar as figuras, sentindo a jovem Lari se enroscar em suas penas, buscando abrigo.

Flint olhou ao redor: as paredes da câmara circular, diferentemente do salão principal, pareciam ter sido polidas por algum tipo de ferramenta e formavam um novo círculo em torno dos leões de pedra. Uma imagem que Flint já havia visto antes... os seis leões gravados no escudo de Serkius Ronromanovich. O escudo do guerreiro descoberto durante sua visita à abadia, diante da tumba de Gaturnino. O gato repórter sorriu surpreso, como se vislumbrasse peças de um quebra-cabeça.

O líder Suk notou seu olhar, estendendo-lhe uma espécie de cumprimento:

— Parece que encontramos algo, senhor Flint...

— Algo que, por infelicidade, não nos trouxe a lugar algum — riu nervosamente Maquiavel Ratatusk, tecendo mais um de seus comentários ácidos. — Esta câmara não tem saída! — disse, apontando à sua volta com a bengala.

Birman Flint examinou o lugar e se deu conta de que Ratatusk estava certo. Não havia nenhuma abertura, fenda ou passagem entre aquelas paredes lisas, a não ser o portal por onde haviam entrado. Seu olhar cruzou com o do velho pato, buscando algum tipo de ajuda.

— Uma câmara cerimonial, sem dúvida — grasniu Fabergerisky, como se quisesse consolar o amigo. — Talvez o lugar tenha outras como esta... Quem sabe se retornássemos...

— Não — disse Flint, decidido, pressentindo ali alguma presença estranha a observá-los por entre as figuras de pedra. Afobado, tirou o diário de Feodór do bolso e começou a revirar suas páginas, deparando-se enfim com as figuras que buscava. — No escudo, junto à estátua de Serkius Ronromanovich, a imagem dos seis guardiões aparece da mesma forma como nestas anotações... — murmurou Flint.

Nesse momento, o jovem felino abruptamente voltou-se para trás, afastando Kronos com um empurrão, e voltou-se para o pelotão de tigres Suk que formava um cordão em torno da sala, pedindo a lamparina para um dos soldados. Ratatusk desembainhou sua espada, mas foi impedido por Gosferatus.

— Deixe-o! — exclamou o sacerdote, lançando um olhar para Kronos, que se preparava para avançar sobre o prisioneiro.

Assim que um dos soldados entregou a lamparina, Flint saltou para o interior do círculo, percorrendo as seis estátuas que pareciam seres vivos observando-o fixamente. Um arrepio subiu por sua espinha quando se aproximou e tocou o semblante pétreo de uma delas. Deslizou a pata pela armadura do imponente leão branco, examinando com cuidado o brasão da antiga dinastia de Ngorki. Por baixo de uma camada espessa de musgo, observou garras enormes que se fechavam em torno do cabo de uma cimitarra que tocava o chão.

Então o gato repórter teve um sobressalto. Abaixou-se, pousando a lamparina a seu lado no chão de pedra, onde, diante do leão imenso, ranhuras assumiam uma forma própria. Freneticamente, Flint começou a afastar a camada de terra e musgo sobre o símbolo. Em volta do desenho, notou os contornos perfeitos da pedra, que se destacava no chão irregular. Levantou-se em um pulo e, iluminando o chão diante de cada uma das estátuas, revirava o solo em êxtase.

— Seis guerreiros representando os seis símbolos contidos em *Ra's ah Amnui* —exclamou Flint —, formando um círculo... representando sua divindade... Lonac!

Mergulhado na escuridão de seu manto sacerdotal, Gosferatus sorriu, ronronando alto. Flint retirou novamente o diário do bolso, folheando suas páginas em busca de algo específico.

— As inscrições no chão formam um novo círculo, o símbolo de Lonac, exatamente como no desenho de Feodór! — exclamou o jovem felino, repetindo a seguir as palavras do antigo czar: — "Quando adentrar o grande manto branco, deixe que *Ra's ah Amnui* o guie através dos grandes sacerdotes de Ngorki."

O líder Suk lançou um olhar à sua volta, tocando a pérola que trazia bem guardada no interior de sua túnica. Sentiu uma certa pressão nos dedos, como se um fio de eletricidade percorresse sua pata.

Flint voltou-se mais uma vez para o diário.

— "Diante dos bravos seguidores, seja humilde e encontre a luz" — leu, emocionado. Voltou os olhos para Fabergerisky, depois para o imenso semblante pétreo que parecia fitá-lo das profundezas de seu mundo esquecido.

O repórter aproximou-se da estátua e, seguindo as palavras de Feodór, ajoelhou-se diante da imagem e estendeu as patas dianteiras, em reverência, tocando o símbolo no chão. Com a pressão de suas patas, sentiu um sutil movimento da pedra, percebendo um sopro frio que emergia das frestas ao seu redor.

Um rangido seco ecoou pela câmara. Fabergerisky saltou para trás assustado, sentindo a vibração do solo. De repente, o silêncio imperou mais uma vez, espalhando-se pelo lugar sagrado, e o local retomou sua forma original.

Olhares surpresos varreram tudo ao redor. Os tigres Suk vinham assustados, empunhando suas lanças e sabres, prontos para se defenderem de uma ameaça invisível.

Flint levantou a pata e sentiu a pedra retornar à sua posição original, obedecendo a algum sistema de engrenagem. Vasculhou a câmara na esperança de encontrar algum efeito do movimento que acabara de presenciar. Havia encontrado o mecanismo, sabia disso, sentia que de alguma maneira a chave que tanto buscava estava bem ali... próxima o suficiente...

Uma sensação de angústia tomou conta de Flint. Notou a presença fétida de Maquiavel Ratatusk a alguns passos de onde estava, pressionando-o com a cadência de sua maldita bengala. A aproximação espalhafatosa de Fabergerisky afastou o clima tenso, e Flint mais uma vez mergulhou nos desenhos de Feodór em seu diário.

Dentro de um círculo, representando a pérola, os seis símbolos se distribuíam em duas fileiras horizontais, um abaixo do outro, separados pela linha que os dividia entre dois mundos, o espiritual e o material. Flint lembrou-se da explicação dada pelo professor durante a visita à sua casa. Visualizou, mais uma vez, a pérola diante da tumba de Gaturnino Ronromanovich. Na penumbra, os seis símbolos surgindo miraculosamente, um a um... A imagem incandescente... luz e fogo dando vida ao misterioso artefato.

Por fim, um sorriso leve surgiu no rosto de Flint. Havia encontrado o segredo daquele lugar. Os símbolos no solo. *Ra's ah Amnui* pronta para guiá-lo através dos grandes guerreiros. Fitou a figura no diário. Os seis símbolos... Fabergerisky havia-lhes instruído sobre sua leitura que, de acordo com as antigas escrituras, deveria ser feita da direita para a esquerda, começando pelo mundo espiritual, na linha acima, e repetindo o processo com os símbolos na linha abaixo, no mundo material.

— É isso! — balbuciou o repórter, localizando o primeiro símbolo, referente à ordem espiritual. — O símbolo do universo infinito...
— Iluminou o traço vertical esculpido na rocha, cortado pelas três linhas horizontais. — O primeiro dos seis...

Pressionou a pedra com vigor e sentiu-a descer lentamente. Um sopro quente vindo pelas frestas tocou seus bigodes, liberando uma poeira ancestral que o fez proteger o rosto com uma das patas dianteiras. O ruído rouco de engrenagens arcaicas se movendo acentuou o clima de ansiedade e apreensão que dominava o ambiente.

Fabergerisky aproximou-se de Flint, compreendendo o que estava acontecendo ali. Ficou eufórico quando o gato se deparou com a segunda imagem formando linhas que se contorciam verticalmente simbolizando o fogo sagrado, repetindo a operação. O ruído aumentou e o solo passou a vibrar com maior intensidade, de forma ininterrupta.

— Rápido! — miou Flint, chamando alguns tigres Suk para dentro do círculo, instruindo-os para que cada um se posicionasse diante de uma das estátuas. Mostrou em seguida as figuras no solo, na ordem em que deviam ser pressionadas. Tomou a jovem e assustada Lari em suas patas para protegê-la diante do inesperado.

Gosferatus rosnou assustado, tendo a sensação de que o chão de pedra abaixo de suas patas estava prestes a ruir. Maquiavel Ratatusk buscou apoio em seu servo abutre quando todo o piso, tomado por um solavanco seco, começou a mover-se, tornando-se numa plataforma circular. Imediatamente, toda a comitiva se aglomerou. Os tigres soldados, ao lado dos leões de pedra, empunhavam suas cimitarras e sabres. Urros eufóricos e rosnados de espanto fundiam-se ao ruído das engrenagens mecânicas e sons fantasmagóricos que vinham das profundezas. O piso da câmara girava devagar, descendo em direção às entranhas do lugar, liberando um vapor quente que emergia pelas laterais. Flint olhou a câmara dos guardiões ficando para trás e transformando-se num ponto distante, uma nuvem perdida em meio à penumbra.

# 41

Um mundo novo se abriu diante dos olhos de Birman Flint. Um mundo perdido, intocado. Uma vastidão sombria formada por inúmeros desfiladeiros e túneis, cortados por rios e veios d'água, perdendo-se em cascatas rumo ao vazio. Avistou ao longe enormes pedras que se equilibravam formando picos monumentais, que emergiam em direção às estalactites do teto lembrando dentes de seres mitológico, titãs esquecidos pelo tempo.

A maravilha da natureza, ao mesmo tempo assustadora, surgia em todo o seu esplendor, despertando em Flint a percepção de que não passava de um pequeno ser indefeso diante de algo imensamente poderoso. Algo que não podia enxergar, nem mesmo tocar, mas apenas sentir à sua volta, como se uma força invisível o envolvesse.

O gato repórter soltou o ar dos pulmões. Com a respiração ainda ofegante, sentiu a jovem Lari espremer-se contra seu corpo. As palavras de Xristus Harkien descritas por Gaturnino Ronromanovich em suas crônicas ecoaram alto em sua mente: "*[...] ser conduzido pelos sinais de Lonac, os símbolos de Ra's ah Amnui, através de seus sacerdotes para além das profundezas da Terra, rumo à luz divina.*"

✷✷✷

O ruído metálico das engrenagens cessou por completo quando a plataforma tocou o solo, espalhando uma poeira fina e escura que impedia a visão de todo o grupo. Flint sentiu a base de pedra estremecer, como se estivesse a ponto de esfarelar, em meio a estalidos e sons de rochas se partindo. Assim que o movimento parou, o silêncio voltou a reinar nas entranhas da Terra.

Lentamente, tigres segurando lamparinas a óleo começaram a descer em torno da antiga plataforma, percorrendo o terreno acidentado. Atrás deles, os viajantes seguiam por um caminho repleto de obstáculos. Aos poucos, a poeira se dissipava, deixando entrever vestígios de uma antiga civilização. Carcaças de grandes animais, lanças semienterradas, objetos cintilantes — que Fabergerisky reconheceu como moedas datando da época dos grandes guerreiros leões —, restos de armaduras que um dia haviam servido seus senhores. O estreito caminho se alargava, desmanchando a fila indiana formada pelos intrépidos exploradores. Conforme avançavam, seus olhos acostumavam-se à estranha iluminação que emanava daquelas profundezas. Flint sentiu um arrepio ao dar-se conta de que era uma luminosidade que não se sabia de onde vinha. Era uma luz misteriosa, de um brilho e de uma cor jamais vista e cuja origem era impossível conhecer. Estendeu a pata e observou o solo arenoso à sua frente — nenhuma sombra surgiu, por mais que olhasse ao redor. Notou ainda que as vozes dos soldados Suk não reverberavam ali.

De repente, os tigres à frente interromperam a marcha e o repórter apertou o passo para juntar-se a eles. Com a respiração ofegante, maravilhado, avistou uma enorme ponte de pedra erguendo-se em arco sobre o abismo à frente deles.

Seguiram cautelosos, evitando olhar a imensidão abaixo. Duas colunas imensas surgiam imponentes do outro lado do precipício.

Gosferatus, seguido por um destacamento de súditos fortemente armados, foi o primeiro a deixar a ponte, passando entre as enormes estruturas que de alguma forma lembravam as imensas rochas monolíticas em torno do grande manto branco, de onde a águia de pedra parecia vigiar o Vale da Meia-lua. Ao fitá-las à distância, Flint notou uma certa coloração azulada na rocha que se erguia muito acima de suas cabeças. No topo de cada uma delas, jarros de cerâmica pareciam exalar um odor semelhante ao do óleo usado nas lamparinas. O gato repórter aproximou-se da base de uma das colunas e reconheceu pequenas aberturas por onde os antigos habitantes deveriam inserir o fogo proveniente de tochas ou algo parecido, que num segundo poderiam percorrer toda a sua estrutura interna, alcançando os jarros acima para iluminar todo o lugar. Flint lembrou-

-se da tumba de Gaturnino e da chama eterna alimentada por um mecanismo semelhante.

A um sinal do jovem felino, dois tigres inseriram pequenas tochas sinalizadoras nas aberturas. Alguns segundos se passaram até que um som seco de gás em combustão percorreu as entranhas das duas colunas e labaredas azuladas surgiram acima dos imensos pilares numa estranha coreografia, revelando silhuetas de guerreiros leões de proporções gigantescas. Três colossos de pedra de cada lado estavam dispostos em forma de concha, com as patas dianteiras voltadas para uma minúscula pirâmide situada exatamente no centro do local, que lembrava uma catedral. Ao fundo havia uma espécie de altar improvisado numa grande elevação rochosa, repleta de inscrições espalhadas pelas paredes. No centro desta elevação, uma estátua de proporções um pouco menores parecia fitar os intrusos, que avançavam receosos.

Patovinsky Fabergerisky aproximou-se da pequena pirâmide, feito um marco central incrustado no solo, rodeada por pequenas inscrições formando ao seu redor um círculo perfeito. Examinando-a de perto, percebeu suas paredes extremamente lisas, esculpidas num tipo de rocha cuja coloração avermelhada pareceu-lhe inédita.

Flint, seguido de perto pela czarevna, observou extasiado as seis figuras imponentes dos antigos guerreiros leões e compreendeu o sentido daquilo tudo. Haviam encontrado o lugar descrito pelos antigos czares. Um templo que na verdade se estendia além daquele local ritualístico. Haviam adentrado o templo muito antes, desde o momento que ultrapassaram o grande manto branco. Ele despertou de seus devaneios com o sibilo sombrio do líder Suk, que se aproximava do altar da nave com o rato negro e seu séquito de seguidores.

Nefestus Gosferatus seguiu de forma lenta, lançando um olhar ao redor, admirando o salão que se assemelhava a um anfiteatro, notando os prisioneiros à distância, ao lado do pequeno objeto incrustado no centro da ampla sala de pedra, sentindo que tudo ali lhe pertencia por direito.

Voltou-se para a estátua no altar. A vida parecia pulsar no ser esculpido, sentado num trono, empunhando numa das patas sua espada curva. O líder Suk soltou o ar dos pulmões ao aproximar-se atônito, examinando-o de perto, sentindo um estranho arrepio subir-lhe pela espinha ao cruzar com seu olhar feroz e ao mesmo tempo sereno, respirando a aura mística que parecia envolver tudo ao seu redor.

— Ngorki... — murmurou, tremendo de prazer. Seus olhos cintilavam como dois pontos negros enterrados nas profundezas de seu capuz. — O grande líder de uma raça de guerreiros.

Ratatusk, a seu lado, cutucava a estátua de pedra com sua bengala, ignorando o medo que o lugar lhe despertava.

Gosferatus teve a impressão de que a qualquer momento alguma magia traria vida ao grande rei leão, fazendo-o erguer-se num urro ensurdecedor clamando mais uma vez por seu exército adormecido. Uma mesa de pedra posicionada no centro do altar marcava o lugar de onde muito provavelmente o rei felino se dirigia aos seus durante as cerimônias oferecidas à deusa Lonac. Os inúmeros hieróglifos e inscrições em aramanto e miaurec, atrás do altar, chamaram sua atenção.

Patovinsky aproximou-se do enorme mural seguido por Flint e Lari. A velha ave ajeitou os óculos acima do bico e começou a examinar as figuras. Algumas pareciam anteceder até mesmo à era dos míticos leões brancos, com formas pré-históricas que descreviam a presença de seres mitológicos adorados por animais ainda em seu estágio primevo.

— Lonac cercada pelos quatro elementos. — Apontou a ave para o desenho na rocha, atraindo a atenção de Flint. — A figura soberana no centro do círculo, seguida por traços escuros logo abaixo formando uma pequena pirâmide. Em sua base, uma inscrição em aramanto: "Diante da escuridão, a luz surgirá quando Lonac mais uma vez ocupar seu trono divino."

Flint examinou a forma de perto. A imagem lembrava o símbolo encontrado em *Ra's ah Amnui*. Sentiu o ar transformar-se num vapor quente saindo de suas narinas e seus dedos martelavam a inscrição abaixo da imagem de Lonac.

— O escudo... — resmungou pensativo, atraindo a atenção do pato e de Gosferatus, que se esgueirou em sua direção, observando-o atento. — A imagem no escudo de Serkius Ronromanovich, diante de *Ra's ah Amnui*... — prosseguiu Flint. — A pirâmide abaixo de Lonac... — Arriscou um meio sorriso, bastante convicto, notando a expressão confusa do velho pato. — O estranho evento ocorrido durante minha visita à abadia... Diante da tumba de Gaturnino Ronromanovich, *Ra's ah Amnui* despertou toda a sua magia refletindo no escudo de pedra sua luz, tornando visível os sinais gravados ali.

— As coordenadas em ishith que nos trouxeram até aqui... — disse Fabergerisky em tom de pergunta.

Flint acenou-lhe afirmativamente com a cabeça enquanto fitava com olhos estreitos a figura no mural.

— Junto às espadas — afirmou o gato repórter. — A mesma figura que encontramos, Bazzou e eu, no antigo pergaminho com o diário de Feodór. Duas espadas... — disse, fazendo um gesto com as patas para representar a figura que descrevia com uma certa empolgação: — Símbolos cardeais, norte e sul, surgindo acima e abaixo de cada uma delas, enquanto suas lâminas, voltadas uma para a outra, pareciam convergir para a figura no centro... — Apontou mais uma vez para o desenho à sua frente. — Uma pirâmide... "A pirâmide onde Lonac descansa em seu sono eterno" — recitou lembrando-se da inscrição no escudo. Parou um instante como se tomado por algum *insight*, buscando eufórico sua pequena caderneta, deixando um miado escapar ao deparar-se com as anotações que havia feito durante sua estadia na abadia.

O escudo do guerreiro — desenhado às pressas com suas inscrições — que surgiu em meio a rabiscos e garranchos tomou sua atenção por alguns segundos:

— A pirâmide... — murmurou, recuando alguns passos, obtendo assim uma visão mais ampla do enorme mural à sua frente, retornando às anotações — no centro dos polos... — Gosferatus o fitou confuso, fazendo um sinal para que seus lacaios o deixassem livre. — "Onde norte e sul se encontram, o espírito de Lonac abrirá sua porta sagrada, revelando seu tesouro infinito" — leu a anotação que havia copiado do escudo diante da tumba de Gaturnino, voltando-se mais uma vez para a imensa parede de pedra como se procurasse algo em meio às suas formas hieroglíficas.

Fabergerisky disse-lhe alguma coisa, mas Flint parecia compenetrado demais para escutar algo além dos próprios pensamentos fervilhando. Seu olhar estreito fitou mais uma vez a figura de Lonac na rocha, a pequena pirâmide com sua inscrição logo abaixo, percorrendo as anotações em sua caderneta e mergulhando num emaranhado de ideias.

Olhares confusos à sua volta pareciam espremê-lo numa corrida contra o tempo, mas conexões começaram a se formar lentamente, atraindo sua atenção em direção ao grupo de tigres Suk bastante agitados que se aglomeravam próximo à nave.

Gosferatus observou o olhar vidrado do gato repórter à pirâmide incrustada no solo, com suas paredes lisas, avermelhadas, lembrando uma joia emergindo da terra, que se alinhava com a imagem do grande guerreiro no centro do altar.

Flint sentiu um estranho impulso percorrer seu corpo. A figura imponente de Ngorki parecia fitar a pirâmide lá do alto, como se estivesse mais uma vez reverenciando sua divindade, enquanto as imensas estátuas em torno do salão formavam um novo e amplo círculo ao redor da pedra piramidal, sugerindo uma representação do próprio universo se expandindo em torno de sua luz.

— Seu trono divino — murmurou o gato para si, referindo-se à inscrição traduzida pelo velho pato no mural sobre o altar, começando a compreender seu significado. A deusa leoa no centro do universo, pairando acima da pirâmide.

— Seu trono divino... — repetiu a frase, desta vez em alto e bom tom, enquanto movia-se na direção do objeto, parando diante das inscrições ao seu redor. — O círculo em torno da deusa... — disse fitando Gosferatus, depois Fabergerisky, ambos observando-o confusos. Flint apontou para as ranhuras no solo e disse, empolgado: — A figura no mural é uma representação clara desta pirâmide, assim como o símbolo no escudo de Serkius quando iluminado pela luz de *Ra's ah Amnui*. Os dois representam o mesmo objeto... — Apontou para a rocha no solo, a pequena pirâmide que parecia cintilar diante dos seus olhos. — "A pirâmide onde Lonac descansa em seu sono eterno" — repetiu a inscrição que havia copiado do escudo de Serkius Ronromanovich encontrado na Abadia de São Tourac.

Fabergerisky soltou um grasnido eufórico, começando a compreender o raciocínio do gato repórter. Aproximando-se ainda mais da pirâmide, Flint sorriu ao notar, pela primeira vez, que suas faces lisas apresentavam manchas sutis que se assemelhavam de alguma forma às que havia notado na própria pérola negra ao ser exposta ao calor da chama eterna diante da tumba de Gaturnino Ronromanovich, o último dos *Mi'z ah Dim*:

— O símbolo... Lonac sobre a pirâmide... a imagem no mural... a pérola...

De repente, tudo à sua volta pareceu sumir e Flint mergulhou em seu próprio devaneio.

✳✳✳

— Flint, você está bem? — perguntou Fabergerisky, cutucando o gato com a ponta da asa.

O gato repórter despertou num susto, voltando-se para Gosferatus, que o observava intrigado, e estendendo a pata em sua direção:

— Eu preciso da pérola!

Ratatusk rapidamente colocou-se entre os dois, dirigindo-se ao líder Suk:

— Você não vai ser tolo a ponto de entregar a pér...

Antes que terminasse de falar, o sacerdote afastou-o, avançando em direção ao felino e entregando-lhe *Ra's ah Amnui*:

— Tenho certeza de que o senhor Flint sabe o que está fazendo. Afinal, nós o trouxemos de Gremlich até aqui exatamente para isso.

Pouco convencido, Ratatusk lançou um olhar frio para o gato repórter, ajeitando a capa e juntando-se a Logus, que o observava mais atrás.

Flint, segurando a pérola em suas patas, aproximou-se ainda mais da pirâmide, examinando-a com atenção. Notou que a pequena saliência no topo formava um encaixe perfeito para a joia; nisso, foi apanhado de surpresa por uma força magnética que a arrancou de seus dedos. Extasiado, o gato repórter observou a pérola negra repousar com perfeição em seu leito sobre a estrutura piramidal.

"'*Ra's ah Amnui* em seu trono eterno'", pensou o gato.

Uma estranha vibração emanava do solo e as inscrições em torno da pequena pirâmide começaram a assumir, como que por magia, uma forma específica.

O artefato parecia dar vida às inscrições, da mesma forma como o fizera diante do escudo de Serkius Ronromanovich, transformando-o num códex repleto de mensagens e alusões ao lugar perdido no tempo.

A imagem no chão de pedra materializava-se aos poucos, lembrando seres rastejando num movimento sutil, ganhando formas definidas. Duas espadas surgiram, em lados opostos, com as pontas voltadas para a pirâmide. Os símbolos cardeais N e S ficaram visíveis acima do cabo de cada uma. Suas *lâminas indicavam a ponta* e a base da pirâmide, reproduzindo o desenho que Flint vira no escudo de Serkius Ronromanovich.

De repente, um zumbido fantasmagórico atraiu a atenção de todos para as figuras do mural atrás do altar. As esculturas ganhavam vida, movendo-se lentamente por todo o painel de pedra, fundindo-se umas às outras.

Tigres Suk afastaram-se temerosos para os fundos do salão. Maquiavel Ratatusk assistia tudo a uma certa distância, enquanto Gosferatus parecia ignorar qualquer perigo, avançando em direção ao altar, testemunhando ele mesmo o misterioso fenômeno.

Lari Ronromanovich soltou um miado assustado, sendo amparada por um Fabergerisky igualmente confuso, quando as figuras esculpidas no mural atrás do altar deram origem a um imponente portal, cuja magnífica moldura era composta por formas leoninas e brasões entrelaçados, que se projetavam em volumes esculpidos em pedras de matizes e colorações jamais vistas.

O gato repórter sentiu a respiração ofegante enquanto assistia à vida brotar das entranhas da Terra. Observou a passagem abrir-se atrás do altar, compreendendo finalmente o sentido das palavras de Karpof Mundongovich ao referir-se *à Ra's ah Amnui* como a chave capaz de revelar aquilo que descreveu como "cofre real". Certamente essa era uma expressão usada por Raskal Gosferatus, antigo conselheiro de Feodór, referindo-se ao suposto lugar que guardava tesouros esquecidos, perdidos em meio à escuridão, assim como o diamante de Drakul Mathut.

— "Onde norte e sul se encontram, o espírito de Lonac abrirá sua porta sagrada, revelando seu tesouro infinito" — sussurrou Flint, compreendendo tais palavras. Fitou mais uma vez as espadas apontando para a joia. Os dois polos voltados para *Ra's ah Amnui* sobre a pirâmide, parte de um complexo sistema de segurança capaz de manter as entranhas daquele lugar muito bem guardadas.

Lembrou-se, então, das palavras de Gaturnino: "cumpri enfim minha missão: conduzido por *Ra's ah Amnui* até o altar onde os polos se encontram, deixei nas entranhas da terra sagrada aquilo que jamais deverá retornar ao mundo dos vivos".

Flint soltou o ar dos pulmões. As palavras escritas pelo último *Mi'z ah Dim* ecoaram em sua mente, enquanto ele mesmo se entregava à própria escuridão. O frio que parecia brotar da abertura diante dos seus olhos se apossou de sua alma.

# 42

Gundar Kraniak, a bordo do *Rapina*, deixou um rosnado escapar enquanto caminhava de um lado para o outro, impaciente, na plataforma localizada na proa da aeronave, aguardando o retorno de seus batedores que patrulhavam os arredores da imensa fenda que se estendia à sua frente.

Pensou em Maquiavel Ratatusk, em sua promessa de conceder-lhe o monopólio das linhas aéreas entre a Quistônia e a Rudânia, sentando-se finalmente junto ao conselho de líderes das maiores facções criminosas em todo mundo animal. Uma ideia bastante agradável, possibilitando com que deixasse a vida de contrabandista e pirataria para trás. Acendeu o charuto, sentindo o gosto forte descer-lhe pela garganta e a fumaça misturar-se com a respiração quente que saía das largas narinas.

O rugido de um urso tripulante cortou seus pensamentos. Um ponto no horizonte se aproximava da outra extremidade do *Rapina*. Kraniak apanhou a luneta, percebendo quando o corvo batedor, que lutava contra as rajadas de vento, vinha em sua direção num voo irregular, parecendo observá-lo à distância. A ave lançou-lhe um último olhar apavorado antes de ser abatida por uma águia imperial, deixando um rastro de sangue no ar.

O capitão gorila sentiu um arrepio subir pela espinha, deixando a luneta cair na plataforma, ao observar uma frota de centenas de águias se aproximar da embarcação. Assustado, correu em direção à cabine de comando:

— Levantar cabos de ancoragem! Casa das máquinas, força total! Preparam-se para zarpar! Estamos sendo atacados!

— Comandante, e quanto ao conde Ratatusk? E a expedição? — arriscou o imediato.

— Que se dane a expe...

Kraniak se desequilibrou quando um bólido atingiu o dirigível, sacudindo toda sua estrutura. O alarme soou enquanto a tripulação de hienas e ursos corria histérica, assumindo seus postos.

Uma nuvem espessa — não uma nuvem natural, mas uma nuvem fabricada por caldeiras a vapor, usada para camuflar esquadras aéreas inteiras — surgia entre as águias imperiais, que investiam agora contra os morcegos de Kraniak, que batiam em retirada.

Do interior da nuvem negra, diante dos olhos do comandante símio, surgiu com toda sua imponência o enorme encouraçado, cuspindo fogo e acertando os mastros do *Rapina*, que sacudiu com força, chocando-se contra as rochas, ao mesmo tempo que Gundar assistia uma das gôndolas despencar, atingida em cheio por um disparo seco.

O encouraçado imperial *Svarog*, acompanhado por meia dúzia de fragatas e dois cargueiros de batalha, se aproximou pelo flanco direito da nave, pronto para a abordagem.

Kraniak urrou aturdido fitando a frota czarista, sentindo o colapso iminente, fazendo a única coisa que lhe restava fazer: render-se.

✳✳✳

O general Garrius Tigres Simanov, tenentes e membros do Conselho Militar reuniram-se em torno do czar, traçando estratégias para o resgate dos reféns, enquanto a frota sobrevoava por entre os picos rochosos que despontavam no horizonte. Escunas aéreas seguiram à frente em direção à grande fenda, obedecendo ao traçado marcado pelo rio bravio que parecia abrir caminho entre o imenso cânion.

Ponterroaux, Bazzou e Paparov acompanhavam com o olhar os pequenos pontos esbranquiçados que se confundiam com a paisagem. Gatos paraquedistas e tigres pertencentes ao batalhão antiterrorismo vasculhavam o entorno. Pilotavam biplanadores, escalavam rochedos, mergulhavam nas profundezas do rio.

Ao se aproximarem do espaço onde o rio de águas gélidas parecia finalmente desaparecer, dando lugar à queda d'água imponente, formas monolíticas surgiram. Bazzou olhou espantado para cima, observando a imensa pedra que lembrava uma águia.

O encouraçado fez uma manobra lenta para pousar na baía entre ossadas de baleias pré-históricas, recepcionado por soldados imperiais que mantinham prisioneiros os tigres Suk remanescentes, que vigiavam a entrada localizada na encosta por detrás da imensa cascata.

Ponterroaux, Bazzou e Paparov desembarcaram ao lado do czar, que seguia os passos firmes de seu general. Gatus Ronromanovich olhou à sua volta. A bruma cinzenta envolvia ossadas de baleia e o som melancólico do vento ecoava ao longe, lembrando uma cantiga de ninar. Pensou na pequena Lari ao seguir a trilha que os levava por trás da imensa cachoeira. O caminho que seus antepassados haviam percorrido centenas de anos antes. O caminho de Gaturnino. Pensou em Flint e em todas as suspeitas levantadas pelo gato repórter. O último guardião, a pérola negra, o legado dos Ronromanovich... Seria possível? Soltou o ar dos pulmões. Um arrepiou subiu-lhe pela espinha. Desembainhou sua cimitarra, como se tivesse diante de si um predador silencioso.

# 43

Recitando palavras pertencentes a um dialeto arcaico, Nefestus Gosferatus penetrou lenta e suavemente a câmara escura, seguido por alguns tigres temerosos carregando lamparinas a óleo que projetavam silhuetas fantasmagóricas nas paredes irregulares cortadas por arcos de pedra.

O ar quente tocava sua pele enquanto avançava protegido por seu séquito de soldados. O sacerdote parecia inebriado entre as sombras, reconhecendo formas distintas à sua volta. Nichos escavados na gruta deixavam entrever enormes esquifes de pedra, com leões esculpidos em cada um dos tampos. Estranhas inscrições se perdiam nos arcos de pedra. Fragmentos de potes de cerâmica e talismãs de pedra, utilizados um dia como oferenda, espalhavam-se pelo chão, assim como moedas, castiçais, pedaços de armaduras e lanças de antigos guerreiros que habitaram o lugar.

Flint e Fabergerisky acompanharam a pequena comitiva, deixando, por precaução, a jovem czarevna para trás aos cuidados dos soldados que vigiavam o altar.

O tilintar seco da bengala de Ratatusk contra o piso de terra batida atraiu a atenção do repórter, que percebeu como o conde fitava-o apreensivo, com seus olhos regados de sangue que cintilavam em meio à penumbra.

— Antigas câmaras mortuárias — sussurrou Fabergerisky, examinando de perto um dos nichos —, semelhante às encontradas por

Theodorum Frontenuir junto às pirâmides de Kroll, o antigo explorador que liderou algumas das mais brilhantes expedições ao Vale dos Reis em Afririum no início do século passado. Tive a oportunidade de estudar algumas dessas arquiteturas sagradas durante minha excursão às grandes pirâmides.

Flint o acompanhou com o olhar receoso enquanto a ave examinava as inscrições nos arcos:

— Aramanto... sem dúvida — balbuciou o professor, esticando a asa direita em direção aos escritos, ficando na ponta dos pés, enquanto lia: — "O caminho das almas" —, disse, voltando-se para o repórter e apontando com entusiasmo para os esquifes alojados nos nichos. — Somente membros da realeza eram enterrados em criptas como estas. — Apontou para a inscrição na rocha. — "Príncipes reis", em aramanto.

Ao ouvir o comentário de Fabergerisky, o líder Suk despertou de seus devaneios com um rosnado grave:

— Príncipes reis?

— Essa é a forma como os leões brancos se referiam aos membros de uma espécie de conselho, que mesmo após a morte ocupavam seus lugares ao lado de seu líder natural — explicou a ave, gesticulando com desenvoltura e apontando para os esquifes.

— Isso quer dizer que... — balbuciou Gosferatus, com os olhos diminuídos, enterrados no fundo do seu capuz.

— Isso quer dizer que estamos na cripta de Ngorki, o rei leão! — concluiu Flint, eufórico, lançando um olhar cúmplice para o professor, que concordou com um sorriso satisfeito.

O som contínuo do vento percorrendo a câmara lembrava um acalanto sombrio. O gato repórter teve a impressão de que eram observados por algo impregnado havia muito no lugar. O rangido das patas dos tigres, vasculhando e revirando antigos tesouros, acentuava a sensação de Flint de que eram intrusos violando um local sagrado.

De repente, o urro de um dos tigres chamou sua atenção, como se alguém tivesse se deparado com algum demônio. Imediatamente, apanhando uma das lamparinas, o gato correu em direção ao nicho de onde vinha o grito. Olhou para seu interior e estacou, prendendo a respiração diante da cena inesperada. Com o coração acelerado, aproximou-se com cautela, vislumbrando a imagem — não uma imagem qualquer, mas a imagem de um imponente guerreiro imóvel, guardando seu senhor eternamente: o esquife de Ngorki, o rei leão. Flint soltou o ar dos pulmões e passou a examiná-lo de perto.

Um manto sacerdotal puído pelo tempo o envolvia, feito de um tecido leve, encontrado apenas em Egypth Maurec, com o capuz caído para trás, deixando à mostra a parte do elmo prateado escurecido pelo tempo. "Um servo divino", pensou Flint, aproximando-se aos poucos, iluminando seu rosto com a lamparina. O espanto tomou conta de sua alma ao deparar-se com sua fisionomia, como se a vida ainda fluísse em seu rosto. Birman Flint tentou dizer algo, mas as palavras se enroscaram em sua garganta ao notar como seus traços haviam sido, inexplicavelmente, poupados da decomposição. Sua forma física preservada revelava ali um felino, um gato com idade bastante avançada, mas ainda forte o suficiente para empunhar a cimitarra que trazia presa ao cinturão. Seus pelos, de um tom acinzentado, endurecidos pela ausência de vida, cintilavam diante da luz proveniente da lamparina, enquanto longos bigodes caíam-lhe do focinho apoiado sobre as patas dianteiras.

O objeto em torno de seu pescoço refletia a luz, atraindo o olhar de Flint, que reconheceu então a pequena medalha, idêntica à encontrada junto a Karpof Mundongovich.

— A medalha imperial — sussurrou, notando a figura de Gosferatus se aproximar lentamente, examinando o ser prostrado diante da grande tumba.

Flint fitou aqueles olhos sem vida que pareciam refletir a imagem de seus herdeiros, tornando-se a prova viva de um legado. Seus pensamentos davam voltas, imaginando o ser em seu último instante, assistido por olhares que, de certa forma, o amparavam em sua passagem final, levado pelos grandes guardiões ao seu redor, os últimos *Mi'z ah Dim*. Pensou em Feodór, seu filho, bem ali diante da descoberta que por fim lhe traria alguma paz, ao mesmo tempo enaltecendo um compromisso que por certo havia se transformado em sua própria maldição. Sorriu diante do corpo preservado:

— Serkius Ronromanovich… — murmurou Birman Flint, sem conter seu espanto. Contrariando as histórias em torno de seu desaparecimento, ele seguiu com sucesso as pegadas de seu ancestral, devotando o resto de sua vida ao destino que o uniu ao guardião Gaturnino Ronromanovich, eleito por Xristus Harkien, o último dos descendentes daqueles bravos leões.

Fabergerisky examinava perplexo o corpo preservado, intrigado quanto ao seu processo de conservação, não encontrando ali qualquer explicação plausível para o fenômeno. Diferentemente dos procedimentos conhecidos nos rituais de mumificação, onde o corpo embalsamado e envolto em ataduras era preservado da ação do tempo, aquele misterioso ser não apresentava qualquer sinal de ter sido submetido a tal operação. Era como se o tempo não existisse naquele lugar.

Birman Flint segurou o impulso de tocá-lo, mas retirou-lhe o elmo e visualizou com perfeição sua fisionomia. A seguir, tentou apanhar a medalha imperial que pendia de seu pescoço, onde o brasão da casa Ronromanovich ainda era bastante visível, mas foi impedido por Fabergerisky, que o alertou sobre as possíveis consequências de tal gesto, pois mesmo um movimento sutil poderia destruir aquele corpo extremamente preservado.

Maquiavel Ratatusk aproximou-se do grupo. Uma expressão tensa brotou no seu rosto ao examinar os restos mortais de Serkius e, diante dele, o leão esculpido sobre o esquife, que ainda trazia filetes dourados, conservando em alguns pontos a tinta azulada que o cobria. Em torno do esquife estavam depositados como oferendas o escudo do grande rei, junto à sua enorme cimitarra, para que sua alma cruzasse os portais de Lonac como um guerreiro.

Gosferatus parou diante da imagem de pedra de Ngorki. Uma expressão de puro êxtase brotou do interior de seu capuz negro ao notar todos aqueles filetes dourados dando vida à juba que caía sobre a armadura esculpida na rocha, cercada por símbolos e figuras descrevendo não apenas sua própria trajetória como grande líder, mas também como servo fiel de Lonac.

Foi despertado de seus devaneios pelo grasnido do professor Fabergerisky enquanto lia em voz alta as inscrições em miaurec no tampo de pedra:

— *"Far'r ah Kroth aght Mnemius Kortec"* — leu a ave, traduzindo em seguida: — "Onde os príncipes reis descansam sob o olhar de seu protetor." — Ajeitou os óculos por cima do bico quando passou para a linha inferior, lendo pausadamente: — *"Lonac Arghum Mi'z ah Dim inok eskoul Arak Mergh Alheft"...* algo como "os guerreiros de Lonac sustentam o céu mantendo seus tesouros sob suas patas".

Flint sorriu olhando ao redor, voltando-se para o corpo sem vida de Serkius Ronromanovich diante da cripta.

— O olhar de seu protetor zelando pelo seu rei — interveio Gosferatus, deslizando suas garras lentamente pelo tampo de pedra. — O diamante... o Olho do Dragão. Que lugar melhor para ocultá-lo, senão junto ao grande rei. — Notou o olhar do repórter recaindo sobre ele e dirigiu-se ao gato com uma ponta de ironia: — Não é mesmo... meu caro Birman Flint?

Imediatamente, um estrondo lembrando um trovão tomou conta do lugar, atraindo a atenção de Flint, que, pego de surpresa, assistiu horrorizado quando um grupo de tigres, obedecendo ao gesto sutil do líder, começou a violar a tumba real, destruindo os ornamentos ao redor do tampo de pedra e usando das grandes cimitarras como ferramentas.

— Não podem saquear esta tumba! — gritou Fabergerisky, ofegante, enquanto um grupo de tigres Suk se debruçava sobre o sarcófago. Lançou olhar de súplica dirigido para Gosferatus.

O líder Suk não respondeu ao olhar do velho professor. Observava impávido a destruição do lugar, sentindo como se o próprio legado de Gaturnino Ronromanovich, o herege que havia ajudado a roubar seu mestre Drakul, finalmente se despedaçasse diante de seus olhos. Na penumbra do capuz negro que lhe cobria a face, deixou que o sorriso se transformasse numa risada sombria, passando então a uma gargalhada regida pelo gosto da bile azeda brotando-lhe das entranhas.

Fitou a enorme tumba à sua frente, assistindo maravilhado enquanto suas feras removiam a pedra frontal.

# 44

Birman Flint aproximou-se da tumba fazendo uma expressão de espanto quando as adagas rasgaram o casulo de tecido, notando a expressão de ansiedade de Gosferatus, que acompanhava de perto enquanto seus tigres removiam a manta mortuária, uma túnica azulada adornada por filetes dourados lembrando algum tipo de ramalhete, trazendo à tona a figura fantasmagórica em seu interior.

A armadura negra trazia no centro do peito a imagem de um leão empunhando a grande lança, enquanto adagas com rubis incrustados nos cabos de madeira pendiam do grosso cinturão de couro ao seu redor. Objetos que atraíram de imediato o olhar ávido do conde.

Um brilho dourado tomou conta do lugar e por alguns instantes até mesmo Maquiavel Ratatusk manteve-se em silêncio, perplexo diante da magnífica máscara mortuária, uma pesada escultura feita em ouro e cravejada de brilhantes cobrindo a face rígida de um rei digno de comandar o maior exército que já existira em todo o mundo animal.

O gato repórter deixou um miado baixo soar quando, a partir da máscara dourada, um semblante bastante preservado surgiu, arrancando rugidos de espanto dos demais.

A pele endurecida pelo processo de mumificação contrastava com a vasta juba esbranquiçada que contornava suas mandíbulas, de onde dentes afiados despontavam ameaçadoramente, enquanto o vazio no lugar dos olhos parecia esconder, na escuridão do próprio crânio, uma sombra a observá-los com frieza.

Patovinsky Fabergerisky tentava esboçar algo, engasgando-se com as próprias palavras, vendo-se atônito diante da prova ocular da existência daquele ser extinto havia muito.

Ngorki, o líder do clã de Afririum, o rei leão servo de Lonac e guardião de *Ra's ah Amnui*, surgiu diante dos olhares perplexos em meio a uma surpreendente beleza e soberania, deixando até mesmo Gosferatus sem qualquer ação, tomado por uma sensação estranha, como se pudesse sentir a fúria brotando do corpo sem vida e espalhando-se pela câmara ao seu redor.

Entre as garras que um dia foram mortais, um invólucro de tecido amarrado por um cordame fino atraiu a atenção do líder Suk que, ao observá-lo de perto, descobriu em seu interior um livro cuja capa de couro era cortada por ranhuras douradas lembrando veias e artérias, formando um tipo de mosaico que deixava à mostra o monograma com as iniciais do grande rei.

Maquiavel Ratatusk observou o livro com um certo desdém, voltando-se para os objetos agrupados no canto da sala, resultado da pilhagem feita pelos tigres, examinando-os com interesse e tomando para si alguns deles, deixando Gosferatus em sua busca ensandecida pelo diamante.

Patovinsky Fabergerisky mergulhou num mundo totalmente à parte, balbuciando palavras inaudíveis enquanto folheava o livro, cujo valor parecia-lhe incomensurável. Inscrições em aramanto e miaurec, bem como em dialetos extintos, demonstravam como aqueles bravos guerreiros pareciam muito à frente de seu tempo, com conhecimentos que iam além da astrologia, metalurgia e agricultura. Havia também figuras que em muito se assemelhavam aos colossais dirigíveis modernos, revelando conhecimento em relação a algum tipo de tecnologia bastante avançada para a época.

Magia e rituais divinos surgiam divididos em três partes, sendo a primeira referente aos deuses ligados à terra; a segunda, aos deuses das águas; e a terceira e mais importante, aos representantes das estrelas, descrevendo Lonac como a grande deusa mãe, venerada por seus sacerdotes guerreiros chamados de *Mi'z ah Dim*, que tinham como missão preservar e proteger todo o conhecimento que lhes havia sido transmitido pelos antigos deuses guerreiros, oferecendo-lhes seu destino num ato de devoção.

Fabergerisky examinava perplexo o verdadeiro tesouro que tinha em suas mãos, o maior já descoberto em toda a história animal, quando Gosferatus, irrequieto, atraiu sua atenção, fazendo um sinal para que o imenso tigre ao seu lado tomasse de volta a verdadeira relíquia, enquanto se dirigia à ave num tom que demonstrava irritação.

— Não creio que exista aí — disse, apontando para o livro — alguma menção sobre aquilo que viemos buscar. Afinal de contas, estamos diante de um tratado milenar, enterrado junto ao leão muito antes da existência de qualquer um dos malditos Ronromanovich. Neste caso, é imprescindível que foquemos nossa busca em algo relevante em vez de perdermos tempo com... história.

— Não sabemos quanto tempo mais Gaturnino Ronromanovich teria permanecido neste lugar até que seu espírito se tornasse de fato um guardião de Lonac, obedecendo então a certos preceitos bastante comuns em ordens como esta — argumentou o velho professor em resposta ao comentário do Suk, sentindo a ponta de suas garras tocar-lhe de forma sutil as penas do seu comprido pescoço, notando o brilho dos seus olhos no interior escuro do capuz ao fitá-lo feito um predador

Gosferatus o encarou com uma interrogação no olhar enquanto seus tigres vasculhavam o interior da tumba de Ngorki em busca de algo específico, quem sabe algum tipo de compartimento secreto, possibilitando que o czar pudesse ter guardado aquilo que posteriormente se transformaria em sua própria maldição.

— Preceitos estes que bem poderíamos descobrir se examinássemos suas inscrições... — Fabergerisky apontou para o livro e acrescentou num tom desafiador: — em vez de gastarmos energia em algo que considero um tanto improvável.

Maquiavel Ratatusk juntou-se ao grupo, notando a expressão confusa do líder Suk por detrás do capuz.

— Estou ouvindo, professor — disse o roedor num tom sarcástico.

— A inscrição no tampo de pedra parece-me bastante clara. — Apontou Fabergerisky para a rocha ao lado do imenso sarcófago real sobre o chão frio da cripta. — Uma oferenda. É bastante provável que o velho Ronromanovich tenha passado aqui algum tempo antes de partir de volta à Rudânia, após ocultar o diamante trazido por ele, obedecendo assim às ordens do general Harkien, examinando este lugar que, por certo, esconde tesouros diversos, apossando-se de conhecimentos que eram seus por direito, destinados somente a membros da ordem de Lonac. Se examinarmos cuidadosamente o livro de Ngorki, encontraremos na terceira parte a descrição de como seus *Mi'z ah Dim* pareciam oferecer à deusa seus destinos.

Gosferatus olhou de soslaio para o livro negro encontrado junto ao rei de posse de um de seus agentes, voltando seu olhar novamente para a ave à sua frente.

— O que quer dizer? — resmungou Ratatusk.

— Como todos nós sabemos, "oferecer o seu destino" é algo inerente a cada ser, mutável mediante nossas escolhas, transformando-se assim num legado individual tal e qual o de Gaturnino ao assumir sua missão. — Parou um instante, sentindo-se o alvo dos olhares diversos. — Numa linguagem metafórica, "oferecer o seu destino" poderia também ser interpretado como sendo seu próprio legado, sua devoção e sua tarefa divina assentadas sob suas patas perante o olhar absoluto da grande deusa pairando acima das estrelas, Lonac. — Esperou até que suas palavras fossem digeridas pelo grupo e apontou para o tampo de pedra da tumba real ao lado do sarcófago guardando o corpo sem vida do leão. — A inscrição parece descrever exatamente isto: uma oferenda. A oferenda daquilo que bem poderia ser algo simbólico, mas que, no caso do antigo czar, era um objeto em si. "Onde os príncipes reis descansam sob o olhar de seu protetor, os guerreiros de Lonac sustentam o céu mantendo seus tesouros sob suas patas" — recitou e, voltando-se para a figura sombria à sua frente, concluiu: — Como pode ver, nobre sacerdote, é exatamente nas entrelinhas da história onde encontramos pequenas peças capazes de nos revelar a verdadeira sabedoria.

Maquiavel Ratatusk o fitou de longe, dizendo com um ar zombeteiro:

— Neste caso, não deveríamos estar em Gremlich, vasculhando a tumba de Gaturnino Ronromanovich em vez de virmos cavar neste buraco estúpido? Afinal de contas, como um servo de Lonac, seu destino estaria sob suas patas, certo?

A risada de deboche do conde atraiu um olhar de desaprovação por parte do líder Suk:

— Parece ter compreendido a inscrição...

— Não exatamente — advertiu Flint. — Os sacerdotes... que descansam sob o olhar de Ngorki, seu protetor... — Encarou Gosferatus como se uma chama interna acendesse em sua mente, passando deste para a figura inerte diante da tumba, deixando que um sorriso leve brotasse aos poucos por entre seus bigodes. — Enquanto os guerreiros, os bravos *Mi'z ah Dim*, sustentam o céu guardando seus tesouros, seu legado... sob suas patas... É isso! Serkius! — exclamou, voltando-se para o corpo mumificado do antigo czar. — O último guardião, que abdicou de sua vida imperial, tomando para si o legado de Gaturnino... seu ancestral.

Ajoelhou e tocou de leve seu rosto bem preservado, sua pele enrugada parecendo desmanchar-se sob seus dedos. Uma forte comoção se apossou do seu espírito enquanto o fitava com olhos marejados.

— Serkius... — miou baixo. — Serkius Ronromanovich, o escudo do guerreiro, herdeiro em todos os sentidos daquele que um dia enterrara bem aqui seu tesouro maldito, escolhendo o lugar... — Fez uma pausa, olhando ao redor. — ...para que sua alma pudesse fazer a transição, mantendo sob suas patas o destino de seus ancestrais.

Afastou a camada de poeira sob as patas do felino, podendo sentir a mistura de odores que ainda impregnava o lugar, espalhando-se entre as raízes que insistiam em brotar da terra através das fendas no chão, ocultando uma figura que desaparecia por debaixo do corpo preservado.

Vislumbrou mais uma vez sua fisionomia, certo de que Feodór Ronromanovich havia compreendido seu desejo, aceitando o destino que o conectava finalmente à sua própria linhagem.

Fez sinal para que o imenso tigre Suk ao seu lado o ajudasse, movendo devagar o corpo mumificado, tomando os devidos cuidados para não danificá-lo, repousando-o a poucos centímetros de onde estava, apenas para fitar a estranha figura esculpida no solo que agora surgia com clareza: Arimâth, um ser mítico meio lobo, meio cobra que guardava a entrada dos três reinos de Lonac.

— O destino de Gaturnino... sua oferenda bem aqui — sussurrou Flint, alisando a figura esculpida na rocha —, guardada sob as patas de Serkius, o último dos *Mi'z ah Dim*, concluindo enfim o destino dos Ronromanovich.

O repórter escutou a própria respiração ofegante, acelerada, seus bigodes tocando o chão sujo e frio, quando finalmente, com a ajuda da fera ao seu lado, ergueu a pedra solta. Esticou a pata direita, sentiu suas garras tocarem as paredes úmidas no interior da cavidade e alcançarem um objeto metálico em seu interior.

Assim que abriu a tampa da caixa, um brilho intenso tomou conta do lugar, como se o próprio sol alcançasse as entranhas da Terra.

— O diamante... — sussurrou Flint.

Gosferatus rugiu baixo, observando de perto seu próprio destino.

# 45

De volta ao templo, Maquiavel Ratatusk observava a uma certa distância enquanto tigres Suk terminavam os preparativos para a cerimônia funesta, erguendo uma espécie de púlpito bem no centro do altar, de onde se podia ter uma visão privilegiada do lugar cercado por imensas e assustadoras imagens pétreas que pareciam observá-los em meio ao silêncio sepulcral.

Logus, seu servo e fiel guerreiro, caminhava de um lado para o outro, bastante irrequieto desde que haviam retornado da câmara mortuária, como se estivesse sentindo a presença de um predador a espreitá-los por trás daquelas largas colunas de pedra.

Numa comunicação silenciosa, ambos pareciam concordar que deixar o lugar e retornar ao *Rapina* era o mais sensato a fazer; afinal de contas, Nefestus Gosferatus havia finalmente encontrado seu maldito diamante, não havendo, portanto, necessidade para toda aquela cerimônia um tanto sensacionalista. Contudo, desde que o conde havia testemunhado o estranho acontecimento ocorrido diante da tumba de Gaturnino Ronromanovich na Abadia de São Tourac, o tranquilo mundo que havia ancorado no mais puro ceticismo tinha sofrido uma pequena ranhura, enchendo-o de questionamentos cujas respostas pareciam muito aquém de sua imperiosa razão.

Gosferatus caminhou lentamente em direção ao púlpito, parando diante da joia coberta por um tecido negro adamascado. Uma aura sombria parecia se expandir ao seu redor enquanto se entregava a meditações, ruminando palavras num dialeto arcaico.

Flint observava apreensivo cada gesto do sacerdote diante do diamante de Drakul acobertado pelo invólucro negro, sentindo as baforadas de Kronos ao caminhar em seu entorno, rosnando de forma ameaçadora. A pequena czarevna buscava abrigo nas asas do velho professor, que procurava distraí-la com grasnidos e acalantos. Maquiavel Ratatusk a fitou de longe por longos segundos, perguntando-se se os prisioneiros seriam capazes de pressentir o que o destino reservava à jovem Ronromanovich.

Repentinamente, os olhares de Flint e Ratatusk se cruzaram, como se o gato repórter pudesse ler-lhe os pensamentos. O rato lançou-lhe um cumprimento acompanhado por um sorriso leve, e Flint pôde ver sua Webley presa em seus olhos irrigados de sangue a sina que os aguardava.

Um silvo agudo de lâminas sendo desembainhadas e girando no ar ecoou no templo. Tigres Suk, diante do altar e em torno dele, se curvavam saudando seu mestre, que estendeu as patas para o alto, cumprimentando seu exército. Um novo manto sacerdotal, confeccionado especialmente para a ocasião, cobria-lhe o corpo, espalhando-se num tom de vermelho e negro enquanto a cobra Suk surgia estampada e o envolvia num abraço mortal.

O brilho fabuloso do diamante que repousava sobre o púlpito improvisado à sua frente parecia transcender o tecido escuro que o envolvia, como se respondesse ao chamado de Nefestus Gosferatus. O Olho do Dragão. O diamante de Drakul Mathut.

O líder Suk entoou uma espécie de lamúria, em que palavras se perdiam em meio aos miados agudos que vez ou outra deixava escapar, estabelecendo uma estranha forma de comunicação com a pedra à sua frente, dando a entender que estava diante de um organismo vivo.

Tigres usando trajes negros repetiam num perfeito uníssono o estranho cântico, observando seu líder gesticular suas garras, cortando o vento em meio ao transe, movendo-se no ritmo suave das batidas secas de patas contra o solo, que aos poucos ganhavam força, lembrando o estrondo seco de um tambor *gulag*.

Seu sibilo alto trouxe o silêncio de volta ao lugar.

Aproximou-se do púlpito recitando algo num dialeto desconhecido até mesmo para Patovinsky Fabergerisky e, de forma teatral —

como um necromante, num gesto de magia negra, como se fosse o grande mago —, levantou o lenço que cobria o diamante, trazendo à luz todo o seu esplendor.

Sentinelas tigres se curvaram diante da pedra, seus olhos abaixados tais quais servos humildes diante da divindade maior.

A luz passava através de suas 175 facetas, espalhando raios luminosos por todo ambiente, como se quisesse capturar e manter os presentes imersos em seu mundo sombrio.

Gosferatus aproximou suas garras da joia, sentindo a energia que brotava através do seu corpo magnificamente lapidado e abrilhantado, notando como sua mesa assemelhava-se em tamanho a uma enorme pata felina, enquanto seu corpo, da ponta até a mesa, media cerca de quinze centímetros. Seu formato era de uma pera, refletindo em seu interior um tom âmbar que lembrava a lava de um vulcão, dando a impressão de que alguma coisa se movimentava por entre as facetas.

Um estranho zumbido se confundia ao cântico entoado pelas feras, como se algo nas entranhas do lugar respondesse à sua lamúria, espalhando-se por entre as estátuas gigantes em volta do domo central.

O sacerdote apanhou do interior do manto a pérola negra, erguendo-a acima do diamante como uma oferenda.

Birman Flint sentiu um arrepio subir pela espinha quando fitou *Ra's ah Amnui* sustentada pelas garras da figura demoníaca de Nefestus Gosferatus entoando cânticos que a profanavam. "Duas joias sagradas, dois poderes opostos." As palavras de Gaturnino Ronromanovich em suas crônicas vieram-lhe à mente mais uma vez. Enxergava ali, numa representação bastante clara, o próprio leão de jubas negras diante do inimigo, Drakul. O fogo sobrenatural descrito pelo antigo czar cruzando as areias do deserto infinito numa noite onde estranhas forças acabavam por selar seu próprio destino.

Lari Ronromanovich soltou um chiado agudo quando garras poderosas a arrastaram em direção ao altar.

Flint sibilou alto, avançando em direção à Lari, que se debatia nas patas do tigre. No mesmo instante, Kronos saltou sobre ele, cravando suas garras em seu ombro, deixando marcas de sangue por baixo do sobretudo. O gato soltou um urro de dor, desvencilhando-se do algoz com um chute certeiro, sentindo então um tigre encostar o cano de uma Luger em sua nuca. Imobilizado, Flint esbravejou na direção do sacerdote Suk, que aguardava satisfeito a jovem czarevna ser trazida até o altar.

Nefestus Gosferatus a tomou nos braços e tocou sua fronte de forma suave. Estranhamente, a jovem, num átimo, pareceu acalmar--se, mergulhando num estado de torpor. Em seguida, o ser sombrio guardou no interior da túnica o pequeno frasco azulado contendo o unguento usado para entorpecê-la.

— Não tema, minha doce czarevna — resmungou baixo o líder Suk, aproximando-se da presa indefesa. Seu miado perdeu-se em meio aos rugidos entoando o maldito cântico. — Seu sangue é vida e vida é escuridão. — A doçura e inocência da felina refletiam-se em seus olhos petrificados fitando o vazio. — Sangue é vida e vida é escuridão — repetiu ele diante do precioso diamante, entregando Lari a um enorme tigre a seu lado, enquanto vultos contornando o altar ecoavam suas palavras num novo mantra assustador.

Os olhos de Gosferatus perdiam-se por entre as várias facetas da pedra polida, notando como uma leve corrente elétrica subia-lhe pelas patas e espalhava-se por todo o corpo, como se algo ali respondesse ao seu chamado.

— E escuridão é o caminho para o renascimento do adormecido — completou o sacerdote. — A sombra do lobo que uiva das profundezas de Mogul aguarda o despertar do purificador para nos conduzir a uma nova era... — Sua voz começou a se transformar num sibilo rouco: — A era do fogo, da luz e das trevas, em que somente espíritos gloriosos marcharão sobre o grande deserto carregando sua bandeira, seu elmo e sua espada banhada pelo sangue do inimigo, pois sangue é vida e vida é escuridão.

Uma explosão de uivos e rosnados histéricos eclodiu pelo salão de pedra repetindo a última frase recitada pelo sacerdote, que diante da turba parecia transformar-se em algo diferente, como se uma força maior o possuísse, assumindo seu próprio corpo.

— "O fogo divino deverá consumir a árvore real, apodrecendo suas raízes, alimentando o grande Olho do Dragão com o sangue do último fruto indesejável, iniciando a nova era animal, a era da ressurreição daquele que mais uma vez erguerá a bandeira da cobra."

Gosferatus incitava cada vez mais a euforia de seu séquito com as palavras da profecia Suk até que, num gesto repentino, fez com que o silêncio reinasse mais uma vez. Um discreto zumbido brotou das entranhas da Terra e se espalhou entre as enormes estátuas ao redor da câmara.

Birman Flint sibilou furioso. Seus olhos foram tomados pelo mais puro horror quando viu o líder Suk apanhar a adaga curva e voltar-se lentamente na direção da czarevna praticamente desacordada diante do diamante sobre o púlpito. O sacerdote apanhou de maneira suave a pata de Lari, que repousava nos braços do tigre, e efetuou ali uma pequena incisão. Recolheu então uma amostra de seu sangue real, guardando-o num cálice de cristal que lhe foi entregue por um tigre.

Lari sibilou de dor, despertada do transe pelo toque da lâmina afiada. A seguir, o sacerdote, num gesto dramático, lançou seu capuz para trás, revelando seu rosto, e aproximou o cálice de cristal da boca, sorvendo algumas gotas do sangue Ronromanovich.

Uma gargalhada espectral ecoou em cada canto das entranhas da Terra, como se demônios respondessem ao chamado de Nefestus Gosferatus.

Birman Flint o encarou estarrecido, reconhecendo suas feições. A figura infernal sustentou o seu olhar com um sorriso manchado pelo sangue que escorria entre seus dentes.

As palavras do gato repórter se enroscaram na garganta ao tentar pronunciar seu nome, enquanto a imagem se ajustava diante de seus olhos num desfecho surpreendente, compreendendo a angústia que Karpof Mundongovich sentira ao descobrir que havia sido traído pelo seu mentor.

— Splendorf Gatalho?! — exclamou o jovem felino, recuando assustado.

— Surpreendido, senhor Flint? — respondeu calmamente Gosferatus, voltando por um instante a interpretar seu antigo papel de embaixador da Casa Imperial.

Tentando se recompor, o repórter finalmente compreendeu a figura deixada pelo agente morto. A figura da cobra em torno da presa, representada então pela medalha imperial. O traidor infiltrado na Casa Ronromanovich, presente a cada instante, a cada segundo, vigiando as pegadas de sua vítima indefesa.

Splendorf Gatalho, o embaixador imperial, com seu manto sacerdotal, sorriu diante do desespero do prisioneiro felino:

— Imagino a surpresa de Gatus Ronromanovich ao reencontrar-me, depois de ter assistido e chorado a minha morte — começou Gosferatus, num gesto teatral —, como protagonista de um espetáculo diverso — disse, estendendo as patas diante do vazio — em meio a um cenário esplendoroso como este... — Olhou ao seu redor — reservado para nosso último ato.

— Traidor — balbuciou Flint, fitando a figura vil do gato à sua frente.

Gosferatus apenas sorriu. O ritual de renascimento que conduzia estava destinado também a ele próprio, que via na morte do embaixador o renascimento do sacerdote herdeiro de Drakul.

— Assassino! Você eliminou Karpof com medo de que ele revelasse sua identidade — rosnou o repórter, sustentando o olhar doentio do líder Suk.

— Mundongovich foi um servo dedicado e brilhante — respondeu Gosferatus com um sorriso perverso. — Uma pena seus conhecimentos terem se transformado numa adaga apontada para sua própria garganta. — Fitou Maquiavel Ratatusk, depois o gato novamente. — Não poderíamos nos arriscar deixando o camundongo à solta quando o comissário Esquilovisky já estava de olho nele.

— Apenas queima de arquivo — riu de forma debochada o conde roedor, que até então ouvia impassível as explicações exaltadas do sacerdote.

— Obviamente, a morte de Karpof nos traria alguns empecilhos — continuou Gosferatus. — O camundongo ainda não possuía certas informações capazes de nos revelar a verdade sobre *Ra's ah Amnui*. Contudo, o destino nos favoreceu... colocando em nosso caminho uma grande ameaça... — gargalhou ele, encarando o gato. — Uma ameaça que logo se tornou uma aliança! Só mesmo um gato como o senhor, senhor Flint, para completar a missão de Karpof, nos trazendo até aqui, até o diamante.

— Mesmo após sua morte, a sombra de Raskal Gosferatus continuou amaldiçoando os Ronromanovich — disse o repórter, referindo-se ao antigo consultor de Feodór.

— Sim... sua presença vive em mim, seu filho — exultou o sacerdote, desviando o olhar de Flint. Ele inspirou profundamente, sentindo o ar frio entrar nos pulmões e o peso dos anos pressionar o seu peito. Uma tosse seca brotou do seu interior. Fazendo algum esforço para recobrar um tom de voz imponente, retomou seu discurso: — A vitória logo surtirá efeito neste velho corpo, revitalizando-o assim que o espírito de Drakul tocá-lo em definitivo. Em breve, senhor Flint, me tornarei seu único e absoluto servo, sua presença na Terra, sua espada sobre a cabeça de seus inimigos e sua escuridão conduzindo seu exército.

— Você é um lunático — rosnou Flint, notando o pequeno cálice que trazia numa das patas.

Gosferatus percebeu sua apreensão e fitou a jovem czarevna, alisando carinhosamente seus pelos claros:

— Não tema por sua vida, minha jovem e heroica gata, já possuo tudo de que necessito bem aqui. — Ergueu o frasco, examinando de perto o sangue viscoso em seu interior. Sorriu satisfeito, percebendo então como o tempo parecia ter-lhe retido o suficiente durante toda aquela conversa. Voltou-se em direção a Kronos, que mantinha suas garras no ombro de Flint. — Cuide dos prisioneiros.

O gato repórter sentiu a pressão quando as garras do lobo se enterraram ainda mais em sua carne. Lutando contra a dor, notou sua Webley preso na cintura da fera que o segurava sob dolorosa pressão, engolindo em seco enquanto assistia ao ser funesto seguir até o centro do altar, lançando-lhe um último olhar antes de posicionar-se diante da preciosa pedra.

— Testemunhou a magia de *Ra's ah Amnui*, senhor Flint... Agora, é chegado o momento de testemunhar o verdadeiro poder... a magia do Olho do Dragão — disse numa entonação firme. — O receptáculo sagrado capaz de nos conectar aos espíritos de Mogul, que mais uma vez abrirão suas asas cuspindo enxofre, purificando esta terra amaldiçoada, devastando seus inimigos, os inimigos de Seth, a cobra negra que rasteja sob a sombra do grande deus Drakul.

Rosnados formaram um cântico único entoando o nome da fera Suk, enquanto o sacerdote erguia o pequeno frasco diante do diamante.

— Senhor das trevas que renascerá através deste sangue, o sangue do último fruto indesejado, pois sangue é vida e vida é escuridão

— começou Gosferatus sob o som de pegadas fortes contra o chão de pedra, lembrando um tambor vibrando por toda a câmara, ao mesmo tempo que a horda Suk repetia a frase do líder em meio ao cântico lamurioso. Ele continuou: — E escuridão é o caminho para o renascimento do adormecido Drakul Mathut.

Um estrondo tomou conta do lugar quando tigres Suk desembainharam suas espadas num clima eufórico, assistindo quando seu líder sorveu um pouco mais do líquido no cálice, lançando sobre o diamante o resto do seu conteúdo, que rapidamente se espalhou formando linhas vermelhas definindo cada uma de suas inúmeras facetas.

Gosferatus recitou algo no dialeto de seus ancestrais Suk, palavras que se fundiam à estranha melodia entoada pela horda à sua frente. Sorriu de forma descontrolada quando assistiu estupefato ao sangue da jovem czarevna ser absorvido pela joia, como se alguma coisa ali tivesse finalmente sua sede saciada, e sentiu um arrepio tocar-lhe a espinha quando algo no interior do diamante pareceu ganhar forma.

Com os olhos arregalados, fitou uma sombra mover-se lenta e suavemente, lembrando a magia da vida se desenvolvendo no ventre materno. Uma forma imaterial espalhava sua coloração avermelhada por todo o diamante, como se uma luz brotasse de suas entranhas, refletindo uma chama no rosto pálido do sacerdote.

Flint escutou mais uma vez um ruído crescente brotando de algum lugar, uma lamúria sobrenatural que se espalhava por todo o templo, uma expressão clara da tristeza sentida pela própria Terra.

A sentinela ao lado do sacerdote recuou assustada, parecendo temer o próprio líder. Tomado por uma força invisível, Gosferatus contorcia-se num misto de dor e prazer, enquanto sibilos agudos perdiam-se em meio ao mantra entoado por seus súditos.

Batidas distantes faziam o chão de pedra vibrar, lembrando uma manada de mamutes vindo em suas direções, espalhando-se pelo lugar feito uma corrente elétrica.

Flint sentiu uma comichão subir pelo corpo ao mesmo tempo em que as garras do lobo aliviaram a pressão, deixando-o livre. Kronos lançou um olhar sombrio para Maquiavel Ratatusk, estabelecendo uma comunicação silenciosa com o roedor negro, que parecia tão apreensivo quanto ele. O gato repórter notou o quão próximo estava de sua Webley presa à cintura da fera, imaginando o melhor momento para tentar algo, quando foi pego de surpresa pelo uivo ensurdecedor do lobo, sacudindo suas orelhas de forma incessante, como se alguma coisa invisível atingisse seus tímpanos, causando--lhe uma dor lancinante.

Tigres ao seu redor repetiram o gesto de agonia, enquanto Gosferatus movia-se lenta e suavemente numa espécie de balé, mergulhado num estado bastante alterado diante da pedra que parecia pulsar vida ao lançar sua luz por entre as várias facetas.

O jovem repórter escutou o grasnido de Fabergerisky, percebendo como a ave se dividia entre cuidar da czarevna e assistir estupefato ao estranho espetáculo que acontecia ali, tomando a cada instante uma dimensão ainda maior à medida que rosnados, lamúrias e aquele estranho ruído que brotava das entranhas da Terra se misturavam numa sinfonia de horror. Uma sinfonia que logo se transformou numa marcha seca, pulsando e vibrando em cada ser, em cada pedra formando o templo de Lonac.

Maquiavel Ratatusk adiantou-se, atraído pela luz que a joia exalava, incitando seu desejo de possuí-la. Logo percebeu, porém, o ser diante do altar contorcendo-se de forma estranha, como se forças sobrenaturais assumissem o controle do seu próprio corpo, causando-lhe alguma desfiguração por debaixo daquele manto sacerdotal.

O enorme abutre, pouca coisa atrás de seu mestre, gesticulava suas asas num gesto de puro instinto, desejando alçar voo e deixar tudo aquilo para trás, pressentindo o perigo iminente que emanava de cada rocha naquele lugar.

Feixes vermelhos brotaram do Olho do Dragão, envolvendo todo o altar num espetáculo assustador, enquanto Gosferatus instigava ainda mais para que forças sobrenaturais emergissem do seu interior, espalhando-se ao seu redor.

O líder Suk sorriu. Um sorriso que logo se transformou numa gargalhada aguda quando sentiu a pulsação emergir das profundezas da Terra e passar através da joia, convertendo-se então em milhares de filetes tocando sua pele de forma suave.

Birman Flint assistia a tudo extasiado — seus olhos ardiam diante do brilho intenso que brotava do diamante e envolvia Gosferatus. Feixes de luz percorriam o corpo do sacerdote na forma de serpentes incandescentes que se espalhavam pelo altar, transformando-se numa bruma alaranjada e fria.

O necromante era agora um ser transfigurado, sem qualquer vestígio daquele que um dia fora Splendorf Gatalho. De repente, um sibilo alto escapou de suas vísceras enquanto seu corpo era dominado pelos feixes luminosos. Entoava sons guturais em seu próprio dialeto, estabelecendo uma comunicação com o invisível.

Vozes em uníssono ecoavam pela imensa caverna: "Vida é sangue, e sangue é escuridão". O mantra entoado pelos Suk se alternava com o nome da besta, Drakul Mathut, e o sacerdote ganhava nova forma ao fundir-se com a luz infernal que o envolvia. O exército demoníaco despertava das entranhas da Terra em forma de uma estranha vibração, completando o macabro espetáculo, como se fosse um vulcão prestes a liberar toda a sua fúria.

Flint sentiu um arrepio tomar-lhe a espinha. Um ponto luminoso se destacava em meio ao caos, um farol iluminando o caminho do barqueiro perdido na vastidão do oceano tomado pela escuridão da noite.

— *Ra's ah Amnui* — sussurrou o gato repórter ao notar a luz surgir entre as garras de Gosferatus, envolvendo a pérola negra numa única mancha incandescente, que aos poucos assumia formas distintas.

Birman Flint havia reconhecido essas imagens anteriormente, quando testemunhara sua magia e seu poder; formas desenhadas por patas invisíveis, transformando-se em símbolos que irradiavam de seu corpo esférico, trazendo à tona as seis figuras. Pérola e diamante — joias que estabeleciam entre si uma espécie de comunicação, trazendo à tona as palavras de Gaturnino Ronromanovich em suas crônicas. A descrição do verdadeiro inferno que se abatera sobre o leão de jubas negras e seu exército, varridos por uma força sobrenatural que se esforçava para ressurgir diante do olhar petrificado de Gaturnino, o antigo czar.

Flint soltou um miado assustado. As palavras do primeiro czar Ronromanovich tomavam forma à sua frente, sentindo uma força sobrenatural selar suas vidas, não cabendo mais a nenhum deles decidir por seus destinos: "E uma luz intensa surgiu dividindo-se em mil raios, dando início ao pesadelo..."

Os próprios soldados Suk recuavam de seu líder horrorizados, fugindo da bruma alaranjada e disforme que avançava sobre eles como asas de um demônio frio.

Maquiavel Ratatusk desembainhou seu sabre e golpeava a massa densa que se espalhava lentamente quando um estrondo fez com que o mural monolítico atrás do altar tremesse, gerando rachaduras que percorriam seus hieróglifos e petróglifos. Fendas imensas se abriram no solo sagrado, rachando ao meio a enorme estátua de Ngorki sobre seu trono de pedra próximo a Gosferatus, espalhando o pânico por entre os tigres, que agora lutavam para não serem alvos de rochas e estalactites que se desprendiam do alto.

Birman Flint bateu contra o mural, protegendo com o corpo a pequena Ronromanovich, e sibilou de dor quando uma rocha lhe atingiu a pata direita, deixando o sangue aparecer. Fabergerisky veio em seu auxílio, levando a jovem Lari para longe da coluna de pedra que agora se movia feito um pêndulo.

Flint viu a sombra do abutre alçando voo e levando consigo seu senhor, buscando abrigo numa ponta do arco principal, pairando ali feito uma gárgula.

Gosferatus parecia ignorar o horror à sua volta, absorvido pela magia do diamante. Todo seu corpo se retorcia, tomado por uma força poderosa. De repente, sentindo-se liberto das garras invisíveis que o dominavam, o sacerdote estacou, imóvel. A terra se calou, cessando o tremor, enquanto o som do trovão se esvaía pelas profundezas do lugar.

Um silêncio assustador tomou conta da enorme câmara enquanto Nefestus Gosferatus, ainda ofegante, se erguia com alguma dificuldade examinando o objeto em suas patas, a pérola negra, deixando transparecer um sorriso distorcido antes de se voltar para o diamante intacto sobre o púlpito improvisado.

Aproximou-se do Olho do Dragão e tocou-o de leve, sentindo uma vibração brotando do seu interior. O zumbido constante que emanava da pedra se transformava em palavras para Gosferatus, que respondia em uma língua quase esquecida, como se diante de um ser imaterial.

Flint varreu com os olhos o lugar ao seu redor, sentindo algum alívio ao ver Fabergerisky ao lado da jovem Ronromanovich no centro da sala, próximos à pequena pirâmide incrustada no solo, cercados por tigres que traziam o pavor estampado em suas fisionomias bestiais.

Virou-se então para Gosferatus, debruçado sobre o imenso diamante. Por um segundo ambos os felinos sustentaram o olhar, até que o líder Suk sorriu voltando-se mais uma vez para a joia, sentindo a pulsação que brotava dali subir-lhe pelas patas, misturando-se a seus próprios batimentos.

Flint sentiu o horror voltar na forma de um arrepio frio no instante em que Gosferatus ergueu a pata sustentando a pérola num gesto de oferenda, entoando um cântico sombrio.

De repente, *Ra's ah Amnui* refletiu a luz que emanava das inúmeras facetas do diamante. A estranha vibração ressurgia, expandindo-se pelo solo. Um zumbido crescente que lembrava o rosnado de uma fera ecoava por todo o templo, culminando numa sequência interminável de trovões, num prenúncio de que o pesadelo estava apenas começando.

E, mais uma vez, as duas joias brilharam em meio à escuridão.

# 46

Nefestus Gosferatus tocou a lâmina no interior do manto escuro, sentindo o frio proveniente do aço percorrer-lhe os dedos contrapondo-se ao calor emanado pela pérola negra. Os símbolos gravados em *Ra's ah Amnui* cintilavam de forma única, ofuscando-lhe a visão.

Um som contínuo brotava das entranhas do lugar numa espécie de lamúria, como se tudo ali se desmanchasse em lágrimas. Gosferatus então ergueu o punhal e cortou o ar ao redor da pérola em meio a cânticos profanos. A sombra avermelhada no interior do diamante movia-se de forma lenta, observando-o feito um espectador sagaz, ditando palavras em sua mente, as quais ele traduzia emitindo roncos e rosnados incompreensíveis. Sua voz distorcida, semelhante a todo o resto do seu corpo, ecoava pelo templo, envolvendo os súditos numa espécie de transe que os fazia repetir as palavras macabras na escuridão.

Flint, apoiado no monumento monolítico, sentia o ferimento numa das patas pulsar dolorosamente enquanto observava a fera manusear sua lâmina, descrevendo arcos no ar passando rente à pérola. Algo chamou sua atenção. Rochas no solo e estalactites que haviam se desprendido do teto começaram a se mover, conduzidas pela vibração incessante que se transformava numa sinfonia maldita para aquele balé sombrio.

Um urro de agonia saiu das entranhas de Gosferatus, mesclando-se ao estrondo de um trovão, espalhando pânico entre as feras à sua volta. Uma tempestade elétrica saída do diamante percorreu o templo. Tentáculos luminosos envolveram o líder Suk, fundindo-se a ele, e rachaduras se ampliavam pelo solo, alcançando o jovem repórter, que num salto rápido evitou a fenda que parecia determinada a engoli-lo, chegando com rapidez às colunas laterais um nível acima de onde estava.

Um grande pedaço do maravilhoso mural despencou, quase acertando em cheio Kronos, que num uivo agudo esgueirou-se na direção de Flint, vindo a cair próximo a ele. O solo moveu-se sob as patas do repórter, as placas tectônicas urrando como um dos ferozes guardiões do templo despertos do sono eterno.

Flint notou a Webley caída a seu lado e tentou alcançá-la, mas no mesmo instante foi impedido Kronos, que avançou em sua direção como se quisesse quebrar-lhe o pescoço.

A luta foi interrompida quando um enorme jato de luz brotou do diamante sobre o púlpito improvisado, lembrando um gêiser gigantesco, ou mesmo um vulcão cuspindo toda a sua fúria incandescente.

Luz e fogo se fundiram formando uma imagem aterradora, a energia condensada se transformou em matéria pura, escura, girando violentamente e dando origem a um imenso tornado que sugava tudo à sua volta.

"A fúria descrita por Gaturnino", pensou Flint diante do horror, sentindo-se paralisado, enquanto Gosferatus permanecia imóvel, sibilando eufórico, assistindo às formas espectrais surgindo dali e espalhando-se por todo o templo.

Uma figura imaterial esgueirou-se na direção do sacerdote, tomando posse do seu corpo, chegando a erguê-lo do solo como se quisesse sugá-lo para o interior do imenso tornado diante dos seus olhos.

Flint agarrou-se à coluna de pedra, procurando desesperadamente em meio ao caos avistar Fabergerisky e a jovem Lari. Com grande esforço, conseguiu distingui-los entre os escombros junto a uma das enormes estátuas dos grandes sacerdotes de Ngorki, que lhes servia de abrigo.

Tigres Suk se atropelavam, correndo em debandada, tentando cruzar a ponte de pedra para alcançar a saída do templo antes que o local se transformasse em suas próprias tumbas.

No centro do altar, Gosferatus completava sua mutação, transformando-se num deus Suk, sem nenhum vestígio de seu ser anterior. Seus olhos cintilavam, enquanto a fúria dos ventos movia seu manto lembrando asas negras. Flint desviou dos fragmentos de rocha que vinham em sua direção, fitando de longe a figura sombria. O deus lobo na pele daquele novo ser.

O sacerdote-deus, com o punhal numa das patas e a pérola na outra, ofereceu *Ra's ah Amnui* aos seres espectrais que pairavam em torno do imenso tornado. E, num átimo, o espírito de Drakul Mathut moveu o corpo de Gosferatus. O punhal cortou o ar, desferindo seu golpe fatal contra a pérola, encerrando assim o último capítulo de uma batalha iniciada havia muito.

Uma bomba de luz explodiu e o punhal espatifou-se em mil pedaços, formando um cogumelo vermelho diante do enorme tornado negro.

Flint se contorceu de dor, como se uma pressão lhe esmagasse os ossos, tendo a sensação de que o mundo à sua volta se contraía para depois se expandir outra vez. Com o tempo congelado diante de si, percebeu feixes de luz brotando dos olhos de Gosferatus, que urrava de dor ao mesmo tempo que uma chama azulada envolvia sua pata, corroendo carne e ossos.

*Ra's ah Amnui* flutuava no ar, intacta, suspensa por garras invisíveis. O imenso tornado que emergia do interior do diamante era incapaz de movê-la.

Flint estreitou os olhos, focando no artefato, mas repentinamente a pérola moveu-se num disparo tão rápido quanto a luz, deixando um risco azulado do altar até o centro da câmara, passando pelo interior da massa escura de vento e poeira. Seus símbolos fundiram-se, transformando *Ra's ah Amnui* numa esfera cintilante, girando incessantemente em torno de si mesma. Sua luz projetava sombras nas paredes, afugentando tigres Suk que tomavam distância, enquanto o cheiro de carne queimada espalhava-se depressa pelo lugar.

Ignorando o inferno à sua volta, Patovinsky Fabergerisky, levando Lari pela pata, aproximou-se de *Ra's ah Amnui*, hipnotizado por sua luz.

Ao perceber a cena, Flint teve a sensação de que, de alguma forma, já a havia visto em algum lugar. A pérola pairando no ar, alinhada com o objeto incrustado no solo... *Ra's ah Amnui* movendo-se em sua direção, atraída por um polo magnético... A figura desenhada no mural de pedra agora surgiu-lhe como um *insight*.

— A pirâmide... — disse para si mesmo. — O trono de Lonac.

Saltou em direção a Fabergerisky, sentindo os músculos da pata arderem enquanto corria com o olhar fixo na pérola a poucos centímetros de tocar o topo da pirâmide, passando pelo tumulto sem notar a silhueta que o seguia entre as sombras.

Tigres corriam ao seu redor, preocupados em salvar suas próprias vidas, enquanto o vento incessante sugava-os em direção a Gosferatus, para o interior do ciclone de onde brotavam relâmpagos negros.

O repórter arrastava-se com dificuldade, agarrando-se às fendas no solo, em direção ao velho professor. Podia ouvir os uivos de agonia do sacerdote carcomido pelas chagas em meio a urros triunfais, espalhando sua própria maldição. Vultos passavam ao seu lado, desaparecendo em meio às sombras, dando-lhe a sensação de que todo o lugar havia sido tomado por seres espectrais.

Ao se aproximar de *Ra's ah Amnui*, que descia devagar em direção à pirâmide, saltou bruscamente até o velho pato e apanhou de surpresa a pequena czarevna, agarrada às asas do professor, que parecia congelando ao admirar a trajetória vertical da fabulosa joia.

Fabergerisky grasniu assustado quando Flint o puxou para junto da pirâmide, sentindo a forte energia que emanava dali, enquanto *Ra's ah Amnui* girava a uma velocidade surpreendente, pulsando como se estivesse prestes a explodir em milhares de fragmentos.

— Duas joias sagradas, dois poderes opostos... Se os relatos de Gaturnino estiverem certos, a batalha entre o bem e o mal... o exército de Xristus Harkien... — balbuciou o gato, observando o desenho no escudo de Serkius materializado diante de seus olhos: *Ra's ah Amnui* em cima da pirâmide. — "Diante da escuridão, a luz surgirá quando Lonac, mais uma vez, ocupar seu trono divino."

O artefato pairava a não mais do que dois ou três centímetros da pirâmide no solo quando Flint agarrou Lari e Fabergerisky.

— Precisamos sair daqui — gritou o felino, arrastando-os para perto do enorme arco sobre a ponte de pedra, que se movia feito um pêndulo, desmanchando-se aos poucos, tragada pelo abismo ao seu redor. Uma sombra, porém, os deteve. Não um espectro, mas algo feito de carne, ossos e presas afiadas.

Birman Flint lançou Patovinsky e a czarevna para longe, desviando-se com precisão da mandíbula determinada a quebrar-lhe o pescoço e desferindo um golpe, deixando outra vez a marca de suas garras na face ensandecida de Kronos.

Mesmo ferido, o lobo deu um giro no ar, abocanhando Flint pela barriga e carregando-o em direção ao tornado que destruía tudo ao seu redor. O repórter cravou os dentes numa das orelhas da fera, obrigando Kronos a aliviar seu peso, deixando-o livre. Em seguida, acertou um gancho de direita, escutando o ranger dos ossos se partindo. A fera arreganhou os dentes ensanguentados num contra-ataque feroz. Flint desviou da mordida fatal, espetando suas garras no olho direito do lobo e acertando-lhe um chute direto no estômago. O lobo rodopiou no ar, arrastando o adversário com ele, desferindo uma patada na lateral do seu rosto. Ao sentir o gosto de sangue descer-lhe pela garganta, Flint enterrou os dentes no pescoço de Kronos, desferindo um novo golpe, sentindo uma das costelas da fera estalar feito um galho se partindo.

Ao escutar o tilintar metálico da Webley chocando-se contra o solo de pedra, Flint saltou para agarrá-la, sendo impedido por Kronos, que arranhou com força sua pata esquerda, deixando ali um corte profundo. Recuperando suas forças, o lobo, ainda com o olho sangrando, apontou o cano da pistola para Flint, soltando uma gargalhada cruel.

O gato repórter se contorceu com os olhos semicerrados, esperando o disparo. Kronos, encarando a vítima com um olhar perverso, soltou um último uivo de prazer. Atrás dele, a mancha escura rodopiava, desmanchava tudo ao seu redor. Uma luz intensa cegou o felino, fazendo-o imaginar se essa seria a sensação da morte.

A pele parecia queimar, como se uma chama imensa se acendesse e trouxesse luz ao lugar sagrado, provocando um novo deslocamento de ar e arremessando-o para longe.

Flint sentiu o baque contra o muro de pedra.

Estava vivo. Estranhamente vivo, foi o que pensou ao abrir os olhos. Sentiu o corpo dolorido, erguendo-se com dificuldade, esperando por uma nova investida de Kronos. Percebeu então a Webley caído no solo ao lado daquilo que parecia não mais do que um punhado de ossos retorcidos, pelos e carnes. Havia ainda uma expressão de horror gravada no semblante irreconhecível da fera carbonizada.

Aproximou-se do que restava de Kronos, apanhou o revólver, colocou-o no coldre que trazia ao ombro e arrastou-se na direção do velho pato, que tremia agarrado naquilo que até pouco tempo era uma das colunas laterais do templo. A jovem czarevna, presa em suas penas, lutava contra uma força invisível que a sugava em direção à tormenta.

Um novo estrondo eclodiu das profundezas da Terra no mesmo instante em que um segundo feixe de luz trouxe vida ao lugar sombrio.

O gato repórter protegeu seus amigos com o próprio corpo, sentindo tudo ao seu redor se mover quando fendas romperam o solo, abrindo enormes crateras. O calor intenso envolveu Flint, cegado pelo brilho que se expandia em torno da pirâmide incrustada no centro da câmara.

Um sibilo sobrenatural ecoou pelo templo no instante em que algo brotou da pérola, lembrando uma lâmina afiada feita da mais pura energia. Um chicote luminoso com filetes de vários tons de azul se misturavam num estranho balé, dando origem a algo novo, poderoso, mortífero tocando o teto rochoso da caverna para em seguida se dividir em milhares de feixes que se abriam feito uma cascata incandescente, formando uma espécie de barreira diante da massa escura vindo em sua direção.

Os gritos de Gosferatus se confundiam com o ruído ensurdecedor do tornado sugando tudo ao seu redor quando uma enorme esfera diáfana surgiu bem acima da pérola, atraindo o olhar atônito de Flint. Pequenos feixes internos se contorciam feito um único organismo vivo, dando forma às figuras que giravam em torno do corpo esférico.

Birman Flint não conteve seu espanto, deixando um sibilo escapar ao ver diante dos seus olhos a imagem de *Ra's ah Amnui* projetada no espaço. Seus seis símbolos moviam-se em torno do corpo translúcido como se acionados por um eixo invisível.

Um cordão umbilical azulado surgiu, conectando as formas etéreas às suas formas materiais sobre a pirâmide no centro da câmara, que, obedecendo às figuras na imagem projetada, giravam num mesmo sentido.

Flint observou a imagem grandiosa de *Ra's ah Amnui* e teve a sensação de que uma voz distante, partindo do seu interior, o chamava pelo nome. Uma estranha paz o envolveu, e seus músculos relaxaram por completo, enquanto a luz de *Ra's ah Amnui* mitigava todo o horror à sua volta.

Feixes luminosos tocaram cada uma das estátuas dos imensos leões de pedra, como se quisessem despertá-los um a um. Como se a própria deusa leoa Lonac lançasse toda a sua fúria diante do inimigo. No mesmo instante, muitos tigres tombaram simultaneamente, se contorcendo de dor. Filetes de sangue escorriam de seus ouvidos e narinas, e pelos e pele se desmanchavam.

Flint abraçou Lari e Fabergerisky, formando uma espécie de casulo, protegendo-os da massa que se expandia com violência.

As imagens projetadas de *Ra's ah Amnui* ganharam velocidade, ao mesmo tempo que seu pequenino corpo material passou a girar em sentido oposto. O ar se expandiu ao redor da joia, como se comprimido desde o início dos tempos, liberando assim uma força divina.

Flint assistia a tudo com um misto de pavor e admiração, sem distinguir a realidade da alucinação, notando quando as chamas azuladas criaram formas inéditas. Seis imensos leões de luz surgiram acima de *Ra's ah Amnui*. Seis guerreiros de Ngorki. Seis *Mi'z ah Dim* se lançaram contra a massa negra.

Flint chegou a tocar um deles e a imagem translúcida que passou bem acima de sua cabeça pareceu observá-lo. Era um ser imenso, assustador e ao mesmo tempo belo, urrando de forma ameaçadora, cruzando a escuridão feito um raio e penetrando no interior do próprio tornado.

Com suas cimitarras de chamas azuladas, os outros leões investiam contra os raios negros lançados pelo redemoinho de vento, que rodava por todo o templo feito um gigantesco demônio faminto e desesperado.

*Ra's ah Amnui* brilhava. A pequena pérola negra girava devagar sobre a pirâmide, como se guardasse o fogo sagrado, e então uma luz violácea brotou do seu interior. A fúria e a energia de deusa Lonac se expandiam pouco a pouco pela câmara.

E a luz tocou o exército Suk.

E o transformou em bolas de carne e sangue.

O líder testemunhou seus guerreiros sendo consumidos pela a fúria dos *Mi'z ah Dim*. E a luz avançou em direção ao púlpito de pedra e envolveu o sacerdote. E tomou-lhe a própria joia, o Olho do Dragão.

Nefestus Gosferatus soltou um grande urro, sentindo o poder da deusa Lonac fluindo por suas veias. O poder da pérola, que trazia em si o brilho de seus guardiões eternos. O sacerdote foi tomado por sentimento de horror e de prazer intenso. Sorriu fitando a imagem projetada à sua frente. O imenso leão cujas jubas envolviam seu corpo pareceu-lhe real.

Sentiu o cheiro de sua própria carne dilacerada enquanto projetava no interior do diamante a imagem do lobo Drakul Mathut, que se contorcia, assim como ele.

— Drakul... — sibilou o gato, esticando suas patas em direção ao cristal.

O gato feiticeiro o tocou, sentindo finalmente a presença de Drakul. Uma dor ancestral invadiu seu corpo quando o Olho do Dragão explodiu em milhares de pedaços, penetrando sua carne, consumida enfim pela luz que se alastrava e varria tudo ao seu redor, levando consigo os segredos de uma raça extinta havia muito.

✳✳✳

Birman Flint correu ofegante em direção à ponte de pedra, carregando a czarevna e seguido de perto por um atônito Fabergerisky.

Numa fração de segundo, uma enorme fenda se abriu ao redor da pequena pirâmide, consumindo tudo o que restara do templo de Lonac, como se um imenso buraco negro nascesse do brilho da estrela morta. Do brilho da própria pérola negra.

Flint desviou rápido do grande bloco que se desprendia em sua direção, avançando através da ponte, saltando por entre as falhas no solo que deixavam à mostra a imensidão escura abaixo.

Alcançaram a outra extremidade do precipício, esgueirando-se em direção à plataforma por onde haviam descido, agora completamente destruída.

O repórter enterrou suas garras numa saliência, começando a escalar uma parede de pedra de encontro à entrada da câmara dos guardiões. As patas da jovem Ronromanovich fechavam-se em torno do seu pescoço e começavam a sufocá-lo, enquanto ele ajudava Fabergerisky, empurrando-o em direção à abertura alguns metros acima.

Parou um instante, apoiando uma das patas numa reentrância, procurando um apoio em um ressalto ao mesmo tempo que tateava algumas raízes que pareciam surgir do interior da parede. Alcançou o pequeno rebordo, pressionando seu corpo contra o granito frio, ficando ali por alguns instantes enquanto sentia, aliviado, a respiração fluir. A ferida no ombro arrancou-lhe um sibilo seco quando ergueu a jovem Ronromanovich em direção a Fabergerisky, que se mantinha firme sobre o platô próximo de uma fenda mais acima. O professor a tomou nos braços, seguindo uma estreita trilha que levava à câmara.

Flint olhou em direção ao templo, agora consumido pela luz de Ra's ah Amnui, enquanto a adrenalina e o pavor fluíam em seu corpo. Continuou a escalada, encaixando os dedos nas pequenas cavidades da crosta do rochedo. Suas patas buscaram apoio numa fina prega na rocha, encontrando uma reentrância.

Arrastou-se para cima e avistou horrorizado um imenso abutre que planava em círculos carregando em suas garras suas presas. Patovinsky Fabergerisky e Lari se debatiam, capturados pela ave de rapina.

Maquiavel Ratatusk, acomodado por entre as enormes asas negras, observou durante alguns instantes Flint dependurado na encosta, ordenando ao abutre que aliviasse sua carga, lançando suas presas no espaço. O desespero no semblante do gato repórter arrancou-lhe um meio sorriso, fazendo-o apreciar o gosto azedo da própria perversão.

Patovinsky Fabergerisky bateu contra o rochedo. As asas do velho acadêmico encontraram apoio num rebordo de uma pequena saliência.

Birman Flint sentiu os tendões arderem, como se algo se partisse, no momento exato em que agarrou Lari, que despencava no vazio tal qual um bólido. Os dois bamboleavam feito um pêndulo, apoiados pela mão direita do gato repórter.

O enorme abutre pousou na encosta para observá-los mais de perto. Seu pescoço fino e rosado esgueirou-se em direção ao velho professor preso ao rochedo a alguns metros acima de onde estava Flint, examinando-o enquanto se debatia de dor e desespero. Voltou-se para o gato lutando para salvar não apenas a sua vida, mas também a de Lari Ronromanovich, que daquele ângulo mais lembrava uma *ushanka* amarrotada presa ao corpo do repórter.

Flint cruzou seu olhar com o de Maquiavel Ratatusk, voltando-se em seguida para o abismo, e depois para além dele, observando a fúria que se expandia a partir de *Ra's ah Amnui*, tragando tudo à sua volta. Exatamente como Gaturnino havia descrito em suas crônicas. Seus dedos começaram a deslizar lentamente, como se o corpo insistisse em mergulhar no vazio.

Maquiavel Ratatusk se aproximou, preso às asas do abutre, e fitou o gato repórter de perto. Com o sabre em suas patas, parecia determinado a dar um fim ao tormento do herói, deixando-o levar consigo a estranha maldição, que libertaria finalmente os Ronromanovich de guardar o mistério da pérola negra.

Flint sibilou alto, sustentando o olhar do inimigo, já esperando o golpe fatal. Para sua surpresa, Ratatusk recolheu o sabre e sorriu com ironia:

— Este seria o momento perfeito para acabar com você, Birman Flint... Mas, afinal de contas, ninguém vive para sempre... — Os olhares se sustentaram por alguns segundos, antes que o conde se voltasse para o abutre, que aguardava suas ordens: — Hora de partir, Logus! — O sorriso de Maquiavel Ratatusk se transformou numa risada, que logo se transformou numa gargalhada.

✳✳✳

De repente, uma rajada de balas vinda do alto fez Logus rodopiar desgovernado. Ratatusk, agarrando-se em suas penas, mal conseguiu distinguir a grande movimentação acima deles, na câmara dos guardiões, enquanto mais disparos vinham em sua direção.

O abutre fez uma manobra desviando das rajadas e pairou por um momento próximo ao repórter:

— Parece que o destino lhe sorriu mais uma vez, senhor Flint... — Uma nova rajada de disparos arrancou algumas penas de Logus, obrigando-os a recuar, enquanto vultos começaram a descer, passando através da abertura da câmara. — Nos veremos novamente! — gritou Ratatusk e o abutre afastava-se num *looping*, desaparecendo em meio à escuridão.

A voz do conde ainda ressoava em seus ouvidos quando Flint sentiu o rebordo em que estava agarrado ceder ao seu peso. Mergulhou no vazio, e então sentiu garras poderosas se fecharem em torno da pata ferida, interrompendo sua queda.

Anjos guerreiros, quem sabe mensageiros de Lonac, carregaram Lari e Fabergerisky, içando-os em direção à saída do templo.

Vultos se moviam ao redor de Flint, numa espécie de alucinação. Sentiu o calor na pele por debaixo dos pelos. O sol pulsando acima do artefato sobre a pirâmide, explodindo em milhares de raios, no instante em que o ser imenso que o carregava embrenhou-se através da fresta e deixou para trás um mundo perdido, devastado pela luz. A luz de Lonac.

Tigres imperiais corriam abrindo caminho, esgueirando-se entre túneis que agora se desmanchavam sobre suas cabeças como se uma força poderosa insistisse em soterrá-los junto ao abismo.

Tomado por aquilo que mais tarde questionaria ter sido mesmo uma alucinação, Birman Flint a viu pela última vez. A pérola negra, *Ra's ah Amnui*, convertida numa esfera de luz consumida pelo sol que se expandia cada vez mais para depois se retrair, transformando-se num único feixe luminoso, retornando assim para o interior da joia que, em seu silêncio absoluto, permaneceu sobre a pirâmide, seu trono divino, assistida pelos bravos *Mi'z ah Dim*, que agora a carregavam de volta para seu lugar de origem.

Sentiu o ferimento latejar quando o tigre que o carregava saltou com enorme destreza através da cortina formada por rochas e fragmentos, esgueirando-se entre colunas que se despregavam das paredes e correndo em direção ao ponto luminoso, reconhecendo o cheiro forte do óleo proveniente da lamparina que balançava feito um pêndulo mostrando-lhes o caminho.

Um som ensurdecedor misturado a rosnados, uivos e sibilos se aproximava. Não o som da escuridão, mas algo que já havia presenciado antes e envolveu-lhe a alma feito um manto acolhedor. Uma sensação de frescor tocou-lhe os pelos. O vapor d'água umedecia as feridas, descia pela garganta, limpava a poeira que impregnava suas entranhas.

O ar entrava pelas narinas e fazia seus pulmões se expandirem, inspirando e expirando aliviado, como se o fizesse pela primeira vez. De repente, sentiu o toque frio das águas, que o tragaram num silêncio profundo, em meio à vastidão azulada cercando tudo ao seu redor.

Por alguns segundos, deixou-se flutuar no vazio, sentindo toda a leveza do seu ser, até que garras poderosas o trouxeram de volta, puxando-o para fora das águas gélidas da baía onde a imensa cascata desaguava imponente.

O peso de uma manta envolveu seu corpo, evitando a hipotermia, enquanto vultos se aglomeravam ao seu redor e observaram-no com grande curiosidade. Um unguento tocou a ferida na pata, arrancando-lhe um sibilo agudo, ao mesmo tempo que, ainda confuso, ajustava seus olhos à luz natural.

A cortina d'água à frente contrapunha-se a todo o resto. No alto, a rocha em forma de águia parecia observá-los. Achou ter escutado o grasnido de Fabergerisky e começou a ficar aflito, balbuciando algo quando sentiu uma pata impedindo-o de se mover.

Talvez tudo aquilo não tivesse passado de um pesadelo, pensou, sorrindo ao fitar Bazzou. Cerrou os olhos e mergulhou em sua própria escuridão.

# GREMLICH

## PALÁCIO IMPERIAL

Birman Flint parecia distante observando a imagem solitária de Feodór Ronromanovich pendurada na parede do gabinete imperial. Agora entendia seu olhar impregnado por uma certa melancolia no centro do quadro, tomado por um segredo que lhe havia corroído a alma por um longo tempo.

Olhou de relance as imagens ao redor. Serkius, depois Gaturnino. Guardiões eternos finalmente libertos de um legado maldito, cabendo-lhes seguirem junto ao grande Xristus Harkien, o leão de jubas negras, quem sabe vagando pelos mundos etéreos de *Ra's ah Amnui*, tendo então seus espíritos livres.

Sorriu pensando em tudo aquilo. Tinha ali sua melhor história, ao mesmo tempo que seu instinto, contrariando sua veia jornalística, dizia-lhe para deixá-la partir com todo o resto em vez de retratá-la em sua verdade. Uma verdade muita além da compreensão, cabendo-lhe apenas preservar na memória tudo aquilo que havia testemunhado.

A pérola negra, "a chave para o cofre real", conforme Karpof Mundongovich havia se referido. As palavras em sua mente assumiam um novo significado, em que o grande tesouro guardado por *Ra's ah Amnui* surgia de forma metafórica, representando a libertação daqueles bravos felinos que um dia haviam deixado sua marca num mundo em que, infelizmente, parecia não haver mais lugar para heróis.

O grasnido baixo de Patovinsky Fabergerisky chamou sua atenção. O velho professor, devidamente acomodado numa das confortáveis poltronas de veludo próximo à lareira, dividia uma garrafa de *vodinka* com Ponterroaux, Bazzou e Paparov, parecendo bastante empolgado enquanto o aviador descrevia mais uma vez como as forças do czar haviam libertado todos aqueles pobres reféns mantidos como prisioneiros dos Suk no maldito covil localizado nas colinas de Cabromonte. Dentre eles, sua adorável governanta, Molliari Karstakov, que passava bem, recuperando-se do susto no hospital central de Moscóvia.

Flint aproximou-se do grupo, notando como, mesmo com a asa direita imóvel por uma tipoia, o velho professor descrevia com grande interesse e euforia as maravilhas e horrores vividos em sua companhia.

Gatus Ronromanovich os observava submerso em seus próprios pensamentos, tentando digerir tudo aquilo. Havia uma expressão de tristeza presente em seu olhar distante ao pensar sobre o líder Suk. Nefestus Gosferatus e Splendorf Gatalho, personalidades distintas, faces opostas de uma mesma moeda. A sombra do terror presente durante todos aqueles anos, espalhando a bruma escura e cegando a todos ao seu redor.

Rudovich Esquilovisky, largado numa das poltronas diante do fogo na lareira, brincava com o copo de *vodinka*, acompanhando o líquido dançando em seu interior. Com o cachimbo pendurado no canto da boca, deu um trago em meio ao resmungo baixo:

— Uma vida inteira dedicada à vingança...

Flint cruzou com seu olhar, notando os olhos marejados. Esquilovisky pareceu disfarçar desviando-lhe o rosto, como se fosse possível enterrar a dor que sentia escondendo-a de si mesmo.

A ideia corroía-lhe por dentro, custando a crer que um de seus melhores amigos ao longo de toda uma vida nunca tivera outra intenção a não ser enviá-lo para o *gulag*, assistindo à execução do Ronromanovich. Uma traição cuja ferida jamais se fecharia por completo, transformando-se numa lembrança amarga para sempre.

Gatus Ronromanovich tocou-lhe o ombro num gesto de apoio, sorvendo a bebida em sua taça, deixando com que suas entranhas se purificassem um pouco daquela sensação terrível.

— Prefiro imaginar que Splendorf Gatalho e Nefestus Gosferatus eram na verdade dois seres distintos. Um vítima do outro, que aos poucos consumiu sua alma, envolvendo-o na sombra habitando sua mente distorcida. Uma vítima criada a partir da loucura de seu progenitor, Raskal.

— Uma vítima do seu próprio destino... — acrescentou Paparov dando um trago. — Ou da sua própria maldição.

Rudovich Esquilovisky fitou seu líder de relance, esforçando-se por sorrir, dando-lhe razão. Um sorriso doído enquanto erguia a taça num brinde rápido:

— A Splendorf... que descanse em paz.

Todo grupo repetiu o gesto.

Flint sentiu o gosto quente da bebida descer-lhe pela garganta transformando-se rapidamente em puro prazer. Acomodou-se então numa das poltronas, descansando a pata machucada envolta por uma bandagem.

— Um brinde também a Karpof Mundongovich — resmungou Rufus Paparov com um sorriso maroto, lançando um olhar rápido em direção ao repórter e erguendo a taça para saudar os ilustres visitantes. — Afinal, ainda que tenha feito parte de toda essa conspiração contra os Ronromanovich, se não fosse esperto o bastante para deixar-nos suas pistas, neste momento a bandeira tremulando no mastro mais alto em Gremlich certamente seria outra. — Fez uma careta imitando a figura da cobra Suk.

— No final das contas — resmungou Rudovich Esquilovisky com um semblante mais leve depois de um novo gole —, o líder Suk parece mesmo ter cometido alguns erros... — Fitou Flint com um meio sorriso, depois Paparov novamente. — Ainda que eliminá-lo, na minha opinião, tenha sido o menor deles. — Todos se voltaram para o comissário, que se serviu de mais *vodinka* antes de completar a fala: — A pérola... Gosferatus parece ter subestimado seu único e maior inimigo... — Parou um instante, pensativo, encarando o gato aviador espalhado de forma desengonçada sobre a poltrona.

— *Ra's ah Amnui* — completou baixo Paparov.

Rudovich sorriu, encarando o amigo:

— Muito mais do que uma chave conduzindo-o ao seu diamante, mas a outra face da magia destinada a consumir sua própria alma.

Esquilovisky acenou para Flint com um gesto de cabeça em meio a um trago, apontando com o olhar a pilha de documentos sobre a mesa do czar:

— Estou bastante curioso para ler os relatos deixados por nosso líder primevo, Gaturnino, descrevendo sua experiência junto ao leão.

— Tenho a certeza de que servirão como provas quando finalmente pudermos retornar ao lugar em busca de repostas — interveio Fabergerisky, atraindo a atenção dos demais, parecendo surpreso com a reação desperta pelo comentário. — Uma exploração devidamente organizada ao...

— Compreendo seu desejo acadêmico, professor — interrompeu o czar —, porém imagino que o legado de meus ancestrais tenha finalmente sido concluído. A pérola... — Pareceu engasgar buscando as palavras para formar-lhe o nome: — *Ra's ah Amnui*, seja lá o que for, não nos pertence, cabendo-nos deixá-la em paz junto ao espírito do grande Ngorki e seus guerreiros.

Fabergerisky permaneceu quieto, um tanto frustrado ao concordar com o czar:

— Um mundo perdido... Uma pena... — balbuciou.

— Seria bastante arriscado se alguém feito Gosferatus viesse a possui-la, experimentando assim de sua... magia — completou o gato repórter, convencido de que não havia encontrado a palavra certa, ainda que servisse ao propósito.

— Flint está certo — argumentou Ponterroaux fitando de perto o velho professor. — Deixemos que o sobrenatural permaneça em seu próprio mundo. *Ra's ah Amnui* não nos pertence — disse sério —, prefiro imaginá-la tendo retornado para o seu lugar de origem.

O pato não se esforçou por disfarçar certa irritação, esvaziando seu copo, notando como o assunto parecia mesmo fora de questão.

— Felizmente, nossa czarevna passa bem ao lado de nossa czarina Katrina Ronromanovich, e nossas tropas terminam por restaurar o poder em Gremlich — disse o czar, satisfeito. — O general Garrius

Tigres Simanov permanecerá aqui junto ao nosso bravo comandante Ortis Tigrelius até que tudo esteja sob controle. Enquanto isso, ficaremos no Palácio de Inverno em Petesburg. Partiremos amanhã ao entardecer, tão logo nossos convidados deixem nossa adorável Rudânia.

A frase chamou a atenção de Flint, lançando em direção a Bazzou um olhar bastante animado diante da ideia de finalmente voltar para casa, pois chegou a achar que isso jamais aconteceria.

— Mas, antes disso — interveio Gatus Ronromanovich —, ainda provarão de nossa hospitalidade regada a muita *vodinka* durante o jantar extraoficial que será oferecido em homenagem a nossos ilustres... — Parou um instante, como se buscando a palavra adequada.

— Nossos ilustres amigos — completou Paparov, disfarçando certa emoção, dando um bom gole na bebida antes de umedecer a ponta do charuto, mergulhando-o superficialmente no líquido, tragando-o devagar.

O comissário Esquilovisky assumiu a conversa mais uma vez, descrevendo como as tropas do czar haviam reforçado as fronteiras com Kostaniak, interceptando a tempo o grupo rebelde formado por agentes corvos que aguardavam o retorno do seu líder de Vortúria. Assunto que acabou por culminar num único nome:

— Maquiavel Ratatusk... — balbuciou Galileu Ponterroaux. O nome pareceu transformar-se num arrepio frio subindo pela espinha de Flint. — Alguma ideia sobre o roedor? — perguntou o detetive pensativo.

— Nenhuma — respondeu o repórter depois de alguns segundos. — Talvez tenha sido engolido junto com todo o resto... ou, quem sabe, tenha encontrado uma saída — completou com um sorriso sem graça no canto dos lábios.

— Acredita que tenha escapado daquele lugar? — perguntou com um olhar incrédulo Rudovich Esquilovisky.

Birman Flint o fitou pensativo. Ainda sustentava um meio sorriso quando encontrou o olhar de Gatus Ronromanovich, estabelecendo com ele uma comunicação silenciosa:

— Quem sabe...

✱✱✱

Um apito agudo soou alto anunciando o embarque.

Da plataforma do dirigível, Birman Flint acenou em direção a Paparov, parado em meio à multidão no interior do hangar. Ao lado do aviador, avistou o detetive Galileu Ponterroaux, que parecia satisfeito com o convite que recebera do comissário Esquilovisky para permanecer mais algumas semanas na Rudânia acompanhando a família imperial ao Palácio de Inverno.

Bazzou, ao lado de Flint, agitou as patas num misto de tristeza e alegria:

— Vou sentir falta de Paparov.

— Um bom amigo — comentou Flint, sentindo a vibração dos motores no instante em que o colosso aéreo começava a ganhar altura, com suas hélices girando em velocidade máxima. — Tenho a impressão de que nos veremos logo — acrescentou com um sorriso.

— De preferência, longe deste maldito frio — completou Bazzou, que aguardava ansioso pelo serviço de bordo.

Birman Flint riu com o comentário do amigo, observando enquanto Paparov se transformava numa pequena mancha distante junto de todo o resto. Seu olhar perdido fitava as catedrais com seus tetos abobadados transformando-se em silhuetas ao longe, borrões desaparecendo em meio à escuridão da noite fria.

Por um momento lembrou da pérola negra, do brilho de *Ra's ah Amnui*, adormecendo em seguida.

# Epílogo

## VORTÚRIA

## VALE DA MEIA-LUA

O velho urso polar atingia seu ciclo final — um xamã líder de uma tribo quase extinta, cujas forças se esvaíam, consumidas pelo tempo. Um sol rarefeito no horizonte sustentava luzes esverdeadas da aurora boreal, que se moviam num espetáculo único, dançando entre as estrelas.

Pela última vez, o urso percorreu com o olhar todo o vale com seus olhos carregados de sabedoria, observando a enorme fenda na terra ao longe. Seu tempo havia terminado, cabendo enfim à grande águia guardiã conduzi-lo junto aos seus.

Houve um tempo em que os leões guerreiros surgiram sobre a encosta alta, deixando suas marcas no grande manto branco. A presença deles ainda podia ser sentida. O urso lançou seu colar de pedras em direção ao abismo como oferenda à Lonac.

Velhos tambores pareciam soar ao longe, trazendo a figura de um enorme leão branco. Seu semblante firme observou o urso com doçura e anunciou o instante de partir, conduzindo-o em silêncio através da imensidão.

O tempo dos *Mi'z ah Dim* chegara ao fim.